Dreizehn deutschsprachige Erzähler entführen den Leser ins magische Reich der Hexen und Vampire, der Wieder- und Doppeltgänger, der über- und unterirdischen Geister.

Auf mitternächtlichen Kirchhöfen, in einsamen Häusern und halbverfallenen Schlössern tragen sich seltsame Dinge zu: aus Gräbern und Grüften stelzen tanzlustige Gerippe zum gespenstigen Totenball, ein ermordeter Obersteuereinnehmer besucht in der Geisterstunde seinen wenig beherzten Amtsnachfolger, und das zauberhaft schöne Marmorbild einer polnischen Fürstin aus längst vergangenen Zeiten erwacht unter den Küssen eines betörten Jünglings zu neuem, unheilvollem Leben. Ungeheuerliches geschieht aber auch am hellen Tage, inmitten belebter Städte. Der feinsinnige, distinguierte Herr von Pepinster zum Beispiel verwandelt sich unter den Augen seiner ahnungslosen Mitmenschen in einen armseligen, klapperigen Popanz, der zum Schrecken der Vögel seine hölzernen Arme gen Himmel reckt.

So verschieden wie die Lebenszeit, Herkunft und künstlerische Handschrift der Autoren sind auch Formen und Motive der hier versammelten Erzählungen. Nicht selten führen sie uns in märchenhafte, legendenumwobene Gegenden, werden – wie bei Sacher-Masoch und Gerstäcker – uralte Sagenmotive aufgenommen und zu neuen poetischen Gebilden von eigenartigem Reiz geformt. In den klassisch gebauten Novellen Kleists und Heyses sind persönliche Schuld, das Verletzen elementarer Gebote des menschlichen Zusammenlebens Anlaß für das rächende Eingreifen der Geisterwelt, die auf eine ihr gemäße Art die irdische Gerechtigkeit wiederherstellt. Fast ausnahmslos aber sind die Helden der Erzählungen „poetische Naturen“, die – mit außergewöhnlicher Phantasie und einem Hang zum Märchen- und Fabelhaften begabt – das Wunderbare und Ungeheuerliche des menschlichen Daseins ahnen lassen.

Die Toten sind unersättlich

Gespenstergeschichten

Aufbau-Verlag

Ausgewählt von Hans-Joachim Kruse

ISBN 3-351-00293-9

3. Auflage 1990

Einbandgestaltung Günter Lerch/Günter Woinke
III/9/1 Grafischer Großbetrieb Völkerfreundschaft Dresden
Printed in the German Democratic Republic
Lizenznummer 301. 120
Bestellnummer 613 442 6
00295

Johann Peter Hebel

Merkwürdige Gespenstergeschichte

Verwichenen Herbst fuhr ein fremder Herr durch Schliengen, so ein schöner, braver Ort ist. Den Berg hinauf aber ging er zu Fuß wegen den Rossen und erzählte einem Grenzacher folgende Geschichte, die ihm selber begegnet ist.

Als der Herr ein halbes Jahr vorher nach Dänemark reiste, kommt er auf den späten Abend in einen Flecken, wo nicht weit davon auf einer Anhöhe ein sauberes Schlößlein stand, und will über Nacht bleiben. Der Wirt sagt, er habe keinen Platz mehr für ihn; es werde morgen einer gerichtet, und seien schon drei Scharfrichter bei ihm über Nacht. So erwidert der Herr: „Ich will denn dort in das Schlößlein gehen. Der Zwingherr, oder wem es angehört, wird mich schon hineinlassen und ein leeres Bett für mich haben." Der Wirt sagt: „Manch schönes Bett mit seidenen Umhängen steht aufgeschlagen in den hohen Gemächern, und die Schlüssel hab ich in Verwahrung. Aber ich will es Euch nicht raten. Der gnädige Herr ist schon vor einem Vierteljahr mit seiner Frau und mit dem Junker auf eine weite Reise gezogen, und seit der Zeit wüten im Schlößlein die Gespenster. Der Schloßvogt und das Gesinde konnten nimmer bleiben; und wer seitdem in das Schlößlein gekommen ist, der geht zum zweiten Mal nimmer hinein." Darüber lächelt der fremde Herr; denn er war ein herzhafter Mann, der nichts auf die Gespenster hielt, und sagt: „Ich will's probieren." Trotz aller Widerrede mußte ihm der Wirt den Schlüssel geben, und nachdem er sich mit dem Nötigen zu einem Gespensterbesuch versehen hatte, ging er mit dem Bedienten, so er bei sich hatte, in das Schloß. Im Schloß kleidete er sich nicht aus, wollte auch nicht schlafen, sondern abwarten, was geschieht. Zu dem Ende stellte er zwei brennende Lichter auf den Tisch, legte ein Paar geladene Pistolen daneben, nahm zum Zeitvertreib den „Rheinländischen Hausfreund“, so in Goldpapier eingebunden an einem roten seidenen Bändelein unter der Spiegelrahme hing, und beschaute die schönen Bilder. Lange wollte sich nichts spüren lassen. Aber als die Mitternacht im Kirchturm sich rührte und die Glocke zwölf schlug – eine Gewitterwolke zog über das Schloß weg, und die großen Regentropfen schlugen an die Fenster –, da klopfte es dreimal stark an die Türe, und eine fürchterliche Gestalt mit schwarzen, schielenden Augen, mit einer halbellenlangen Nase, fletschenden Zähnen und einem Bocksbart, zottig am ganzen Leib, trat in das Gemach und brummte mit fürchterlicher Stimme: „Ich bin der Großherr Mephistopholes. Willkomm in meinem Palast! Und habt Ihr auch Abschied genommen von Frau und Kind?“ Dem fremden Herrn fuhr ein kalter Schauer vom großen Zehen an über den Rücken hinauf bis unter die Schlafkappe, und an den armen Bedienten darf man gar nicht denken. Als aber der Mephistopholes mit fürchterlichen Grimassen und hochgehobenen Knien gegen ihn herkam, als wenn er über lauter Flammen schreiten müßte, dachte der arme Herr: ‚In Gottes Namen, jetzt ist's einmal so‘, und stand herzhaft auf, hielt dem Ungetüm die Pistole entgegen und sprach: „Halt, oder ich schieß!“ Mit so etwas läßt sonst nicht jedes Gespenst sich schrecken; denn wenn man auch schießen will, so geht's nicht los, oder die Kugel fährt zurück und trifft nicht den Geist, sondern den Schütz. Aber Mephistopholes hob drohend den Zeigefinger in die Höhe, kehrte langsam um und ging mit ebensolchen Schritten, als er gekommen war, wieder fort. Als aber der Fremde sah, daß dieser Satan Respekt vor dem Pulver hatte, dachte er: ‚Jetzt ist keine Gefahr mehr‘, nahm in die andere Hand ein Licht und ging dem Gespenst, das langsam einen Gang hinabschritt, ebenso langsam nach, und der Bediente sprang, so schnell er konnte, hinter ihm zum Tempel hinaus und ins Ort, dachte, er wolle lieber bei den Scharfrichtern über Nacht sein als bei den Geistern. – Aber auf dem Gang auf einmal verschwindet der Geist vor den Augen seines kühnen Verfolgers, und war nicht anderst, als wär er in den Boden geschlupft. Als aber der Herr noch ein paar Schritte weitergehen wollte, um zu sehen, wo er hingekommen, hörte auf einmal unter seinen Füßen der Boden auf, und er fiel durch ein Loch hinab, aus welchem ihm Feuerglast entgegenkam, und er glaubte selber, jetzt geh es an einen andern Ort. Als er aber ungefähr zehen Fuß tief gefallen war, lag er, zwar unbeschädigt, auf einem Haufen Heu in einem unterirdischen Gewölb. Aber sechs kuriose Gesellen standen um ein Feuer herum, und der Mephistopholes war auch da. Allerlei wunderbares Geräte lag umher, und zwei Tische lagen gehauft voll funkelnder Rößleintaler, einer schöner als der andere. Da merkte der Fremde, wie er daran war. Denn das war eine heimliche Gesellschaft von Falschmünzern, so alle Fleisch und Bein hatten. Diese benutzten die Abwesenheit des Zwingherrn, legten in seinem Schloß ihre verborgenen Münzstocke an, und waren vermutlich von seinen eigenen Leuten dabei, die im Haus Bericht und Gelegenheit wußten; und damit sie ihr heimlich Wesen ungestört und unbeschrien treiben konnten, fingen sie den Gespensterlärmen an, und wer in das Haus kam, wurde so vergeistert, daß er zum zweiten Mal nimmer kam. Aber jetzt fand der verwegene Reisende erst Ursache, seine Unvorsichtigkeit zu bereuen, und daß er den Vorstellungen des Wirts im Dorf kein Gehör gegeben hatte. Denn er wurde durch ein enges Loch hinein in ein anderes finsteres Gehalt geschoben und hörte wohl, wie sie Kriegsrecht über ihn hielten und sagten: „Es wird das beste sein, wenn wir ihn umbringen und danach verlochen." Aber einer sagte noch: „Wir müssen ihn zuerst verhören, wer er ist und wie er heißt und wo er sich herschreibt." Als sie aber hörten, daß er ein vornehmer Herr sei und nach Kopenhagen zum König reise, sahen sie einander mit großen Augen an; und nachdem er wieder in dem finstern Gewölb war, sagten sie: „Jetzt steht die Sache letz. Denn wenn er gemangelt wird, und es kommt durch den Wirt heraus, daß er ins Schloß gegangen ist und ist nimmer herausgekommen, so kommen über Nacht die Husaren, heben uns aus, und der Hanf ist dies Jahr wohlgeraten, daß ein Strick zum Henken nicht viel kostet." Also kündigten sie dem Gefangenen Pardon an, wenn er ihnen einen Eid ablegte, daß er nichts verraten wolle, und drohten, daß sie in Kopenhagen wollten auf ihn Achtung geben lassen; und er mußte ihnen auf den Eid hin sagen, wo er wohne. Er sagte: „Neben dem ‚Wilden Mann' linker Hand in dem großen Haus mit grünen Läden." Danach schenkten sie ihm Burgunderwein ein zum Morgentrunk, und er schaute ihnen zu, wie sie Rößleintaler prägten bis in den Morgen. Als aber der Tag durch die Kellerlöcher hinabschien und auf der Straße die Geißeln knallten und der Kuhhirt hürnte, nahm der Fremde Abschied von den nächtlichen Gesellen, bedankte sich für die gute Bewirtung und ging mit frohem Mute wieder in das Wirtshaus, ohne daran zu denken, daß er seine Uhr und seine Tabakspfeife und die Pistolen habe liegenlassen. Der Wirt sagte: „Gottlob, daß ich Euch wiedersehe; ich habe die ganze Nacht nicht schlafen können. Wie ist es Euch gegangen?" Aber der Reisende dachte: ‚Ein Eid ist ein Eid, und um sein Leben zu retten, muß man den Namen Gottes nicht mißbrauchen, wenn man's nicht halten will.' Deswegen sagte er nichts, und weil jetzt das Glöcklein läutete und der arme Sünder hinausgeführt wurde, so lief alles fort. Auch in Kopenhagen hielt er nachher reinen Mund und dachte selber fast nicht mehr daran. Aber nach einigen Wochen kam ab der Post ein Kistlein an ihn, und waren darin ein Paar neue, mit Silber eingelegte Pistolen von großem Wert, eine neue goldene Uhr, mit kostbaren Demantsteinen besetzt, eine türkische Tabakspfeife mit einer goldenen Kette daran und eine seidene, mit Gold gestickte Tabaksblase und ein Brieflein drin. In dem Brieflein stand: „Dies schicken wir Euch für den Schrecken, so Ihr bei uns ausgestanden, und zum Dank für Euere Verschwiegenheit. Jetzt ist alles vorbei, und Ihr dürft es erzählen, wenn Ihr wollt." Deswegen hat's der Herr dem Grenzacher erzählt, und das war die nämliche Uhr, die er oben auf dem Berg herauszog, als es in Hertingen Mittag läutete, und schaute, ob die Hertinger Uhr recht geht, und sind ihm hernach im „Storken" zu Basel von einem französischen General fünfundsiebzig neue Dublonen darauf geboten worden. Aber er hat sie nicht drum geben.

Heinrich von Kleist

Das Bettelweib von Locarno

Am Fuße der Alpen, bei Locarno im oberen Italien, befand sich ein altes, einem Marchese gehöriges Schloß, das man jetzt, wenn man vom St. Gotthard kommt, in Schutt und Trümmern liegen sieht: ein Schloß mit hohen und weitläufigen Zimmern, in deren einem einst, auf Stroh, das man ihr unterschüttete, eine alte kranke Frau, die sich bettelnd vor der Tür eingefunden hatte, von der Hausfrau aus Mitleiden gebettet worden war. Der Marchese, der, bei der Rückkehr von der Jagd, zufällig in das Zimmer trat, wo er seine Büchse abzusetzen pflegte, befahl der Frau unwillig, aus dem Winkel, in welchem sie lag, aufzustehen, und sich hinter den Ofen zu verfügen. Die Frau, da sie sich erhob, glitschte mit der Krücke auf dem glatten Boden aus, und beschädigte sich, auf eine gefährliche Weise, das Kreuz; dergestalt, daß sie zwar noch mit unsäglicher Mühe aufstand und quer, wie es vorgeschrieben war, über das Zimmer ging, hinter den Ofen aber, unter Stöhnen und Ächzen, niedersank und verschied.

Mehrere Jahre nachher, da der Marchese, durch Krieg und Mißwachs, in bedenkliche Vermögensumstände geraten war, fand sich ein florentinischer Ritter bei ihm ein, der das Schloß, seiner schönen Lage wegen, von ihm kaufen wollte. Der Marchese, dem viel an dem Handel gelegen war, gab seiner Frau auf, den Fremden in dem obenerwähnten, leerstehenden Zimmer, das sehr schön und prächtig eingerichtet war, unterzubringen. Aber wie betreten war das Ehepaar, als der Ritter mitten in der Nacht, verstört und bleich, zu ihnen herunterkam, hoch und teuer versichernd, daß es in dem Zimmer spuke, indem etwas, das dem Blick unsichtbar gewesen, mit einem Geräusch, als ob es auf Stroh gelegen, im Zimmerwinkel aufgestanden, mit vernehmlichen Schritten, langsam und gebrechlich, quer über das Zimmer gegangen, und hinter dem Ofen, unter Stöhnen und Ächzen, niedergesunken sei.

Der Marchese erschrocken, er wußte selbst nicht recht warum, lachte den Ritter mit erkünstelter Heiterkeit aus, und sagte, er wolle sogleich aufstehen, und die Nacht zu seiner Beruhigung, mit ihm in dem Zimmer zubringen. Doch der Ritter bat um die Gefälligkeit, ihm zu erlauben, daß er auf einem Lehnstuhl, in seinem Schlafzimmer übernachte, und als der Morgen kam, ließ er anspannen, empfahl sich und reiste ab.

Dieser Vorfall, der außerordentliches Aufsehen machte, schreckte auf eine dem Marchese höchst unangenehme Weise, mehrere Käufer ab; dergestalt, daß, da sich unter seinem eigenen Hausgesinde, befremdend und unbegreiflich, das Gerücht erhob, daß es in dem Zimmer, zur Mitternachtsstunde, umgehe, er, um es mit einem entscheidenden Verfahren niederzuschlagen, beschloß, die Sache in der nächsten Nacht selbst zu untersuchen. Demnach ließ er, beim Einbruch der Dämmerung, sein Bett in dem besagten Zimmer aufschlagen, und erharrte, ohne zu schlafen, die Mitternacht. Aber wie erschüttert war er, als er in der Tat, mit dem Schlage der Geisterstunde, das unbegreifliche Geräusch wahrnahm; es war, als ob ein Mensch sich von Stroh, das unter ihm knisterte, erhob, quer über das Zimmer ging, und hinter dem Ofen, unter Geseufz und Geröchel niedersank. Die Marquise, am andern Morgen, da er herunterkam, fragte ihn, wie die Untersuchung abgelaufen; und da er sich, mit scheuen und ungewissen Blicken, umsah, und, nachdem er die Tür verriegelt, versicherte, daß es mit dem Spuk seine Richtigkeit habe: so erschrak sie, wie sie in ihrem Leben nicht getan, und bat ihn, bevor er die Sache verlauten ließe, sie noch einmal, in ihrer Gesellschaft, einer kaltblütigen Prüfung zu unterwerfen. Sie hörten aber, samt einem treuen Bedienten, den sie mitgenommen hatten, in der Tat, in der nächsten Nacht, dasselbe unbegreifliche, gespensterartige Geräusch; und nur der dringende Wunsch, das Schloß, es koste was es wolle, loszuwerden, vermochte sie, das Entsetzen, das sie ergriff, in Gegenwart ihres Dieners zu unterdrücken, und dem Vorfall irgendeine gleichgültige und zufällige Ursache, die sich entdecken lassen müsse, unterzuschieben. Am Abend des dritten Tages, da beide, um der Sache auf den Grund zu kommen, mit Herzklopfen wieder die Treppe zu dem Fremdenzimmer bestiegen, fand sich zufällig der Haushund, den man von der Kette losgelassen hatte, vor der Tür desselben ein; dergestalt, daß beide, ohne sich bestimmt zu erklären, vielleicht in der unwillkürlichen Absicht, außer sich selbst noch etwas Drittes, Lebendiges, bei sich zu haben, den Hund mit sich in das Zimmer nahmen. Das Ehepaar, zwei Lichter auf dem Tisch, die Marquise unausgezogen, der Marchese Degen und Pistolen, die er aus dem Schrank genommen, neben sich, setzen sich, gegen eilf Uhr, jeder auf sein Bett; und während sie sich mit Gesprächen, so gut sie vermögen, zu unterhalten suchen, legt sich der Hund, Kopf und Beine zusammengekauert, in der Mitte des Zimmers nieder und schläft ein. Drauf, in dem Augenblick der Mitternacht, läßt sich das entsetzliche Geräusch wieder hören; jemand, den kein Mensch mit Augen sehen kann, hebt sich, auf Krücken, im Zimmerwinkel empor; man hört das Stroh, das unter ihm rauscht; und mit dem ersten Schritt: tapp! tapp! erwacht der Hund, hebt sich plötzlich, die Ohren spitzend, vom Boden empor, und knurrend und bellend, grad als ob ein Mensch auf ihn eingeschritten käme, rückwärts gegen den Ofen weicht er aus. Bei diesem Anblick stürzt die Marquise mit sträubenden Haaren, aus dem Zimmer; und während der Marquis, der den Degen ergriffen: wer da? ruft, und da ihm niemand antwortet, gleich einem Rasenden, nach allen Richtungen die Luft durchhaut läßt sie anspannen, entschlossen, augenblicklich, nach der Stadt abzufahren. Aber ehe sie noch einige Sachen zusammengepackt und aus dem Tore herausgerasselt, sieht sie schon das Schloß ringsum in Flammen aufgehen. Der Marchese, von Entsetzen überreizt, hatte eine Kerze genommen, und dasselbe, überall mit Holz getäfelt wie es war, an allen vier Ecken, müde seines Lebens, angesteckt. Vergebens schickte sie Leute hinein, den Unglücklichen zu retten; er war auf die elendiglichste

Weise bereits umgekommen, und noch jetzt liegen, von den Landleuten zusammengetragen, seine weißen Gebeine in dem Winkel des Zimmers, von welchem er das Bettelweib von Locarno hatte aufstehen heißen.

Johann August Apel

Der Totentanz

In das schlesische Städtchen Neiße, am Flusse gleichen Namens gelegen, wanderte – so erzählt die alte Chronik – vor langen Jahren ein alter Musikant mit seiner Sackpfeife ein. Er lebte schlecht und recht, blies anfangs sein Stückchen einsam für sich, aber weil die Nachbarn ihm gern zuhörten und sich in stillen Nächten unter seinem Fenster versammelten, wenn er oben schalmeite, so macht' er bald Bekanntschaft, war wohlgelitten und beliebt bei alt und jung und ging mit seiner Kunst mehr zu Weine als nach Brot. Die jungen Stutzer, die erst unter seinem Fenster gehorcht hatten, führten ihn jetzt unter die Fenster ihrer Herzgeliebten, ließen ihn zärtliche Weisen aufspielen und kommentierten seine Serenaden mit Seufzern und Gebärden. Die Hausväter riefen ihn zu ihren Gastereien, und es hätte keine Hochzeit im Städtchen können gefeiert werden, ohne daß Meister Willibald den Brautreihen dazu geblasen hätte. Zu diesem vornehmlich hatt er eine recht innige Weise erfunden, in der Ernst und Scherz, Liebliches und Mühseliges als in einem Vorspiele des ehelichen Lebens wechselten und sich ablöseten, und es hat sich davon eine wiewohl nur schwache Spur in dem alten deutschen Großvatertanz erhalten, ohne welchen noch zu unsrer Väter Zeiten keine Hochzeit begangen wurde. Wenn er diese Weise anhub, so schlug die sprödeste Schöne den Tanz nicht ab, die gebückteste Matrone regte noch einmal die Füße, und die silberhaarigen Großväter drehten sich mit den blühenden Enkelinnen im Kreise umher, daher denn auch dieser Tanz, weil er die alten Väter verjüngte, erst scherzweise und dann allgemein der „Großvater" genannt wurde.

Meister Willibald hatte aber noch einen jungen Menschen bei sich, der ein Maler war und für des alten

Sackpfeifers Sohn oder Pflegsohn galt. An diesem wollte die frohe Kunst des Alten nicht anschlagen. Er blieb schweres Mutes bei den lustigsten Weisen, welche dieser ihm vorblies, tanzte auch bei den Gelagen, wozu er oft geladen wurde, nur selten, trat vielmehr stumm in einen Winkel und starrte die holdseligste Tänzerin an, traute sich aber gleichwohl nicht, sie anzureden oder ihr die Hand zum Tanze zu bieten, denn der Stadtvogt, ihr Vater, war ein harter störrischer Mann, der seine Würde im Städtchen verletzt glaubte, wenn ein ungraduierter Maler nach seiner Tochter ein Auge gerichtet hätte. Die schöne junge Emma hingegen dachte hierin nicht ihrem Vater gleich, sie war dem jungen Maler hold und hielt ihm zu Gefallen ihr bewegliches Köpfchen oft eine Zeitlang still, wenn sie merkte, daß Wido im verborgenen lauschte, um ihre Gesichtszüge heimlich aufzufassen. Dann errötete sie wohl, wenn sie in seinen Blicken den stummen Dank las, und wendete sich weg, aber die Glut auf ihren Wangen entzündete nur ein neues Feuer der Liebe und des Verlangens in Widos, des Malers, Herzen.

Pfeifer Willibald hatte dem liebekranken Jüngling lange seine Hülfe versprochen. Bald wollt er dem Stadtvogt als ein zweiter Oberon und Papageno so lang mit seiner Tanzmusik zusetzen, bis er vor Erschöpfung das Beste versprach, nämlich die Tochter zu Widos Braut. Bald wollt er wie ein neuer Orpheus mit seiner Musik die Braut aus der Hölle des väterlichen Verschlusses entführen, aber Wido hatte immer Einwendungen, wollte dem Vater seiner Schönen kein Herzleid antun und meinte vielmehr ihn durch Ausdauer und Gefälligkeit für sich zu gewinnen.

„Du bist ein Geck", sagte dann Willibald, „wenn du hoffst, einen reichen stolzen Narren für ein ehrliches menschliches Gefühl, wie deine Liebe ist, zu gewinnen; der fügt sich nicht, du wirst es sehen, ohne ein paar von den Plagen Egypti. Hast du nur erst die Braut, und kann er das Geschehene nicht ändern, so wirst du sehn, daß er freundlich wird. Ich bin ein Tor gewesen, daß ich dir versprochen habe, nichts ohne deinen Willen zu tun, aber der Tod macht quitt, und ich helfe dir doch noch auf meine Art."

Maler Wido war indessen nicht der einzige in dem Städtchen, welchem der Stadtvogt Steine und Dornen in den Lebensweg warf. Die ganze Bürgerschaft war ihrem Oberhaupte wenig gewogen und hatte schon mehrmals versucht, in Ernst und Schimpf ihm mancherlei Tort anzutun, denn er strafte die Bürger oft um geringen Mutwillen mit hartem Gehorsam, wenn sie nicht durch reichliche Bußen sich zu lösen vermochten, und nach dem jährlichen Weinmarkt im Jänner mußten sie gewöhnlich für die gehabte Kurzweil den ganzen Jahrmarktsgewinn zu Rathaus und in die Stadtvogtei tragen.

Einsmals, als der neißische Despot ihre Geduld zu hart prüfte, riß auch der letzte Faden. Die Bürger rotteten sich zusammen und ängstigten ihren Peiniger bis zum Tode, denn sie droheten nichts Geringers, als sein Haus anzuzünden und den Stadtvogt mit allem Gewinn seiner Bedrückung darin zu verbrennen.

Da trat Wido zu Meister Willibald und sprach: „Alter Freund, jetzt ist es an der Stunde, wo Eure Kunst mir helfen kann, wie Ihr es mir oft angeboten habt. Sind Eure Töne so wirksam als Ihr behauptet, so geht und befreiet den Stadtvogt, indem Ihr die zornigen Gemüter beschwichtiget. Er wird Euch zum Lohn gewiß alles bieten, was Ihr begehrt. Dann sprecht ein Wort zu seiner Zeit für mich und meine Liebe und verlangt meine Emma zum Lohn für Eure Hülfe."

Der Pfeifer lachte über die Rede und sagte: „Man muß schon den Kindern den Willen tun, daß sie nicht schreien." Damit nahm er seine Sackpfeife und ging langsam auf den Markt, wo das Volk mit Spießen und Stangen, Fackeln und Pechkränzen vor dem Hause des Stadtvogtes lärmte und auf die Türe Sturm lief.

Hier stellte sich Meister Willibald an eine Säule und fing gar lieblich seinen „Großvater" zu blasen an; und kaum erklang diese Lieblingsweise der gesamten Bürgerschaft, da heiterten sich die erbitterten Gesichter auf, die Augbraunen entwölkten sich, Spieße und Pechkränze entsanken den grimmig aufgehobnen Fäusten, und die wilden Sturmläufer marschierten im gemessenen Menuettschritt nach dem Takte. Endlich tanzte der ganze Haufen, und der Markt mit seinem Tumult war in einen frohen Tanzplatz verwandelt. Der Pfeifer zog nun mit seiner Zaubersackpfeife vorwärts durch alle Straßen, der ganze Zug folgte ihm nach, und jeder Bürger ging tanzend in sein Haus zurück, das er noch vor kurzem mit ganz andern Absichten verlassen hatte.

Der gerettete Stadtvogt wußte nun seines Dankes gegen Meister Willibald kein Ende und versprach ihm zum Lohn, was er nur bitten würde, und wenn es die Hälfte seiner Habe wär. Der Pfeifer lachte dazu, meinte, so hoch woll er gar nicht hinaus, brauche auch für seine Person nichts von zeitlichem Gut, weil aber der gestrenge Herr sein Wort gegeben und ihm geheißen, er solle etwas bitten, so wolle er geziemend um die Hand der schönen Emma für seinen Wido ansuchen.

Das gefiel nun dem Stadtvogt sehr übel. Er machte Winkelzüge und Flausen allerlei Art, und weil ihm Meister Sackpfeifer sein Versprechen vorrückte, so machte er es, wie es die Machthaber in jenen finstern Zeiten zu machen pflegten; er fand seine Würde beleidigt, erklärte den Meister Sackpfeifer für einen Störenfried und Feind bürgerlicher Ordnung und gab ihm in dem Stockhause Zeit, die Versprechungen des Bürgeroberhauptes zu vergessen. Dabei beschuldigte er ihn der Zauberei und machte ihm einen peinlichen Prozeß, als sei er niemand anders als der berüchtigte Hamelische Pfeifer und Rattenfänger, der dort die Kinder und hier die Erwachsenen nach seiner Pfeife habe tanzen lassen.

Durch diese Vorspiegelungen wendete der Stadtvogt alle mitleidigen Herzen von dem Gefangenen ab. Die Furcht vor der Zauberei und das Beispiel der Kinder zu Hameln wirkte so mächtig, daß Schöppen und Schreiber Tag und Nacht nicht vom Arbeiten abließen, der Kämmerer überschlug schon die Kosten des Scheiterhaufens, der Glöckner bat um ein neues Seil an das Armesünderglöcklein, die Zimmerleute richteten Bretter zu Erhöhungen für die Zuschauer der künftigen Exekution zu, und die Gerichtspersonen probierten den Akt des hochnotpeinlichen Halsgerichts. Meister Willibald kam aber den schnellen Schritten der Justiz zuvor, denn als er sich einmal über die Wichtigkeiten der Vorbereitungen zu seinem Ende recht satt gelacht hatte, legte er sich auf sein Strohlager und starb.

Kurz vor seinem Tode redete er seinen Wido an: „Junger Mann“, sprach er, „du siehst, daß ich dir, nach deiner Art die Dinge und Menschen zu betrachten, nichts helfen kann. Ich habe die Possen satt, die ich deiner Torheit wegen habe treiben müssen. Du hast genug erfahren, um endlich zu begreifen, daß man auf die Güte der menschlichen Natur wenigstens keine Pläne bauen muß, wenn man auch selbst zu gut ist, um überhaupt den Glauben an fremde Güte aufzugeben. Ich möchte nicht einmal auf die Erfüllung meiner letzten Bitte an dich rechnen, müßte nicht dein eigner Vorteil dich dazu antreiben. Wenn ich tot bin, so sorge, daß meine alte Sackpfeife mit mir begraben wird. Dir würde sie nichts helfen, wenn du sie behieltest, sie kann aber dein Glück machen, wenn sie mit mir unter die Erde kommt.“

Wido versprach, seines alten Freundes letztem Willen nachzukommen, und drückte ihm die Augen zu.

Das Gerücht von diesem plötzlichen Todesfall hatte sich in der Stadt kaum verbreitet, als alt und jung gelaufen kam, sich von der Wahrheit zu überzeugen. Am meisten war der Stadtvogt über diesen Ausgang erfreut, denn die Kaltblütigkeit, mit welcher der Delinquent die eröffnete Aussicht auf den Scheiterhaufen angenommen hatte, ließ ihn vermuten, der Sackpfeifer werde sich einmal durch Zauberkunst im Gefängnis unsichtbar machen oder auf dem Scheiterhaufen statt seiner Person einen Strohwisch auflodern lassen und die Justiz der Stadt verlachen. Man beschloß daher, weil es zum Verbrennen des Körpers noch am Endurtel fehlte, mit dem Leichnam möglichst geschwind unter die Erde zu eilen und ihn auf einem Winkel des Gottesackers nahe der Mauer zu verscharren. Der Stockmeister als observanzmäßiger Erbe des Verstorbenen fragte, indem er dessen Nachlaß inventierte, was mit der Sackpfeife als einem Corpus delicti vorgenommen werden sollte, und Wido wollte schon seine Vorbitte anbringen, als der Stadtvogt voll Eifers die Resolution gab, das schlechte, wertlose Werkzeug möge billig, um allem Mißbrauch damit zu steuren, zusamt dem Leichnam begraben werden. Man schob sie also zu dem Toten in den Sarg, und früh in aller Stille wurden Pfeifer und Pfeife hinausgetragen und begraben.

Aber in der folgenden Nacht trugen sich gar seltsame Dinge zu. Die Turmwächter schauten nach Gewohnheit umher, ob etwa ein Feuer in der Gegend aufging. Da sahen sie gegen Mitternacht bei dem Scheine des Mondes, wie Meister Willibald aus seinem Grabe an der Kirchhofsmauer emporstieg. Er hielt seine Sackpfeife im Arm, lehnte sich an einen hohen Leichenstein, daß ihn der Mond hell anleuchtete, und fing an zu blasen, fingerte auch dazu auf den Pfeifen, wie man es bei seinem Leben an ihm gewohnt war. Indem sich nun die Wächter, über dies Gesicht befremdet, ansahen, taten sich mehrere Gräber auf dem Kirchhof auf, die beinernen Bewohner steckten ihre kahlen Schädel heraus, schauten sich um, nickten nach dem Takte, stiegen dann ganz heraus und regten die klappernden Glieder zum flinken Tanz. Aus den Grüften und Schwibbögen guckten ebenfalls leere Augenhöhlen nach dem hügligen Tanzplatz, die dürren Arme rasselten an den eisernen Gittertoren, bis Schlösser und Riegel aufsprangen und den tanzlustigen Gerippen den Weg zum Totenball öffneten. Nun stelzten die leichten Tänzer über Grabhügel und Leichensteine und wirbelten im lustigen Schleifer umher, daß die weißen Sterbegewänder im Winde um die dürren Glieder flatterten, bis die Glocke auf dem Kirchturm Mitternacht schlug. Da kehrten Tänzer und Tänzerinnen in ihre engen Behausungen zurück, der Spielmann nahm seine Sackpfeife unter den Arm und begab sich gleichfalls zur Ruhe.

Die Turmwächter pochten noch vor Tage den Stadtvogt aus den Federn und hinterbrachten ihm mit zitternden Lippen die Kunde von dem gespenstischen Totentanz. Er legte ihnen zwar strenge Verschwiegenheit auf und verhieß, in der nächsten Nacht die Turmwache selbst mit ihnen zu teilen, aber die Sage verbreitete sich bald durch die Stadt, und vom Abend an waren Türen und Dächer in der Gegend des Kirchhofes mit Kandidaten der Geisterseherei besetzt, die alle vorläufig über die

Möglichkeit oder Unmöglichkeit der Dinge stritten, welchen sie in der Mitternacht entgegensahen.

Der Spielmann ließ nicht lange auf sich warten. Mit dem ersten Glockenschlag der elften Stunde stieg er gemächlich empor, lehnte sich an einen Leichenstein und spielte auf. Die Ballgäste schienen auf die Musik schon gewartet zu haben, denn bei dem ersten Ton drängten sich aus Gräbern und Grüften, aus Grabhügeln und unter schweren Grabsteinen Leichen und Gerippe, bekleidet und bloß, groß und klein, hervor, liefen durcheinander und tanzten und wirbelten und walzten lustig um den Spielmann her, schnell und langsam nach der Weise, die er ihnen aufspielte, bis die Turmglocke Mitternacht schlug und Tänzer und Pfeifer zur Ruhe gingen.

Die lebendigen Zuschauer auf Türmen und Dachern gestanden sich nun, daß es Dinge gebe, von welchen der gesunde Menschenverstand nichts begreife. Der Stadtvogt aber ließ noch in derselben Nacht den Maler Wido gefangensetzen und hoffte von ihm, nötigenfalls peinlich, zu erfragen, wie man dem Unwesen seines toten Pflegevaters steuern möge.

Wido unterließ nicht, den Stadtvogt an seinen Undank gegen Willibald zu erinnern, und behauptete, der Tote beunruhige die Stadt und raube ihren Toten die Ruhe und ihren Lebendigen den Schlaf nur darum, weil er, statt des verheißenen Lohnes für die Errettung des Vogtes, eine abschlägige Antwort und überdies unverdientes Gefängnis und ein schnödes Begräbnis erhalten habe. Diese Rede hatte auch so viel Gewicht, daß der Magistrat beschloß, den Körper des Sackpfeifers an einen anständigeren Ort des Kirchhofs zur Ruhe bestatten zu lassen. Der Totengräber wollte dabei ein übriges tun, nahm die Sackpfeife aus dem Sarg und hängte sie hinter seinen Ofen auf, damit der gespenstische Musikant, wenn er ja nicht unterlassen könnte, noch aus dem Grabe seiner Profession nachzugehen, wenigstens ohne Instrument nicht zum Tanze spielen könnte. Allein als es elf Uhr auf dem Turme geschlagen hatte, pocht' es vernehmlich bei ihm an die Türe, und als der Totenbettmeister, der eine einträgliche Bestellung vermutete, öffnete, da stand der begrabene Sackpfeifer leibhaftig draußen.

„Meine Sackpfeife!" sagte er ganz gelassen, ging vor dem bebenden Totengräber vorbei und nahm seine Pfeife von der Wand hinter dem Ofen weg. Dann stellte er sich an einen Leichenstein und blies. Die Ballgäste kamen wie in den vorigen Nächten und gruppierten sich zum mitternächtlichen Kirchhofstanz, aber dieses Mal setzte sich der Musikant in Marsch, zog mit dem ganzen langen Zuge durch das Gottesackertor in die Stadt und führte seine nächtliche Wachparade durch alle Straßen, bis die Glocke zwölf schlug, wo sie alle wiederum zu ihrer Ruhestätte zogen.

Die Einwohner fürchteten nun bald in ihren eigenen Häusern diesen nächtlichen Besuch zu sehen, und einige der Ältesten im Rate drangen schon in den Stadtvogt, er solle dem Unwesen steuern und sein Wort gegen den Pfeifer lösen. Aber hierzu hatte der Vogt weder Ohren noch Sinn, meinte auch, dem Wido, der an den Zauberkünsten des alten Sackpfeifers vermutlich teilhabe, gezieme wohl eher die Anwartschaft auf dessen Scheiterhaufen denn auf eine schöne reiche Braut.

Aber in der nächsten Nacht kam der gespenstische Totenreihen wieder in die Stadt, und wiewohl man die Musik nicht vernahm, so sah man doch an der Bewegung, daß die Tänzer nach der Weise des „Großvaters" tanzten. Diesmal trieben sie es auch noch schlimmer als in der vorigen Nacht. Denn vor Häusern, wo eine mannbare Jungfrau oder eine Braut war, hielten sie still, dreheten sich im Wirbeltanz, und man sah deutlich ein Schattenbild unter ihnen, das der Jungfrau glich, welcher sie den nächtlichen Brautreihen tanzten.

Am andern Morgen war die Stadt wie ein großes Leichenhaus, denn alle Jungfrauen, die man im Schattenbild sich hatte drehen sehen, waren plötzlich hingestorben. So ging es auch die folgende Nacht. Die tanzenden Gerippe dreheten sich vor den Häusern, und wo sie getanzt hatten, da lag am Morgen eine tote Braut oder Jungfrau.

Mehr Nächte wollten die Bürger nicht ihre Töchter und Bräute solcher Gefahr aussetzen. Sie droheten dem Stadtvogt, ihm die Tochter mit Gewalt zu nehmen und dem Wido als Braut zuzuführen, wenn er nicht selbst augenblicklich die Verlobung und noch vor Einbruch der Nacht die Hochzeit vollziehn lassen wollte. Beides wurde dem Stadtvogt in gleichem Grad schwer zuzugestehen, und da er sich also in dem seltenen Falle befand, wo der Mensch mit vollkommener Freiheit wählen kann, so zeigte er sich als freies Wesen und gab dem Maler Wido selbst seine Emma zur Braut.

Noch vor der Gespensterstunde saß man bei der Hochzeitstafel. Der erste Glockenschlag tönte dumpf, und sogleich hörte man die bekannten Töne des beliebten Brautreihens. Voll Schrecken, daß der nächtliche Spuk noch nicht zu Ende sei, eilten die Gäste an das Fenster und sahen den Sackpfeifer mit einer langen Reihe von Gestalten in weißen Sterbekleidern nach dem Hochzeitshause zu ziehn. Er selbst blieb unten an der Pforte stehn und blies, der Zug aber ging langsam hinauf bis in den Hochzeitsaal. Hier rieben sich die fremden blassen Gäste die Augen und sahen sich wie erwachte Nachtwandler verwundert um. Die Hochzeitleute flohen hinter Stühle und Tische, bald aber röteten sich die Wangen der Angekommenen, ihre blassen Lippen blühten auf wie junge Rosenknospen und Granatblüten und begrüßten sich mit bekannten Tönen und Namen. Man erkannte sich nun gegenseitig, denn die totenbleichen und jetzt neu aufblühenden Gestalten in Sterbekleidern waren die schnell entschlafenen neißischen Jungfrauen, die von ihrem Zauberschlaf erwacht und von Meister Willibald mit der Zauberpfeife in den Hochzeitsaal geführt worden waren. Der Magus blies ihnen noch ein lustiges Stückchen zum Abschied vor und verschwand.

„Ich muß fast glauben“, sagte Wido, „daß der Sackpfeifer niemand anders gewesen ist als der Gebirgsgeist des schlesischen Landes. Ich machte seine Bekanntschaft mitten im Gebirge und erwarb mir, ich weiß nicht wodurch, seine Gunst. Er versprach mir Beistand in meiner Liebe und hat redlich Wort gehalten, wiewohl auf seine eigentümlich neckende Art, die man ihm schon zugut halten muß.“

Wido blieb zeitlebens in der Gunst des Berggeistes. Sein Wohlstand wuchs täglich, seine Gattin brachte ihm jährlich frische Kinder, seine Bilder wurden weit und breit nach Welschland und England verschrieben, und die „Totentänze“, mit welchen nicht allein Basel, Dresden und Lübeck, sondern eine große Anzahl deutscher Städte prunkten, sind nichts als Kopien und Variationen von Widos Original, das er dem neißischen wirklichen Totentanz zum Andenken malte, das aber leider noch kein grübelnder Gemäldesammler und Connaisseur[1] zu Bereicherung der Kunstgeschichte hat auffinden und bekannt machen können.

[1] (franz.) Kunstkenner.

E. T. A. Hoffmann

Der Elementargeist

Gerade am zwanzigsten November des Jahres 1815 befand sich Albert von B., Obristlieutnant in preußischen Diensten, auf dem Wege von Lüttich nach Aachen. Das Hauptquartier des Armeekorps, dem er beigegeben, sollte auf dem Rückmarsch aus Frankreich an demselben Tage in Lüttich eintreffen und dort zwei oder drei Tage rasten. Albert war schon abends vorher angekommen; am andern Morgen fühlte er sich aber von einer sonderbaren Unruhe ergriffen, und er mochte es sich selbst nicht gestehen, daß nur dunkle Träume, die ihn die ganze Nacht hindurch nicht verlassen und ihm ein sehr frohes Ereignis verkündet hatten, das seiner in Aachen warte, den raschen Entschluß erzeugten, auf der Stelle dorthin aufzubrechen. Indem er sich noch selbst über sein Beginnen höchlich verwunderte, saß er schon auf dem schnellen Pferde, von dem getragen er die Stadt noch vor einbrechender Nacht zu erreichen hoffte.

Ein rauher schneidender Herbstwind brauste über die kahlen Felder hin und weckte die Stimmen des fernen entlaubten Gehölzes, die hineinächzten in sein dumpfes Geheul. Raubvögel stiegen kreischend auf und zogen in Scharen den dicken Wolken nach, die immer mehr zusammentrieben, bis der letzte Sonnenblick dahinschwand und ein mattes düstres Grau den ganzen Himmel überzog. Albert wickelte sich fester in seinen Mantel ein, und indem er auf der breiten Straße so vor sich hintrabte, entfaltete sich seinem innern Sinn das Bild der letzten verhängnisvollen Zeit. – Er gedachte, wie er vor wenigen Monden denselben Weg gemacht in umgekehrter Richtung zur schönsten Jahreszeit. In üppiger Blüte stand damals Feld und Flur; buntgewirkten Teppichen glichen die duftenden Wiesen, und im lieblichen Schein der goldnen Sonnenstrahlen glänzten die

Büsche, in denen die Vögel fröhlich zwitscherten und sangen. Festlich geschmückt hatte sich die Erde wie eine sehnsüchtige Braut, um die dem Tode geweihten Opfer, die im blutigen Kampf gefallnen Helden zu empfangen in ihrem dunkeln Brautgemach.

Albert war bei dem Armeekorps, dem er zugewiesen, angekommen, als schon die Kanonen an der Sambre donnerten; doch zeitig genug, um noch teilzunehmen an den blutigen Gefechten bei Charleroi, Gilly, Gosselins. – Der Zufall wollte, daß Albert gerade da immer zugegen war, wo sich Entscheidendes begab. So befand er sich bei der letzten Erstürmung des Dorfes Planchenois, die den Sieg in der denkwürdigsten aller Schlachten (Belle-Alliance) vollends herbeiführte. Ebenso kämpfte er den letzten Kampf des Feldzuges mit, als die letzte Anstrengung der Wut, der grimmen Verzweiflung des Feindes sich an dem unerschütterlichen Kampfesmute der Heldenschar brach, die, in dem Dorfe Issy festgefußt, den Feind, der, unter dem furchtbarsten Kartätschenfeuer stürmend, Tod und Verderben in die Reihen zu schleudern gedachte, zurücktrieb, so daß Scharfschützen ihn bis ganz unfern der Barrieren von Paris verfolgten. In der Nacht darauf (vom 3. bis zum 4. Julius) wurde bekanntlich die die Übergabe der Hauptstadt betreffende Militärkonvention zu St. Cloud abgeschlossen.

Dies Gefecht bei Issy ging nun besonders hell auf vor Alberts Seele. Er besann sich auf Dinge, die, wie es ihm bedünken mußte, er während des Kampfs nicht bemerkt hatte, ja nicht bemerkt haben konnte. So trat ihm nun manches Gesicht einzelner Offiziere, einzelner Bursche in den lebendigsten Zügen vor Augen, und tief traf sein Gemüt der unnennbare Ausdruck nicht stolzer oder gefühlloser Todesverachtung, sondern wahrhaft göttlicher Begeisterung, der aus manches Auge strahlte. So hörte er Worte, bald zum Kampf ermutigend, bald mit dem letzten Todesseufzer ausgestoßen, die der Nachwelt hätten aufbewahrt werden müssen, wie die begeisternden Sprüche der Helden aus der antiken Heroenzeit.

Geht es mir, dachte Albert, nicht beinahe so wie dem, der beim Erwachen zwar seines Traumes gedenkt, sich aber erst mehrere Tage darauf aller einzelnen Züge desselben erinnert? – Ja, ein Traum – nur ein Traum, sollte man meinen, könne, mit mächtigen Schwingen Zeit und Raum überfliegend, das Gigantische, Ungeheure, Unerhörte geschehen lassen, was sich begab während der verhängnisvollen achtzehn Tage dieses die kühnsten Gedanken, die gewagtesten Kombinationen des spekulierenden Geistes verspottenden Feldzuges. – Nein! – der menschliche Geist erkennt seine eigne Größe nicht; die Tat überflügelt den Gedanken! – Denn nicht die rohe physische Gewalt, nein, der Geist schafft Taten, wie sie geschehen sind, und es ist die psychische Kraft jedes einzelnen wahrhaft Begeisterten, die der Weisheit, dem Genius des Feldherrn zuwächst und das Ungeheure, nicht Geahnete vollbringen hilft!

In diesen Betrachtungen wurde Albert durch seinen Reitknecht gestört, der ungefähr zwanzig Schritte hinter ihm zurückgeblieben und den er überlaut rufen hörte: „Ei der Tausend, Paul Talkebarth! wo kommst du daher des Weges?"

Albert wandte sein Pferd und gewahrte, wie der Reiter, der, von ihm nicht sonderlich beachtet, soeben vorbeigetrabt war, bei seinem Reitknecht stillhielt und die Backen der ansehnlichen Fuchsmütze, womit sein Haupt bedeckt, auseinanderschlug, so daß alsbald das ganze wohlbekannte, im schönsten Zinnober gleißende Antlitz Paul Talkebarths, des alten Reitknechts des Obristen Viktor von S., zum Vorschein kam.

Nun wußte Albert auf einmal, was ihn so unwiderstehlich von Lüttich fortgetrieben nach Aachen, und er konnte es nur gar nicht begreifen, wie der Gedanke an Viktor, an seinen innigsten geliebtesten Freund, den er wohl in Aachen vermuten mußte, nur dunkel in seiner Seele gelegen und zu keinem klaren Bewußtsein gekommen war.

Auch Albert rief jetzt: „Sieh da! Paul Talkebarth, wo kommst du her? – wo ist dein Herr?"

Paul Talkebarth kurbettierte aber sehr zierlich heran und sprach, die flache Hand vor der viel zu großen Kokarde der Fuchsmütze, militärisch grüßend: „Alle Donnerwetter, Paul Talkebarth, ja, das bin ich, mein gnädigster Herr Obristlieutnant. – Böses Wetter hierzulande, Zermannöre! (sur mon honneur)[1]. Aber das macht die Kreuzwurzel. Die alte Liese pflegte das immer zu sagen – ich weiß nicht, ob Sie die Liese Pfefferkorn kennen, Herr Obristlieutnant; sie wohnt in Genthin, wenn man aber in Paris gewesen ist und den Muffel im Schartinpland (Jardin des Plantes)[2] gesehen hat – nun, was man weit sucht, findet man nah, und ich halte hier vor dem gnädigen Herrn Obristlieutnant, den ich suchen sollte in Lüttich. Meinem Herrn hat's der Spirus familus (spiritus familiaris)[3] gestern abend ins Ohr geraunt, daß der gnädige Herr Obristlieutnant in Lüttich angekommen. Zakkernamthö (sacre nom de Dieu)[4], das war eine Freude! – Nun, es mag sein, wie es will, aber getraut habe ich dem Falben niemals. Ein schönes Tier, Zermannöre, aber pur kindisches Wesen, und die Frau Baronesse tat ihr möglichstes, das ist wahr – Liebe Leute hierzulande, aber der Wein taugt nichts, und wenn man in Paris gewesen ist! – Nun, der Herr Obrist hätte ebensogut einziehen können wie einer durch den Argen Trumph (Arc de triomphe)[5], und ich hätte dem Schimmel die neue Schabracke aufgelegt – Zacker, der hätte die Ohren gespitzt! – Aber die alte Liese (es war meine Muhme in Genthin), ja, die pflegte immer zu sagen – Ich weiß nicht, Herr Obristlieutnant, ob Sie –"

„Daß die Zunge dir erlahme", unterbrach Albert den heillosen Schwätzer, „dein Herr ist in Aachen, so laß uns schnell vorwärts, wir haben noch über fünf Stunden Weges!"

„Halt", schrie Paul Talkebarth aus Leibeskräften, „halt, halt, gnädigster Herr Obristlieutnant, das Wetter ist schlecht hierzulande; aber Futter! wer solche Augen hat wie wir, die blitzen im Nebel –"

„Paul", rief Albert, „mache mich nicht ungeduldig, wo ist dein Herr? – nicht in Aachen?"

Paul Talkebarth lächelte dermaßen freudig, daß sein

[1] (franz.) bei meiner Ehre.
[2] (franz.) Pflanzen(und Tier)park.
[3] (lat.) Haus-, Schutz-, Familiengeist.
[4] (franz.) heiliger Name Gottes; großer Gott.
[5] (franz.) Triumphbogen.

ganzes Antlitz zusammenfuhr in tausend Falten wie ein nasser Handschuh, streckte dann den Arm weit aus, zeigte nach den Gebäuden hin, die hinter einem Gehölz auf einer sanft emporsteigenden Anhöhe sichtbar wurden, und sprach: „Dort in jenem Schloß –" Ohne abzuwarten, was Paul Talkebarth noch Weiteres zu schwatzen geneigt, bog Albert ein in den Weg, der seitwärts von der Heerstraße ab nach dem Gehölz führte, und eilte fort im schärfsten Trab. – Nach dem wenigen, was er gesprochen, muß der ehrliche Paul Talkebarth dem geneigten Leser als ein etwas wunderlicher Kauz erscheinen. Es ist nur zu sagen, daß er, Erbstück des Vaters, dem Obristen Viktor von S., nachdem er Generalintendant und Maître des Plaisirs aller Spiele und tollen Streiche seiner Kinderjahre und des ersten Jünglingsalters gewesen, von dem Augenblick an gedient hatte, als dieser zum erstenmal den Offizierdegen umgeschnallt. Ein alter sehr absonderlicher Magister, der Hofmeister des Hauses zwei Generationen hindurch, vollendete durch alles, was er dem ehrlichen Paul Talkebarth an Unterricht und Erziehung zufließen ließ, die glücklichen Anlagen zu außerordentlicher Konfusion und seltner Eulenspiegelei, womit diesen die Natur gar nicht karg ausgestattet. Dabei war letzterer die treueste Seele, die es auf der Welt geben kann. Bereit, für seinen Herrn jeden Augenblick in den Tod zu gehen, konnte weder hohes Alter noch sonst irgendeine Betrachtung den guten Paul abhalten, mit seinem Herrn im Jahr 1813 ins Feld zu ziehen. Seine eisenfeste Natur ließ ihn alles Ungemach überstehen, aber weniger stark als sein körperliches bewies sich sein geistiges Naturell, das einen merklichen Stoß oder wenigstens einen besondern Schwung erhielt während seines Aufenthalts in Frankreich, vorzüglich in Paris. Paul Talkebarth fühlte nämlich nun erst, daß Herr Magister Sprengepilcus vollkommen recht gehabt, als er ihn ein großes Licht genannt, das einst noch gar hell leuchten werde. Dies Leuchten bemerkte Paul Talkebarth an der Gefügigkeit, mit der er in die Sitten eines fremden Volks eingegangen war und ihre Sprache erlernt hatte. Damit brüstete er sich nicht wenig und schrieb es nur seiner herrlichen Geistesfähigkeit zu, daß er oft, was Quartier und Nahrung betrifft, das erlangte, was zu erlangen unmöglich schien. – Paul Talkebarths herrliche französische Redensarten (einige angenehme Flüche hat der geneigte Leser bereits kennengelernt) gingen, wo nicht durch die ganze Armee, doch wenigstens durch das Korps, bei dem sein Herr stand. Jeder Reiter, der auf einem Dorfe ins Quartier kam, rief dem Bauer mit Paul Talkebarths Worten entgegen: „Pisang! – de Lavendel pur di Schewals!" (Paysan, de l'avoine pour les chevaux!)[1]

So wie es exzentrischen Naturen überhaupt eigen, so mochte Paul Talkebarth nicht gern, daß irgend etwas auf die gewöhnliche, einfache Weise geschehe. Er liebte vorzüglich Überraschungen und suchte diese seinem Herrn auf alle nur mögliche Weise zu bereiten, der denn auch wirklich sehr oft überrascht wurde, wiewohl auf ganz andere Art, als es der ehrliche Talkebarth gewollt, dessen glücklichsten Pläne meistenteils in der Ausführung scheiterten. So bat er auch jetzt den Obristlieutnant von B., als dieser geradezu auf das Hauptportal des Landhauses losritt, flehentlichst, doch einen Umweg zu machen und von hinten in den Hof hineinzureiten, damit sein Herr ihn nicht eher gewahre, als bis er in die Stube getreten. – Albert mußte es sich gefallen lassen, über eine morastige Wiese zu reiten und vom emporspritzenden Schlamm gar übel zugerichtet zu werden, dann ging es über die gebrechliche Brücke eines Grabens. Paul Talkebarth wollte, seine Reiterkünste zeigend, geschickt herübersetzen, fiel aber mit dem Pferde bis an den Bauch hinein und wurde mit Mühe von Alberts Reitknecht wieder auf festen Boden gerettet. Nun gab er aber voll fröhlichen Mutes laut jauchzend dem Pferde die Sporen und sprengte mit wildem Hussah hinein in den Hof des Landhauses. Da aber gerade alle Gänse, Enten, Puter, Hähne und Hühner der Wirtschaft versammelt waren, um zur Ruhe gebracht zu werden, da ferner von der einen Seite eine Herde Schafe, von der andern eine Herde jener Tiere, in die unser Herr einst den Teufel bannte, hereingetrieben wurde, so kann man denken, daß Paul Talkebarth, der, des Pferdes nicht

[1] (franz.) Bauer, Hafer für die Pferde!

recht mächtig, willkürlos in großen Kreisen auf dem Hofe umhergaloppierte, nicht geringe Verwüstungen in dem Hausstande anrichtete. Unter dem gräßlichen Lärm des quiekenden, schnatternden, blökenden, grunzenden Viehes, der bellenden Hofhunde, der keifenden Mägde hielt Albert seinen glorreichen Einzug, indem er den ehrlichen Paul Talkebarth mitsamt seinem Überraschungsprojekt zu allen Teufeln wünschte.

Schnell schwang sich Albert vom Pferde und trat hinein in das Haus, das, ohne allen Anspruch auf Schönheit und Eleganz, doch ganz wirtlich sich ausnahm und bequem und geräumig genug schien. Auf der Treppe trat ihm ein nicht zu großer, wohlgenährter Mann mit braunrotem Gesicht in einem kurzen grauen Jagdrock entgegen, der mit süßsauerm Lächeln fragte: „Einquartiert?" An dem Tone, mit dem der Mann dies Wort aussprach, erkannte Albert sogleich, daß er den Herrn des Hauses, mithin, wie er es von Paul Talkebarth wußte, den Baron von E. vor sich habe. Er versicherte, daß er keinesweges einquartiert, daß es vielmehr nur seine Absicht sei, seinen innigsten Freund, den Obristen Viktor von S., der sich hier befinden solle, zu besuchen, daß er die Gastfreundschaft des Herrn Barons nur für diesen Abend und die Nacht in Anspruch nehme, da er des andern Morgens in aller Frühe wieder aufzubrechen gedenke.

Des Barons Gesicht heiterte sich merklich auf, und der volle Sonnenschein, der gewöhnlich auf diesem gutmütigen, aber etwas zu breiten Antlitz zu liegen schien, kehrte ganz wieder, als, die Treppe mit dem Baron hinaufsteigend, Albert fallen ließ, daß wahrscheinlich gar keine Truppenabteilung des Armeekorps, welches gerade auf dem Marsche befindlich, diese Gegend berühren werde.

Der Baron öffnete eine Türe; Albert trat in einen freundlichen Saal und erblickte Viktor, der, den Rücken ihm zugewendet, saß. Viktor drehte sich auf das Geräusch um, sprang auf und fiel mit einem lauten Ausruf der Freude dem Obristlieutnant in die Arme. „Nicht wahr, Albert, du gedachtest meiner in der vorigen Nacht? – Ich wußte es, mein innerer Sinn sagte es mir, daß du dich in Lüttich befändest, in demselben Augenblick, als du hineingeritten! – Alle meine Gedanken figierte[1] ich auf dich, meine geistigen Arme umfaßten dich; du konntest mir nicht entrinnen!"

Albert gestand, daß ihn wirklich, wie es der geneigte Leser bereits weiß, dunkle Träume, die nur zu keiner deutlichen Gestaltung kommen konnten, von Lüttich fortgetrieben.

„Ja", rief Viktor ganz begeistert, „ja, es ist kein Wahn, keine leere Einbildung; sie ist uns gegeben, die göttliche Kraft, die, über Zeit und Raum gebietend, das Übersinnliche kundtut in der Sinnenwelt!"

Albert wußte nicht recht, was Viktor meinte, so wie ihm überhaupt das Betragen des Freundes, das ganz außer seiner gewöhnlichen Weise lag, auf einen gespannten, überreizten Zustand zu deuten schien. – Indessen war die Frau, die neben Viktor vor dem Kamin gesessen, aufgestanden und hatte sich den Freunden genähert. Albert verbeugte sich gegen sie, indem er Viktor mit fragendem Blick anschaute. „Die Frau Baronesse Aurora von E.", sprach dieser, „meine liebe gastfreundliche Wirtin, meine treue sorgsame Pflegerin in Krankheit und Ungemach!"

Albert überzeugte sich, indem er die Baronesse anschaute, daß die kleine rundliche Frau noch nicht das vierzigste Jahr erreicht haben könne, daß sie sonst wohl sehr fein gebaut gewesen sein müsse, daß aber die nährende Landkost, und viel Sonnenschein dazu, die Formen des Körpers ein wenig zu sehr über die Schönheitslinie hinausgetrieben, welches sogar dem niedlichen, noch frisch genug blühenden Antlitz Eintrag tue, dessen dunkelblaue Augen sonst wohl manchem gefährlich genug ins Herz gestrahlt haben mochten. Den Anzug der gnädigen Frau fand Albert beinahe zu wirtlich, indem der Zeug des Kleides, blendend weiß, zwar die Vortrefflichkeit des Waschhauses und der Bleiche, zugleich aber auch die niedrige Stufe der Industrie bewies, auf der die eigne Spinnstube und Weberei noch stehen mußte. Ein grell buntes baumwollnes Tuch, nachlässig um den Nakken geschlagen, so daß der weiße Hals sichtbar genug, erhöhte eben nicht den Glanz des Anzugs. Was aber

[1] konzentrieren, (be)festigen.

sehr verwunderlich sich ausnahm, war, daß die Baronesse an den kleinen Füßchen die zierlichsten seidnen Schuhe, auf dem Kopfe aber ein allerliebstes Spitzenhäubchen nach dem neuesten Pariser Zuschnitt trug. Erinnerte dieses Häubchen nun zwar den Obristlieutnant an eine niedliche Grisette, die ihm einst der Zufall in Paris zuführte, so glitten ihm doch eben deshalb eine Menge ungemein artiger Redensarten über die Lippen, in denen er seine plötzliche Erscheinung entschuldigte. Die Baronesse unterließ nicht, diese Artigkeiten gehörig zu erwidern. Unaufhaltsam floß, nachdem sie den Mund geöffnet, der Strom ihrer Rede, bis sie endlich darauf kam, daß man einen so lieben Gast, den Freund des dem Hause so teuern Obristen, gar nicht sorglich genug bewirten könne. Auf die hastig gezogene Klingel und den gellenden Ruf: „Mariane! Mariane!" erschien ein altes grämliches Weib, dem großen Schlüsselbunde nach zu urteilen, der ihr am Gürtel hing, die Haushälterin. Mit dieser und dem Herrn Gemahl wurde nun überlegt, was Schönes und Schmackhaftes bereitet werden könne; es fand sich aber, daß alles Leckere, zum Beispiel Wildbret und dergleichen, entweder schon verzehrt oder erst morgen anzuschaffen möglich sei. Mühsam seinen Unmut unterdrückend, versicherte Albert, daß man ihn nötigen werde, augenblicklich in der Nacht wieder aufzubrechen, wenn man seinethalben nur im mindesten die Ordnung des Hauses störe. Ein wenig kalte Küche, ein Butterbrot gnüge ihm zum Nachtessen. Es sei unmöglich, erwiderte die Baronesse, daß der Obristlieutnant sich nach dem scharfen Ritt in dem rauhen, unfreundlichen Wetter behelfen solle, ohne irgend etwas Warmes zu genießen; und nach langen Beratungen mit Marianen wurde die Bereitung eines Glühweins als ausführbar anerkannt und beschlossen. Mariane entwich klirrend und klappernd durch die Türe; doch in dem Augenblick, als man Platz nehmen wollte, wurde die Baronesse herausgerufen von einer bestürzten Hausmagd. Albert vernahm, daß vor der Türe der Baronesse vollständiger Bericht erstattet wurde von der entsetzlichen Verheerung, die Paul Talkebarth angerichtet hatte; dann folgte die nicht unansehnliche Liste sämtlicher Toten, Verwundeten und Vermißten. Der Baron lief der Baronesse hinterher, und während draußen die Baronesse schalt und schmälte, der Baron den ehrlichen Paul Talkebarth dorthin wünschte, wo der Pfeffer wächst, und die Dienerschaft in ein allgemeines Lamento ausbrach, erzählte Albert kürzlich seinem Freunde, was sich mit Paul Talkebarth auf dem Hofe begeben. „Solche Streiche", rief Viktor ganz unmutig, „solche Streiche macht nun der alte Eulenspiegel, und dabei meint es der Schlingel so aus Herzensgrunde gut, daß man ihm nie etwas anhaben kann."

In dem Augenblick wurde es draußen ruhiger; die Großmagd hatte die glückselige Nachricht gebracht, daß Hans Gucklick bloß sehr erschrocken gewesen, daß er aber sonst ganz ohne allen Schaden abgekommen und gegenwärtig mit Appetit fresse.

Der Baron kehrte zurück mit heitrer Miene, wiederholte zufrieden, daß Hans Gucklick verschont worden von dem wilden, Menschenleben nicht achtenden Paul Talkebarth, und nahm Gelegenheit, sich sehr weitläuftig über den landwirtschaftlichen Nutzen der Hühnerzucht zu verbreiten. Hans Gucklick, der bloß sehr erschrocken und weiter nicht beschädigt, war nämlich der alte allgemein geschätzte Haushahn, schon seit Jahren der Stolz und Schmuck des ganzen Hühnerhofes.

Auch die Baronesse trat wieder herein, jedoch nur, um sich mit einem großen Schlüsselbunde zu bewaffnen, das sie aus einem Wandschrank nahm. Schnell eilte sie wieder von dannen, und nun hörte Albert, wie beide, Hausfrau und Haushälterin, treppauf, treppab klapperten und klirrten, dabei erschallten die gellenden Stimmen gerufener Mägde, und aus der Küche herauf erklang die angenehme Musik von Mörser und Reibeisen. – Gott im Himmel, dachte Albert, wäre der General eingezogen mit dem ganzen Hauptquartier, mehr Lärm könnt es nicht geben, als meine unglückliche Tasse Glühwein zu verursachen scheint!

Der Baron, der von der Hühnerzucht übergegangen zur Jagd, war mit der verwickelten Erzählung von einem sehr schönen Hirsch, der sich blicken lassen und den er *nicht* geschossen, noch nicht völlig zu Ende, als die Baronesse wieder in den Saal trat, hinter ihr aber niemand anders als Paul Talkebarth, der in zierlichem Porzellangeschirr den Glühwein herbeitrug. „Nur alles hieher gestellt, mein guter Paul", sprach die Baronesse sehr freundlich, welches Paul Talkebarth mit einem unbeschreiblich süßen: „A fu zerpire, Madame!"[1] erwiderte. – Die Manen der auf dem Hofe Erschlagenen schienen versöhnt und alles verziehen.

Man setzte sich nun erst wieder ruhig zueinander. Die Baronesse begann, nachdem sie das Getränk den Freunden kredenzt, an einem ungeheuern wollnen Strumpf zu stricken, und der Baron nahm Gelegenheit, sich weitläuftig über die Art des Gestricks, das bestimmt sei, auf der Jagd getragen zu werden, auszulassen. Währenddessen ergriff er die Kanne, um sich auch eine Tasse Glühwein einzuschenken. „Ernst!" rief ihm die Baronesse mit strafendem Tone zu; augenblicklich stand er von seinem Vorhaben ab und schlich an den Wandschrank, wo er ganz im stillen ein Schnäpschen genoß. – Albert nutzte diesen Augenblick, um endlich den langweiligen Gesprächen des Barons ein Ziel zu setzen, indem er angelegentlich nach seines Freundes Tun und Treiben forschte. Viktor meinte dagegen, daß es noch Zeit genug geben werde, mit zwei Worten zu sagen, was sich während der Zeit, als sie getrennt, mit ihm begeben, daß er es aber gar nicht erwarten könne, aus Alberts Munde alles Denkwürdige von den gewaltigen Ereignissen der letzten verhängnisvollen Zeit zu vernehmen. Die Baronesse versicherte lächelnd, daß sich nichts hübscher anhören lasse als Geschichten von Krieg, Mord und Totschlag. Auch der Baron, der sich wieder zur Gesellschaft gesetzt, meinte, daß er gar zu gern von Schlachten erzählen höre, wo es recht blutig hergegangen, da ihn dies immer an seine Jagdpartien erinnere. Er stand im Begriff, wieder einzubiegen in die Geschichte von dem nicht geschossenen Hirsch. Doch Albert unterbrach ihn, indem er, vor innerm Unmut laut auflachend, versicherte, daß zwar auf der Jagd auch scharf geschossen werde; übrigens aber die Einrichtung nicht übel sei, daß die Hirsche, Rehe, Hasen und so weiter, deren Blut es koste,

[1] (franz. A vous servir, Madame!) Ihnen zu dienen, Madame!

nicht wieder schössen.

Albert fühlte sich von dem Getränk, das er genossen und das er von edlem Wein ganz vortrefflich bereitet gefunden, durch und durch erwärmt, und dies körperliche Wohlbehagen wirkte wohltätig auf sein geistiges und schlug den Mißmut völlig nieder, der ihn in der unheimischen Umgebung ergriffen. – Vor Viktors Augen entfaltete er nun das ganze schauerlich erhabene Gemälde jener furchtbaren Schlacht, die auf einmal alle Hoffnungen des geträumten Weltherrschers vernichtete. Mit der glühendsten Begeisterung schilderte Albert den unbezwingbaren Löwenmut jener Bataillone, die zuletzt das Dorf Planchenois erstürmten, und schloß endlich mit den Worten: „O Viktor! – Viktor! wärst du dabeigewesen, hättest du mit mir gefochten!"

Viktor war dicht an den Stuhl der Baronesse gerückt, hatte den ansehnlichen Knäuel Wolle, als er von dem Schoß der Baronesse herabgekugelt, ergriffen und spielte damit in den Händen, so daß die emsige Strickerin genötigt war, den Faden zwischen Viktors Fingern durchzuziehen, und es nicht wohl vermeiden konnte, öfters mit den überlangen Stricknadeln seinen Arm zu treffen.

Bei jenen, mit erhöhter Stimme ausgesprochnen Worten Alberts schien Viktor plötzlich wie aus einem Traum zu erwachen. Er blickte seinen Freund an mit seltsamem Lächeln und sprach halbleise: „Ja, mein teurer Albert, es ist nur zu wahr, was du sagst! Der Mensch fängt sich oft selbst ganz früh in Schlingen, deren gordischen Knoten erst der Tod gewaltsam zerreißt! – Was aber die Teufelsbeschwörungen überhaupt betrifft, so ist das kecke Rufen des eignen furchtbaren Geistes wohl die bedrohlichste, die es geben mag. – Doch hier schläft schon alles!"

Viktors unverständliche, geheimnisvolle Worte bewiesen hinlänglich, daß er nicht eine Silbe von dem vernommen, was Albert gesprochen, sondern sich vielmehr die ganze Zeit über Träumen überlassen, die noch dazu von gar seltsamer Natur sein mußten.

Man kann denken, daß Albert vor Befremden verstummte. Nun bemerkte er auch, um sich blickend, erst, daß dem Hausherrn, der mit vor dem Bauch gefalteten Händen in die Lehne des Sessels zurückgesunken, das müde Haupt auf der Brust lag und daß die Baronesse mit fest geschlossenen Augen nur wie ein aufgezogenes Uhrwerk mechanisch fortstrickte.

Albert sprang schnell und mit Geräusch auf; doch in demselben Augenblick erhob sich auch die Baronesse und näherte sich ihm mit einem Anstande, der so frei, edel und anmutig zugleich war, daß Albert nichts mehr von der kleinen, genährten, beinahe drolligen Figur sah, sondern die Baronesse in ein anderes Wesen verwandelt glaubte. „Verzeihen Sie", sprach sie dann mit süßem Wohllaut, indem sie Alberts Hand faßte, „verzeihen Sie es, Herr Obristlieutnant, der vom Anbruch des Tages an beschäftigten Hausfrau, wenn sie am Abend der Ermüdung nicht zu widerstehen vermag, und wird auch zu ihr auf das herrlichste von den herrlichsten Dingen gesprochen; dasselbe mögen Sie dem rüstigen Jäger verzeihen. Es ist unmöglich, daß Sie sich nicht darnach sehnen sollten, mit Ihrem Freunde allein zu sein und sich recht aus dem Herzen auszusprechen, und da ist jeder Zeuge lästig. Gewiß wird es Ihnen gemütlich scheinen, mit Ihrem Freunde allein das Nachtessen einzunehmen, das ich in seinen Zimmern bereiten lassen."

Gelegener konnte Albert kein Vorschlag sein. Auf der Stelle beurlaubte er sich in den höflichsten Ausdrücken bei der freundlichen Wirtin, der er jetzt das Schlüsselbund, den Jammer über den erschrockenen Hans Gucklick sowie den Strickstrumpf nebst dem Einnicken von Herzen verzieh!

„Lieber Ernst!" rief die Baronesse, als die Freunde sich bei dem Baron empfehlen wollten; da dieser aber statt aller Antwort sehr vernehmlich rief: „Huß – Huß – Tyras – Waldmann – Allons!" und das Haupt auf die andere Seite hängen ließ, so mochte man ihn in seinen süßen Träumen nicht weiter stören.

„Sage", rief Albert, als er sich mit Viktor allein befand, „sage, was ist mit dir vorgegangen? – Doch – erst laß uns essen, denn mich hungert, und in der Tat, es scheint hier mehr vorhanden als das bescheiden gewünschte Butterbrot."

Der Obristlieutnant hatte recht; denn er fand einen gar zierlich gedeckten, mit den leckersten kalten Speisen besetzten Tisch, dessen vorzüglichste Zierde ein Bayonner Schinken und eine Pastete von roten Rebhühnern schien. Paul Talkebarth meinte, als Albert sein Wohlbehagen äußerte, schalkisch lächelnd, daß, wenn er nicht gewesen wäre und der Jungfer Mariane alles gesteckt hätte, was der Herr Obristlieutnant gern genieße, als Suppenfink (souper fin)[1] – aber noch könne er es der Muhme Liese nicht vergessen, daß sie an seinem Hochzeitstage den Reisbrei verbrannt, und er sei nun Witwer seit dreißig Jahren, und man könne nicht wissen, denn Ehen würden im Himmel geschlossen, und Jungfer Mariane – doch die gnädige Frau Baronesse habe ihm das Beste selbst zugestellt, nämlich einen ganzen Korb mit Sellerie für die Herrn. – Albert wußte nicht recht, wozu ihm die unbillige Menge Gemüse aufgetischt werden sollte, war dann aber sehr zufrieden, als Paul Talkebarth den Korb, der nichts anders enthielt als sechs Flaschen des schönsten Vin de Sillery, herbeitrug.

Während Albert es sich nun recht wohlschmecken ließ, erzählte Viktor, wie er auf das Gut des Barons von E. gekommen.

Die der stärksten Natur öfters unverwindlichen Strapazen des ersten Feldzuges (1813) hatten Viktors Gesundheit zerrüttet. Die Bäder in Aachen sollten ihn herstellen, und er befand sich gerade dort, als Buonapartes Flucht von Elba die Losung gab zum neuen blutigen Kampf. Als man sich zum Feldzuge rüstete, erhielt Viktor von der Residenz aus die Weisung, sich, sollte es sein Gesundheitszustand erlauben, zu der Armee an den Niederrhein zu begeben; das waltende Schicksal erlaubte ihm aber statt dessen nur einen Ritt von vier bis fünf Stunden. Gerade vor dem Tor des Landhauses, in dem sich jetzt die Freunde befanden, wurde Viktors Pferd, sonst das sicherste, furchtloseste Tier von der Welt, geprüft in dem wildesten Getöse der Schlacht, plötzlich scheu, bäumte sich, und Viktor stürzte herab, wie er selbst sagte, gleich einem Schulknaben, der zum erstenmal ein Roß bestiegen. Besinnungslos lag er da, in-

[1] (franz.) auserlesenes Abendessen.

dem das Blut einer bedeutenden Kopfwunde entströmte, die er sich an einem scharfen Stein geschlagen. Man brachte ihn in das Haus, und hier mußte er, da jeder Transport gefährlich schien, seine Genesung abwarten, die noch jetzt nicht ganz vollendet schien, da ihn, unerachtet die Wunde längst geheilt war, noch Fieberanfälle ermatteten. Viktor ergoß sich in den wärmsten Lobeserhebungen rücksichts der sorglichsten Wartung und Pflege, welche ihm die Baronesse angedeihen lassen.

„Nun“, rief Albert laut auflachend, „nun, in der Tat, darauf war ich nicht gefaßt. Wunder denk ich, was du mir Außerordentliches erzählen wirst, und am Ende läuft es auf eine, nimm mir's nicht übel, etwas einfältige Geschichte hinaus, wie sie in hundert abgedroschenen Romanen zu finden, so daß sie kein Mensch mehr selbst mit Anstand erleben kann. – Der wunde Ritter wird ins Schloß getragen, die Herrin des Hauses pflegt ihn – und der Ritter wird zum zärtlichen Amoroso![1] – Denn Viktor, daß du deinem bisherigen Geschmack, ja deiner ganzen Lebensweise zum Trotz dich plötzlich in eine ältliche dicke Frau verliebt hast, die so häuslich und wirtschaftlich ist, daß man darüber des Teufels werden möchte, daß du noch dazu den sehnsüchtigen, schmachtenden Jüngling spielst, der, wie es irgendwo heißt, seufzet wie ein Ofen und Lieder macht auf seiner Liebsten Brauen – nun, das alles will ich am Ende auch noch für Krankheit halten! – Das einzige, was dich einigermaßen entschuldigen könnte und dich poetisch darstellen, wäre der spanische Infant im ‚Arzt seiner Ehre‘, der, gleiches Schicksal mit dir teilend, an dem Tor des Landhauses der Donna Menzia auf die Nase fiel und am Ende die Geliebte fand, die ihm unbewußt –“ – „Halt“, rief Viktor, „halt! – glaubst du denn nicht, daß ich es vollkommen einsehe, begreife, wenn ich dir als ein ganz alberner Geck vorkommen muß? – Doch! es ist hier noch etwas andres, Geheimnisvolles im Spiel. – Nun, laß uns trinken!“

Der Wein und Alberts lebendiges Gespräch hatte Viktorn wohlgefällig angeregt; er schien erwacht aus düstrer Träumerei. Als nun aber endlich Albert, das volle Glas

[1] (ital.) schmachtender Liebhaber.

erhebend, sprach: „Nun, Viktor, teurer Infant, Donna Menzia soll leben und aussehen wie unsre kleine dicke Hausfrau!" da rief Viktor lachend: „Nein, ich kann es doch nicht ertragen, daß du mich für einen Gecken halten mußt! – Ich fühle mich im Innersten heiter und aufgelegt, dir alles zu sagen, alles zu beichten! – Du mußt es dir aber gefallen lassen, von einer ganz eignen Periode meines Lebens, die in meine Jünglingsjahre fällt, zu hören, und es ist möglich, daß die halbe Nacht darüber vergeht."

„Erzähle", erwiderte Albert, „denn ich gewahre, daß noch hinlänglicher Wein vorhanden, um die etwa sinkenden Lebensgeister aufzufrischen. – Wär es nur nicht so entsetzlich kalt im Saal und ein Verbrechen, jetzt noch jemanden von den Hausleuten aufzustören."

„Sollte", sprach Viktor, „sollte Paul Talkebarth nicht dafür gesorgt haben?" – Wirklich versicherte dieser, in seiner bekannten französischen Mundart höflich fluchend, daß er das vortrefflichste Holz selbst klein zugeschnitten und bewahrt habe zum köstlichsten Kaminfeuer, welches er sogleich anfachen werde. – „Es ist nur gut", sagte Viktor, „daß es mir hier nicht so gehen kann wie einst bei einem Droguerei-Händler in Meaux, wo der ehrliche Paul Talkebarth mir ein Kaminfeuer angemacht, das wenigstens zwölfhundert Franken kostete. Der Gute hatte Sandel-Brasilienholz ergriffen, zerhackt und in den Kamin gesteckt, so daß ich mir beinahe vorkam wie Andalosia, des bekannten Herrn Fortunatus berühmter Sohn, dessen Koch das Feuer von Spezereien anschüren mußte, als der König verboten, ihm Holz zu verkaufen.

Du weißt", fuhr Viktor fort, als das Feuer lustig knisterte und flammte und Paul Talkebarth sich aus dem Zimmer entfernt hatte, „du weißt, mein teurer Freund Albert, daß ich meine militärische Laufbahn bei der Garde in P. begann, sonst aber von meiner Jünglingszeit wohl wenig mehr als das, da es nie besondere Gelegenheit gab, davon zu reden; mehr aber noch, weil das Bild jener Jahre nur in halbverwischten Zügen vor meiner Seele stand und erst hier wieder in hellen Farben aufleuchtete. – Meine erste Erziehung in meines Vaters

Hause kann ich nicht eben schlecht nennen. Ich hatte eigentlich gar keine; man überließ mich meinen Neigungen, und gerade diese schienen nichts weniger darzutun als meinen Beruf zu den Waffen. Offenbar fühlte ich mich zu wissenschaftlicher Bildung hingezogen, die mir der alte Magister, der mein Hofmeister sein sollte und der froh war, wenn man ihn nur in Ruhe ließ, nicht geben konnte. Erst in P. gewann ich mit Leichtigkeit Kenntnis neuerer Sprachen, so wie ich die dem Offizier nötigen Studien mit Eifer trieb und Erfolg. Außerdem las ich mit einer Art von Wut alles, was mir in die Hände kam, ohne Auswahl, ohne Rücksicht auf Nützlichkeit; indessen erhielt ich doch, da mein Gedächtnis vortrefflich, eine Menge historischer Kenntnisse, selbst wußte ich nicht wie. – Man hat mir später die Ehre angetan, zu behaupten, es säße ein poetischer Geist in mir, den ich nur selbst nicht recht anerkennen wolle; gewiß ist es aber, daß mich die Meisterwerke der großen Dichter jener Periode in einen Zustand der Begeisterung versetzten, von dem ich keine Ahnung gehabt; ich erschien mir selbst als ein anderes Wesen, das nur erst sich entwickelt zum regen Leben. – Ich will nur ‚Werthers Leiden', vorzüglich aber Schillers ‚Räuber' nennen. Einen ganz andern Schwung aber gab meiner Phantasie ein Buch, das gerade deshalb, weil es nicht vollendet ist, dem Geist einen Stoß gibt, so daß er rastlos fortarbeiten muß in ewigen Pendulschwingungen. – Ich meine Schillers ‚Geisterseher'. Mag es sein, daß der Hang zum Mystischen, zum Wunderbaren, der überhaupt tief in der menschlichen Natur begründet ist, stärker bei mir vorwaltete; genug, als ich jenes Buch gelesen, das die Beschwörungsformeln der mächtigsten schwarzen Kunst selbst zu enthalten scheint, hatte sich mir ein magisches Reich voll überirdischer oder besser unterirdischer Wunder erschlossen, in dem ich wandelte und mich verirrte, wie ein Träumer. Einmal in diese Stimmung geraten, verschlang ich mit Begierde alles, was nur zu jener Stimmung sich hinneigte, und selbst Werke von weit geringerem Gehalt verfehlten keineswegs ihre Wirkung. So machte auch der ‚Genius' von Grosse auf mich einen tiefen Eindruck, und ich darf mich auch jetzt dessen keinesweges schämen, da wenigstens der erste Teil, dessen größere Hälfte in den Schillerschen ‚Horen' abgedruckt stand, der Lebendigkeit der Darstellung und auch wohl der geschickten Behandlung des Stoffs halber die ganze literarische Welt in Bewegung setzte. Manchen Arrest mußte ich dulden, wenn ich auf der Wache, in solch ein Buch oder auch nur in meine mystischen Träume vertieft, das Herausrufen überhört hatte und erst vom Unteroffizier geholt werden mußte. Gerade in dieser Zeit brachte mich der Zufall einem sehr seltsamen Manne näher. – Es begab sich nämlich, daß ich an einem schönen Sommerabend, als die Sonne schon gesunken und die Dämmerung eingebrochen, in der Gegend eines Lustorts vor P., einsam, wie es meine Gewohnheit war, lustwandelte. Da schien es mir, als vernähme ich aus dem Dickicht eines kleinen Wäldchens, das seitwärts ab vom Wege lag, dumpfe Klagetöne und dazwischen in einer mir unbekannten Sprache heftig ausgestoßene Reden. Ich glaubte jemanden hülfsbedürftig, eilte hin nach der Stelle, von woher die Laute zu kommen schienen, und gewahrte bald in dem Schimmer des Abendrots eine große breitschultrige Figur, die, in einen gemeinen Soldatenmantel gehüllt, auf dem Boden ausgestreckt lag. Ganz nahe hinzugetreten, erkannte ich zu meinem nicht geringen Erstaunen den Major O'Malley von den Grenadieren. ‚Mein Gott', rief ich aus, ‚sind Sie es, Herr Major? – in diesem Zustande? – Sind Sie krank – kann ich helfen?' Der Major betrachtete mich mit starrem, wildem Blick und sprach dann in barschem Ton: ‚Welcher Teufel führt Euch her, Lieutnant? Was kümmert es Euch, ob ich hier liege oder nicht, schert Euch nach der Stadt!' – Die Leichenblässe, die auf O'Malleys Gesicht lag, die ganze Art, wie ich ihn fand, ließ mich indessen Unheimliches ahnen, und ich erklärte, daß ich ihn durchaus nicht verlassen, sondern nur mit ihm zusammen nach der Stadt zurückkehren würde. ‚So?' sprach der Major ganz gelassen und kalt, nachdem er einige Augenblicke geschwiegen, und versuchte sich aufzuraffen, worin ich ihm, da es ihm schwer zu werden schien, beistand. Ich bemerkte nun, daß er, wie er es oft tat, wenn er noch des Abends sich hinaus ins Freie machte, bloß über das

Hemde, ohne weiter angekleidet zu sein, einen gemeinen sogenannten Kommißmantel geworfen, dazu aber Stiefeln angezogen und den Offizierhut mit breiter goldner Tresse auf das kahle Haupt gedrückt hatte. Eine Pistole, die auf der Erde neben ihm gelegen, ergriff er schnell und steckte sie, um sie meinen Blicken zu entziehen, in die Tasche des Mantels. Auf dem ganzen Wege nach der Stadt sprach er keine Silbe mit mir, sondern stieß nur dann und wann abgebrochene Reden aus in seiner Muttersprache (er war Irländer von Geburt), die ich nicht verstand. Vor seinem Quartier angekommen, drückte er mir die Hand und sprach mit einem Ton, der in der Tat etwas Unbeschreibliches, nie Gehörtes hatte, so daß er noch in meiner Seele widerklingt: ‚Gute Nacht, Lieutnant! – Der Himmel beschütze Euch und gebe Euch gute Träume!' – Dieser Major O'Malley war wohl einer der allerverwunderlichsten Menschen, die es geben kann, und rechne ich vielleicht ein paar etwas exzentrische Engländer ab, die mir vorgekommen, so wüßte ich keinen Offizier in der ganzen großen Armee, der in der äußern Erscheinung mit O'Malley zu vergleichen. Ist es wahr, was viele Reisende behaupten, daß die Natur sich eben nirgends solch ganz besonderer Prägstöcke bedient als in Irland, weshalb denn jede Familie die artigsten Kabinettsstückchen aufzuweisen hat, so konnte der Major O'Malley billigerweise für einen Prototypus seiner ganzen Nation gelten. Denke dir einen baumstarken Mann von sechs Fuß Höhe, dessen Bau man gerade nicht ungeschickt nennen kann, aber kein Glied paßt zum andern, und die ganze Figur scheint zusammengewürfelt wie in jenem Spiel, in dem Figuren aus einzelnen Teilen, deren Nummer die Würfel bestimmen, zusammengefügt werden. Die Adlernase, die fein geschlitzten Lippen würden das Antlitz zum Edlen erheben; aber sind die hervorstehenden Glasaugen beinahe widrig, so tragen die hohen schwarzen buschigen Augenbraunen den Charakter der komischen Maske. – Sehr seltsam hatte des Majors Antlitz etwas Weinerliches, wenn er lachte, wiewohl das selten geschah; dagegen war es, als ob er lache, wenn ihn die Wut des wildesten Zorns übermannte; aber dieses Lachen hatte so etwas Grauenhaftes, daß die ältesten, im Gemüt handfestesten Bursche sich davor entsetzten. Ebenso selten als O'Malley lachte, ebenso selten ließ er sich aber auch hinreißen vom Zorn. Ganz unmöglich schien es, daß dem Major jemals hätte eine Uniform passen sollen. Die Kunst des geschicktesten Regimentsschneiders scheiterte an des Majors unförmlicher Gestalt; der nach dem genauesten Maß zugeschnittene Rock schlug schnöde Falten, hing ihm am Leibe, als sei er aufgehängt zum Ausbürsten, während der Degen an den Beinen schlotterte und der Hut in so seltsamer Richtung auf dem Kopfe saß, daß man schon auf hundert Schritte den militärischen Schismatiker erkannte. Was aber bei der pedantischen Formkrämerei jener Zeit ganz unerhört scheinen mußte: O'Malley trug – keinen Zopf. Freilich möchte auch dieser an den wenigen grauen Löckchen, die sich am Hinterhaupte kräuselten, schwer gehaftet haben, da sonst der Kopf völlig haarlos war. Ritt der Major, so glaubte man, er müsse jeden Augenblick vom Pferde fallen, focht er, jeden Augenblick vom Gegner getroffen werden; und doch war er der beste Reiter, Fechter, überhaupt der geübteste, gewandteste Gymnastiker, den es nur geben konnte. – Soviel, um dir das Bild eines Mannes zu geben, dessen ganzes Treiben geheimnisvoll zu nennen, da er bald bedeutende Summen wegwarf, bald hülfsbedürftig erschien und, jeder Kontrolle seiner Obern, jedem Dienstzwange entzogen, durchaus tat, was er wollte. Eben das, was er wollte, war aber meistenteils so exzentrisch oder vielmehr so spleenisch toll, daß man um seinen Verstand besorgt werden konnte. – Man sprach davon, daß der Major zu einer gewissen Zeit, in welcher P. mit seinen Umgebungen der Schauplatz seltsamer, in die Geschichte des Tages eingreifender Mystifikationen war, eine wichtige Rolle gespielt habe und noch in Verbindungen stehe, die das Unbegreifliche seiner Stellung erzeugten. – Ein sehr verrufenes Buch, das damals (irr ich nicht, unter dem Titel: ‚Exkorporationen') erschien und in welchem man das Bild eines Mannes fand, das dem Major ähnlich, nährte jenen Glauben; und auch ich, von dem mystischen Inhalt jenes Buchs angeregt, fühlte mich desto mehr geneigt, O'Malley für eine Art Armenier zu halten, je länger und näher ich sein wunderliches, wohl könnt ich sagen spukhaftes Treiben beobachtete. Dazu gab er mir nämlich selbst Gelegenheit, indem er seit jenem Abende, als ich ihn krank, oder auf andere Weise erschüttert, im Walde antraf, eine ganz besondere Zuneigung zu mir gewonnen hatte, so daß es ihm Bedürfnis schien, mich täglich zu sehen. – Dir die ganz absonderliche Art dieses Umgangs zu beschreiben, dir manches zu erzählen, was das Urteil der Burschen, welche keck behaupteten, der Major sei ein Doppeltgänger und stehe überhaupt mit dem Teufel im Bunde, vollkommen zu rechtfertigen schien, alles dessen bedarf es nicht, da du bald den unheimlichen Geist, der bestimmt war, auf verstörende Weise einzugreifen in mein Leben, hinlänglich kennenlernen wirst.

Ich hatte die Schloßwache, und dort besuchte mich mein Vetter, der Hauptmann von T., der noch mit einem jungen Offizier aus B. nach P. gekommen. Im traulichen Gespräch saßen wir beim Glase Wein, als, beinahe war es schon Mitternacht, der Major O'Malley eintrat. ‚Ich glaubte Euch allein, Lieutnant', sprach er, indem er meine Gäste verdrießlich anblickte, und wollte sich wieder entfernen. Der Hauptmann erinnerte ihn daran, daß sie ja alte Bekannte wären, und auf mein Bitten ließ O'Malley es sich gefallen, bei uns zu bleiben.

‚Euer Wein', rief O'Malley, als er ein Glas nach seiner Weise schnell hinuntergestürzt, ‚Euer Wein, Lieutnant, ist der schnödeste Krätzer, der je eines ehrlichen Kerls Gedärme zerrissen; laßt sehen, ob dieser hier von einer bessern Sorte!'

Damit holte er aus der Tasche des Kommißmantels, den er über das Hemde gezogen, eine Flasche und schenkte ein. Wir fanden den Wein vortrefflich und hielten ihn für einen vorzüglich feurigen Ungar.

Selbst weiß ich nicht, wie sich das Gespräch auf magische Operationen und zuletzt auf jenes verrufene Buch wandte, dessen ich zuvor gedachte. Dem Hauptmann war, vorzüglich wenn er Wein getrunken, ein gewisser spöttelnder Ton eigen, den nicht jeder gut vertragen mag. In diesem Tone begann er von militärischen Geisterbannern und Hexenmeistern zu sprechen, die zu jener Zeit allerliebste Dinge zustande gebracht, wofür man ihrer Macht noch jetzt huldigen und Opfer bringen müsse. ‚Wen meint', rief O'Malley mit dröhnender Stimme, ‚wen meint Ihr, Hauptmann? – Meint Ihr etwa mich, so wollen wir das Geisterbannen beiseite stellen; daß ich mich aber auf das *Ent*geistern verstehe, könnt ich Euch beweisen, und dazu bedarf ich statt eines sonstigen Talismans nur meines Degens oder eines guten Pistolenlaufs.'

Zu nichts weniger war der Hauptmann aufgelegt, als mit O'Malley Händel anzufangen; er versicherte daher, artig einlenkend, daß er zwar allerdings den Major gemeint, indessen nur Scherz im Sinne gehabt, der vielleicht unzeitig gewesen. Im Ernst wolle er aber jetzt den Major fragen, ob er nicht gut tun würde, das alberne Gerücht, daß er wirklich über unheimliche Mächte gebiete, zu widerlegen und so auch seinerseits dem dummen Aberglauben zu steuern, der nicht mehr in das aufgeklärte Zeitalter passe. – Der Major lehnte sich über den ganzen Tisch, stützte den Kopf auf beide Fäuste, so daß seine Nase kaum eine Spanne weit von des Hauptmanns Antlitz entfernt war, und sprach dann, ihn mit seinen hervorglotzenden Augen starr anblickend, sehr gelassen: ‚Hat Euch, mein Gönner! der Herr auch nicht etwa mit einem sehr durchdringenden Geist erleuchtet, so werdet Ihr, hoff ich, doch einzusehn vermögen, daß es die törichtste, einbildischte, ja, ich möchte sagen, verruchteste Anmaßung wäre, wenn wir glauben wollten, mit unserm geistigen Prinzip sei alles abgeschlossen und es gebe keine geistigen Naturen, die, anders begabt als wir, oft nur sich selbst aus jener Natur allein die momentane Form bildend, sich uns offenbaren in Raum und Zeit, ja die, nach irgendeiner Wechselwirkung strebend, hineinflüchten könnten in das Tongebäcke, was wir Körper nennen. Ich will es Euch nicht zum Vorwurf machen, Hauptmann, daß Ihr in allen Dingen, die man weder bei der Revue noch auf der Parade lernt, sehr unwissend seid und nichts gelesen habt. Hättet Ihr aber nur etwas weniges in tüchtige Bücher geguckt, kenntet Ihr den Cardanus, den Justinus Martyr, den Lactanz, den Cyprian, den Clemens von Alexandrien, den Macrobius, den Trismegistus, den Nollius, den Dorneus, den Theophrastus, den Fludd, den Wilhelm Postel, den Mirandola, ja nur die kabbalistischen Juden Joseph und Philo, Euch wäre vielleicht eine Ahnung aufgegangen von Dingen, die jetzt Euern Horizont übersteigen und von denen Ihr daher auch gar nicht reden solltet.‘

Damit sprang O'Malley auf und ging mit starken gewaltigen Schritten auf und ab, so daß die Fenster und die Gläser zitterten.

Unerachtet, versicherte der Hauptmann etwas betreten, unerachtet er des Majors Gelehrsamkeit hoch in Ehren halte, unerachtet er gar nicht in Abrede stellen wolle, daß es höhere geistige Naturen gebe und geben müsse, so sei er doch fest überzeugt, daß irgendeine Verbindung mit einer unbekannten Geisterwelt durchaus gegen die Bedingung der menschlichen Natur, mithin unmöglich sei und alles, was als Beweis des Gegenteils gelten solle, auf Selbsttäuschung oder Betrug beruhe.

O'Malley blieb, als der Hauptmann schon einige Sekunden geschwiegen, plötzlich stehen und begann: ‚Hauptmann, oder‘ (sich zu mir wendend) ‚Ihr, Lieutnant, tut mir den Gefallen und setzt Euch hin und schreibt ein Heldengedicht, ebenso herrlich, so übermenschlich groß wie die Ilias!‘

Wir erwiderten beide, daß uns das wohl nicht gelingen werde, da keinem der homerische Geist inwohne. ‚Ha, ha‘, rief der Major, ‚seht Ihr wohl, Hauptmann! Weil Euer Geist unfähig ist, Göttliches zu empfangen und zu gebären, ja weil Eure Natur nicht einmal von der Beschaffenheit sein mag, sich auch nur zur Erkenntnis zu entzünden, deshalb müßtet Ihr eigentlich leugnen, daß aus irgendeinem Menschen sich dergleichen gestalten könne. – Ich sage Euch, jener Umgang mit höheren geistigen Naturen ist bedingt durch einen besondern psychischen Organism; und wie die dichterische Schöpfungskraft, so ist auch jener Organism eine Gabe, mit der die Gunst des Weltgeistes seinen Liebling ausstattet.‘

Ich las in des Hauptmanns Gesicht, daß er im Begriff stand, irgend etwas Spöttisches dem Major zu entgegnen. Um es nicht dazu kommen zu lassen, nahm ich das Wort und machte dem Major bemerklich, daß, soviel ich wüßte, doch die Kabbalisten gewisse Formen und Regeln aufstellten, um zu jenem Umgange mit unbekannten geistigen Wesen zu gelangen. Noch ehe der Major aber antworten konnte, sprang der Hauptmann, von Wein erhitzt, auf und sprach im bittern Ton: ‚Nun was hilft hier alles Schwatzen; Ihr gebt Euch für eine höhere Natur aus, Major; Ihr wollt uns glauben machen, daß Ihr, aus besserm Stoffe geschaffen als unsereins, den Geistern gebietet! – Erlaubt, daß ich Euch so lange für einen betörten Schwärmer halte, bis Ihr uns Eure psychische Kraft zutage gelegt.‘

Der Major lachte wild auf und sprach dann: ‚Ihr haltet mich für einen gemeinen Geisterbanner, für einen kläglichen Taschenspieler, Hauptmann? – Das steht Euerm kurzsichtigen Sinne wohl an! – Doch! – Es soll Euch vergönnt sein, einen Blick in ein dunkles Reich zu tun, das Ihr nicht ahnet und das Euch verderblich erfassen kann! – Ich warne Euch indessen vorher und gebe Euch zu bedenken, daß Euer Gemüt nicht stark genug sein könnte, manches zu ertragen, das mir ein ergötzliches Spiel dünkt.‘

Der Hauptmann versicherte, daß er bereit sei, es mit allen Geistern und Teufeln aufzunehmen, die O'Malley zu beschwören imstande wäre, und nun mußten wir dem Major auf unser Ehrenwort versprechen, uns in der Nacht des Herbstäquinoktiums [1], und zwar Schlag zehn Uhr, in dem dicht vor dem ***er Tor gelegenen Wirtshause einzufinden, wo wir das Weitere erfahren würden.

Es war indessen heller Tag geworden; die Sonne schien durch die Fenster. Da stellte sich der Major mitten ins Zimmer und rief mit donnernder Stimme: ‚Incubus! – Incubus! Nehmahmihah Scedim!‘ – warf den Mantel ab, den er bis jetzt nicht abgelegt, und stand da in voller Uniform.

In demselben Augenblick mußte ich heraus, da die Wache ins Gewehr trat. Als ich zurückkam, waren beide,

[1] Äquinoktium: die Tagundnachtgleiche am Frühlings- und am Herbstanfang (um den 21. März bzw. 23. September).

der Major und der Hauptmann, verschwunden.

,Ich blieb', sprach der junge Offizier, ein liebenswürdiger frommer Jüngling, den ich allein fand, ,ich blieb nur zurück, um Sie vor diesem Major, diesem entsetzlichen Menschen, zu warnen! – Fern von mir sollen seine fürchterlichen Geheimnisse bleiben, und mich gereut es, daß ich mein Wort gab, bei einem Akt zu sein, der vielleicht uns allen, gewiß aber dem Hauptmann verderblich sein kann. Sie werden mir zutrauen, daß ich nicht geneigt bin, jetzt mehr daran zu glauben, was die alte Wärterin dem Kinde vorerzählte; aber ! – Haben Sie wohl bemerkt, daß der Major nach und nach acht Flaschen aus der Tasche zog, die kaum groß genug schien, eine einzige zu fassen? – daß er zuletzt, unerachtet er unter dem Mantel nur das Hemde trug, plotzlich von unsichtbaren Händen angekleidet dastand?' – Es war dem so, wie der Lieutnant sagte, und ich muß gestehen, daß eiskalte Schauer mich durchbebten.

An dem bestimmten Tage fand sich der Hauptmann mit meinem jungen Freunde bei mir ein, und auf den Schlag zehn Uhr nachts waren wir, so wie wir es dem Major zugesagt, in dem Wirtshause. Der Lieutnant war still und in sich gekehrt, desto lauter und lustiger aber der Hauptmann.

,In der Tat', rief dieser, als es schon halb eilf Uhr worden und O'Malley sich nicht blicken ließ, ,in der Tat, ich glaube, der Herr Geisterbanner läßt uns im Stich mitsamt seinen Geistern und Teufeln!' – ,Das tut er nicht', sprach es dicht hinter dem Hauptmann, und O'Malley stand unter uns, ohne daß jemand bemerkt, wie er hereingekommen. – Dem Hauptmann erstarb die Lache, die er aufschlagen wollen.

Der Major, wie gewöhnlich in seinen Soldatenmantel gekleidet, meinte, daß es, ehe er uns an den Ort führe, wo er gedenke, sein Versprechen zu erfüllen, noch Zeit sei, ein paar Gläser Punsch zu trinken; es würde uns guttun, da die Nacht rauh und kalt sei und wir einen ziemlichen Weg zu machen hätten. Wir setzten uns an einen Tisch, auf den der Major einige zusammengebundene Fackeln und ein Buch legte.

,Hoho', rief der Hauptmann, ,das ist wohl Euer Beschwörungsbuch, Major?' – ,Allerdings', erwiderte O'Malley trocken.

Der Hauptmann ergriff das Buch, schlug es auf und lachte in demselben Augenblick so unmäßig, daß wir nicht wußten, was ihm denn so ganz toll lächerlich bedünken könne.

,Nein', sprach dann der Hauptmann, sich mit Mühe erholend, ,nein, das ist zu arg! – Major, was zum Teufel, wollt Ihr denn Euern Scherz mit uns treiben, oder habt Ihr Euch vergriffen? – Freunde, Kameraden, schaut doch nur her!'

Du kannst dir, Freund Albert, unser tiefes Erstaunen denken, als wir gewahrten, daß das Buch, das uns der Hauptmann vor die Augen hielt, kein anderes war als – Pepliers französische Grammaire! – O'Malley nahm dem Hauptmann das Buch aus der Hand, steckte es in die Manteltasche und sprach dann sehr ruhig, wie er denn überhaupt in seinem ganzen Wesen ruhiger und milder erschien als sonst jemals: ,Sehr gleichgültig kann es Euch sein, Hauptmann, welcher Mittel ich mich bedienen will, um mein Versprechen zu erfüllen, welches in nichts anderm besteht, als Euch sinnlich meine Gemeinschaft mit der Geisterwelt darzutun, die uns umgibt, ja in der unser höheres Sein bedingt ist. Glaubt Ihr denn, daß meine Kraft solcher armseliger Krücken bedarf als da sind: besondere mystische Formeln, Wahl einer besondern Zeit, eines abgelegenen schauerlichen Orts, deren sich armselige kabbalistische Schüler in nutzlosen Experimenten zu bedienen pflegen? – Auf offnem Markt, zu jeder Stunde könnt ich Euch beweisen, was ich vermag; und daß ich damals, als Ihr mich verwegen genug in die Schranken fordertet, eine besondere Zeit und, wie Ihr gleich sehen werdet, einen Ort wählte, der Euch vielleicht schauerlich bedünken möchte, war nur eine Artigkeit, die ich Eurethalben dem erzeigen wollte, der in gewisser Art diesmal Euer Gast sein soll. – Gäste empfängt man gern im Putzzimmer zur gelegensten Stunde.'

Es schlug eilf Uhr; der Major nahm die Fackeln und gebot uns, zu folgen.

Er schritt so schnell, daß wir Mühe hatten, ihm nachzukommen, voran auf dem großen Wege fort und bog, als wir das Zollhäuschen erreicht, rechts ein in den Fußsteig, der durch den dort gelegenen dichten Tannenwald führt. Nachdem wir beinahe eine Stunde gelaufen, stand der Major still und mahnte uns, dicht hinter ihm zu bleiben, da wir uns sonst leicht im Dickicht des Waldes, in das wir nun hinein müßten, verlieren könnten. Nun ging es quer durch im dicksten Gestrippe, so daß bald dieser, bald jener mit der Uniform oder mit dem Degen hängenblieb und sich mit Mühe losmachen mußte, bis wir endlich einen freien Platz erreichten. Mondesstrahlen brachen durch das finstre Gewölk, und ich gewahrte die Ruinen eines ansehnlichen Gebäudes, in welche der Major hineinschritt. Es wurde finstrer und finstrer; der Major rief uns zu, stillzustehen, weil er jeden einzeln hinabführen wolle. Mit dem Hauptmann machte er den Anfang; dann traf mich die Reihe. Der Major hatte mich umfaßt und trug mich mehr, als ich ging, hinunter in die Tiefe. ‚Bleibt', flüsterte O'Malley mir zu, ‚bleibt hier ruhig stehen, bis ich den Lieutnant gebracht, dann beginnt mein Werk.'

Ich vernahm in der undurchdringlichen Finsternis die Atemzüge eines dicht neben mir Stehenden. ‚Bist du es, Hauptmann?' rief ich. ‚Allerdings', erwiderte der Hauptmann; ‚gib acht, Vetter, es läuft alles auf dumme Taschenspielerei hinaus; aber es ist ein ganz verdammter Ort, wo uns der Major hingeführt, und ich wollte, ich säße wieder beim Punschnapf; denn mir beben alle Glieder vor Frost und, wenn du willst, auch vor einer gewissen kindischen Bangigkeit.'

Mir ging's nicht besser wie dem Hauptmann. Der rauhe Herbstwind pfiff und heulte durch die Mauern, und ein seltsames Flüstern und Ächzen antwortete ihm aus der Tiefe. Aufgescheuchtes Nachtgeflügel rauschte und flatterte um uns her, während ein leises Winseln dicht über den Boden weg zu schleichen schien. – Wahrlich, wir beide, der Hauptmann und ich, konnten von den Schauern unseres Aufenthalts wohl dasselbe sagen, was Cervantes vom Don Quixote sagt, als er die verhängnisvolle Nacht vor dem Abenteuer mit den Walkmühlen übersteht: ‚Ein minder Beherzter hätte alle Fassung verloren.' – An dem Wellengeplätscher eines nahen Wassers und an dem Heulen der Hunde gewahrten wir übrigens, daß wir uns nicht ferne von der Lederfabrik befinden mußten, die bei P. dicht an dem Strom gelegen ist. Endlich vernahmen wir dumpfe Tritte, die sich immer mehr näherten, bis dicht bei uns der Major laut rief: ‚Nun sind wir beisammen, und es kann vollbracht werden, was begonnen!' – Mittelst eines chemischen Feuerzeuges zündete er die Fackeln an, die er mitgebracht, und steckte sie in den Boden. Es waren sieben an der Zahl. Wir befanden uns in einem verfallenen Kellergewölbe. O'Malley stellte uns in einen Halbkreis, warf Mantel und Hemde ab, so daß er bis an den Gürtel nackt dastand, schlug das Buch auf und begann mit einer Stimme, die mehr dem dumpfen Brüllen eines fernen Raubtiers als dem Ton eines Menschen glich, zu lesen: ‚Monsieur, prêtez moi un peu, s'il vous plait, votre canif. – Oui, Monsieur, d'abord – le voilà – je vous le rendrai – '"[1] „Nein", unterbrach Albert hier den Freund, „nein, das ist zu arg! – Das Gespräch: ‚Vom Schreiben' aus Pepliers Grammaire als Beschwörungsformel! – Und ihr lachtet nicht laut auf, und das ganze Spiel hatte nicht auf einmal ein Ende?"

„Ich", fuhr Viktor fort, „ich komme nun zu einem Moment, von dem ich in der Tat nicht weiß, ob es mir gelingen wird, ihn dir darzustellen. Mag deine Phantasie meine Worte beleben! – Immer entsetzlicher wurde die Stimme des Majors, während der Sturm stärker brauste und der flackernde Schein der Fackeln die Wände mit seltsamen, im Fluge wechselnden Gebilden belebte. – Ich fühlte, wie kalter Schweiß auf meiner Stirne tropfte; mit Gewalt errang ich Fassung – da pfiff ein schneidender Ton durch das Gewölbe, und dicht vor meinen Augen stand ein Etwas –"

„Wie", rief Albert, „ein Etwas, was meinst du, Viktor? – eine entsetzliche Gestalt?"

„Es scheint", sprach Viktor weiter, „es scheint heilloser Unsinn, wenn ich von einer gestaltlosen Gestalt sprechen wollte, und doch kann ich kein anderes Wort finden, um das gräßliche Etwas zu bezeichnen, das ich

[1] (franz.) Mein Herr, leihen Sie mir ein wenig, bitte, Ihr Federmesser. – Ja, mein Herr, sogleich – da ist es – ich werde es Ihnen geben.

gewahrte. – Genug, in demselben Moment stieß das Grausen der Hölle seine spitzen Eisdolche mir in die Brust, und ich verlor die Besinnung. – Am hellen Mittag fand ich mich wieder, entkleidet auf mein Lager ausgestreckt. Alle Schauder der Nacht waren verschwunden, ich fühlte mich völlig wohl und leicht. Mein junger Freund schlief in dem Lehnstuhl. Sowie ich mich nur regte, erwachte der Lieutnant und bezeugte die lebhafteste Freude, als er mich ganz gesund fand. Von ihm erfuhr ich, daß er, sowie der Major sein düstres Werk begonnen, die Augen zugedrückt und sich bemüht, dem Gespräch aus Pepliers Grammaire fest zu folgen und durchaus sich an nichts weiter zu kehren. Dessenungeachtet hatte ihn eine furchtbare, nie gekannte Angst erfaßt, er indessen die Besinnung nicht verloren. Dem gräßlichen Pfeifen (so erzählte der Lieutnant) folgte ein wildes wüstes Gelächter. Nun schlug der Lieutnant unwillkürlich die Augen auf und gewahrte den Major, der den Mantel wieder umgeworfen und im Begriff stand, den Hauptmann, der entseelt am Boden lag, auf die Schultern zu laden.

‚Nehmt Euch Eures Freundes an', rief O'Malley dem Lieutnant zu, gab ihm eine Fackel und stieg mit dem Hauptmann herauf. Jetzt redete der Lieutnant mich, der ich regungslos dastand, an, indes vergeblich. Ich schien vom Starrkrampfe ergriffen, und nur mit der äußersten Anstrengung brachte mich der Lieutnant herauf ins Freie. Plötzlich kehrte nun der Major zurück, packte mich auf die Schultern und trug mich fort, wie erst den Hauptmann. Tiefes Entsetzen faßte aber den Lieutnant, als er, aus dem Walde herausgekommen, auf dem breiten Wege einen zweiten O'Malley gewahrte, der den Hauptmann trug. Still für sich betend, besiegte er aber jenes Entsetzen und folgte mir, fest entschlossen, mich, möge sich begeben, was da wolle, nicht zu verlassen, bis vor mein Quartier, wo O'Malley mich absetzte und sich davonmachte, ohne ein Wort zu reden. Mit Hülfe meines Bedienten (das war damals schon mein ehrlicher Eulenspiegel, Paul Talkebarth) brachte mich nun der Lieutnant auf mein Zimmer und ins Bette. Mein junger Freund schloß seine Erzählung damit, daß er mich auf das rührendste beschwor, jede Gemeinschaft mit dem furchtbaren O'Malley zu vermeiden. Den Hauptmann hatte der herbeigerufene Arzt in jenem Wirtshause vor dem Tore, wo wir uns versammelt, sprachlos, vom Schlage getroffen gefunden. Er genas zwar, blieb aber untauglich für den Dienst und mußte seinen Abschied nehmen. Der Major war verschwunden; die Offiziere sagten, er sei auf Urlaub. Mir war es lieb, daß ich ihn nicht wiedersah, da mit dem Entsetzen, das sein finstres Treiben mir verursacht, eine tiefe Erbitterung in meine Seele gekommen war. Meines Verwandten Unglück war O'Malleys Werk, und blutige Rache zu nehmen schien eigentlich meine Pflicht.

Geraume Zeit war vergangen; das Bild jener verhängnisvollen Nacht verblaßt. Die Beschäftigungen, die der Dienst erfordert, unterdrückten meinen Hang zu mystischer Schwärmerei. Da fiel mir ein Buch in die Hände, dessen Wirkung auf mein ganzes Wesen mir selbst ganz unerklärlich dünkte. Ich meine jene wunderbare Erzählung Cazottes, die in einer deutschen Übersetzung ‚Teufel Amor' benannt ist. – Die mir natürliche Blödigkeit, ja ein gewisses kindisches, scheues Wesen in der Gesellschaft hatte mich entfernt gehalten von dem Frauenzimmer, so wie die besondere Richtung meines Geistes jedem Aufwallen roher Begierde widerstand. Ich kann mit Recht behaupten, daß ich ganz unschuldig war, da weder mein Verstand noch meine Phantasie sich bis jetzt mit dem Verhältnis des Mannes zum Weibe beschäftigt hatte. Jetzt erst wurde das Mysterium einer Sinnlichkeit in mir wach, die ich nicht geahnet. Meine Pulse schlugen, ein verzehrendes Feuer durchströmte Nerven und Adern bei jenen Szenen der gefährlichsten, ja grauenvollsten Liebe, die der Dichter mit glühenden Lebensfarben darstellte. Ich sah, ich hörte, ich empfand nichts als die reizende Biondetta, ich unterlag der wollüstigen Qual wie Alvarez."

„Halt", unterbrach Albert hier den Freund, „halt – nicht ganz lebhaft erinnere ich mich des ‚Diable amoureux'[1] von Cazotte; aber soviel ich weiß, dreht sich die Geschichte darum, daß ein junger Offizier in der Garde

[1] (franz.) Der verliebte Teufel.

des Königs von Neapel von einem mystischen Kameraden verführt wird, in den Ruinen von Portici den Teufel heraufzubeschwören. Als er die Bannformel gesprochen, streckt ein scheußlicher Kamelskopf mit langem Halse aus einem Fenster sich ihm entgegen und ruft mit gräßlicher Stimme: ‚Che vuoi!'[1] – Alvarez, so ist ja der junge Gardeoffizier geheißen, befiehlt dem Gespenst, in der Gestalt eines Wachtelhündchens und dann eines Pagen zu erscheinen. Es geschieht; bald aber wird aus diesem Pagen das reizendste und zugleich verliebteste Mädchen, das den Beschwörer ganz und gar bestrickt. Doch wie Cazottes gar hübsches Märlein endigt, das ist mir entfallen."

„Das", fuhr Viktor fort, „das tut vorderhand gar nichts zur Sache, du wirst wohl daran erinnert werden bei dem Schlusse meiner Geschichte – halt es meinem Hange zum Wunderbaren, wohl aber auch dem Geheimnisvollen zugute, das ich erfahren, wenn Cazottes Märchen mir bald ein Zauberspiegel dünkte, in dem ich mein eignes Schicksal erblickte. – War nicht O'Malley für mich jener mystische Niederländer, jener Soberano, der den Alvarez mit seinen Künsten verlockte?

Die Sehnsucht, die in meiner Brust glühte, das furchtbare Abenteuer des Alvarez zu bestehen, erfüllte mich mit Grausen; aber selbst die Schauer dieses Grausens ließen mich erbeben vor unbeschreiblicher Wollust, die ich nie gekannt. Oft regte es sich in meinem Innern wie eine Hoffnung, daß O'Malley wiederkehren und die Geburt der Hölle, der mein ganzes Ich hingegeben, in meine Arme liefern würde, und nicht töten konnte diese sündhafte Hoffnung der tiefe Abscheu, der dann wieder wie ein Dolch meine Brust durchfuhr. Die seltsame Stimmung, die mein aufgeregter Zustand erzeugte, blieb allen ein Rätsel; man hielt mich für gemütskrank, man wollte mich aufheitern, zerstreuen; unter dem Vorwand eines Dienstgeschäfts schickte man mich nach der Residenz, wo die glänzendsten Zirkel mir offenstanden. War ich aber jemals scheu und blöde gewesen, so verursachte mir jetzt Gesellschaft, vorzüglich aber jede Annäherung von Frauenzimmern, einen entschiedenen Widerwillen; da die reizendste mir nur Biondettas Bild, das ich im In-

[1] (ital.) Was willst du!

nern trug, zu verhöhnen schien. Als ich nach P. zurückgekommen, floh ich alle Gemeinschaft meiner Kameraden, und mein liebster Aufenthalt war jener Wald, der Schauplatz der grauenvollen Begebenheiten, die meinem armen Vetter beinahe das Leben gekostet. Dicht bei den Ruinen stand ich und war, von einer dunklen Begierde getrieben, im Begriff, mich durch das dicke Gestrüpp hineinzuarbeiten, als ich plötzlich O'Malley erblickte, der langsam herausschritt und mich gar nicht zu gewahren schien. Der lange verhaltene Zorn wallte auf; ich stürzte los auf den Major und erklärte ihm mit kurzen Worten, daß er sich meines Vetters halber mit mir schlagen müsse. ‚Das kann sogleich geschehen', sprach der Major kalt und ernst, warf den Mantel ab, zog den Degen und schlug mir den meinigen beim ersten Gange mit unwiderstehlicher Gewandtheit und Stärke aus der Hand. ‚Wir schießen uns', schrie ich in wilder Wut und wollte meinen Degen aufraffen, da hielt mich O'Malley fest und sprach mit mildem, ruhigem Ton, wie ich ihn beinahe noch niemals reden gehört: ‚Sei kein Tor, mein Sohn! du siehst, daß ich dir im Kampfe überlegen bin; ehe könntest du die Luft verwunden als mich, und niemals werd ich es über mich gewinnen, dir feindlich gegenüberzustehen, da ich dir mein Leben verdanke und wohl noch etwas mehr.' – Der Major faßte mich jetzt unter den Arm, und indem er mich mit sanfter Gewalt fortzog, bewies er mir, daß an des Hauptmanns Unfall niemand anders schuld sei als er, der Hauptmann selbst, da er sich, alles Warnens unerachtet, Dinge zugetraut, denen er nicht gewachsen, und ihn, den Major, zu dem, was er getan, genötigt durch unzeitigen, verhöhnenden Spott. – Selbst weiß ich nicht, was für eine seltsame Zauberkraft in O'Malleys Worten, in seinem ganzen Benehmen lag; es gelang ihm nicht allein, mich zu beruhigen, sondern mich auch so anzuregen, daß ich ihm willkürlos das Geheimnis meines innern Zustandes, des zerrüttenden Kampfs meiner Seele aufschloß. ‚Die besondere', sprach O'Malley, als er alles erfahren, ‚die besondere Konstellation, die über dich, mein guter Sohn, waltet, hat es nun einmal gefügt, daß ein albernes Buch dich auf dein eigentliches inneres Wesen aufmerksam machen sollte. Albern nenne ich jenes Buch, weil darin von einem Popanz die Rede ist, der sich widerlich zeigt und charakterlos. Das, was du der Wirkung jener lüsternen Bilder des Dichters zuschreibst, ist nichts als der Drang zur Vereinigung mit einem geistigen Wesen aus einer andern Region, die durch deinen glücklich gemischten Organismus bedingt ist. Hättest du mir größeres Vertrauen bewiesen, du stündest längst auf einer höheren Stufe; doch nehme ich dich noch jetzt zu meinem Schüler an.' – O'Malley fing nun an, mich mit der Natur der Elementargeister bekannt zu machen. Ich verstand wenig von dem, was er sprach, indessen lief alles so ziemlich auf die Lehre von Sylphen, Undinen, Salamandern und Gnomen hinaus, wie du sie in den Unterredungen des Comte de Gabalis finden kannst. Er schloß damit, daß er mir eine besondere Lebensweise vorschrieb, und meinte, daß ich wohl in Jahresfrist zu meiner Biondetta gelangen könne, die mir gewiß nicht die Schmach antun werde, sich in meinen Armen zum leidigen Satan umzugestalten. Mit derselben Hitze wie Alvarez versetzte ich, daß ich in so langer Zeit sterben würde vor Sehnsucht und Ungeduld und alles wagen wolle, früher mein Ziel zu erreichen. Der Major schwieg einige Augenblicke, nachdenklich vor sich hinstarrend, dann erwiderte er: ‚Es ist gewiß, daß ein Elementargeist um Eure Gunst buhlt; das kann Euch fähig machen, in kurzer Zeit das zu erlangen, wonach andere jahrelang streben. Ich will Euer Horoskop stellen; vielleicht gibt sich Eure Buhle mir zu erkennen. In neun Tagen sollt Ihr mehr erfahren.' – Ich zählte die Stunden. Bald fühlte ich mich von geheimnisvoll seliger Hoffnung durchdrungen, bald war es mir, als habe ich mich in gefährliche Dinge eingelassen. Endlich am späten Abend des neunten Tages trat der Major in mein Gemach und forderte mich auf, ihm zu folgen. ‚Es geht nach den Ruinen?' so fragte ich. ‚Mitnichten', erwiderte O'Malley lächelnd, ‚zu dem Werk, das wir vorhaben, bedarf es weder eines abgelegenen, schauerlichen Orts noch einer fürchterlichen Beschwörung aus Pepliers Grammaire. Überdem darf auch mein Incubus[1] keinen Teil haben an dem heutigen Experi-

[1] Hier: Dämon, Kobold.

ment, das *Ihr* eigentlich unternehmt, nicht ich.' Der Major führte mich in sein Quartier und erklärte, daß es darauf ankomme, mir das Etwas zu verschaffen, mittelst dessen mein Ich dem Elementargeist erschlossen werde und dieser die Macht erhalte, sich mir in der sichtbaren Welt kundzutun und mit mir Umgang zu pflegen. Es sei das Etwas, das die jüdischen Kabbalisten Teraphim nennten. Nun schob O'Malley einen Bücherschrank zur Seite, öffnete die dahinter verborgene Tür, und wir traten in ein kleines gewölbtes Kabinett, in dem ich außer allerlei seltsamen unbekannten Gerät einen vollständigen Apparat zu chemischen oder, wie ich beinahe glauben mochte, zu alchimistischen Experimenten gewahrte. Auf einem kleinen Herde schlugen aus den glühenden Kohlen bläuliche Flämmchen. Vor diesem Herde mußte ich mich, dem Major gegenüber, hinsetzen und meine Brust entblößen. Kaum hatte ich dies getan, als der Major schnell, ehe ich's mir versah, mich mit einer Lanzette unter der linken Brust ritzte und die wenigen Tropfen Bluts, die der leichten, kaum fühlbaren Wunde entquollen, in einer kleinen Phiole auffing. Dann nahm er eine hell, spiegelartig polierte Metallplatte, goß eine andere Phiole, die eine rote blutähnliche Feuchtigkeit enthielt, dann aber die mit meinem Blut gefüllte Phiole darauf aus und brachte mittelst einer Zange die Platte dicht über das Kohlenfeuer. Mich wandelte ein tiefes Grausen an, als ich zu gewahren glaubte, daß auf den Kohlen sich eine lange spitze, glühende Zunge emporschlängelte und begierig das Blut von dem Metallspiegel wegleckte. Der Major befahl mir nun, mit fest fixiertem Sinn in das Feuer zu schauen. Ich tat es, und bald wurd es mir zumute, als säh ich, wie im T aum, verworrene Gestalten aus dem Metall, das der Major noch immer über den Kohlen festhielt, durcheinanderblitzen. Doch plötzlich fühlte ich in der Brust, da, wo der Major meine Haut durchritzt, einen solchen stechenden, gewaltigen Schmerz, daß ich unwillkürlich laut aufschrie. ‚Gewonnen, gewonnen', rief in demselben Augenblick O'Malley, erhob sich von seinem Sitze und stellte ein kleines, etwa zwei Zoll hohes Püppchen, zu dem sich der Metallspiegel geformt zu haben schien, vor mir hin auf den

Herd. ‚Das', sprach der Major, ‚ist Euer Teraphim! Die Gunst des Elementargeistes gegen Euch scheint ungewöhnlich zu sein; Ihr dürfet nun das Äußerste wagen.' Auf des Majors Geheiß nahm ich das Püppchen, dem, ungeachtet es zu glühen schien, nur eine wohltuende elektrische Wärme entströmte, drückte es an die Wunde und stellte mich vor einen runden Spiegel, von dem der Major die verhüllende Decke herabgezogen. ‚Spannt', sprach O'Malley mir nun leise ins Ohr, ‚spannt Euer Inneres nun zum inbrünstigsten Verlangen, welches Euch, da der Teraphim wirkt, nicht schwer werden kann, und sprecht mit dem süßesten Ton, dessen Ihr mächtig, das Wort!' – In der Tat, ich habe das seltsam klingende Wort, das mir O'Malley vorsprach, vergessen. Kaum war aber die Hälfte der Silben über die Lippen, als ein häßliches, toll verzerrtes Gesicht aus dem Spiegel mich hämisch anlachte. ‚Alle Teufel der Hölle, wo kommst du her, verfluchter Hund!' so schrie O'Malley hinter mir. Ich wandte mich um und erblickte meinen Paul Talkebarth, der in der Türe stand, und dessen schönes Antlitz sich in dem magischen Spiegel reflektiert hatte. Der Major fuhr wütend los auf den ehrlichen Paul; doch ehe ich mich dazwischenwerfen konnte, blieb O'Malley dicht vor ihm regungslos stehen, und Paul nützte den Augenblick, sich weitläuftig zu entschuldigen, wie er mich gesucht, wie er die Tür offen gefunden, wie er hereingetreten und so weiter. ‚Hebe dich hinweg, Schlingel', sprach endlich O'Malley gelassen genug, und da ich hinzufügte: ‚Geh nur, guter Paul, gleich komme ich nach Hause', so machte sich der Eulenspiegel ganz erschrocken und verblüfft von dannen.

Ich hatte das Püppchen fest in der Hand behalten, und O'Malley versicherte, wie nur dieser Umstand es bewirkt, daß nicht alle Mühe umsonst geblieben. Talkebarths unzeitiges Dazwischentreten habe indessen die Vollendung des Werks auf lange Zeit verschoben. Er riet mir, den treuen Diener fortzujagen; das konnte ich nicht übers Herz bringen. Übrigens belehrte mich der Major, daß der Elementargeist, der mir seine Gunst geschenkt, nichts Geringeres sei als ein Salamander, wie er es schon vermutet, als er mein Horoskop gestellt, da Mars im ersten Hause gestanden. – Ich komme wiederum zu Momenten, die du, da sie keines Ausdrucks fähig, nur ahnen kannst. Vergessen war Teufel Amor, war Biondetta; ich dachte nur – an meinen Teraphim. Stundenlang konnte ich das Püppchen, vor mir auf den Tisch gestellt, anschauen, und die Liebesglut, die in meinen Adern strömte, schien dann, gleich dem himmlischen Feuer des Prometheus, das Bildlein zu beleben, und in lüsterner Begier wuchs es empor. Doch ebenso schnell zerrann die Gestaltung, als ich sie dachte, und zu der unnennbaren Qual, die mein Herz durchschnitt, gesellte sich ein seltsamer Zorn, der mich antrieb, das Püpplein, ein lächerliches, armseliges Spielwerk, von mir zu werfen. Aber indem ich es faßte, fuhr es durch alle meine Glieder wie ein elektrischer Schlag, und es war mir, als müßte mich die Trennung von dem Talisman der Liebe selbst vernichten. Gestehen will ich offen, daß meine Sehnsucht, unerachtet sie einem Elementargeiste galt, sich vorzüglich in allerlei zweideutigen Träumen auf Gegenstände der Sinnenwelt, die mich umgab, richtete, so daß meine erregte Phantasie bald dieses, bald jenes Frauenzimmer dem spröden Salamander unterschob, der sich meiner Umarmung entzog. – Ich erkannte zwar mein Unrecht und beschwor mein kleines Geheimnis, mir die begangene Untreue zu verzeihen; allein an der abnehmenden Kraft jener seltsamen Krise, die sonst meine tiefste Seele in glühender Liebe bewegte, ja an einer gewissen unbehaglichen Leere fühlte ich es wohl, daß ich mich immer mehr von meinem Ziel entfernte, statt mich ihm zu nähern. Und doch spotteten die Triebe des in voller Kraft blühenden Jünglings meines Geheimnisses, meines Widerstrebens. Ich erbebte bei der leisesten Berührung irgendeines reizenden Weibes, indem ich mich zugleich in glühender Scham erröten fühlte. – Der Zufall führte mich aufs neue nach der Residenz. Ich sah die Gräfin von L., das anmutigste, reizendste und zugleich eroberungssüchtigste Weib, das damals in den ersten Zirkeln B–s prangte; sie warf ihre Blicke auf mich, und die Stimmung, in der ich mich damals befand, mußte es ihr sehr leicht machen, mich ganz und gar in ihre Netze zu verlocken, ja, sie brachte mich endlich dahin, ihr mein Inneres ohne allen Rückhalt zu erschließen, ihr mein Geheimnis zu entdecken, ja ihr das geheimnisvolle Bildlein, das ich auf der Brust trug, zu zeigen."

„Und", unterbrach Albert den Freund, „und sie lachte dich nicht wacker aus, schalt dich nicht einen betörten Jüngling?"

„Nichts", fuhr Viktor fort, „nichts von allem dem. Sie hörte mich mit einem Ernst an, der ihr sonst gar nicht eigen, und als ich geendet, beschwor sie mich, Tränen in den Augen, den Teufelskünsten des berüchtigten O'Malley zu entsagen. Meine beiden Hände fassend, mich mit dem Ausdruck der süßesten Liebe anblickend, sprach sie von dem dunkeln Treiben der kabbalistischen Adepten so gelehrt, so gründlich, daß ich mich nicht wenig darüber verwunderte. Bis zum höchsten Grad stieg aber mein Erstaunen, als sie den Major den ruchlosesten, abscheulichsten Verräter schalt, da ich ihm das Leben gerettet und er mich dafür durch seine schwarze Kunst ins Verderben locken wolle. Zerfallen mit dem Leben, in Gefahr, zu Boden gedrückt zu werden von tiefer Schmach, sei nämlich O'Malley im Begriff gewesen, sich zu erschießen, als ich dazwischengetreten und den Selbstmord gehindert, der ihm dann leid geworden, da das Unheil von ihm abgewandt. Habe mich, so schloß die Gräfin, der Major gestürzt in psychische Krankheit, so wolle sie mich daraus erretten, und der erste Schritt dazu sei, daß ich das Bildlein in ihre Hände liefere. Ich tat das gern und willig, weil ich mich dadurch auf die schönste Art von einer unnützen Qual zu befreien glaubte. Die Gräfin müßte das nicht gewesen sein, was sie wirklich war, hätte sie nicht den Liebhaber lange Zeit schmachten lassen, ohne den brennenden Durst der Liebe zu stillen. So war es mir auch gegangen. Endlich sollte ich glücklich sein. Um Mitternacht harrte eine vertraute Dienerin meiner an einer Hinterpforte des Palastes und führte mich durch entlegene Gänge in ein Gemach, das der Gott der Liebe selbst ausgeschmückt zu haben schien. Hier sollte ich die Gräfin erwarten. Halb betäubt von dem süßen Dufte des feinen Räucherwerks, der im Zimmer wallte, bebend vor Liebe und Verlangen, stand ich in des Zimmers Mitte; da traf, durchfuhr wie ein Blitzstrahl mein innerstes Wesen ein Blick –"

„Wie", rief Albert, „ein Blick und keine Augen dazu? und du sahst nichts? – wohl wieder eine gestaltlose Gestalt!"

„Magst", sprach Viktor weiter, „magst du das unbegreiflich finden, genug – keine Gestalt, nichts gewahrte ich, und doch fühlte ich den Blick tief in meiner Brust, und ein jäher Schmerz zuckte an der Stelle, die O'Malley verwundet. In demselben Augenblick gewahrte ich auf dem Simse des Kamins mein Bildlein, faßte es schnell, stürzte heraus, gebot mit drohender Gebärde der erschrockenen Dienerin, mich herabzuführen, rannte nach Hause, weckte meinen Paul und ließ packen. Der früheste Morgen traf mich schon auf dem Rückwege nach P. – Mehrere Monate hatte ich in der Residenz zugebracht; die Kameraden freuten sich meines unverhofften Wiedersehns und hielten mich den ganzen Tag über fest, so daß ich erst am späten Abend heimkehrte in mein Quartier. Ich stellte mein liebes, wiedergewonnenes Bildlein auf den Tisch und warf mich, da ich der Ermüdung nicht länger zu widerstehen vermochte, angekleidet auf mein Lager. Bald kam mir aber das träumerische Gefühl, als umflösse mich ein strahlender Glanz! – Ich erwachte, ich schlug die Augen auf: wirklich glänzte das Gemach in magischem Schimmer. – Aber – o Herr des Himmels! – An demselben Tische, auf den ich das Püppchen gestellt, gewahrte ich ein weibliches Wesen, die, den Kopf in die Hand gestützt, zu schlummern schien. Ich kann dir nur sagen, daß ich nie eine zartere, anmutigere Gestalt, nie ein lieblicheres Antlitz träumte; dich den wunderbaren, geheimnisvollen Zauber, der dem holden Bilde entstrahlte, in Worten auch nur ahnen zu lassen, das vermag ich nicht. Sie trug ein seidnes feuerfarbnes Gewand, das, knapp an Brust und Leib anschließend, nur bis an die Knöchel reichte, so daß die zierlichen Füßchen sichtbar wurden. Die schönsten, bis an die Schultern entblößten Arme, in Farbe und Form wie hingehaucht von Tizian, schmückten goldne Spangen; in dem braunen, ins Rötliche spielenden Haar funkelte ein Diamant."

„Ei", sprach Albert lachend, „deine Salamandrin hat

keinen sonderlichen Geschmack – rötlichbraunes Haar, und dazu sich in feuerfarbne Seide zu kleiden –"

„Spotte nicht", fuhr Viktor fort, „spotte nicht, ich wiederhol es dir, daß, von geheimnisvollem Zauber befangen, mir der Atem stockte. Endlich entfloh ein tiefer Seufzer der beängsteten Brust. Da schlug sie die Augen auf, erhob sich, näherte sich mir, faßte meine Hand! – Alle Glut der Liebe, des brünstigsten Verlangens, zuckte wie ein Blitzstrahl durch mein Inneres, als sie meine Hand leise drückte, als sie mir mit der süßesten Stimme zulispelte: ‚Ja! – du hast gesiegt, du bist mein Herrscher, mein Gebieter, ich bin dein!' – ‚O du Götterkind – himmlisches Wesen!' so rief ich laut, umschlang sie und drückte sie an meine Brust. Doch in demselben Augenblick zerschmolz das Wesen in meinen Armen."

„Wie", unterbrach Albert den Freund, „wie um tausend Himmels willen – zerschmolz?" – „Zerschmolz", sprach Viktor weiter, „in meinen Armen; anders kann ich dir mein Gefühl des unbegreiflichen Verschwindens jener Holden nicht beschreiben. Zugleich erlosch der Schimmer, und ich fiel, selbst weiß ich nicht wie, in tiefen Schlaf. Als ich erwachte, hielt ich das Püppchen in der Hand. Es würde dich ermüden, wenn ich von dem seltsamen Verhältnisse mit dem geheimnisvollen Wesen, das nun begann und mehrere Wochen fortdauerte, mehr sagen sollte, als daß in jeder Nacht der Besuch sich auf dieselbe Weise wiederholte. So sehr ich mich dagegen sträubte, ich konnte dem träumerischen Zustande nicht widerstehen, der mich befiel und aus dem mich das holde Wesen mit einem Kusse weckte. Doch immer länger und länger weilte sie bei mir. Sie sprach manches von geheimnisvollen Dingen, mehr horchte ich aber auf die süße Melodie ihrer Rede als auf die Worte selbst. Sie litt und erwiderte die süßesten Liebkosungen. Glaubte ich indessen im Wahnsinn des glühendsten Entzückens den Gipfel des Glücks zu erreichen, so entschwand sie mir, indem ich in tiefen Schlaf versank. – Selbst bei Tage aber war es mir oft, als fühle ich den warmen Hauch eines mir nahen Wesens; ja, ein Flüstern, ein Seufzen vernahm ich manchmal dicht bei mir in der Gesellschaft, vorzüglich wenn ich mit einem Frauenzimmer sprach, so daß alle meine Gedanken sich auf meine holde geheimnisvolle Liebe richteten und ich stumm und starr blieb für das, was mich umgab. Es geschah, daß einst ein Fräulein in einer Gesellschaft sich mir verschämt nahte, um mir den im Pfänderspiel gewonnenen Kuß zu reichen. Indem ich mich aber zu ihr hinbeugte, fühlte ich, noch ehe meine Lippen die ihrigen berührten, einen heißen, schallenden Kuß auf meinem Munde glühen, und zugleich lispelte eine Stimme: ‚Nur mir gehören deine Küsse.' Ich und das Fräulein, beide waren wir etwas erschrocken, die übrigen glaubten, *wir* hätten uns wirklich geküßt. Dieser Kuß galt mir indessen für ein Zeichen, daß Aurora (so nannte ich die geheimnisvolle Geliebte) sich nun bald ganz und gar in Leben gestalten und mich nicht mehr verlassen werde. Als die Holde in der folgenden Nacht mir wieder erschien auf die gewöhnliche Weise, beschwor ich sie in den rührendsten Worten, wie die hellodernde Glut der Liebe und des Verlangens sie mir eingab, mein Glück zu vollenden, ganz mein zu sein für immer in sichtbarer Gestalt. Sie wand sich sanft aus meinen Armen und sprach dann mit mildem Ernst: ‚Du weißt, auf welche Weise du mein Gebieter wurdest. Dir ganz anzugehören war mein seligster Wunsch; aber nur halb sind die Ketten gesprengt, die mich an den Thron fesseln, dem das Volk, dem ich angehöre, unterwürfig ist. Doch je stärker, je mächtiger deine Herrschaft wird, desto freier fühle ich mich von der qualvollen Sklaverei. Immer inniger wird unser Verhältnis, und wir gelangen zum Ziel, ehe vielleicht ein Jahr vorüber ist. Wolltest du, Geliebter, voraneilen dem waltenden Schicksal, manches Opfer, mancher dir bedenklich scheinende Schritt wäre vielleicht noch nötig.' – ‚Nein', rief ich, ‚nein, kein Opfer, keinen bedenklichen Schritt gibt es für mich, um dich zu gewinnen ganz und gar! – Nicht länger leben kann ich ohne dich, ich sterbe vor Ungeduld, vor namenloser Pein!' Da umschlang mich Aurora und lispelte mit kaum hörbarer Stimme: ‚Bist du selig in meinen Armen?' – ‚Es gibt keine andere Seligkeit', rief ich und drückte, ganz Glut der Liebe, ganz Wahnsinn des Verlangens, das holde Weib an meine Brust. Brennende Küsse fühlte ich auf meinen Lippen, und diese Küsse selbst waren melodischer Wohllaut des Himmels, in dem ich die Worte vernahm: ‚Könntest du wohl um den Preis meines Besitzes der Seligkeit eines unbekannten Jenseits entsagen?' – Eiskalte Schauer durchbebten mich, aber in diesen Schauern raste stärker die Begier, und ich rief in willkürloser Liebeswut: ‚Außer dir keine Seligkeit – ich entsage –'

Ich glaube noch jetzt, daß ich hier stockte. ‚Morgen nachts wird unser Bund geschlossen', lispelte Aurora, und ich fühlte, wie sie verschwinden wollte aus meinen Armen. Ich drückte sie stärker an mich, vergebens schien sie zu ringen, und indem ich bange Todesseufzer vernahm, wähnte ich mich auf der höchsten Stufe des Liebesglücks. – Mit dem Gedanken an jenen Teufel Amor, an jene verführerische Biondetta erwachte ich aus tiefem Schlaf. Schwer fiel es auf meine Seele, was ich getan in der verhängnisvollen Nacht. Ich gedachte jener heillosen Beschwörung des entsetzlichen O'Malley, der Warnungen meines frommen, jungen Freundes – ich glaubte mich in den Schlingen des Teufels, ich glaubte mich verloren. – Im Innern zerrissen, sprang ich auf und rannte ins Freie. Auf der Straße kam mir der Major entgegen und hielt mich fest, indem er sprach: ‚Nun, Lieutnant, ich wünsche Euch Glück. In der Tat, für so keck und entschlossen hätt ich Euch kaum gehalten; Ihr überflügelt den Meister!' – Von Wut und Scham durchglüht, nicht fähig, ein einziges Wort zu erwidern, machte ich mich los und verfolgte meinen Weg. Der Major lachte hinter mir her. Ich vernahm das Hohnlachen des Satans. – In dem Walde, unfern von jenen verhängnisvollen Ruinen, erblickte ich eine verhüllte weibliche Gestalt, die, unter einem Baume gelagert, sich einem Selbstgespräche zu überlassen schien. Ich schlich behutsam näher und vernahm die Worte: ‚Er ist mein, er ist mein – o Seligkeit des Himmels! – auch die letzte Prüfung überstand er! – Sind die Menschen denn solcher Liebe fähig, was ist dann ohne sie unser armseliges Sein!' – Du errätst, daß es Aurora war, die ich fand. Sie schlug den Schleier zurück; die Liebe selbst kann nicht schöner, nicht anmutiger sein. Die sanfte Blässe der Wangen, der in süßer Schwermut verklärte Blick ließ mich erbeben in namenloser Lust. Ich schämte mich meiner dunklen Gedanken; – doch in dem Augenblicke, als ich hinstürzen wollte zu ihren Füßen, war sie verschwunden wie ein Nebelbild. Zu gleicher Zeit vernahm ich ein wohlbekanntes Räuspern im Gebüsche, aus dem denn auch bald mein ehrlicher Eulenspiegel, Paul Talkebarth, hervortrat. ‚Kerl, wo führt dich der Teufel her', fuhr ich ihn an. ‚Ei nun', versetzte er, indem er das lächelnde Fratzengesicht zog, das du kennst, ‚ei nun, gerade *hergeführt* hat mich der Teufel nicht, aber *begegnet* mag er mir wohl sein. Der gnädige Herr Lieutnant war so früh ausgegangen und hatte die Pfeife vergessen und den Tabak – da dacht ich, so am frühen Morgen in der feuchten Luft – Denn meine Muhme in Genthin pflegte zu sagen –' – ‚Halt 's Maul, Schwätzer, und gib her!' – so rief ich und ließ mir die angezündete Pfeife reichen. Doch kaum waren wir ein paar Schritte weitergegangen, als Paul aufs neue ganz leise begann: ‚Denn meine Muhme in Genthin pflegte immer zu sagen, dem Wurzelmännlein sei gar nicht zu trauen, so ein Kerlchen sei doch am Ende nichts weiter als ein Incubus oder Chezim[1] und stieße einem zuletzt das Herz ab. – Nun, die alte Kaffeeliese hier in der Vorstadt – ach, gnädiger Herr Lieutnant, Sie sollten nur sehen, was die für schöne Blumen und Tiere und Menschen zu gießen weiß. – Der Mensch helfe sich, wie er kann, pflegte meine Muhme in Genthin zu sagen – ich war gestern auch bei der Liese und brachte ihr ein Viertelchen feinen Mokka. – Unsereins hat auch ein Herz – Beckers Dörtchen ist ein schmuckes Ding; aber sie hat so was Besonderes in den Augen, so was Salamandrisches.'

‚Kerl, was sprichst du', rief ich heftig. Paul schwieg, begann aber wieder nach einigen Augenblicken: ‚Ja – die Liese ist dabei eine fromme Frau. – Sie sagte, nachdem sie den Kaffeesatz beschaut: mit der Dörte habe es nichts auf sich, denn das Salamandrische in den Augen komme vom Brezelbacken oder dem Tanzboden, doch solle ich lieber ledig bleiben; aber ein gewisser junger gnädiger Herr sei in großer Gefahr. Die Salamander

[1] Vermutlich in Anlehnung an hebr. Chezwim = Erscheinungen, Visionen.

seien die schlimmsten Dinge, deren sich der Teufel bediene, um eine arme Menschenseele ins Verderben zu locken, weil sie gewisse Begierden – nun! man müsse nur standhaft bleiben und Gott fest im Herzen behalten – da erblickte ich denn auch selbst in dem Kaffeesatze ganz natürlich, ganz ähnlich den Herrn Major O'Malley.'

Ich hieß den Kerl schweigen, aber du kannst dir's denken, welche Gefühle in mir aufgingen bei diesen seltsamen Reden Pauls, den ich plötzlich eingeweiht fand in mein dunkles Geheimnis und der ebenso unerwartet Kenntnisse von kabbalistischen Dingen kundtat, die er wahrscheinlich der Kaffeewahrsagerin zu verdanken hatte. – Ich brachte den unruhigsten Tag meines Lebens zu. Paul war abends nicht aus der Stube zu bringen, immer kehrte er wieder und machte sich etwas zu schaffen. Als er endlich, da es beinahe Mitternacht worden, weichen mußte, sprach er leise, wie für sich betend: ‚Trage Gott im Herzen, gedenke des Heils deiner Seele, und du wirst den Lockungen des Satans widerstehen!' – Nicht beschreiben kann ich, wie diese einfachen Worte meines Dieners, ich möchte sagen auf furchtbare Weise, mein Inneres erschütterten. Vergebens war mein Streben, mich wach zu erhalten; ich versank in jenen Zustand des wirren Träumens, den ich für unnatürlich, für die Wirkung irgendeines fremden Prinzips erkennen mußte. Wie gewöhnlich weckte mich der magische Schimmer. Aurora, in vollem Glanze überirdischer Schönheit, stand vor mir und streckte sehnsuchtsvoll die Arme nach mir aus. Doch wie Flammenschrift leuchteten in meiner Seele Pauls fromme Worte. ‚Laß ab von mir, verführerische Ausgeburt der Hölle!' so rief ich; da ragte aber plötzlich riesengroß der entsetzliche O'Malley empor, und mich mit Augen, aus denen das Feuer der Hölle sprühte, durchbohrend, heulte er: ‚Sträube dich nicht, armes Menschlein, du bist uns verfallen!' – Dem fürchterlichsten Anblicke des scheußlichsten Gespenstes hätte mein Mut widerstanden – O'Malley brachte mich um die Sinne, ich stürzte ohnmächtig zu Boden.

Ein starker Knall weckte mich aus der Betäubung, ich fühlte mich von Mannesarmen umschlungen und versuchte mich, mit der Gewalt der Verzweiflung, loszuwinden. ‚Gnädiger Herr Lieutnant, ich bin es ja!' So sprach es mir in die Ohren. Es war mein ehrlicher Paul, der sich bemühte, mich vom Boden aufzuheben. – Ich ließ ihn gewähren. Paul wollte erst nicht recht mit der Sprache heraus, wie sich alles begeben, endlich versicherte er geheimnisvoll lächelnd, daß er wohl besser gewußt, zu welcher gottlosen Bekanntschaft mich der Major verlockt, als ich ahnen können; die alte fromme Liese habe ihm alles entdeckt. Nicht schlafen gegangen sei er in voriger Nacht, sondern habe seine Büchse scharf geladen und an der Türe gelauscht. Als er nun mich laut aufschreien und zu Boden stürzen gehört, habe er, unerachtet ihm gar grausig zumute gewesen, die verschlossene Türe gesprengt und sei eingedrungen. ‚Da', so erzählte Paul ungefähr in seiner närrischen Manier, ‚da standen der Herr Major O'Malley vor mir, gräßlich und scheußlich anzusehen, wie in der Kaffeetasse, und grinseten mich schrecklich an, aber ich ließ mich gar nicht irremachen und sprach: ›Wenn du, gnädiger Herr Major, der Teufel bist, so halte zu Gnaden, wenn ich dir keck entgegentrete als ein frommer Christ und also spreche: Hebe dich weg, du verfluchter Satan Major, ich beschwöre dich im Namen des Herrn, hebe dich weg, sonst knalle ich los.‹ Aber der Herr Major wollte nicht weichen, sondern grinsete mich immerfort an und wollte sogar häßlich schimpfen. Da rief ich: ›Soll ich losknallen? soll ich losknallen?‹ Und als der Herr Major immer noch nicht weichen wollte, knallte ich wirklich los. Aber da war alles verstoben – beide eilfertig abgegangen durch die Wand, der Herr Major Satan und die Mamsell Beelzebub! –'

Die Spannung der verflossenen Zeit, die letzten entsetzlichen Augenblicke warfen mich auf ein langwieriges Krankenlager. Als ich genas, verließ ich P., ohne O'Malley weiter zu sehen, dessen weiteres Schicksal mir auch unbekannt geblieben. Das Bild jener verhängnisvollen Tage trat in den Hintergrund zurück und verlosch endlich ganz, so daß ich die volle Freiheit meines Gemüts wiedergewann, bis hier –"

„Nun", fragte Albert, gespannt von Neugierde und Erstaunen, „und hier hast du diese Freiheit wieder verloren? Ich begreife in aller Welt nicht, wie *hier* –"

„Oh", unterbrach Viktor den Freund, indem sein Ton etwas Feierliches annahm, „oh, mit zwei Worten ist dir alles erklärt. – In den schlaflosen Nächten des Krankenlagers, das ich hier überstand, erwachten alle Liebesträume jener herrlichsten und schrecklichsten Zeit meines Lebens. Es war meine glühende Sehnsucht selbst, die sich gestaltete – Aurora – sie erschien mir wieder verklärt, geläutert in dem Feuer des Himmels; kein teuflischer O'Malley hat mehr Macht über sie – Aurora ist – die Baronesse!" – – „Wie? – was? –" rief Albert, indem er ganz erschrocken zurückfuhr. – „Die kleine, rundliche Hausfrau, mit dem großen Schlüsselbunde, ein Elementargeist – ein Salamander!" murmelte er dann vor sich hin und verbiß mit Mühe das Lachen.

„In der Gestalt", fuhr Viktor fort, „ist keine Spur der Ähnlichkeit mehr zu finden, das heißt im gewöhnlichen Leben; aber das geheimnisvolle Feuer, das aus ihren Augen blitzt, der Druck ihrer Hand –" – „Du bist", sprach Albert sehr ernst, „du bist recht krank gewesen, denn die Kopfwunde, die du erhieltest, war bedeutend genug, um dein Leben in Gefahr zu setzen; doch jetzt finde ich dich so weit hergestellt, daß du mit mir fortkannst. Recht aus innigem Herzen bitt ich dich, mein teurer, inniggeliebter Freund, diesen Ort zu verlassen und mich morgen nach Aachen zu begleiten." – „Meines Bleibens", erwiderte Viktor, „ist hier freilich länger nicht. – Es sei darum, ich gehe mit dir – doch Aufklärung – erst Aufklärung –"

Am andern Morgen, sowie Albert erwachte, verkündete ihm Viktor, daß er in einem seltsamen, gespenstischen Traum jenes Beschwörungswort gefunden, das ihm O'Malley vorgesprochen, als der Teraphim bereitet worden. Er gedenke zum letzten Male davon Gebrauch zu machen. Albert schüttelte bedenklich den Kopf und ließ alles vorbereiten zur schnellen Abreise, wobei Paul Talkebarth unter allerlei närrischen Redensarten die freudigste Tätigkeit bewies. „Zackernamthö", hörte ihn Albert für sich murmeln, „es ist gut, daß den irländischen Diafel Fus der Diafel Bär längst geholt hat, der hätte hier noch gefehlt!"

Viktor fand, wie er es gewünscht hatte, die Baronesse allein auf ihrem Zimmer mit irgendeiner häuslichen Arbeit beschäftigt. Er sagte ihr, daß er nun endlich das Haus verlassen wolle, wo er so lange die edelste Gastfreundschaft genossen. Die Baronesse versicherte, daß sie nie einen Freund bewirtet, der ihr teurer gewesen. Da faßte Viktor ihre Hand und fragte: „Waren Sie jemals in P.? – Kannten Sie einen gewissen irländischen Major?" – „Viktor", fiel ihm die Baronesse schnell und heftig ins Wort, „wir trennen uns heute, wir werden uns niemals wiedersehen, wir dürfen das nicht! – Ein dunkler Schleier liegt über meinem Leben! – Lassen Sie es genug sein, wenn ich Ihnen sage, daß ein düstres Schicksal mich dazu verdammt, beständig ein anderes Wesen zu scheinen, als ich wirklich bin. In dem verhaßten Verhältnisse, worin Sie mich gefunden, und das mich geistige Qualen erdulden läßt, deren mein körperliches Wohlsein spottet, büße ich eine schwere Schuld – doch nun nichts mehr – leben Sie wohl!" – Da rief Viktor mit starker Stimme: „Nehelmiahmiheal!" – und mit einem Schrei des Entsetzens stürzte die Baronesse bewußtlos zu Boden. – Viktor, von den seltsamsten Gefühlen erfaßt, ganz außer sich, gewann kaum Fassung, die Dienerschhaft herbeizuklingeln; dann verließ er schnell das Zimmer. „Fort, auf der Stelle fort", rief er dem Freunde Albert entgegen und sagte ihm mit wenigen Worten, was geschehen. Beide schwangen sich auf die vorgeführten Pferde und ritten von dannen, ohne die Rückkunft des Barons abzuwarten, der auf die Jagd gegangen.

Alberts Betrachtungen auf dem Ritt von Lüttich nach Aachen haben gezeigt, mit welchem tiefen Ernst, mit welchem herrlichen Sinn er die Ereignisse der verhängnisvollen Zeit aufgefaßt hatte. Es gelang ihm, auf der Reise nach der Residenz, wohin beide Freunde nun zurückkehrten, seinen Freund Viktor ganz aus dem träumerischen Zustande zu reißen, worin er versunken, und indem Albert alles Ungeheure, welches die Tage des letzten Feldzuges geboren, nochmals vor Viktors Blikken in den lebendigsten Farben aufgehen ließ, fühlte sich dieser von demselben Geiste beseelt, der Alberten einwohnte. Ohne daß Albert sich jemals auf lange Widerlegungen oder Zweifel eingelassen, schien Viktor selbst sein mystisches Abenteuer bald für nichts Höheres zu achten, als für einen *langen, bösen Traum.*

Es konnte nicht fehlen, daß in der Residenz die Weiber dem Obristen, der reich, von herrlicher Gestalt, für den hohen Rang, den er bekleidete, noch jung und dabei die Liebenswürdigkeit selbst war, gar freundlich entgegenkamen. Albert meinte, daß er ein glücklicher Mensch sei, der sich die Schönste zur Gattin wählen könne; da erwiderte Viktor aber sehr ernst: „Mag es sein, daß ich, mystifiziert auf heillose Weise, unbekannten Zwecken dienen sollte oder daß wirklich eine unheimliche Macht mich verlocken wollte; die Seligkeit hat es mich nicht gekostet, wohl aber das Paradies der Liebe. Nie kann jene Zeit wiederkehren, da ich die höchste irdische Lust empfand, da das Ideal meiner süßesten, entzückendsten Träume, die Liebe selbst, in meinen Armen lag. Dahin ist Liebe und Lust, seitdem ein entsetzliches Geheimnis mir die geraubt, die meinem innigsten Gemüte wirklich ein höheres Wesen war, wie ich es auf Erden nicht wiederfinde!“ – Der Obrist blieb unvermählt.

Heinrich Zschokke

Die Nacht in Brczwezmcisl

Fahrt nach Brczwezmcisl

Ich zweifle gar nicht, das Jahr 1796 mag wohl manche schreckliche Nacht gehabt haben, zumal für die Italiener und Deutschen. Es war das erste Siegesjahr Napoleon Bonapartes und die Zeit von Moreaus Rückzug. Damals hatte ich in meiner Vaterstadt auf der Universität die akademischen Studien beendigt, war Doktor beider Rechte und hätte mich wohl unterstanden, den Prozeß sämtlicher europäischer Kaiser und Könige mit der damaligen französischen Republik zu schlichten, wenn man nur Grotius, Pufendorf und mich zum Schiedsrichter verlangt hätte.

Ich war inzwischen bloß zum Justizkommissär einer kleinen Stadt des neuen Ostpreußens ausersehen. Viel Ehre für mich. Mit dem einen Fuß schon im Amte, während mit dem andern noch im akademischen Hörsaale, heißt seltenes Glück. Das dankte ich der Eroberung oder Schöpfung eines neuen Ostpreußens und dem Falle Kosziuskos. Man macht es zwar dem höchstseligen König – wir andere Christen sterben nur schlechtweg selig und die Bettler vermutlich nur tiefstselig; man sagt, im Tode sind wir einander alle gleich, ich beweise im Vorbeigehen das Gegenteil! – also man macht ihm zwar zum Vorwurf, an einer schreienden Ungerechtigkeit teilgenommen zu haben, da er ein selbständiges Volk verschlingen half, aber ohne diese kleine Ungerechtigkeit, ich möchte sie gar nicht schreiend nennen, wären tausend preußische Musensöhne ohne Anstellung geblieben. In der Natur wird eines Tod das Leben des anderen, der Hering ist für den Magen des Walfisches und das gesamte Tier- und Pflanzenreich, auch das Steinreich, wenn es nicht zuweilen unverdaulich wäre, für den Magen des Menschen da. Übrigens läßt sich sehr gut beweisen, daß ein Mädchen, welches seine Ehre, und ein Volk, welches seine Selbständigkeit überlebt, ihres eigenen Unglückes schuldig sind. Denn wer sterben kann, ist unbezwingbar, und eben der Tod ist der feste Stützpunkt eines großen, ruhmreichen Lebens.

Meine Mutter gab mir ihren besten Segen nebst Wäsche und Reisegeld, und so reisete ich meiner glänzenden Bestimmung nach Neuostpreußen entgegen, von dem die heutigen Geographen nichts mehr wissen, ungeachtet es doch kein Zauber- und Feenland war, das auf den Wink eines Oberon entsteht und verschwindet. Ich will meine Leser mit keiner langen Reisebeschreibung ermüden. Flaches Land, flache Menschen, grobe Postwagen, grobe Postbeamte, elende Straßen, elender Verkehr und nebenbei jedermann auf seinen Misthaufen stolz wie ein Perserschah auf seinen Thron. Es ist einer der vortrefflichsten Gedanken der Natur, daß sie jedem ihrer Wesen ein eigenes Element anwies, worin es sich mit Behaglichkeit bewegen kann. Der Fisch verschmachtet in der Luft, der polnische Jude in der Eleganz eines Boudoirs.

Also kurz und gut, ich kam eines Abends vor Sonnenuntergang nach, ich glaube es hieß Brczwezmcisl, einem freundlichen Städtchen, freundlich, obwohl die Häuser rußig, schwarz, die Straßen ungepflastert, kotig, die Menschen nicht säuberlich waren. Aber ein Kohlenbrenner kann in seiner Art so freundlich aussehen wie eine Operntänzerin, deren Fußtriller von Kennern beklatscht werden.

Ich hatte mir das Brczwezmcisl, meinen Berufsort, viel schrecklicher vorgestellt; vermutlich fand ich's gerade deswegen freundlicher. Der Name des Ortes, als ich ihn zum ersten Male aussprechen wollte, hatte mir fast einen Kinnbackenkrampf zugezogen. Daher mochte meine heimliche Furcht vor der Stadt selbst stammen. Der Name hat immer bedeutenden Einfluß auf unsere Vorstellung von den Dingen. Und weil das Gute und Böse in der Welt weniger in den Dingen selbst als in unserer Vorstellung von ihnen wohnt, ist Veredelung der Namen eine wahre Verschönerung des Lebens.

Zur Vergrößerung meiner Furcht vor der neuostpreußischen Bühne meiner Rechtskunst mochte auch nicht wenig der Umstand beigetragen haben, daß ich bisher im Leben noch nicht weiter von meinem Geburtsort gekommen war, als man etwa dessen Turmspitze sehen konnte. Ungeachtet ich wohl aus den Lehrbüchern der Erdbeschreibung wußte, daß die Menschenfresser ziemlich entfernt wohnten, erregte es doch zuweilen mein billiges Erstaunen, daß man mich nicht unterwegs ein paarmal totschlug, wo Ort und Zeit dazu gelegen waren und nicht Hund und Hahn um mein plötzliches Verschwinden vom Erdball gekräht haben würden. Wahrhaftig, man gewinnt erst Vertrauen auf die Menschheit, wenn man sich ihr, als Fremdling und Gast, auf Gnade und Ungnade überläßt. Menschenfeinde sind die vollendetsten, engherzigsten Selbstsüchtlinge; Selbstsucht ist eine Seelenkrankheit, die aus der Stetigkeit des Aufenthalts entspringt. Wer Egoisten heilen will, muß sie auf Reisen schicken. Luftveränderung tut dem Gemüt so wohl als dem Leibe.

Als ich mein Brczwezmcisl vom Postwagen hinab zum ersten Male erblickte – es schien in der Ferne ein aus der Ebene steigender Kothaufen zu sein, aber Berlin und Paris stellen sich mit ihren Palästen dem, der in den Wolken schifft, wohl auch nicht prächtiger dar – klopfte mir das Herz gewaltig. Dort also war das Ziel meiner Reise, der Anfang meiner öffentlichen Laufbahn, vielleicht auch das Ende derselben, wenn mich etwa die in Neuostpreußen verwandelten Polacken als Söldner ihrer Unterdrücker bei einem Aufruhr niederzumachen Lust bekommen haben würden. Ich kannte dort keine Seele als einen ehemaligen Universitätsfreund namens Burkhardt, der zu Brczwezmcisl als Obersteuereinnehmer, aber auch erst seit kurzem, angestellt war. Er wußte von meiner Ankunft; er hatte mir vorläufig eine Wohnung gemietet und das Nötige zu meinem Empfang angeordnet, weil ich ihn darum gebeten. Dieser Burkhardt, der mir vorzeiten ein sehr gleichgültiger Mensch gewesen, mit dem ich auf der Universität wenigen Umgang gehabt, den ich sogar auf Anraten meiner Mutter gemieden hatte, weil er unter den Studenten als Säufer, Spieler und Raufer berüchtigt war, gewann in meiner Hochachtung und Freundschaft, je näher ich an Brczwezmcisl kam. Ich schwor ihm unterwegs Liebe und Treue bis in den Tod. Er war ja der einzige von meinen Bekannten in der wildfremden polnischen Stadt, gleichsam der Mitschiffbrüchige, welcher sich auf dem Brette aus den Wellen an die wüste Insel gerettet hatte.

Ich bin eigentlich gar nicht abergläubig, aber doch kann ich mich nicht enthalten, dann und wann auf Vorbedeutungen zu halten. Wenn keine erscheinen wollen, mache ich mir sie. Ich glaube, man tut dergleichen im Müßiggang des Geistes; es ist ein Spiel, das für den Augenblick unterhaltend sein kann. So nahm ich mir vor, auf die erste Person achtzuhaben, die mir aus dem Tore der Stadt entgegenkommen würde. Ich setzte fest, ein junges Mädchen sollte mir zum glücklichen, ein Mann zum üblen Vorzeichen dienen. Ich war noch nicht mit der Anordnung der verschiedenen möglichen Zeichen fertig, als ich schon das Tor vor mir sah, aus welchem eine, wie es schien, sehr wohlgebaute junge Brczwezmcislerin hervortrat. Vortrefflich! Ich hätte mit meinen von dem preußischen Postwagen pflichtmäßig zerstoßenen und zermalmten Gliedern hinabfliegen und die polnische Grazie anbeten mögen. Ich faßte sie scharf ins Auge, mir ihre Züge tief einzuprägen, und wischte meine Lorgnette – denn ich bin etwas kurzsichtig – vom letzten Sonnenstäubchen rein.

Wie wir aber einander näher waren, bemerkte ich bald, die Venus von Brczwezmcisl sei etwas häßlicher Natur, zwar schlank, aber schlank wie eine Schwindsüchtige, dürr, eingebogen, mit platter Brust. Auch das Gesicht war platt, nämlich ohne Nase, die durch irgendeinen traurigen Unfall verlorengegangen sein mochte. Ich hätte geschworen, es wäre ein Totenkopf, wenn nicht seltsamerweise zwischen den Zähnen ein Stück Fleisch hervorgehangen wäre. Ich traute meinen Augen kaum. Wie ich's jedoch näher durch die Brille betrachtete, merkte ich wohl, die patriotische Polin strecke vor mir zum Zeichen des Abscheus die Zunge heraus. Ich zog geschwind den Hut ab und dankte höflich für das Kompliment. Das meinige war der Polin vermutlich so unerwartet als mir das ihrige. Sie nahm die Zunge zurück und lachte so unmäßig, daß sie fast am Husten erstickte.

Unter diesen scherzhaften Umständen kam ich in die Stadt. Der Wagen hielt vor dem Posthause. Der preußische Adler über der Tür, ganz neu gemalt, war, vermutlich von patriotischen Gassenbuben, mit frischen Kotflecken beworfen. Die Klauen des königlichen Vogels lagen ganz unter Unflat begraben, entweder weil das vielgepriesene Raubtier mit den Klauen ebensoviel als mit dem Schnabel zu sündigen pflegt, oder weil die Polen zu verstehen geben wollten, Preußen habe am Neuostpreußischen so viel erwischt als der gemalte Adler zwischen den Pfoten trage.

Die alte Starostei

Ich fragte den Herrn Postmeister sehr höflich nach der Wohnung des Herrn Obersteuereinnehmers Burkhardt. Der Mann schien nicht wohl zu hören, denn er gab keine Antwort. Da er sich aber bald darauf doch mit einem Briefträger unterhielt, schloß ich aus seiner Stummheit, er wolle mich durch die weltbekannte Postgrobheit überzeugen, daß ich in der Tat nirgendwo anders als an einem der wohleingerichtetsten Postbüros sei. Nach der sechsten Anfrage fuhr er mich heftig an, was ich wolle? Ich fragte zum siebenten Male dasselbe, und zwar mit der verbindlichsten Berliner oder Leipziger Artigkeit.

„In der alten Starostei!“ schnauzte er mich an.

„Um Vergebung, wenn ich fragen darf, wollen Sie mir nicht gefälligst sagen, wo ich die alte Starostei finde?“

„Ich habe keine Zeit. Peter, führe ihn hin.“

Peter führte mich. Der Postmeister, der zum Antworten keine Zeit hatte, sah, die Pfeife rauchend, zum Fenster hinaus auf der Straße mir nach. Vermutlich Neugier. Bei aller mir angeborenen Höflichkeit war ich doch im Herzen ergrimmt über die unanständige Behandlung. Ich ballte in meiner Rocktasche drohend die Faust und dachte: Nur, Geduld, Herr Postmeister, fällt Er einmal der Justiz in die Klauen, deren wohlbestallter königlicher Kommissär ich zu sein die Ehre habe, werde ich

Ihm Seine Flegelhaftigkeit auf die allerzierlichste Weise einpfeffern. Der Herr Postmeister sollen zeitlebens meiner Rechtskniffe gedenken.

Peter, ein zerlumpter Polack, der mich führte, verstand und sprach das Deutsch nur höchst mühsam. Mein Gespräch mit ihm war daher so verworren und schauderhaft, daß ich es in meinem Leben nicht vergessen werde. Der Kerl sah dazu abscheulich drein mit seinem gelben, spitznasigen Gesicht und dem schwarzen, struppigen Haar, ungefähr wie es unsere nord- und süddeutschen Zierbengel zu tragen pflegten, wenn sie schöntun wollten. Statt des Tituskopfes zeigten sie uns gewöhnlich die Nachbildung eines struppigen Weichselzopfes.

„Lieber Freund", sprach ich, während wir langsam im tiefen Kote wateten, „will Er mir doch wohl sagen, ob Er den Herrn Burkhardt kennt?"

„Die alte Starostei!" antwortete Peter.

„Ganz recht, bester Freund. Er weiß doch, daß ich zum Herrn Obereinnehmer will?"

„Die alte Starostei."

„Gut. Was soll ich aber in seiner alten Starostei?"

„Sterben!"

„Das hole der Teufel! Das kommt mir nicht in den Sinn."

„Mausetot! Sterben!"

„Warum? Was habe ich verbrochen?"

„Preuße! Kein Polack!"

„Ich bin ein Preuße."

„Weiß gut."

„Warum denn sterben? Wie meint Er's?"

„So und so und so!" Der Kerl stieß, als hätte er einen Dolch in der Faust. Dann zeigte er auf sein Herz, ächzte und verdrehte gräßlich die Augen. Mir ward bei der Unterredung ganz übel. Denn verrückt konnte Peter nicht sein, er sah mir ziemlich verständlich aus, und Wahnsinnige hat man doch nicht leicht zu Handlangern auf der Post.

„Wir verstehen uns vielleicht nicht vollkommen, scharmanter Freund!" fing ich endlich wieder an. „Was will Er mit dem Sterben sagen?"

„Totmachen." Dabei sah er mich wild von der Seite an.

„Was? Tot?"

„Wenn Nacht ist!"

„Nacht? Die nächste Nacht? Er ist nicht wohl bei Trost!"

„Gar wohl Polack, aber Preuße nicht."

Ich schüttelte den Kopf und schwieg. Offenbar verstanden wir beide einander nicht. Und doch lag in den Reden des trotzigen Kerls etwas Fürchterliches. Denn der Haß der Polen gegen die Deutschen oder, was dasselbe sagen wollte, gegen die Preußen war mir bekannt. Es hatte schon hin und wieder Unglück gegeben. Wie, wenn der Kerl mich warnen wollte? Oder wenn der dumme Tölpel durch seinen Übermut eine allen Preußen bevorstehende Mordnacht verraten hätte? Ich ward nachdenkend und beschloß, meinem Freund und Landsmann Burkhardt das Gespräch mitzuteilen, als wir vor der sogenannten alten Starostei ankamen. Es war ein altes, hohes, steinernes Haus in einer stillen, abgelegenen Straße. Schon ehe wir dazu kamen, bemerkte ich, daß die, welche vor dem Hause vorübergingen, scheue, verstohlene Blicke auf das grauschwarze Gebäude warfen. Ebenso tat mein Führer. Der sagte nun kein Wort mehr, sondern zeigte mit dem Finger auf die Haustür und schob sich ohne Gruß und Lebewohl davon.

Allerdings war mein Eintritt und Empfang in Brczwezmcisl nicht gar anmutig und einladend gewesen. Die ersten Personen, welche mich hier begrüßten, die unhöfliche Dame unter dem Tor, der grobe neuostpreußische Postmeister und der kauderwelsche verpreußete Polack, hatten mir Lust und Liebe sowohl zu meinem neuen Aufenthaltsort als zu meinem Justizkommissariat verbittert. Ich pries mich glücklich, endlich zu einem Menschen zu gelangen, der wenigstens mit mir schon einmal die gleiche Luft geatmet. Zwar Herr Burkhardt hatte nicht des besten Rufes genossen bei uns zulande, allein was ändert sich nicht im Menschen mit dem Wechsel der Umstände? Ist die Gemütsart etwas anderes als das Werk der Umgebungen? Der Schwache wird in der Angst zum Riesen, der Feige in der Schlachtgefahr zum Helden, Herkules unter Weibern zum Flachsspinner. Und gesetzt, mein Obereinnehmer hätte bisher für seinen König alles, nur für sich selbst keine bessern Grundsätze eingenommen gehabt: noch besser immer ein gutmütiger Zecher als das schwindsüchtige, naselose Geripp mit der Zunge; besser ein leichtsinniger Spieler als ein raffiniert grober Postmeister; besser ein tapferer Raufer und Schläger zur Gesellschaft als ein mißvergnügter Polack. Vielmehr Burkhardts letztgenannte Untugend gereichte ihm in meinen Augen zum größten Verdienst, denn – unter uns gesagt – mein sanfter, bescheidener, schüchterner Charakter, von Mama oft hochgepriesen, konnte mir unter den Polen beim ersten Aufstand zum schmählichsten Verderben gereichen. Es gibt Tugenden, die an ihrem Ort zur Sünde, und Sünden, die zur Tugend werden können. Es ist nicht alles zu allen Zeiten das gleiche, obwohl es das gleiche geblieben.

Wie ich durch die hohe Pforte in die sogenannte alte Starostei eintrat, geriet ich in Verlegenheit, wo meinen alten lieben Freund Burkhardt finden? Das Haus war groß. Das Kreischen der verrosteten Türangeln hallte im ganzen Gebäude wider, doch nahm das niemand für ein Zeichen, nachzusehn, wer da sei. Ich stieg die breiten Steintreppen mutig hinauf.

Weil ich links eine Seitentür bemerkte, pochte ich fein höflich an. Kein Mensch entgegnete mit freundlichem „Herein!", ich pochte stärker. Alles stumm. Mein Klopfen weckte den Widerhall im zweiten und dritten Stock des Hauses. Ich ward ungeduldig. Ich sehnte mich, endlich dem lieben Seelenfreund Burkhardt ans Herz zu sinken, ihn in meine Arme zu schließen. Ich öffnete die Stubentür, trat hinein und sah mitten im Zimmer einen Sarg. Der darin lag, der Tote, konnte mir freilich kein freundliches „Herein!" rufen.

Ich bin von Natur gegen die Lebendigen sehr höflich, noch weit mehr gegen die Toten. So leise als möglich wollte ich mich zurückziehen, als ich gleichen Augenblicks bemerkte, der Schläfer im Sarg sei kein anderer denn der Obersteuereinnehmer Burkhardt, von welchem nun selbst der Tod die letzte Steuer eingezogen. Da lag er, unbekümmert um Weinglas und Karten, so ernst und feierlich, daß ich mich kaum unterstand, an seine Lieblingsfreuden zu denken. In seiner Miene war eine

Fremdheit gegen das menschliche Leben, als hätte er nie mit demselben zu schaffen gehabt. Ich glaube wohl, wenn eine unbekannte allmächtige Hand den Schleier des Jenseits lüpft, das äußere Auge bricht und das innere hellsehend wird, da mag das irdische Leben winzig genug erscheinen und alle Aufmerksamkeit nur dorthin streben.

Betroffen schlich ich aus der Totenstube weg in den finstern, einsamen Hausgang. Jetzt erst überfiel mich das Grausen des Lebens vor den Toten, daß ich kaum begreifen konnte, woher ich Mut genommen, dem Leichnam so lange ins Antlitz zu schauen. Zu gleicher Zeit erschrak ich vor meiner eigenen Verlassenheit, in der ich nun lebte. Denn da stand ich hundert Meilen weit von meiner teuern Vaterstadt, vom mütterlichen Hause, in einer Stadt, deren Namen ich nie gehört hatte, bis ich ihr Justizkommissär sein sollte, um sie zu entpolacken. Mein einziger Bekannter und erst kaum von mir adoptierter Herzensfreund hatte sich im vollen Sinne des Wortes aus dem Staube gemacht, selbst aus dem Staube seiner Hülle, und mich ohne Rat und Trost mir selbst überlassen. Die Frage war: Wohin soll ich mein Haupt legen? Wo hat mir der Tote die Wohnung bestellt?

Indem schrien die rostigen Türangeln der Hauspforte so durchdringend, daß mir der Klang fast alle Nerven zerriß. Ein windiger, flüchtiger Kerl in Bedientenlivree sprang die Treppe herauf, gaffte mich verwundert an und wendete mir endlich das Wort zu. Mir zitterten die Knie. Ich ließ den Kerl nach Herzenslust reden, aber der Schreck hatte mir die ersten Minuten zum Antworten die Sprache genommen. Ohnehin hatte ich auch die Sprache schon vorher nicht gehabt, die dieser Bursche redete, denn es war die polnische.

Als er mich ohne Zeichen der Erwiderung vor sich stehen sah und sich nun ins Deutsche übersetzte, welches er so geläufig wie ein Berliner sprach, gewann ich Kraft, nannte meinen Namen, Stand, Beruf und alle Abenteuer seit meinem Einzug in die verwünschte Stadt, an deren Namen ich noch immer erstickte. Plötzlich ward er freundlich, zog den Hut ab und erzählte mir mit vielen Umständen, was hiernach in löblicher Kürze folgt.

Nämlich er, der Erzähler, heiße Lebrecht, sei des seligen Herrn Obersteuereinnehmers Dolmetsch und treuester Diener gewesen bis gestern nachts, da es dem Himmel gefallen, den vortrefflichen Herrn Obersteuereinnehmer aus dieser Zeitlichkeit in ein besseres Sein zu befördern. Die Beförderung wäre freilich ganz gegen die Neigung des Seligen gewesen, der lieber bei seinem Einnehmerposten geblieben wäre. Allein da er sich gestern mit einigen polnischen Edelleuten ins Spiel eingelassen und beim Glase Weins in ihm der preußische Stolz und in den Polen der sarmatische Patriotismus wach geworden, hätte es anfangs einen lebhaften Wort-, dann Ohrfeigenwechsel gesetzt, worauf einer der Sarmaten dem seligen Herrn drei bis vier Messerstiche ins Herz gegeben, ungeachtet schon einer derselben zum Tode hinreichend gewesen wäre. Um allen Verdrießlichkeiten mit der neuostpreußischen Justiz auszuweichen, hätten die Sieger noch in der gleichen Nacht sich, man wisse nicht wohin, entfernt. Der Wohlselige habe noch kurz vor seinem Hintritt in die bessere Welt für den erwarteten Justizkommissär, nämlich für mich, einige Zimmer gemietet, eingerichtet, Hausrat aller Art gekauft, sogar eine wohlerfahrene deutsche Köchin gedungen, die jeden Augenblick in Dienst eintreten könne, so daß ich wohlversorgt sei. Beiläufig bemerkte der Erzähler Lebrecht, daß die Polen geschworne Feinde der Preußen wären und ich daher mich an Kleinigkeiten gewöhnen müsse, wie diejenige gewesen, welche mir die stumme Beredsamkeit der Dame unterm Tor ausgedrückt habe. Er erklärte zwar den Peter für einen albernen Tropf, der mir ohne Zweifel nur den Tod des Herrn Obersteuereinnehmers habe anzeigen wollen, wofür ihm ein hinlänglicher Vorrat an Worten gefehlt. Daher möge ein beiderseitiges Mißverständnis entstanden sein. Doch wolle er, der Erzähler, mir nichtsdestoweniger geraten haben, vorsichtig zu sein, weil die Polen in einer wahrhaft stillen Wut wären. Er selber, der Lebrecht, sei fest entschlossen, sich sogleich nach Beerdigung seines unglücklichen Herrn aus der Stadt zu entfernen.

Nach diesem Berichte führte er mich die breite steinerne Treppe hinab, um mir meine neue Wohnung anzuweisen. Durch eine Reihe großer, hoher, öder Zimmer brachte er mich in einen geräumigen Saal; darin stand ein aufgeschlagenes Bett, von gelben, damastenen alten Umhängen beschattet, ein alter Tisch mit halbvergoldeten Füßen, ein halbes Dutzend staubiger Sessel. Ein ungeheurer, mit goldenem Schnörkelwerk umzogener, blinder Spiegel hing an der Wand, deren gewirkte bunte Tapeten, auf welchen die schönsten Geschichten des Alten Testaments prangten, halbvermodert, an manchen Stellen nur noch fetzenweise daschwebten. König Salomon auf dem Thron, um zu richten, hatte den Kopf verloren, und dem lüsternen Greise in Susannens Bade waren die verbrecherischen Hände abgefault.

Es schien mir durchaus in dieser Einöde nicht heimisch. Ich hätte lieber ein Wirtshaus zum Aufenthalt gewählt, und – hätte ich's nur getan! Aber teils aus Schüchternheit, teils um zu zeigen, daß ich mich vor der Nähe des Toten nicht fürchtete, schwieg ich. Denn ich zweifelte nicht daran, daß Lebrecht und wahrscheinlich auch die wohlerfahrne Köchin mir die Nacht Gesellschaft leisten würden. Lebrecht zündete behend zwei Kerzen an, die auf dem goldfüßigen Tisch bereitstanden. Schon fing es an zu dunkeln. Dann empfahl er sich, um mir kalte Küche zum Nachtessen, Wein und andere Bedürfnisse herbeizuschaffen, meinen Koffer vom Posthalter holen zu lassen und der wohlerfahrnen Köchin von meiner Ankunft und ihren Pflichten Anzeige zu geben. Der Koffer kam, das Nachtessen desgleichen. Lebrecht aber, sobald er sein ausgelegtes Geld von mir empfangen, wünschte mir gute Nacht und ging.

Ich verstand ihn erst, als er verschwunden war, so schnell machte sich der Kerl nach eingestrichener Zahlung davon. Ich sprang erschrocken auf, ihm nachzugehen, ihn zu bitten, mich nicht zu verlassen. Aber Scham hielt mich wieder zurück. Sollte ich den elenden Menschen zum Zeugen meiner Furchtsamkeit machen? Ich zweifelte nicht, er werde droben in irgendeinem Zimmer seines ermordeten Herrn übernachten. Aber da hörte ich die Angeln der Hauspforte kreischen. Es drang mir durch Mark und Bein. Ich eilte ans Fenster und sah den Burschen über die Gasse fliegen, als verfolgte ihn der Tod. Bald war er im Finstern verschwunden, ich mit dem Leichnam in der alten Starostei allein.

Die Schildwacht

Ich glaube an keine Gespenster, des Nachts aber fürchte ich sie. Sehr natürlich. Wer wollte auch alles mögliche glauben? Aber man hofft und fürchtet leicht alles mögliche.

Die Totenstille, die alten zerlumpten Tapeten in dem großen Saal, das Unheimliche und Fremde, der Tote über meinem Haupte – alles trug dazu bei, mich zu verstimmen. Ich mochte nicht essen, ungeachtet mich hungerte; ich mochte nicht schlafen, so ermüdet ich auch war. Ich ging ans Fenster, um zu versuchen, ob ich im Notfall auf diesem Wege die Straße gewinnen könne, denn ich fürchtete, mich in dem gewaltigen Hause und in dem Labyrinth von Gängen und Zimmern zu verlieren, ehe ich die Hauspforte erreichte. Allein starke Eisenstäbe verrammelten den Ausweg.

In dem Augenblicke ward alles in der Starostei lebendig. Ich hörte Türen auf- und zugehen, Tritte nahe und ferne schallen, Stimmen dumpf ertönen. Ich begriff nicht, woher plötzlich dies rege Weben und Leben? Aber eben das Unbegreifliche versteht man immer am schnellsten. Eine innere Stimme warnte mich und sprach: „Es gilt dir! Der dumme Peter hatte die Mordanschläge der Polacken verraten – rette dich!“ Ein kalter Fieberschauer ergoß sich durch meine Nerven. Ich sah die Blutdürstigen, wie sie untereinander die Art meines Todes verabredeten. Ich hörte sie näher und näher kommen. Ich hörte sie schon in den Vorzimmern, die zu meinem Saale führten. Ihre Stimmen flüsterten leiser. Ich sprang auf, verriegelte die Tür, und in demselben Augenblick versuchte man, die Tür von außen zu öffnen. Ich wagte kaum zu atmen, um mich nicht durch das Geräusch meines Atemzugs zu verraten. An der Sprache der Flüsternden vernahm ich, daß es Polen waren. Zum

Unglück hatte ich gleich nach Empfang meines Berufs zum Justizkommissariat so viel polnische Worte gelernt, daß ich ungefähr auch verstand, man spreche von Blut, Tod und Preußen. Meine Knie bebten, kalter Schweiß rann mir von der Stirn. Noch einmal ward von außen der Versuch gemacht, die Tür meines Saals zu öffnen, aber es schien, als fürchte man, Geräusch zu machen. Ich hörte die Menschen sich wieder entfernen oder vielmehr davonschleichen.

Sei es, daß die Polacken es auf mein Leben oder nur auf mein Geld abgesehen hatten, sei es, daß sie ihre Anschläge ohne Lärmen ausführen oder den Versuch auf andere Weise erneuern wollten – ich beschloß, sogleich mein Licht zu löschen, damit sie es nicht von der Straße erblicken und mich daran erkennen möchten. Wer stand mir gut dafür, daß nicht einer der Kerls, wenn er mich wahrnahm, durchs Fenster schoß?

Die Nacht ist keines Menschen Freundin, darum ist der Mensch ein eingeborner Feind der Finsternis, und selbst Kinder, die noch nie von Geistererscheinungen und Gespenstern gehört haben, scheuen sich im Dunkeln vor etwas, das sie nicht kennen. Kaum saß ich im Finstern da, die fernern Schicksale dieser Nacht einsam erwartend, so stiegen vor meiner erschrockenen Einbildung die abscheulichsten Möglichkeiten auf. Ein Feind oder ein Unglück, das man sehen kann, sind nicht halb so entsetzlich als solche, denen man sich blindlings hinliefern muß, ohne sie zu kennen. Umsonst suchte ich mich zu zerstreuen, umsonst beschloß ich, mich auf das Bett zu werfen und den Schlaf zu suchen. Ich konnte nirgends dauern. Das Bett hatte den widerlichen Geruch von Leichenmoder, und saß ich im Zimmer, erschreckte mich von Zeit zu Zeit ein Knistern wie von einem lebendigen Wesen in meiner Nähe. Am meisten spielte vor mir die Gestalt des ermordeten Obereinnehmers. Seine kalten, steifen Gesichtszüge wurden mir so grauenhaft beredt, daß ich endlich alle meine fahrende Habe darum gegeben hätte, wäre ich nur im Freien gewesen oder bei guten, freundlichen Leuten.

Die Geisterstunde schlug. Jeder Schlag der Turmuhr erschütterte mich durch das Innerste. Zwar schalt ich mich selbst einen abergläubigen Narren, einen furchtsamen Hasen, aber mein Schelten besserte mich nicht. Endlich, sei es aus Verzweiflung oder Heroismus – denn diesen qualvollen Zustand konnte ich nicht länger ertragen –, sprang ich auf, tappte durch die Finsternis den Saal entlang zur Tür, riegelte sie auf und war entschlossen, sollte es auch mein Leben kosten, ins Freie zu gelangen.

Wie die Tür aber aufging – Himmel, welch ein Anblick! Ich taumelte erschrocken zurück, denn solche Schildwacht hatte ich da nicht erwartet.

Die Todesangst

Beim dunkeln Schein einer alten Lampe, die seitwärts auf einem Tischlein stand, sah ich mitten im Vorzimmer den ermordeten Obersteuereinnehmer im Sarge, wie ich ihn den Abend vorher oben gesehen hatte, und diesmal noch dazu deutlich mit den schwarzen Blutstellen des Hemdes, die das erste Mal von einem Bahrtuche verdeckt gewesen waren. Ich suchte mich zu fassen, mir einzureden, diese Erscheinung sei Gaukelei meiner Phantasie. Ich trat näher. Aber wie mein Fuß an den Sarg am Boden stieß, daß es dumpf tönte und es schien, als rege sich die Leiche, als versuche sie die Augen aufzuschlagen, da verschwand mir fast alles Bewußtsein. Ich floh mit Entsetzen in meinen Saal zurück und stürzte rucklings auf das Bett nieder.

Indem entstand am Sarge ein lautes Gepolter. Ich mußte beinahe glauben, der Obereinnehmer sei vom Tode erwacht, denn es war ein Geräusch eines sich mühsam Erhebenden. Ich vernahm ein dumpfes Stöhnen. Ich sah bald darauf im Dunkeln die Gestalt des Ermordeten unter der Tür meines Saales stehen, sich an den Pfosten haltend, langsam in den Saal hineinschwanken oder -taumeln und im Dunkeln verschwinden. Während mein Unglaube noch einmal versuchte, alles zu leugnen, was ich gehört und gesehen hatte, widerlegte ihn das Gespenst oder der Tote oder Lebendiggewordene schauderhaft genug. Denn dieser, so lang und bleiernschwer er war, lagerte sich auf mein Bett, und zwar über meinen Leib, mit seinem kalten Rücken über mein Gesicht, so daß mir kaum Luft genug zum Atmen blieb.

Ich begreife noch zur Stunde nicht, wie ich mit dem Leben davonkam. Denn mein Schrecken war wohl ein tödlicher zu nennen. Auch muß ich in einer langen Ohnmacht gelegen haben. Denn als ich unter meiner fürchterlichen Last wieder die Glocke schlagen hörte und meinte, es werde ein Uhr sein, das erwünschte Ende der Geisterstunde, der Augenblick meiner Erlösung, war es zwei Uhr.

Jeder denke sich meine gräßliche Lage. Rings um mich Moderduft und der Leichnam auf mir atmend, erwärmt, röchelnd, wie zu einem zweiten Sterben – ich selbst halb erstarrt, teils vor Schrecken und Entkräftung, teils unter der zentnerschweren Last. Alles Elend in Dantes Hölle ist Kleinigkeit gegen einen Zustand wie dieser. Ich hatte nicht die Kraft, mich unter dem Kadaver hervorzuarbeiten, der zum andern Male auf mir sterben wollte; und hätte ich die Kraft gehabt, vielleicht hätte mir der Mut gefehlt, es zu tun, denn ich spürte deutlich, der Unglückselige, welcher nach erster Verblutung seiner Wunden vermutlich nur in eine schwere Ohnmacht gefallen, dann für tot gehalten und auf gut polnisch in einen Sarg geworfen war, rang erst jetzt mit dem wahren Tode. Er schien sich nicht ermannen, nicht leben, nicht sterben zu können. Und das mußte ich auf mir selbst geschehen lassen, ich mußte das Sterbekissen des Steuereinnehmers sein!

Manchmal hatte ich gute Lust, alles seit meiner Ankunft in Brczwezmcisl Vorgefallene für einen Teufelstraum zu halten, wenn ich mir meiner Not in ihrer großen Mannigfaltigkeit nicht allzu deutlich bewußt gewesen wäre. Und doch würde ich mich zuletzt überredet haben, die ganze Schreckensnacht mit ihren Erscheinungen sei Traum und nichts als Traum, wenn nicht ein neues Ereignis, ein empfindlicheres als jedes der vorhergehenden, mich von der Wahrheit meines vollen Wachens überzeugt hätte.

Es war nämlich schon Tag – ich konnte es zwar nicht sehen, denn der sterbende Freund verdeckte mir mit seinen Schulterblättern fest die Augen – aber ich konnte es am Geräusche der Gehenden und Fahrenden auf der Straße erraten – da hörte ich Menschenschritte und Menschenstimmen in dem Zimmer. Ich verstand nicht, was man redete, denn es war polnisch. Aber ich bemerkte wohl, daß man sich mit dem Sarg beschäftigte.

Ohne Zweifel, dachte ich, werden sie den Toten suchen und mich erlösen. So geschah es auch, aber auf eine Weise, die ich nicht vermuten konnte.

Einer der Suchenden schlug mit einem schwankenden spanischen Rohr so unbarmherzig auf den Verstorbenen oder Sterbenden, daß derselbe plötzlich aufsprang und auf geraden Beinen vor dem Bette stand. Auch auf meine Wenigkeit waren vom Übermaß des spanischen Rohrs so viel Hiebe abgefallen, daß ich mich nicht enthalten konnte, laut aufzuschreien und schnurgerade hinter dem Toten zu stehen. Diese altpolnische und neuostpreußische Methode, Leute vom Tode zu retten, war zwar probat – dagegen ließ sich nichts einwenden, denn die Erfahrung sprach laut dafür, allein auch so derb, daß man fast das Sterben dem Leben vorgezogen hätte.

Wie ich mich aber beim Tageslicht recht umsah, bemerkte ich, daß das Zimmer voller Menschen war, meistens Polen. Die Hiebe hatte ein Polizeikommissär ausgeteilt, der beauftragt war, die Leiche des Fremdlings beerdigen zu lassen. Der Steuereinnehmer lag noch immer tot im Sarge, und zwar im Vorzimmer, wohin ihn die besoffenen Polacken gestellt hatten, weil es ihnen befohlen war, den Sarg herabzutragen in das ehemalige Pförtnerstübchen. Sie hatten aber mein Vorzimmer statt des Pförtnerstübchens gewählt und einen ihrer bezechten Kameraden als Wacht beim Leichnam gelassen, der vermutlich eingeschlafen, von meinem Geräusch in der Nacht erweckt, instinktmäßig zu meinem Bett gekommen war und da seinen Branntweinrausch verschlafen hatte.

Mich hatte die gottlose Geschichte so arg mitgenommen, daß ich in ein hitziges Fieber verfiel, in welchem ich die Geschichte der einzigen schrecklichen Nacht sieben Wochen lang träumte. Noch jetzt – Dank sei der polnischen Insurrektion! ich bin nicht mehr Justizkommissär von Brczwezmcisl – darf ich an das neuostpreußische Abenteuer kaum ohne Schaudern denken. Doch erzähl ich's gern, teils mag es manchen vergnügen, teils manchen belehren. Es ist nicht gut, daß man das fürchtet, was man doch nicht glaubt.

Friedrich Gerstäcker

Germelshausen

Im Herbst des Jahres 184– wanderte ein junger, lebensfrischer Bursch, den Tornister auf dem Rücken, den Stab in der Hand, langsam und behaglich den breiten Fahrweg entlang, der von Marisfeld hinauf nach Wichtelhausen führt. Es war kein Handwerksbursch, der Arbeit suchend von Ort zu Ort ging, das sah man ihm auf den ersten Blick an, hätte ihn nicht schon die kleine, sauber gefertigte Ledermappe verraten, die er auf den Tornister geschnallt trug. Den *Künstler* konnte er überhaupt nicht verleugnen. Der keck auf einer Seite sitzende, schwarze, breiträndige Hut, das lange, blonde, gelockte Haar, der weiche, noch ganz junge, aber volle Bart – alles sprach dafür, selbst der etwas abgetragene schwarze Sammetrock, der ihm jedoch bei dem warmen Morgen ein wenig zu heiß werden mochte. Er hatte ihn aufgeknöpft, und das weiße Hemd darunter – denn er trug keine Weste – wurde um den Hals von einem schwarzseidenen Tuche nur locker zusammengehalten.

Als er ein Viertelstündchen von Marisfeld sein mochte, läutete es dort zur Kirche, und er blieb stehen, stützte sich auf seinen Stecken und lauschte aufmerksam den vollen Glockentönen, die gar wundersam zu ihm herüberschallten. Das Läuten war lange vorüber, und noch immer stand er dort und blickte träumerisch hinaus auf die Bergeshänge. Sein Geist war daheim bei den Seinen in dem kleinen, freundlichen Dorfe am Taunusgebirge, bei seiner Mutter, bei seinen Schwestern, und es schien fast, als ob sich eine Träne in sein Auge drängen wollte. Sein leichtes, fröhliches Herz aber ließ die trüben und schwermütigen Gedanken nicht aufkommen. Nur den Hut nahm er ab und grüßte mit einem herzlichen Lächeln der Richtung zu, in der er die Heimat wußte, und dann, fester seinen derben Stock fassend, schritt er munter die Straße entlang, der begonnenen Bahn folgend.

Die Sonne brannte indessen ziemlich warm auf den breiten, eintönigen Fahrweg nieder, auf dem der Staub in dicker Kruste lag, und unser Wanderer hatte sich schon eine Zeitlang nach rechts und links umgeschaut, ob er nirgend einen bequemeren Fußpfad entdecken könne. Rechts zweigte allerdings einmal ein Weg ab, der ihm aber keine Besserung versprach und auch zu weit aus seiner Richtung führte; er behielt also den alten noch eine Zeitlang bei, bis er endlich an ein klares Bergwasser kam, an dem er die Trümmer einer alten, steinernen Brücke erkennen konnte. Drüben hin lief ein Rasenweg, der in den Grund hineinführte; doch mit keinem bestimmten Ziel vor sich, da er ja nur dem schönen Werratale zu zog, seine Studienmappe zu bereichern, sprang er auf einzelnen großen Steinen trockenen Fußes über den Bach zur kurzgemähten Wiese drüben und schritt hier, auf dem elastischen Rasen und im Schatten dichter Erlenbüsche, rasch und sehr zufrieden mit seinem Tausche vorwärts.

Jetzt hab ich den Vorteil, lachte er dabei vor sich hin, daß ich gar nicht weiß, wohin ich komme. Hier steht kein langweiliger Wegweiser, der einem immer schon Stunden vorher sagt, wie der nächste Ort heißt, und dann jedesmal mit der Entfernung unrecht hat. Wie die Leute hier nur ihre Stunden messen, möcht ich wissen! Merkwürdig still ist's aber hier im Grunde – freilich, am Sonntage haben die Bauern draußen nichts zu tun, und wenn sie die ganze Woche hinter ihrem Pfluge oder neben dem Wagen herlaufen müssen, halten sie am Sonntag nicht viel vom Spazierengehen, schlafen morgens erst in der Kirche tüchtig aus und strecken die Beine dann nach dem Mittagsessen unter den Wirtstisch. – Wirtstisch – hm – ein Glas Bier wäre jetzt bei der Hitze gar nicht so übel – aber bis ich das bekommen kann, löscht auch die klare Flut hier den Durst. Und damit warf er Tornister und Hut ab, stieg zum Wasser nieder und trank nach Herzenslust.

Dadurch etwas abgekühlt, fiel sein Blick auf einen alten, wunderlich verwachsenen Weidenbaum, den er rasch und mit geübter Hand skizzierte, und jetzt vollständig erfrischt und ausgeruht, nahm er seinen Tornister wieder auf und setzte seinen Weg, unbekümmert, wohin er ihn führte, fort.

Eine Stunde mochte er noch so gewandert sein, hier ein Felsstück, dort ein eigentümliches Erlengebüsch, da wieder einen knorrigen Eichenast in seine Mappe sammelnd. Die Sonne war dabei höher und höher gestiegen, und er nahm sich eben vor, nun rüstig auszuschreiten, um wenigstens im nächsten Dorfe das Mittagsessen nicht zu versäumen, als er vor sich im Grunde, dicht am Bache und an einem alten Steine, auf dem früher vielleicht einmal ein Heiligenbild gestanden, eine Bäuerin sitzen sah, die den Weg, den er kam, herabschaute.

Von Erlen gedeckt, hatte er sie früher sehen können als sie ihn; dem Ufer des Baches aber folgend, trat er kaum über das Gebüsch hinaus, das ihn bis dahin ihren Blicken entzogen hatte, als sie aufsprang und mit einem Freudenschrei auf ihn zuflog.

Arnold, wie der junge Maler hieß, blieb überrascht stehen und sah bald, daß es ein bildhübsches, kaum siebzehnjähriges Mädchen war, das in eine ganz eigentümliche, aber äußerst nette Bauerntracht gekleidet, die Arme gegen ihn ausgestreckt, auf ihn zuflog. Arnold wußte freilich, daß sie ihn jedenfalls für einen andern hielt und dieses freudige Begegnen nicht ihm galt – das Mädchen erkannte ihn auch kaum, als sie erschrocken stehenblieb, erst blaß und dann über und über rot wurde und endlich schüchtern und verlegen sagte: „Nehmt's nicht ungutig, fremder Herr – ich – ich glaubte –"

„Daß es dein Schatz wäre, mein liebes Kind, nicht wahr?" lachte der junge Bursch. „Und jetzt bist du verdrießlich, daß dir ein anderes, fremdes und gleichgültiges Menschenbild in den Weg läuft? Sei nicht böse, daß ich's *nicht* bin."

„Ach, wie könnt Ihr nur so reden", flüsterte die Maid ängstlich, „wie dürft ich böse sein – aber wenn Ihr wüßtet, wie sehr ich mich darauf gefreut hatte!"

„Dann verdient er's aber auch nicht, daß du noch länger auf ihn wartest", sagte Arnold, dem jetzt erst die wahrhaft wunderbare Anmut des schlichten Bauernkindes auffiel. „Wär ich an seiner Stelle, du hättest nicht eine einzige Minute vergebens meiner harren sollen."

„Wie Ihr nur so wunderlich redet", sagte das Mädchen verschämt, „wenn er hätt kommen können, wär er gewiß schon da. Vielleicht ist er wohl krank oder – oder gar – tot", setzte sie langsam und recht aus vollem Herzen aufseufzend hinzu.

„Und er hat so lange nichts von sich hören lassen?"

„Gar sehr, sehr lange nicht."

„Dann ist er wohl weit von hier daheim?"

„Weit? Gewiß – schon eine recht lange Strecke von da", sagte das Mädchen, „in Bischofsroda."

„Bischofsroda?" rief Arnold. „Da hab ich jetzt vier Wochen gehaust und kenne jedes Kind im ganzen Dorfe. Wie heißt er?"

„Heinrich – Heinrich Vollgut", sagte das Mädchen verschämt, „des Schulzen Sohn in Bischofsroda."

„Hm", meinte Arnold, „bei dem Schulzen bin ich ein und aus gegangen, der aber heißt Bäuerling, soviel ich weiß, und den Namen Vollgut hab ich im ganzen Dorfe nicht gehört."

„Ihr werdet wohl nicht alle Leut dort kennen", meinte das Mädchen, und durch den traurigen Zug, der über dem lieben Antlitze lag, stahl sich doch ein leises, verschmitztes Lächeln, das ihr gar so gut und noch viel besser wie die vorige Schwermut stand.

„Aber von Bischofsroda", meinte der junge Maler, „kann man über die Berge recht gut in zwei Stunden, höchstens in dreien, herüberkommen."

„Und doch ist er nicht da", sagte die Maid, wieder mit einem schweren Seufzer, „und doch hat er mir's so fest versprochen."

„Dann kommt er auch gewiß", versicherte Arnold treuherzig, „denn wenn man *dir* einmal etwas versprochen hat, müßte man ja ein Herz von Stein haben, wenn man nicht Wort hielte – und das hat dein Heinrich gewiß nicht."

„Nein", sagte die Maid treuherzig, „aber jetzt wart ich doch nicht länger auf ihn, denn zu Mittag muß ich daheim sein, sonst schilt der Vater."

„Und wo bist du daheim?"

„Da gleich im Grunde drin – hört Ihr die Glocke? Eben wird der Gottesdienst ausgeläutet."

Arnold horchte auf, und gar nicht weit entfernt konnte er das langsame Anschlagen einer Glocke hören; aber nicht voll und tief tönte es zu ihm herüber, sondern scharf und disharmonisch, und als er nach der Gegend dort hinschaute, war es fast, als ob ein dichter Höhenrauch über jenem Teile des Tales läge.

„Eure Glocke hat einen Sprung", lachte er, „die klingt bös!"

„Ja, ich weiß wohl", erwiderte gleichmütig das Mädchen, „hübsch klingt sie nicht, und wir hätten sie schon umgießen lassen, aber es fehlt immer an Geld und an Zeit dazu, denn hier herum sind keine Glockengießer. Doch was tut's! Wir kennen sie einmal und wissen, was es bedeutet, wenn es anschlägt – da verrichtet's auch die gesprungene."

„Und wie heißt dein Dorf?"

„Germelshausen."

„Und kann ich von dort nach Wichtelhausen kommen?"

„Recht leicht – den Fußweg hinüber ist's kaum ein halbes Stündchen – vielleicht nicht einmal so weit, wenn Ihr gut ausschreitet."

„Dann geh ich mit durch dein Dorf, Schatz, und wenn ihr ein gut Wirtshaus im Orte habt, eß ich dort auch zu Mittag."

„Das Wirtshaus ist nur *zu* gut", sagte das Mädchen seufzend, indem sie einen Blick zurückwarf, ob der Erwartete denn noch nicht käme.

„Und kann ein Wirtshaus je *zu* gut sein?"

„Für den Bauer, ja", sagte das Mädchen ernst, indem es jetzt an seiner Seite langsam im Grunde hinschritt, „der hat auch des Abends nach der Arbeit noch manches im Hause zu tun, was er versäumt, wenn er bis spät in die Nacht im Wirtshause sitzt."

„Aber ich versäume heut nichts mehr."

„Ja, mit den Stadtherren ist es etwas anderes, die arbeiten doch nichts und versäumen deshalb auch nicht viel; muß doch der Bauer das Brot für sie verdienen."

„Nun, eigentlich doch nicht", lachte Arnold, „*bauen*

wohl, aber verdienen müssen wir es selber, und manchmal sauer genug, denn was der Bauer tut, läßt er sich auch gut bezahlen."

„Aber Ihr arbeitet doch nichts?"

„Und warum nicht?"

„Eure Hände sehen nicht danach aus."

„Dann will ich dir gleich einmal beweisen, wie und was ich arbeiten kann", lachte Arnold. „Setz dich einmal da auf den flachen Stein unter den alten Fliederbusch!"

„Aber was soll ich dort?"

„Setz dich nur hin", rief der junge Maler, der rasch seinen Tornister abwarf und Mappe und Bleistift vornahm.

„Aber ich muß heim!"

„In fünf Minuten bin ich fertig – ich möchte auch gern eine Erinnerung an dich mitnehmen in die Welt, gegen die selbst dein Heinrich nichts wird einzuwenden haben."

„Eine Erinnerung an mich? Wie Ihr gespaßig seid!"

„Ich will dein Bild mitnehmen."

„Ihr seid ein Maler?"

„Ja."

„Das wär schon gut – dann könntet Ihr in Germelshausen gleich die Bilder in der Kirche wieder einmal frisch anmalen, die sehen so gar bös und mitgenommen aus."

„Wie heißt du?" frug jetzt Arnold, der indessen schon seine Mappe geöffnet hatte und die lieblichen Züge des Mädchens rasch skizzierte.

„Gertrud."

„Und was ist dein Vater?"

„Der Schulze im Dorfe. – Wenn Ihr ein Maler seid, dürft Ihr auch nicht ins Wirtshaus gehn, da nehm ich Euch gleich mit zu Haus, und nach dem Essen könnt Ihr alles mit dem Vater besprechen."

„Über die Kirchenbilder?" lachte Arnold.

„Ja gewiß", sagte ernsthaft das Mädchen, „und Ihr müßt dann bei uns bleiben recht, recht lange Zeit, bis – wieder unser Tag kömmt und die Bilder fertig sind."

„Nun, davon sprechen wir nachher, Gertrud", sagte

der junge Maler, fleißig dabei seinen Bleistift handhabend, „aber wird dein Heinrich nicht bös werden, wenn ich auch manchmal oder recht oft bei euch bin und – recht viel mit dir plaudere?“

„Der Heinrich?“ sagte das Mädchen. „Der kommt jetzt nicht mehr.“

„Heut wohl nicht, aber dann vielleicht morgen?“

„Nein“, sagte Gertrud vollkommen ruhig, „da er bis elf Uhr nicht da war, bleibt er aus, bis einmal wieder unser Tag ist.“

„Euer Tag? Was meinst du damit?“

Das Mädchen sah ihn groß und ernst an, aber sie antwortete nicht auf seine Frage, und während ihr Blick nach den hoch über ihnen hinziehenden Wolken schweifte, haftete er mit einem eigenen Ausdrucke von Schmerz und Wehmut an ihnen. Gertrud war in diesem Augenblick wirklich engelschön, und Arnold vergaß in dem Interesse, das er an der Vollendung des Porträts nahm, alles andere. Es blieb ihm auch nicht mehr viel Zeit. Das junge Mädchen stand plötzlich auf, und ein Tuch über den Kopf werfend, sich vor den Sonnenstrahlen zu schützen, sagte sie: „Ich muß fort, der Tag ist so kurz, und sie erwarten mich daheim.“

Arnold hatte aber sein kleines Bild auch fertig, und mit ein paar kecken Strichen den Faltenwurf der Kleidung angebend, sagte er, ihr das Bild entgegenhaltend: „Hab ich dich getroffen?“

„Das bin ich?“ rief Gertrud rasch und fast erschreckt.

„Nun, wer denn sonst?“ lachte Arnold.

„Und das Bild wollt Ihr behalten und mit Euch nehmen?“ frug das Mädchen schüchtern, fast ängstlich.

„Gewiß will ich“, rief der junge Mann, „und wenn ich dann weit, weit von hier bin, noch oft und fleißig an dich denken!“

„Aber wird das mein Vater leiden?“

„Daß ich an dich denke – kann er mir das verwehren?“

„Nein, aber – daß Ihr das Bild da mit Euch – in die Welt hinaus nehmt!“

„Er kann es nicht hindern, mein Herz“, sagte Arnold

freundlich. „Aber wäre es dir selber unlieb, es in meinen Händen zu wissen?“

„Mir? – Nein“, erwiderte nach kurzem Überlegen das Mädchen, „wenn – nur nicht – ich muß doch den Vater darum fragen.“

„Du bist ein närrisch Kind“, lachte der junge Maler, „selbst eine Prinzessin hätte nichts dagegen, daß ein Künstler ihre Züge für sich erwirbt. Dir geschieht kein Schade dadurch. Aber so lauf doch nur nicht so, du wildes Ding, ich gehe ja mit – oder willst du mich hier ohne Mittagsessen zurücklassen? Hast du die Kirchenbilder vergessen?“

„Ja, die Bilder“, sagte das Mädchen, stehenbleibend und auf ihn wartend. Arnold aber, der seine Mappe rasch wieder zusammengebunden, war auch schon im nächsten Augenblicke an ihrer Seite, und weit schneller als vorher setzten sie ihren Weg, dem Dorfe zu, fort.

Dieses aber lag viel näher, als Arnold dem Klange der gesprungenen Glocke nach vermutet hatte, denn das, was der junge Mann von weitem nur für ein Erlendikkicht gehalten, zeigte sich, als sie näher kamen, als eine heckenumzogene Reihe von Obstbäumen, hinter denen dicht versteckt, aber im Norden und Nordosten von weiten Feldern umgeben, das alte Dorf mit seinem niedrigen Kirchturme und seinen rauchgeschwärzten Häusern lag.

Hier auch betraten sie zuerst eine gut angelegte und feste Straße, an beiden Seiten mit Obstbäumen bepflanzt. Über dem Dorfe aber hing der düstere Höhenrauch, den Arnold schon von weitem gesehen, und brach das helle Sonnenlicht, das nur mit einem gelblich unheimlichen Scheine auf die alten, grauen, verwitterten Dächer fallen konnte. Arnold aber hatte für das alles kaum einen Blick, denn die an seiner Seite hinschreitende Gertrud faßte, als sie sich den ersten Häusern näherten, langsam seine Hand, und, diese in der ihren haltend, schritt sie mit ihm in die nächste Straße ein.

Ein wunderbares Gefühl durchzuckte den jungen, lebensfrischen Burschen bei der Berührung dieser warmen Hand, und unwillkürlich fast suchte sein Blick dem des jungen Mädchens zu begegnen. Aber Gertrude schaute nicht zu ihm hinüber; das Auge züchtig am Boden haftend, führte sie den Gast ihres Vaters Hause zu, und Arnolds Aufmerksamkeit wurde endlich auch auf die ihm begegnenden Dorfbewohner gelenkt, die alle still an ihm vorübergingen, ohne ihn zu grüßen.

Das fiel ihm zuerst auf, denn in all den benachbarten Dörfern hätte man es fast für ein Vergehen gehalten, einem Fremden nicht wenigstens einen „Guten Tag“ oder ein „Grüß Gott“ zu bieten. Hier dachte niemand daran, und wie in einer großen Stadt gingen die Leute entweder still und teilnahmslos vorbei oder blieben auch hie und da stehen und sahen ihnen nach – aber es redete sie niemand an. Selbst das Mädchen grüßte keiner von allen.

Und wie wunderlich die alten Häuser mit ihren spitzen, mit Schnitzwerk verzierten Giebeln und festen, wettergrauen Strohdächern aussahen – und trotz dem Sonntag war kein Fenster blankgeputzt, und die runden, in Blei gefaßten Scheiben sahen trüb und angelaufen aus und zeigten auf ihren matten Flächen den schillernden Regenbogenglanz. Hie und da öffnete sich aber ein Flügel, als sie vorüberschritten, und freundliche Mädchengesichter oder alte, würdige Matronen schauten heraus. Auch die seltsame Tracht der Leute fiel ihm auf, die sich wesentlich von der der Nachbardörfer unterschied. Dabei herrschte eine fast lautlose Stille überall, und Arnold, dem das Schweigen endlich peinlich wurde, sagte zu seiner Begleiterin: „Haltet ihr denn in eurem Dorfe den Sonntag so streng, daß die Leute, wenn sie einander begegnen, nicht einmal einen Gruß haben? Hörte man nicht hie und da einen Hund bellen oder einen Hahn krähen, so könnte man den ganzen Ort für stumm und tot halten.“

„Es ist Mittagszeit“, sagte Gertrud ruhig, „und da sind die Leute nicht zum Reden aufgelegt; heint abend werdet Ihr sie desto lauter finden.“

„Gott sei Dank“, rief Arnold, „da sind wenigstens Kinder, die auf der Straße spielen! Mir fing es hier schon an ganz unheimlich zu werden; da feiern sie in Bischofsroda den Sonntag auf andere Art.“

„Dort ist auch meines Vaters Haus", sagte Gertrud leise.

„Dem aber", lachte Arnold, „darf ich nicht so unversehens mittags in die Schüssel fallen. Ich könnte ihm ungelegen kommen und habe beim Essen gern freundliche Gesichter um mich her. Zeig mir deshalb lieber das Wirtshaus, mein Kind, oder laß mich es selber finden, denn Germelshausen wird von anderen Dörfern keine Ausnahme machen. Dicht neben der Kirche steht auch gewöhnlich die Schenke, und wenn man nur dem Turme folgt, geht man nie fehl."

„Da habt Ihr recht, das ist bei uns geradeso", sagte Gertrud ruhig, „aber daheim erwarten sie uns schon, und Ihr braucht nicht zu fürchten, daß man Euch unfreundlich aufnimmt."

„Erwarten sie *uns*? Ah, du meinst dich und deinen Heinrich? Ja, Gertrud, wenn du mich heute an dessen Stelle nehmen wolltest, dann bliebe ich bei dir – so lange, bis du mich selber wieder fortgehen hießest!" Er hatte die letzten Worte fast unwillkürlich mit herzlicher Stimme gesprochen und leise dabei die Hand gedrückt, die noch immer die seine gefaßt hielt.

Da blieb Gertrud plötzlich stehen, sah ihn voll und groß an und sagte: „Wolltet Ihr das wirklich?"

„Mit tausend Freuden!" rief der junge Maler, von der wunderbaren Schönheit des Mädchens ganz übermannt.

Gertrud erwiderte aber nichts weiter darauf, und ihren Weg fortsetzend, als ob sie sich die Worte ihres Begleiters überlege, blieb sie endlich vor einem hohen Hause stehen, zu dem eine mit Eisenstäben verwahrte, breite, steinerne Treppe hinaufführte, und sagte ganz wieder mit ihrem früheren schüchternen und verschämten Wesen: „Hier wohne ich, lieber Herr, und wenn's Euch gefreut, so kommt mit hinauf zu meinem Vater, der stolz darauf sein wird, Euch an seinem Tische zu sehen."

Ehe Arnold aber nur etwas darauf erwidern konnte, trat oben auf der Treppe schon der Schulze in die Türe, und während ein Fenster geöffnet wurde, aus dem der freundliche Kopf einer alten Frau herausschaute und ihnen zunickte, rief der Bauer: „Aber Gertrud, heint bist du lang ausgeblieben, und schau, schau, was sie sich für einen schmucken Gesellen mitgebracht hat!"

„Mein bester Herr –"

„Nur keine Umstände auf der Treppe – kommt herein, die Klöße sind fertig und werden sonst hart und kalt."

„Das ist aber nicht der Heinrich", rief die alte Frau aus dem Fenster. „Hab ich's denn nicht immer gesagt, daß er nicht wiederkäme?"

„Schon gut, Mutter, schon gut", meinte der Schulze, „der tut's auch!" Und dem Fremden die Hand entgegenstreckend, fuhr er fort: „Schön willkommen in Germelshausen, mein junger Herr, wo Euch das Mädel auch mag aufgelesen haben. Und jetzt kommt herein zum Essen und langt zu nach Herzenslust – alles weitere können wir nachher besprechen."

Er ließ dem jungen Maler auch wirklich keinen weiteren Raum zu irgendeiner Entschuldigung, sondern derb seine Hand schüttelnd, die Gertrud losgelassen hatte, sobald er den Fuß auf die steinerne Treppe setzte, faßte er ihn zutraulich unter den Arm und führte ihn in die breite und geräumige Wohnstube ein.

Im Hause selber herrschte eine dumpfe, erdige Luft, und so gut Arnold die Gewohnheit des deutschen Bauern kannte, der sich in seinem Zimmer am liebsten von jeder frischen Luft abschließt und selbst im Sommer nicht selten einheizt, um die ihm behagliche Brathitze zu erzeugen, so fiel es ihm doch auf. Der schmale Hausgang hatte dabei ebenfalls wenig Einladendes. Der Kalk war von den Wänden gefallen und schien eben nur flüchtig beiseite gekehrt zu sein. Das einzige erblindete Fenster im hintern Teile desselben konnte kaum ein notdürftiges Licht hereinwerfen, und die Treppe, die in das obere Stockwerk führte, sah alt und zerfallen aus.

Es blieb ihm aber nur wenig Zeit, das zu beobachten, denn im nächsten Augenblicke schon warf sein gastlicher Wirt die Türe der Wohnstube auf, und Arnold sah sich in einem nicht hohen, aber breiten und geräumigen Zimmer, das frisch gelüftet, mit weißem Sand gestreut und mit dem großen, von schneeigen Linnen bedeckten Tisch in der Mitte gar freundlich gegen die übrige etwas verwilderte Einrichtung des Hauses abstach.

Außer der alten Frau, die jetzt das Fenster geschlossen hatte und ihren Stuhl zum Tisch rückte, saßen noch ein paar rotbäckige Kinder in der Ecke, und eine rüstige Bauerfrau – aber auch in ganz anderer Tracht als die der Nachbardörfer – öffnete eben der mit einer großen Schüssel hereinkommenden Magd die Türe. Und jetzt dampften die Klöße auf dem Tische, und alles drängte an die Stühle, der willkommenen Mahlzeit entgegen. Keines aber setzte sich, und die Kinder schauten mit – wie es Arnold vorkam – fast ängstlichen Blicken auf den Vater.

Dieser trat zu seinem Stuhle, lehnte sich mit dem Arm darauf und sah still und schweigend, ja finster vor sich nieder. Betete er? Arnold sah, daß er die Lippen fest zusammengepreßt hielt, während seine rechte Hand zusammengeballt an der Seite niederhing; in diesen Zügen lag kein Gebet, nur starrer, und doch unschlüssiger Trotz. Gertrud ging da leise auf ihn zu und legte ihre Hand auf seine Schulter, und die alte Frau stand ihm sprachlos gegenüber und sah ihn mit ängstlich bittenden Blicken an.

„Laßt uns essen", sagte da barsch der Mann, „es hilft doch nichts!" Und seinen Stuhl beiseite rückend und seinem Gaste zunickend, ließ er sich selber nieder, ergriff den großen Schöpflöffel und legte allen vor.

Arnold kam das ganze Wesen des Mannes fast unheimlich vor, und in der gedrückten Stimmung der übrigen konnte er sich ebenfalls nicht behaglich fühlen. Der Schulze war aber nicht der Mann, der sein Mittagsessen mit trüben Gedanken verzehrt hätte. Wie er auf den Tisch klopfte, trat die Magd wieder herein und brachte Flaschen und Gläser, und mit dem kostbaren alten Wein, den er jetzt einschenkte, kam bald ein ganz anderes, fröhlicheres Leben in alle Tischgenossen.

Durch Arnolds Adern strömte das herrliche Getränk wie flüssiges Feuer – nie im Leben hatte er etwas Ähnliches gekostet – und auch Gertrud trank davon und die alte Mutter, die sich nachher an ihr Spinnrad in die Ecke setzte und mit leiser Stimme ein kleines Lied von dem lustigen Leben in Germelshausen sang. Der Schulze selber aber war wie ausgewechselt. So ernst und schweigsam er vorher gewesen, so lustig und aufgeräumt wurde er jetzt, und Arnold selber konnte sich dem Einflusse dieses kostbaren Weines nicht entziehen. Ohne daß er eigentlich genau wußte, wie es gekommen, hatte der Schulze eine Violine in die Hand genommen und spielte einen lustigen Tanz, und Arnold, die schöne Gertrud im Arm, wirbelte mit ihr in der Stube so toll herum, daß er das Spinnrad umwarf und die Stühle und gegen die Magd anrannte, die das Geschirr hinaustragen wollte, und allerhand lustige Streiche trieb, daß sich die übrigen darüber vor Lachen ausschütten wollten.

Plötzlich ward alles still in der Stube, und als sich Arnold erstaunt nach dem Schulzen umschaute, deutete dieser mit seinem Violinbogen nach dem Fenster und legte dann das Instrument wieder in den großen Holzkasten zurück, aus dem er es vorher genommen.

Arnold aber sah, wie draußen auf der Straße ein Sarg vorbeigetragen wurde. Sechs Männer, in weiße Hemden gekleidet, hatten ihn auf den Schultern, und hinterher ging ganz allein ein alter Mann mit einem kleinen, blondhaarigen Mädchen an der Hand. Der Alte schritt wie ineinandergebrochen auf der Straße hin; die Kleine aber, die kaum vier Jahre zählen mochte und wohl noch keine Ahnung hatte, wer da in dem dunklen Sarge lag, nickte überall freundlich hin, wo sie ein bekanntes Gesicht traf, und lachte hell auf, als sich ein paar Hunde vorüberhetzten und der eine gegen die Treppe des Schulhauses anrannte und sich überkugelte.

Nur aber solange der Sarg in Sicht war, dauerte die Stille, und Gertrud trat zu dem jungen Maler heran und sagte: „Jetzt gebt aber auf kurze Zeit eine Ruh – Ihr habt genug getollt, und der schwere Wein steigt Euch sonst immer mehr in den Kopf. Kommt, nehmt Euren Hut, und wir wollen einen kleinen Spaziergang zusammen machen. Bis wir zurückkommen, wird es Zeit, in die Schenke zu gehen, denn heute abend ist Tanz."

„Tanz? Das ist recht", rief Arnold vergnügt, „da bin ich grad zur guten Zeit gekommen. Und du gibst mir den ersten Tanz, Gertrud?"

„Gewiß, wenn Ihr wollt."

Arnold hatte schon Hut und Mappe aufgegriffen.

„Was wollt Ihr mit dem Buche?" frug der Schulze.

„Er zeichnet, Vater", sagte Gertrud, „er hat auch mich schon abgemalt. Seht Euch einmal das Bild an."

Arnold öffnete die Mappe und hielt dem Manne das Bild entgegen. Der Bauer betrachtete es still und schweigend eine Weile.

„Und das wollt Ihr mit zu Haus nehmen", sagte er endlich, „und vielleicht in einen Rahmen machen und in die Stube hängen?"

„Und warum nicht?"

„Darf er, Vater?" frug Gertrud.

„Wenn er nicht bei uns bleibt", lachte der Schulze, „hab ich nichts dagegen – aber dahinten fehlt noch etwas."

„Was?"

„Der Leichenzug von vorhin. Malt den mit auf das Blatt, und Ihr mögt das Bild mitnehmen."

„Aber der Leichenzug zu Gertrud?"

„Da ist noch Platz genug", sagte hartnäckig der Schulze, „der muß mit drauf sein, sonst leid ich nicht, daß Ihr meines Mädels Bild so ganz allein mit fortnehmt. In so ernster Gesellschaft kann aber niemand etwas Übles davon denken."

Arnold schüttelte über den wunderlichen Vorschlag, dem hübschen Mädchen einen Leichenzug als Ehrenwache mitzugeben, lachend den Kopf. Der Alte schien aber einmal die fixe Idee zu haben, und um ihn zufriedenzustellen, tat er ihm den Willen. Später konnte er die traurige Beigabe schon leicht wieder entfernen.

Mit geübter Hand hatte er auch die eben vorbeigezogenen Gestalten, wenn auch nur aus der Erinnerung, auf das Papier gebracht, und die ganze Familie drängte sich dabei um ihn her und sah mit offenbarem Staunen die rasche Ausführung der Zeichnung.

„Hab ich's so recht gemacht?" rief Arnold endlich, als er von seinem Stuhle aufsprang und das Bild in Armeslänge von sich hielt.

„Vortrefflich", nickte der Schulze, „hätt's nimmer gedacht, daß Ihr's so schnell fertigbrächtet. Jetzt mag's sein, und nun geht mit dem Mädel hinaus und seht Euch das

Dorf an – möchtet es doch so bald nicht wieder zu sehen bekommen. Bis um fünf Uhr seid aber fein wieder da – wir feiern ein Fest heint, und da müßt Ihr dabeisein!"

Arnold selber wurde es in der dumpfigen Stube, den Wein im Kopfe, eng und beklemmt zumute, und er sehnte sich ins Freie, und wenige Minuten später schritt er an der schönen Gertrud Seite die Straße entlang, die durch das Dorf führte. Jetzt lag auch der Weg nicht mehr so still da wie vorhin; die Kinder spielten auf der Straße, die Alten saßen hie und da vor ihren Türen und sahen ihnen zu, und der ganze Ort mit seinen alten, wunderlichen Gebäuden hätte sicherlich sogar ein freundliches Ansehen gehabt, wäre die Sonne nur imstande gewesen, durch den dichten, bräunlichen Rauch zu dringen, der wie eine Wolke über den Dächern lag.

„Ist hier ein Moor- oder Waldbrand in der Nähe?" frug er das Mädchen. „Derselbe Rauch liegt über keinem anderen Dorfe und kann nicht von den Schornsteinen herrühren."

„Es ist Erdrauch", sagte ruhig Gertrud, „aber habt Ihr nie von Germelshausen gehört?"

„Nie."

„Das ist sonderbar, und das Dorf ist doch schon so alt – so alt."

„Die Häuser sehen wenigstens darnach aus, und auch die Leute haben alle ein so wunderliches Benehmen, und eure Sprache klingt so ganz anders wie in den Nachbarorten. Ihr kommt wohl wenig hinaus aus euerm Orte?"

„Wenig", sagte Gertrud einsilbig.

„Und keine einzige Schwalbe ist mehr da. Die können doch noch nicht fortgezogen sein?"

„Schon lange", antwortete eintönig das Mädchen, „in Germelshausen baut sich keine mehr ihr Nest. Sie können vielleicht den Erdrauch nicht vertragen."

„Aber den habt ihr doch nicht immer?"

„Immer."

„Dann ist der auch schuld daran, daß eure Obstbäume keine Früchte tragen, und noch in Marisfelde mußten sie dieses Jahr die Äste stützen, so reich gesegnet ist das Jahr."

Gertrud erwiderte kein Wort darauf und wanderte schweigend an seiner Seite, immer im Dorfe hin, bis sie das äußerste Ende desselben erreichten. Unterwegs nickte sie nur manchmal einem Kinde freundlich zu oder sprach mit einem der jungen Mädchen – vielleicht über den heutigen Tanz und Ballstaat – ein paar leise Worte. Und die Mädchen sahen dabei den jungen Maler mit recht mitleidsvollen Blicken an, daß es diesem, er wußte selber nicht recht warum, ganz warm und weh ums Herz wurde, aber er getraute sich nicht, Gertrud deshalb zu fragen.

Jetzt endlich hatten sie die äußersten Häuser erreicht, und so lebendig es im Dorfe selber auch gewesen, so still und einsam, ja so totenähnlich wurde es hier. Die Gärten sahen aus, als ob sie seit langen, langen Jahren nicht betreten wären; in den Wegen wuchs Gras, und merkwürdig schien es besonders dem jungen Fremden, daß kein einziger Obstbaum auch nur *eine* Frucht trug.

Da begegneten ihnen Menschen, die von draußen hereinkamen, und Arnold erkannte augenblicklich den rückkehrenden Leichenzug. Die Leute zogen still an ihnen vorüber wieder in das Dorf hinein, und fast unwillkürlich lenkten sich beider Schritte dem Friedhof zu.

Arnold suchte jetzt seine Begleiterin, die ihm gar so ernst vorkam, aufzuheitern, erzählte ihr von den anderen Orten, wo er gewesen, und wie es draußen in der Welt aussähe. Sie hatte noch nie eine Eisenbahn gesehen, ja nie davon gehört, und horchte aufmerksam und erstaunt seiner Erklärung. Auch von den Telegrafen hatte sie keine Ahnung, ebensowenig von all den neueren Erfindungen, und der junge Maler begriff nicht, wie es möglich sei, daß noch Menschen in Deutschland so abgeschieden, so förmlich getrennt von der übrigen Welt und außer der geringsten Verbindung mit ihr leben konnten.

In diesen Gesprächen erreichten sie den Gottesacker, und hier fielen dem jungen Fremden gleich die altertümlichen Steine und Denkmale auf, so einfach sie auch im ganzen waren.

„Das ist ein alter, alter Stein“, sagte er, als er sich zu

dem nächsten niederbog und mit Mühe die Schnörkelschrift desselben entziffert hatte: „Anna Maria Berthold, geborne Stieglitz, geboren am 1sten Debr. 1188 – gestorben den 2ten December 1224."

„Das ist meine Mutter", sagte Gertrud ernst, und ein paar große, helle Tränen drängten sich in ihr Auge und fielen langsam auf ihr Mieder nieder.

„Deine Mutter, mein gutes Kind?" sagte Arnold erstaunt. „Deine Ur-Ur-Elternmutter, ja, die könnte es gewesen sein."

„Nein", sagte Gertrud, „meine rechte Mutter. Der Vater hat nachher wieder gefreit, und die zu Haus ist meine Stiefmutter."

„Aber steht da nicht ‚gestorben 1224'?"

„Was kümmert mich das Jahr", sagte Gertrud traurig, „es tut gar weh, wenn man so von der Mutter getrennt wird, und doch", setzte sie leise und recht schmerzlich hinzu, „war es vielleicht gut, recht gut, daß sie *vorher* zu Gott eingehen durfte."

Arnold bog sich kopfschüttelnd über den Stein, die Inschrift genauer zu erforschen, ob die erste Zwei in der Jahreszahl vielleicht eine Acht sei, denn die altertümliche Schrift machte das nicht unmöglich; aber die andere Zwei glich der ersten auf ein Haar, und 1884 schrieben sie noch lange nicht. Vielleicht hatte sich der Steinmetz geirrt, und das Mädchen war so in das Andenken an die Verstorbene vertieft, daß er sie nicht weiter durch vielleicht lästige Fragen stören mochte. Er ließ sie deshalb bei dem Steine, an dem sie niedergesunken war und leise betete, um einige andere Denkmäler zu untersuchen. Aber alle ohne Ausnahme trugen Jahreszahlen viele hundert Jahre zurück, selbst bis 930, ja 900 n. Chr. G., und kein neuerer Stein ließ sich auffinden, und doch wurden die Toten selbst jetzt noch hier beigesetzt, wie das letzte, ganz frische Grab bezeugte.

Von der niederen Kirchhofmauer aus hatte man aber auch einen trefflichen Überblick über das alte Dorf, und Arnold benutzte rasch die Gelegenheit, eine Skizze davon zu entwerfen. Aber auch über diesem Platz lag der wunderliche Höhenrauch, und weiter dem Walde zu konnte er doch die Sonne hell und klar auf die Berghänge niederfallen sehen.

Da schlug im Dorfe wieder die alte, zersprungene Glocke an, und Gertrud, sich rasch emporrichtend und die Tränen aus den Augen schüttelnd, winkte freundlich dem jungen Manne, ihr zu folgen. Arnold war rasch an ihrer Seite.

„Jetzt dürfen wir nicht mehr trauern", sagte sie lächelnd, „die Kirche läutet aus, und nun geht es zu Tanze. Ihr habt bis jetzt wohl geglaubt, daß die Germelshauser lauter Kopfhänger wären. Heut abend sollt Ihr das Gegenteil gewahr werden."

„Aber da drüben ist doch die Kirchentüre", sagte Arnold, „und ich sehe niemanden herauskommen."

„Das ist sehr natürlich", lachte das Mädchen, „weil niemand hineingeht, der Pfarrer selber nicht einmal. Nur der alte Sakristan gönnt sich keine Ruhe und läutet die Kirche aus und ein."

„Und keins von euch geht in die Kirche?"

„Nein, weder zur Messe noch Beichte", sagte das Mädchen ruhig, „wir liegen in einem Streite mit dem Papste, der bei den Welschen wohnt, und der will es nicht leiden, bis wir ihm wieder gehorchen."

„Aber davon hab ich im Leben nichts gehört!"

„Ja, ist auch schon lange her", sagte das Mädchen leichthin. „Seht Ihr, da kommt der Sakristan ganz allein aus der Kirche und schließt die Tür zu; der geht auch nicht abends ins Wirtshaus, sondern sitzt still und allein daheim."

„Und der Pfarrer kommt?"

„Das sollt ich meinen – und ist der lustigste von allen! Er nimmt sich's nicht zu Herzen."

„Und weshalb ist das alles geschehen?" sagte Arnold, der sich fast weniger über die Tatsachen als über des Mädchens Unbefangenheit wunderte.

„Das ist eine lange Geschichte", meinte aber Gertrud, „und der Pfarrer hat das alles in ein großes, dickes Buch aufgeschrieben. Wenn's Euch Spaß macht und Ihr Lateinisch versteht, mögt Ihr's darin lesen. Aber", setzte sie warnend hinzu, „sprecht nicht davon, wenn mein Vater dabei ist, denn er hat's nicht gern. Seht Ihr – da kommen die Burschen und Mädchen schon aus den Häusern, jetzt muß ich machen, daß ich heim komme und mich auch anziehe, denn ich möchte nicht die letzte sein."

„Und den ersten Tanz, Gertrud?"

„Tanze ich mit Euch, Ihr habt mein Versprechen."

Rasch schritten die beiden in das Dorf zurück, wo jetzt aber ein ganz anderes Leben herrschte als am Morgen. Überall standen lachende Gruppen von jungen Leuten; die Mädchen waren zu der Festlichkeit geschmückt und die Burschen ebenfalls in ihrem besten Staate, und an dem Wirtshause, an dem sie vorbeigingen, hingen Blattgirlanden von einem Fenster zum anderen und zogen über der Türe einen weiten Triumphbogen.

Arnold mochte sich, da er alles aufs beste herausgeputzt sah, nicht in seinen Reisekleidern zwischen die Festtägler mischen, schnallte deshalb in des Schulzen Hause seinen Tornister auf, nahm seinen guten Anzug heraus und war eben mit seiner Toilette fertig, als Gertrud an die Türe klopfte und ihn abrief. Und wie wunderbar schön sah das Mädchen jetzt in ihrem einfachen und doch so reichen Schmucke aus, und wie herzlich bat sie ihn, sie zu begleiten, da Vater und Mutter erst später nachfolgen würden!

Die Sehnsucht nach ihrem Heinrich kann ihr das Herz nicht besonders abdrücken, dachte der junge Mann freilich, als er ihren Arm in den seinen zog und mit ihr durch die jetzt einbrechende Dämmerung dem Tanzsaale zuschritt. Aber er hütete sich wohl, einem derartigen Gedanken das Wort zu geben, denn ein eigenes, wunderliches Gefühl durchzuckte seine Brust, und sein Herz klopfte ihm selber ungestüm, als er das der Jungfrau an seinem Arme pochen fühlte.

„Und morgen muß ich wieder fort", seufzte er leise vor sich hin.

Ohne daß er es selber wollte, waren aber die Worte zu dem Ohre seiner Begleiterin gedrungen, und sie sagte lächelnd: „Sorgt Euch nicht um das – wir bleiben länger zusammen – länger vielleicht, als Euch lieb ist."

„Und würdest du es gerne sehen, Gertrud, wenn ich bei euch bliebe?" frug Arnold, und er fühlte dabei, wie ihm das Blut mit voller Gewalt in Stirn und Schläfe schoß.

„Gewiß", sagte das junge Mädchen unbefangen, „Ihr seid gut und freundlich, mein Vater hat Euch auch gern, ich weiß es, und – Heinrich ist doch nicht gekommen!" setzte sie leise und wie zürnend hinzu.

„Und wenn er nun morgen käme?"

„Morgen?" sagte Gertrud und sah ihn mit ihren großen, dunklen Augen ernst an, „dazwischen liegt eine lange – lange Nacht. Morgen! Ihr werdet morgen begreifen, was das Wort bedeutet. Aber heint sprechen wir nicht davon", brach sie kurz und freundlich ab, „heint ist das frohe Fest, auf das wir uns so lange, so sehr lange gefreut, und das wollen wir uns ja nicht durch trübe Gedanken verkümmern. Und hier sind wir auch am Orte – die Burschen werden nicht schlecht schauen, wenn ich mir einen neuen Tänzer mitbringe."

Arnold wollte ihr etwas darauf erwidern, aber lärmende Musik, die von innen heraustönte, übertäubte seine Worte. Wunderliche Weisen spielten auch die Musikanten auf, er kannte keine einzige davon und ward durch den Glanz der vielen Lichter, die ihm entgegenfunkelten, im Anfang fast wie geblendet. Gertrud führte ihn jedoch mitten in den Saal hinein, wo eine Menge junger Bauernmädchen plaudernd zusammenstanden, dort erst ließ sie ihn los, sich, bis der wirkliche Tanz begann, erst ein wenig umzusehen und mit den übrigen Burschen bekannt zu werden.

Arnold fühlte sich im ersten Augenblicke zwischen den vielen fremden Menschen nicht behaglich; auch die wunderliche Tracht und Sprache der Leute stieß ihn ab, und so lieb diese harten, ungewohnten Laute von Gertruds Lippen klangen, so rauh tönten sie von anderen an sein Ohr. Die jungen Burschen waren aber alle freundlich gegen ihn, und einer von ihnen kam auf ihn zu, nahm ihn bei der Hand und sagte: „Das ist gescheut von Euch, Herr, daß Ihr bei uns bleiben wollt – führen auch ein lustiges Leben, und die Zwischenzeit vergeht rasch genug."

„Welche Zwischenzeit?" frug Arnold, weniger erstaunt über den Ausdruck, als daß der Bursche so fest seine Überzeugung aussprach, daß er dieses Dorf zu seiner Heimat machen wollte. „Ihr meint, daß ich hierher zurückkehre?"

„Und Ihr wollt wieder fort?" frug der junge Bauer rasch.

„Morgen – ja – oder übermorgen, aber ich komme wieder."

„Morgen? So?" lachte der Bursch. „Ja, dann ist's schon recht! Na, morgen sprechen wir weiter darüber. Jetzt kommt, daß ich Euch unsere Vergnüglichkeit einmal zeige, denn wenn Ihr morgen schon wieder fort wollt, bekämet Ihr die am Ende nicht einmal zu sehen."

Die anderen lachten heimlich miteinander, der junge Bauer aber nahm Arnold an der Hand und führte ihn im ganzen Hause herum, das dichtgedrängt voll lustig schwärmender Gäste war. Erst kamen sie durch Zimmer, in denen Kartenspieler saßen und große Haufen Geldes vor sich liegen hatten, dann betraten sie eine Kegelbahn, die mit hellglänzenden Steinen ausgelegt war. In einem dritten Zimmer wurden Ringel- und andere Spiele gespielt, und die jungen Mädchen liefen lachend und singend aus und ein und neckten sich mit den jungen Burschen, bis auf einmal ein Tusch von den Musikanten, die bis dahin ganz lustig fortgespielt, das Zeichen zum Beginn des Tanzes gab und Gertrud jetzt auch an Arnolds Seite stand und seinen Arm faßte.

„Kommt, wir dürfen nicht die letzten sein", sagte das schöne Mädchen, „denn als des Schulzen Tochter muß ich den Tanz eröffnen."

„Aber was für eine seltsame Melodie ist das?" sagte Arnold. „Ich finde mich gar nicht in den Takt."

„Es wird schon gehen", lächelte Gertrud, „in den ersten fünf Minuten findet Ihr Euch hinein, und ich sage Euch, wie."

Laut jubelnd drängte jetzt alles, nur die Kartenspieler ausgenommen, dem Tanzsaale zu, und Arnold vergaß in dem einen seligen Gefühle, das wunderbar schöne Mädchen in seinen Armen zu halten, bald alles andere.

Wieder und wieder tanzte er mit Gertrud, und kein anderer schien ihm seine Tänzerin streitig machen zu wollen, wenn ihn die übrigen Mädchen im Vorbeifliegen auch manchmal neckten. Eines nur fiel ihm auf und störte ihn: dicht neben dem Wirtshause stand die alte

Kirche, und im Saale konnte man deutlich die grellen, mißtönenden Schläge der zersprungenen Glocke hören. Bei dem ersten Schlage derselben aber war es, als ob der Stab eines Zauberers die Tanzenden berührt hätte. Die Musik hörte mitten im Takte auf zu spielen, die lustig durcheinanderwogende Schar stand, wie an ihre Plätze gebannt, still und regungslos, und alles zählte schweigend die einzelnen, langsamen Schläge. Sobald aber der letzte verhallt war, ging das Leben und Jauchzen von neuem los. So war es um acht, so um neun, so um zehn Uhr, und wenn Arnold nach der Ursache so sonderbaren Betragens fragen wollte, legte Gertrud ihren Finger an die Lippen und sah dabei so ernst und traurig aus, daß er sie nicht um die Welt hätte mehr betrüben mögen.

Um zehn Uhr wurde im Tanzen eine Pause gemacht, und das Musikchor, das eiserne Lungen haben mußte, schritt dem jungen Volke voran in den Eßsaal hinab. Dort ging es lustig her; der Wein floß nur so, und Arnold, der nicht gut hinter den übrigen zurückbleiben konnte, berechnete sich schon im stillen, welchen Riß dieser verschwenderische Abend in seiner bescheidenen Kasse machen würde. Aber Gertrud saß neben ihm, trank mit ihm aus einem Glase, und wie hätte er da einer solchen Sorge Raum geben können! – Und wenn ihr Heinrich morgen kam?

Der erste Schlag der elften Stunde tönte, und wieder schwieg der laute Jubel der Zechenden, wieder dieses atemlose Lauschen den langsamen Schlägen. Ein eigenes Grauen überkam ihn, er wußte selber nicht weshalb, und der Gedanke an seine Mutter daheim zog ihm durch das Herz. Langsam hob er sein Glas und leerte es als Gruß den fernen Lieben.

Mit dem elften Schlage aber sprangen die Gäste von den Tischen auf, der Tanz sollte aufs neue beginnen, und alles eilte in den Saal zurück.

„Wem habt Ihr zuletzt zugetrunken?“ frug Gertrud, als sie ihren Arm wieder in den seinen gelegt hatte.

Arnold zögerte mit der Antwort. Lachte ihn Gertrud vielleicht aus, wenn er es ihr sagte? – Aber nein, so brünstig hatte sie ja noch an dem Nachmittage an ihrer eigenen Mutter Grabe gebetet, und mit leiser Stimme sagte er: „Meiner Mutter.“

Gertrud erwiderte kein Wort und ging schweigend neben ihm die Treppe wieder hinauf – aber sie lachte auch nicht mehr, und ehe sie wieder zum Tanze antraten, frug sie ihn: „Habt Ihr Eure Mutter so lieb?“

„Mehr als mein Leben.“

„Und sie Euch?“

„Liebt eine Mutter ihr Kind nicht?“

„Und wenn Ihr nicht wieder heim zu ihr kämet?“

„Arme Mutter“, sagte Arnold, „ihr Herz würde brechen.“

„Da beginnt der Tanz wieder“, rief Gertrud rasch, „kommt, wir dürfen keinen Augenblick mehr versäumen!“

Und wilder als je begann der Tanz; die jungen Burschen, von dem starken Wein erhitzt, tobten und jubelten und kreischten, und ein Lärmen entstand, das die Musik zu übertäuben drohte. Arnold fühlte sich nicht mehr so wohl in dem Toben, und auch Gertrud war ernst und still dabei geworden. Nur bei den anderen allen schien der Jubel zu wachsen, und in einer Pause kam der Schulze auf sie zu, schlug dem jungen Manne herzhaft auf die Schultern und sagte lachend: „Das ist recht, Herr Maler, nur lustig die Beine geschwenkt den Abend, wir haben Zeit genug, uns wieder auszuruhen. Na, Trudchen, weshalb schneidest denn du ein so ernstes Gesicht? Paßt das zu dem Tanze heint? Lustig – hei, da geht's wieder los! Jetzt muß ich meine Alte auch suchen, mit ihr den letzten Tanz zu machen. Stellt euch an, die Musikanten blasen schon wieder die Backen auf!“ und mit einem Jauchzen drängte er sich durch den Schwarm der lustigen Menschen.

Arnold umschlang wieder Gertrud zu neuem Tanze, als diese sich plötzlich von ihm losmachte, seinen Arm ergriff und leise flüsterte. „Kommt!“

Arnold behielt keine Zeit, sie zu fragen wohin, denn sie glitt ihm unter den Händen weg und der Saaltüre zu.

„Wohin, Trudchen?“ riefen sie ein paar der Gespielinnen an.

„Bin gleich wieder da“, lautete die kurze Antwort, und

wenige Sekunden später stand sie mit Arnold draußen in der frischen Abendluft vor dem Hause.

„Wo willst du hin, Gertrud?"

„Kommt!" Wieder ergriff sie seinen Arm und führte ihn durch das Dorf, an ihres Vaters Haus vorbei, in das sie hineinsprang und mit einem kleinen Bündel zurückkehrte.

„Was hast du vor?" fragte Arnold erschreckt.

„Kommt!" war das einzige, was sie erwiderte, und an den Häusern vorbei schritt sie mit ihm, bis sie die äußere Ringmauer des Dorfes hinter sich ließen. Sie waren bis jetzt der breiten, festen und hartgefahrenen Straße gefolgt; jetzt bog Gertrud links vom Wege ab und schritt einen kleinen, flachen Hügel hinauf, von dem aus man gerade auf die hellerleuchteten Fenster und Türen des Wirtshauses sehen konnte. Hier blieb sie stehen, reichte Arnold die Hand und sagte herzlich: „Grüßt Eure Mutter von mir – lebt wohl!"

„Gertrud", rief Arnold so erstaunt wie bestürzt, „jetzt mitten in der Nacht willst du mich so von dir schicken? Habe ich dir mit irgendeinem Worte weh getan?"

„Nein, Arnold", sagte das Mädchen, ihn zum ersten Male bei seinem Vornamen nennend, „eben – eben weil ich Euch gern hab, müßt Ihr fort."

„Aber so laß ich dich nicht von mir im Dunklen allein in das Dorf zurück", bat Arnold. „Mädchen, du weißt nicht, wie lieb ich dich habe, wie du mir das Herz in wenigen Stunden fest und sicher gefaßt hast. Du weißt nicht –"

„Sprecht nichts weiter", unterbrach ihn Gertrud rasch, „wir wollen keinen Abschied nehmen. Wenn die Glocke zwölf geschlagen hat – es kann kaum noch zehn Minuten dauern – so kommt wieder an die Türe des Wirtshauses, dort werd ich Euch erwarten."

„Und solange –"

„Bleibt Ihr hier auf dieser Stelle stehen. Versprecht mir, daß Ihr keinen Schritt zur Rechten oder zur Linken gehen wollt, bis die Glocke zwölf *aus*geschlagen hat!"

„Ich verspreche es, Gertrud, aber dann –"

„Dann kommt", sagte das Mädchen, reichte ihm die Hand zum Abschied und wollte fort.

„Gertrud!“ rief Arnold mit bittendem, schmerzlichem Tone.

Gertrud blieb einen Augenblick wie zögernd stehen, dann plötzlich wandte sie sich gegen ihn um, warf ihre Arme um seinen Nacken, und Arnold fühlte die eiskalten Lippen des schönen Mädchens fest auf den seinen. Aber es war nur ein Moment, in der nächsten Sekunde hatte sie sich losgerissen und floh dem Dorfe zu, und Arnold blieb bestürzt über ihr wunderliches Betragen, aber seines Versprechens eingedenk, an der Stelle stehen, wo sie ihn verlassen.

Jetzt erst sah er auch, wie sich das Wetter in den wenigen Stunden verändert hatte. Der Wind heulte durch die Bäume, der Himmel war mit dichten, jagenden Wolken bedeckt, und einzelne große Regentropfen verrieten ein nahendes Gewitter.

Durch die dunkle Nacht glänzten hell die Lichter aus dem Wirtshause heraus, und wie der Wind dort herübersauste, konnte er in einzelnen, unterbrochenen Stößen den lärmenden Klang der Instrumente hören – aber nicht lange. Nur wenige Minuten hatte er auf seiner Stelle gestanden, da hob die alte Kirchturmglocke zum Schlagen aus – in demselben Moment verstummte die Musik oder wurde von dem heulenden Sturm übertäubt, der so arg über den Hang tobte, daß Arnold sich zum Boden niederbiegen mußte, um nicht das Gleichgewicht zu verlieren. Vor sich auf der Erde fühlte er da das Paket, das Gertrud aus dem Hause geholt, seinen eigenen Tornister und seine Mappe, und erschreckt richtete er sich wieder empor. Die Uhr hatte ausgeschlagen, die Windsbraut heulte vorüber, aber nirgends im Dorfe entdeckte er mehr ein Licht. Die Hunde, die kurz vorher gebellt und geheult, waren still, und dichter, feuchter Nebel quoll aus dem Grunde herauf.

„Die Zeit ist um“, murmelte Arnold vor sich hin, indem er seinen Tornister auf den Rücken warf, „und ich *muß* Gertrud noch einmal sehen, denn so kann ich nicht von ihr scheiden. Der Tanz ist aus, die Tänzer werden jetzt zu Hause gehen, und wenn mich der Schulze auch nicht über Nacht behalten will, bleib ich im Wirtshause – in der Dunkelheit fänd ich überdies nicht meinen

Weg durch den Wald."

Vorsichtig stieg er den leisen Abhang wieder hinunter, den er mit Gertrud heraufgekommen, dort den breiten und weißen Weg zu treffen, der in das Dorf hineinführte, aber umsonst tappte er unten in den Büschen darnach herum. Der Grund war weich und sumpfig, mit seinen dünnen Stiefeln sank er bis tief über die Knöchel ein, und dichtes Erlengebüsch schoß überall dort empor, wo er den festen Weg vermutet hatte. Gekreuzt konnte er ihn in der Dunkelheit auch nicht haben, er *mußte* ihn fühlen, wenn er darauf trat, und außerdem wußte er, daß die Ringmauer des Dorfes querüber lief – diese *konnte* er nicht verfehlen. Aber umsonst suchte er mit einer ängstlichen Hast darnach. Der Boden wurde weicher und sumpfiger, je weiter er darin vordrang, das Gestrüpp dichter und überall von Dornen durchzogen, die seine Kleider zerrissen und seine Hände blutig ritzten.

War er rechts oder links abgekommen und an dem Dorfe vorbei? Er fürchtete, sich noch weiter zu verirren, und blieb auf einer ziemlich trockenen Stelle, dort zu erwarten, bis die alte Glocke eins schlagen würde. Aber es schlug nicht an, kein Hund bellte, kein menschlicher Laut tönte zu ihm herüber, und mit Mühe und Not, durch und durch naß und vor Frost zitternd, arbeitete er sich wieder zu dem höher gelegenen Hügelhang zurück, an dem ihn Gertrud verlassen. Wohl versuchte er von hier aus noch ein paarmal, in das Dickicht einzudringen und das Dorf zu finden, aber vergebens; zum Tode erschöpft, von einem eigentümlichen Grausen erfaßt, mied er zuletzt den tiefen, dunklen, unheimlichen Grund und suchte einen schützenden Baum, die Nacht dort zu verbringen.

Und wie langsam zogen die Stunden an ihm vorüber! Denn zitternd vor Frost, war er nicht imstande, der langen Nacht auch nur eine Sekunde Schlaf abzustehlen. Immer wieder horchte er dabei in die Dunkelheit hinein, denn immer aufs neue glaubte er den rauhen Schlag der Glocke zu vernehmen, um immer aufs neue sich getäuscht zu sehen.

Endlich dämmerte der erste lichte Schein aus fernem Osten. Die Wolken hatten sich verzogen, der Himmel war wieder rein und sternenhell, und die erwachenden Vögel zwitscherten leise in den dunklen Bäumen. Und breiter wurde der goldene Himmelsgürtel und lichter – schon konnte er deutlich um sich her die Wipfel der Bäume erkennen – aber vergebens suchte sein Blick den alten, braunen Kirchturm und die wettergrauen Dächer. Nichts als ein wildes Erlengestrüpp, mit einzelnen verkrüppelten Weiden dazwischen, dehnte sich vor ihm aus. Kein Weg war zu erkennen, der links oder rechts abführte, kein Zeichen einer menschlichen Wohnung in der Nähe.

Heller und heller brach der Tag an; die ersten Sonnenstrahlen fielen auf die weite, grüne, vor ihm ausgebreitete Fläche, und Arnold, nicht imstande, sich dieses Rätsel zu erklären, wanderte ein ganzes Stück den Grund zurück. Er mußte sich in der Nacht, während er den Ort suchte, ohne daß er es wußte, verirrt und weiter davon entfernt haben und war jetzt fest entschlossen, ihn wieder aufzufinden.

Endlich erreichte er den Stein, an dem er Gertrud gezeichnet; *den* Platz hätte er unter tausenden wiedererkannt, denn der alte Fliederbusch mit seinen starren Ästen bezeichnete ihn zu genau. Er wußte jetzt genau, woher er gekommen war und wo Germelshausen liegen mußte, und schritt rasch das Tal zurück, genau dieselbe Richtung beibehaltend, der er gestern mit Gertrud gefolgt war. Dort erkannte er auch die Biegung des Hanges, über dem der düstere Höhenrauch gelegen, nur das Erlengebüsch schied ihn noch von den ersten Häusern. Jetzt hatte er es erreicht, drängte sich hindurch und – befand sich wieder in dem nämlichen sumpfigen Moraste, in dem er in der letzten Nacht herumgewatet.

Vollständig ratlos und seinen eigenen Sinnen nicht trauend, wollte er die Passage hier erzwingen, aber das schmutzige Sumpfwasser zwang ihn endlich, das trokkene Land wieder zu suchen, und vergebens wanderte er dort jetzt auf und ab. Das Dorf war und blieb verschwunden.

Mit diesen unnützen Versuchen mochten mehrere Stunden vergangen sein, und die müden Glieder versagten ihm zuletzt den Dienst. Er konnte nicht weiter und mußte sich erst ausruhen; was half ihm auch das nutzlose Suchen? Von dem ersten Dorfe, das er erreichte, konnte er leicht einen Führer nach Germelshausen bekommen und dann den Weg nicht wieder verfehlen.

Todesmatt warf er sich unter einen Baum – und wie war sein bester Anzug zugerichtet! Aber das kümmerte ihn jetzt nicht. Seine Mappe nahm er vor und aus der Mappe Gertruds Bild, und mit bitterem Schmerz hing sein Auge an den lieben, lieben Zügen des Mädchens, das, wie er zu seinem Schrecken fand, schon einen zu festen Halt an ihn gewonnen hatte.

Da hörte er hinter sich das Laub rascheln – ein Hund schlug an – und als er rasch emporsprang, stand ein alter Jäger nicht weit von ihm und betrachtete sich neugierig die wunderliche, so anständig gekleidete und so verwildert aussehende Gestalt.

„Grüß Gott!" rief Arnold, seelensfroh, einem Menschen hier zu begegnen, indem er das Blatt rasch wieder in die Mappe schob. „Sie kommen mir hier wie gerufen, Herr Förster, denn ich glaube, ich habe mich verirrt."

„Hm", sagte der Alte, „wenn Sie hier die ganze Nacht im Busche gelegen haben – und kaum eine halbe Stunde nach Dillstedt hinüber zu einem guten Wirtshause – so glaub ich das auch. Donnerwetter, wie sehen Sie aus, gerade als ob Sie eben Hals über Kopf aus Dornen und Sumpf kämen!"

„Sie sind hier im Walde genau bekannt?" sagte da Arnold, der vor allen Dingen wissen wollte, wo er sich eigentlich befand.

„Ich sollt es denken!" lachte der Jäger, indem er Feuer schlug und seine Pfeife wieder in Brand brachte.

„Wie heißt das nächste Dorf?"

„Dillstedt – gerad dort hinüber. Wenn Sie da drüben auf die kleine Anhöhe kommen, können Sie es leicht unter sich liegen sehen."

„Und wie weit hab ich von hier nach Germelshausen?"

„Wohin?" rief der Jäger und nahm erschreckt seine Pfeife aus dem Munde.

„Nach Germelshausen."

„Gott sei mir gnädig!" sagte da der Alte, während er

einen scheuen Blick umherwarf. „Den Wald kenn ich gut genug. Wieviel Klafter tief im Erdboden drinnen aber das ‚verwünschte Dorf' liegt, das weiß nur Gott – und – geht unsereinen auch nichts an."

„Das verwünschte Dorf?" rief Arnold erstaunt.

„Germelshausen, ja", sagte der Jäger. „Gleich da drin im Sumpfe, wo jetzt die alten Weiden und Erlen stehen, soll es vor soundso vielen hundert Jahren gelegen haben, nachher ist's weggesunken – niemand weiß, warum und wohin, und die Sage geht, daß es alle hundert Jahre an einem bestimmten Tage wieder ans Licht gehoben würde – möchte aber keinem Christenmenschen wünschen, daß er zufällig dazukäme. – Aber zum Wetter noch einmal, das Nachtlager im Busche scheint Ihnen nicht gut zu bekommen. Sie sehen käseweiß aus. Da – nehmen Sie einmal einen Schluck aus der Flasche hier, der wird Ihnen guttun – nur ordentlich!"

„Ich danke."

„Ach was, das war nicht halb genug – einen ordentlichen, dreimal geknoteten Schluck – so – das ist der echte Stoff – und nun machen Sie, daß Sie hinüber ins Wirtshaus und in ein warmes Bett kommen!"

„Nach Dillstedt?"

„Nun ja, natürlich – näher haben wir keines."

„Und Germelshausen?"

„Tun Sie mir den Gefallen und nennen Sie den Ort nicht wieder hier, gerade an der Stelle, wo wir stehen. Lassen wir die Toten ruhen, und besonders solche, die überhaupt keine Ruhe haben und immer wieder einmal unversehens zwischen uns auftauchen."

„Aber gestern hat das Dorf noch hier gestanden!" rief Arnold, seiner Stimme selber kaum mehr mächtig, „ich war darinnen – ich habe darin gegessen, getrunken und getanzt!"

Der Jäger betrachtete sich die Gestalt des jungen Mannes ruhig von oben bis unten, dann sagte er lächelnd: „Aber es *hieß* anders, nicht wahr? Wahrscheinlich kommen Sie gerade von Dillstedt herüber, dort *war* gestern abend Tanz, und das starke Bier, das der Wirt jetzt braut, kann nicht ein jeder vertragen."

Arnold öffnete statt aller Antwort seine Mappe und

nahm die Zeichnung heraus, die er vom Kirchhof aus entworfen hatte.

„Kennen Sie das Dorf?"

„Nein", sagte der Jäger kopfschüttelnd, „solch ein flacher Turm ist hier in der ganzen Gegend nicht."

„*Das* ist Germelshausen!" rief Arnold. „Und tragen sich *so* die Bauernmädchen in der Nachbarschaft wie *das* Mädchen hier?"

„Hm – nein! Was ist denn das für ein wunderlicher Leichenzug, den Ihr da drauf habt?"

Arnold antwortete ihm nicht; er schob die Blätter wieder in seine Mappe zurück, und ein eigenes, wehes Gefühl durchbebte ihn.

„Den Weg nach Dillstedt können Sie nicht verfehlen", sagte der Jäger gutmütig, denn ein dunkler Verdacht stieg jetzt in ihm auf, daß es im Kopfe des Fremden nicht so ganz richtig sein möchte, „wenn Sie es aber wünschen, will ich Sie begleiten, bis wir den Ort liegen sehen; ich gehe mir so nicht viel aus dem Wege."

„Ich danke Ihnen", wehrte aber Arnold ab. „Dort hinüber finde ich mich schon zurecht. Also alle hundert Jahre nur soll das Dorf nach oben kommen?"

„So erzählen die Leute", meinte der Jäger, „wer weiß aber, ob's wahr ist."

Arnold hatte seinen Tornister wieder aufgenommen. „Grüß Gott", sagte er, dem Jäger die Hand entgegenstreckend.

„Schönen Dank", erwiderte der Forstmann. „Wo geht Ihr jetzt hin?"

„Nach Dillstedt."

„Das ist recht – dort über den Hang kommt Ihr auch wieder auf den breiten Fahrweg."

Arnold wandte sich ab und schritt langsam seine Bahn entlang. Erst auf dem Hange oben, von dem aus er den ganzen Grund übersehen konnte, blieb er noch einmal stehen und schaute zurück.

„Leb wohl, Gertrud!" murmelte er leise, und als er über den Hang hinüberschritt, drängten sich ihm die großen, hellen Tränen aus den Augen.

Theodor Storm

Bulemanns Haus

In einer norddeutschen Seestadt, in der sogenannten Düsternstraße, steht ein altes verfallenes Haus. Es ist nur schmal, aber drei Stockwerke hoch; in der Mitte desselben, vom Boden bis fast in die Spitze des Giebels, springt die Mauer in einem erkerartigen Ausbau vor, welcher für jedes Stockwerk nach vorne und an den Seiten mit Fenstern versehen ist, so daß in hellen Nächten der Mond hindurchscheinen kann.

Seit Menschengedenken ist niemand in dieses Haus hinein- und niemand herausgegangen; der schwere Messingklopfer an der Haustür ist fast schwarz von Grünspan, zwischen den Ritzen der Treppensteine wächst jahraus, jahrein das Gras. – Wenn ein Fremder fragt: „Was ist denn das für ein Haus?", so erhält er gewiß zur Antwort: „Es ist Bulemanns Haus"; wenn er aber weiter fragt: „Wer wohnt denn darin?", so antworten sie ebenso gewiß: „Es wohnt so niemand darin." – Die Kinder auf den Straßen und die Ammen an der Wiege singen:

In Bulemanns Haus,
In Bulemanns Haus,
Da gucken die Mäuse
Zum Fenster hinaus.

Und wirklich wollen lustige Brüder, die von nächtlichen Schmäusen dort vorbeigekommen, ein Gequieke wie von unzähligen Mäusen hinter den dunkeln Fenstern gehört haben. Einer, der im Übermut den Türklopfer anschlug, um den Widerhall durch die öden Räume schollern zu hören, behauptet sogar, er habe drinnen auf den Treppen ganz deutlich das Springen großer Tiere gehört. „Fast", pflegt er, dies erzählend, hinzuzusetzen, „hörte es sich an wie die Sprünge der großen Raubtiere, welche in der Menageriebude auf dem Rathausmarkte gezeigt wurden.“

Das gegenüberstehende Haus ist um ein Stockwerk niedriger, so daß nachts das Mondlicht ungehindert in die oberen Fenster des alten Hauses fallen kann. Aus einer solchen Nacht hat auch der Wächter etwas zu erzählen; aber es ist nur ein kleines altes Menschenantlitz mit einer bunten Zipfelmütze, das er droben hinter den runden Erkerfenstern gesehen haben will. Die Nachbarn dagegen meinen, der Wächter sei wieder einmal betrunken gewesen; sie hätten drüben an den Fenstern niemals etwas gesehen, das einer Menschenseele gleich gewesen.

Am meisten Auskunft scheint noch ein alter, in einem entfernten Stadtviertel lebender Mann geben zu können, der vor Jahren Organist an der St.-Magdalenen-Kirche gewesen ist. „Ich entsinne mich“, äußerte er, als er einmal darüber befragt wurde, „noch sehr wohl des hagern Mannes, der während meiner Knabenzeit allein mit einer alten Weibsperson in jenem Hause wohnte. Mit meinem Vater, der ein Trödler gewesen ist, stand er ein paar Jahre lang in lebhaftem Verkehr, und ich bin derzeit manches Mal mit Bestellungen an ihn geschickt worden. Ich weiß auch noch, daß ich nicht gern diese Wege ging und oft allerlei Ausflucht suchte; denn selbst bei Tage fürchtete ich mich, dort die schmalen dunkeln Treppen zu Herrn Bulemanns Stube im dritten Stockwerk hinaufzusteigen. Man nannte ihn unter den Leuten den ‚Seelenverkäufer‘; und schon dieser Name erregte mir Angst, zumal daneben allerlei unheimlich Gerede über ihn im Schwange ging. Er war, ehe er nach seines Vaters Tode das alte Haus bezogen, viele Jahre als Superkargo auf Westindien gefahren. Dort sollte er sich mit einer Schwarzen verheiratet haben; als er aber heimgekommen, hatte man vergebens darauf gewartet, eines Tages auch jene Frau mit einigen dunkeln Kindern anlangen zu sehen. Und bald hieß es, er habe auf der Rückfahrt ein Sklavenschiff getroffen und an den Kapitän desselben sein eigen Fleisch und Blut nebst ihrer Mutter um schnödes Gold verkauft. – Was Wahres an solchen Reden gewesen, vermag ich nicht zu sagen“, pflegte der

Greis hinzuzusetzen; „denn ich will auch einem Toten nicht zu nahe treten; aber soviel ist gewiß, ein geiziger und menschenscheuer Kauz war es; und seine Augen blickten auch, als hätten sie bösen Taten zugesehen. Kein Unglücklicher und Hülfesuchender durfte seine Schwelle betreten; und wann immer ich damals dort gewesen, stets war von innen die eiserne Kette vor die Tür gelegt. – Wenn ich dann den schweren Klopfer wiederholt hatte anschlagen müssen, so hörte ich wohl von der obersten Treppe herab die scheltende Stimme des Hausherrn: ‚Frau Anken! Frau Anken! Ist Sie taub? Hört Sie nicht, es hat geklopft!' Alsbald ließen sich aus dem Hinterhause über Pesel und Korridor die schlurfenden Schritte des alten Weibes vernehmen. Bevor sie aber öffnete, fragte sie hüstelnd: ‚Wer ist es denn?' Und erst wenn ich geantwortet hatte: ‚Es ist der Lebrecht!', wurde die Kette drinnen abgehakt. Wenn ich dann hastig die siebenundsiebzig Treppenstufen – denn ich habe sie einmal gezählt – hinaufgestiegen war, pflegte Herr Bulemann auf dem kleinen dämmerigen Flur vor seinem Zimmer schon auf mich zu warten; in dieses selbst hat er mich nie hineingelassen. Ich sehe ihn noch, wie er in seinem gelbgeblümten Schlafrock mit der spitzen Zipfelmütze vor mir stand, mit der einen Hand rücklings die Klinke seiner Zimmertür haltend. Während ich mein Gewerbe bestellte, pflegte er mich mit seinen grellen runden Augen ungeduldig anzusehen und mich darauf hart und kurz abzufertigen. Am meisten erregten damals meine Aufmerksamkeit ein paar ungeheuere Katzen, eine gelbe und eine schwarze, die sich mitunter hinter ihm aus seiner Stube drängten und ihre dicken Köpfe an seinen Knien rieben. – Nach einigen Jahren hörte indessen der Verkehr mit meinem Vater auf, und ich bin nicht mehr dort gewesen. – Dies alles ist nun über siebzig Jahre her, und Herr Bulemann muß längst dahin getragen sein, von wannen niemand wiederkehrt." – – Der Mann irrte sich, als er so sprach. Herr Bulemann ist nicht aus seinem Hause getragen worden; er lebt darin noch jetzt.

Das aber ist so zugegangen.

Vor ihm, dem letzten Besitzer, noch um die Zopf-

und Haarbeutelzeit, wohnte in jenem Hause ein Pfandverleiher, ein altes verkrümmtes Männchen. Da er sein Gewerbe mit Umsicht seit über fünf Jahrzehnten betrieben hatte und mit einem Weibe, das ihm seit dem Tode seiner Frau die Wirtschaft führte, aufs spärlichste lebte, so war er endlich ein reicher Mann geworden. Dieser Reichtum bestand aber zumeist in einer fast unübersehbaren Menge von Pretiosen, Geräten und seltsamstem Trödelkram, was er alles von Verschwendern oder Notleidenden im Lauf der Jahre als Pfand erhalten hatte und das dann, da die Rückzahlung des darauf gegebenen Darlehns nicht erfolgte, in seinem Besitz zurückgeblieben war. – Da er bei einem Verkauf dieser Pfänder, welcher gesetzlich durch die Gerichte geschehen mußte, den Überschuß des Erlöses an die Eigentümer hätte herausgeben müssen, so häufte er sie lieber in den großen Nußbaumschränken auf, mit denen zu diesem Zwecke nach und nach die Stuben des ersten und endlich auch des zweiten Stockwerks besetzt wurden. Nachts aber, wenn Frau Anken im Hinterhause in ihrem einsamen Kämmerchen schnarchte und die schwere Kette vor der Haustür lag, stieg er oft mit leisem Tritt die Treppen auf und ab. In seinen hechtgrauen Rockelor eingeknöpft, in der einen Hand die Lampe, in der andern das Schlüsselbund, öffnete er bald im ersten, bald im zweiten Stockwerk die Stuben- und die Schranktüren, nahm hier eine goldene Repetieruhr, dort eine emaillierte Schnupftabaksdose aus dem Versteck hervor und berechnete bei sich die Jahre ihres Besitzes und ob die ursprünglichen Eigentümer dieser Dinge wohl verkommen und verschollen seien oder ob sie noch einmal mit dem Gelde in der Hand wiederkehren und ihre Pfänder zurückfordern könnten. – –

Der Pfandverleiher war endlich im äußersten Greisenalter von seinen Schätzen weggestorben und hatte das Haus nebst den vollen Schränken seinem einzigen Sohne hinterlassen müssen, den er während seines Lebens auf jede Weise daraus fernzuhalten gewußt hatte.

Dieser Sohn war der von dem kleinen Leberecht so gefürchtete Superkargo, welcher eben von einer überseeischen Fahrt in seine Vaterstadt zurückgekehrt war.

Nach dem Begräbnis des Vaters gab er seine früheren Geschäfte auf und bezog dessen Zimmer im dritten Stock des alten Erkerhauses, wo nun statt des verkrümmten Männchens im hechtgrauen Rockelor eine lange hagere Gestalt im gelbgeblümten Schlafrock und bunter Zipfelmütze auf und ab wandelte oder rechnend an dem kleinen Pulte des Verstorbenen stand. – Auf Herrn Bulemann hatte sich indessen das Behagen des alten Pfandverleihers an den aufgehäuften Kostbarkeiten nicht vererbt. Nachdem er bei verriegelten Türen den Inhalt der großen Nußbaumschränke untersucht hatte, ging er mit sich zu Rate, ob er den heimlichen Verkauf dieser Dinge wagen solle, die immer noch das Eigentum anderer waren und an deren Wert er nur auf Höhe der ererbten und, wie die Bücher ergaben, meist sehr geringen Darlehnsforderung einen Anspruch hatte. Aber Herr Bulemann war keiner von den Unentschlossenen. Schon in wenigen Tagen war die Verbindung mit einem in der äußersten Vorstadt wohnenden Trödler angeknüpft, und nachdem man einige Pfänder aus den letzten Jahren zurückgesetzt hatte, wurde heimlich und vorsichtig der bunte Inhalt der großen Nußbaumschränke in gediegene Silbermünzen umgewandelt. Das war die Zeit, wo der Knabe Leberecht ins Haus gekommen war. – Das gelöste Geld tat Herr Bulemann in große eisenbeschlagene Kasten, welche er nebeneinander in seine Schlafkammer setzen ließ; denn bei der Rechtlosigkeit seines Besitzes wagte er nicht, es auf Hypotheken auszutun oder sonst öffentlich anzulegen.

Als alles verkauft war, machte er sich daran, sämtliche für die mögliche Zeit seines Lebens denkbare Ausgaben zu berechnen. Er nahm dabei ein Alter von neunzig Jahren in Ansatz und teilte dann das Geld in einzelne Päckchen je für eine Woche, indem er auf jedes Quartal noch ein Röllchen für unvorhergesehene Ausgaben dazulegte. Dieses Geld wurde für sich in einen Kasten gelegt, welcher nebenan in dem Wohnzimmer stand; und alle Sonnabendmorgen erschien Frau Anken, die alte Wirtschafterin, die er aus der Verlassenschaft seines Vaters mit übernommen hatte, um ein neues Päckchen in Empfang zu nehmen und über die Verausgabung des vorigen

Rechenschaft zu geben.

Wie schon erzählt, hatte Herr Bulemann Frau und Kinder nicht mitgebracht; dagegen waren zwei Katzen von besonderer Größe, eine gelbe und eine schwarze, am Tage nach der Beerdigung des alten Pfandverleihers durch einen Matrosen in einem fest zugebundenen Sack vom Bord des Schiffes ins Haus getragen worden. Diese Tiere waren bald die einzige Gesellschaft ihres Herrn. Sie erhielten mittags ihre eigene Schüssel, die Frau Anken unter verbissenem Ingrimm tagsaus und -ein für sie bereiten mußte; nach dem Essen, während Herr Bulemann sein kurzes Mittagsschläfchen abtat, saßen sie gesättigt neben ihm auf dem Kanapee, ließen ein Läppchen Zunge hervorhängen und blinzelten ihn schläfrig aus ihren grünen Augen an. Waren sie in den unteren Räumen des Hauses auf der Mausjagd gewesen, was ihnen indessen immer einen heimlichen Fußtritt von dem alten Weibe eintrug, so brachten sie gewiß die gefangenen Mäuse zuerst ihrem Herrn im Maule hergeschleppt und zeigten sie ihm, ehe sie unter das Kanapee krochen und sie verzehrten. War dann die Nacht gekommen und hatte Herr Bulemann die bunte Zipfelmütze mit einer weißen vertauscht, so begab er sich mit seinen beiden Katzen in das große Gardinenbett im Nebenkämmerchen, wo er sich durch das gleichmäßige Spinnen der zu seinen Füßen eingewühlten Tiere in den Schlaf bringen ließ.

Dieses friedliche Leben war indes nicht ohne Störung geblieben. Im Lauf der ersten Jahre waren dennoch einzelne Eigentümer der verkauften Pfänder gekommen und hatten gegen Rückzahlung des darauf erhaltenen Sümmchens die Auslieferung ihrer Pretiosen verlangt. Und Herr Bulemann, aus Furcht vor Prozessen, wodurch sein Verfahren in die Öffentlichkeit hätte kommen können, griff in seine großen Kasten und erkaufte sich durch größere oder kleinere Abfindungssummen das Schweigen der Beteiligten. Das machte ihn noch menschenfeindlicher und verbissener. Der Verkehr mit dem alten Trödler hatte längst aufgehört; einsam saß er auf seinem Erkerstübchen mit der Lösung eines schon oft gesuchten Problems, der Berechnung eines sicheren Lotteriegewinnes, beschäftigt, wodurch er dermaleinst seine Schätze ins unermeßliche zu vermehren dachte. Auch Graps und Schnores, die beiden großen Kater, hatten jetzt unter seiner Laune zu leiden. Hatte er sie in dem einen Augenblick mit seinen langen Fingern getätschelt, so konnten sie sich im andern, wenn etwa die Berechnung auf den Zahlentafeln nicht stimmen wollte, eines Wurfs mit dem Sandfaß oder der Papierschere versehen, so daß sie heulend in die Ecke hinkten.

Herr Bulemann hatte eine Verwandte, eine Tochter seiner Mutter aus erster Ehe, welche indessen schon bei dem Tode dieser wegen ihrer Erbansprüche abgefunden war und daher an die von ihm ererbten Schätze keine Ansprüche hatte. Er kümmerte sich jedoch nicht um diese Halbschwester, obgleich sie in einem Vorstadtviertel in den dürftigsten Verhältnissen lebte; denn noch weniger als mit andern Menschen liebte Herr Bulemann den Verkehr mit dürftigen Verwandten. Nur einmal, als sie kurz nach dem Tode ihres Mannes in schon vorgerücktem Alter ein kränkliches Kind geboren hatte, war sie hülfesuchend zu ihm gekommen. Frau Anken, die sie eingelassen, war horchend unten auf der Treppe sitzen geblieben, und bald hatte sie von oben die scharfe Stimme ihres Herrn gehört, bis endlich die Tür aufgerissen worden und die Frau weinend die Treppe herabgekommen war. Noch an demselben Abend hatte Frau Anken die strenge Weisung erhalten, die Kette fürderhin nicht von der Haustür zu ziehen, falls etwa die Christine noch einmal wiederkommen sollte.

Die Alte begann sich immer mehr vor der Hakennase und den grellen Eulenaugen ihres Herrn zu fürchten. Wenn er oben am Treppengeländer ihren Namen rief oder auch, wie er es vom Schiffe her gewohnt war, nur einen schrillen Pfiff auf seinen Fingern tat, so kam sie gewiß, in welchem Winkel sie auch sitzen mochte, eiligst hervorgekrochen und stieg stöhnend, Schimpf- und Klageworte vor sich herplappernd, die schmalen Treppen hinauf.

Wie aber in dem dritten Stockwerk Herr Bulemann, so hatte in den unteren Zimmern Frau Anken ihre ebenfalls nicht ganz rechtlich erworbenen Schätze aufgespeichert. – Schon in dem ersten Jahre ihres Zusammenlebens war sie von einer Art kindischer Angst befallen worden, ihr Herr könne einmal die Verausgabung des Wirtschaftsgeldes selbst übernehmen und sie werde dann bei dem Geize desselben noch auf ihre alten Tage Not zu leiden haben. Um dieses abzuwenden, hatte sie ihm vorgelogen, der Weizen sei aufgeschlagen, und demnächst die entsprechende Mehrsumme für den Brotbedarf gefordert. Der Superkargo, der eben seine Lebensrechnung begonnen, hatte scheltend seine Papiere zerrissen und darauf seine Rechnung von vorn wieder aufgestellt und den Wochenrationen die verlangte Summe zugesetzt. – Frau Anken aber, nachdem sie ihren Zweck erreicht, hatte, zur Schonung ihres Gewissens und des Sprichworts gedenkend: „Geschleckt ist nicht gestohlen", nun nicht die überschüssig empfangenen Schillinge, sondern regelmäßig nur die dafür gekauften Weizenbrötchen unterschlagen, mit denen sie, da Herr Bulemann niemals die unteren Zimmer betrat, nach und nach die ihres kostbaren Inhalts beraubten großen Nußbaumschränke anfüllte.

So mochten etwa zehn Jahre verflossen sein. Herr Bulemann wurde immer hagerer und grauer, sein gelbgeblümter Schlafrock immer fadenscheiniger. Dabei vergingen oft Tage, ohne daß er den Mund zum Sprechen geöffnet hätte; denn er sah keine lebenden Wesen als die beiden Katzen und seine alte, halb kindische Haushälterin. Nur mitunter, wenn er hörte, daß unten die Nachbarskinder auf den Prellsteinen vor seinem Hause ritten, steckte er den Kopf ein wenig aus dem Fenster und schalt mit seiner scharfen Stimme in die Gasse hinab. – „Der Seelenverkäufer, der Seelenverkäufer!" schrien dann die Kinder und stoben auseinander. Herr Bulemann aber fluchte und schimpfte noch ingrimmiger, bis er endlich schmetternd das Fenster zuschlug und drinnen Graps und Schnores seinen Zorn entgelten ließ.

Um jede Verbindung mit der Nachbarschaft auszuschließen, mußte Frau Anken schon seit geraumer Zeit ihre Wirtschaftseinkäufe in entlegenen Straßen machen. Sie durfte jedoch erst mit dem Eintritt der Dunkelheit ausgehen und mußte dann die Haustür hinter sich verschließen.

Es mochte acht Tage vor Weihnachten sein, als die Alte wiederum eines Abends zu solchem Zwecke das Haus verlassen hatte. Trotz ihrer sonstigen Sorgfalt mußte sie sich indessen diesmal einer Vergessenheit schuldig gemacht haben. Denn als Herr Bulemann eben mit dem Schwefelholz sein Talglicht angezündet hatte, hörte er zu seiner Verwunderung es draußen auf den Stiegen poltern, und als er mit vorgehaltenem Licht auf den Flur hinaustrat, sah er seine Halbschwester mit einem bleichen Knaben vor sich stehen.

„Wie seid ihr ins Haus gekommen?" herrschte er sie an, nachdem er sie einen Augenblick erstaunt und ingrimmig angestarrt hatte.

„Die Tür war offen unten", sagte die Frau schüchtern.

Er murmelte einen Fluch auf seine Wirtschafterin zwischen den Zähnen. „Was willst du?" fragte er dann.

„Sei doch nicht so hart, Bruder", bat die Frau, „ich habe sonst nicht den Mut, zu dir zu sprechen."

„Ich wüßte nicht, was du mit mir zu sprechen hättest; du hast dein Teil bekommen; wir sind fertig miteinander."

Die Schwester stand schweigend vor ihm und suchte vergebens nach dem rechten Worte. – Drinnen wurde wiederholt ein Kratzen an der Stubentür vernehmbar. Als Herr Bulemann zurückgelangt und die Tür geöffnet hatte, sprangen die beiden großen Katzen auf den Flur hinaus und strichen spinnend an dem blassen Knaben herum, der sich furchtsam vor ihnen an die Wand zurückzog. Ihr Herr betrachtete ungeduldig die noch immer schweigend vor ihm stehende Frau. „Nun, wird's bald?" fragte er.

„Ich wollte dich um etwas bitten, Daniel", hub sie endlich an. „Dein Vater hat ein paar Jahre vor seinem Tode, da ich in bitterster Not war, ein silbern Becherlein von mir in Pfand genommen."

„Mein Vater von dir?" fragte Herr Bulemann.

„Ja, Daniel, dein Vater; der Mann von unser beider Mutter. Hier ist der Pfandschein; er hat mir nicht zuviel darauf gegeben."

„Weiter!" sagte Herr Bulemann, der mit raschem Blick die leeren Hände seiner Schwester gemustert hatte.

„Vor einiger Zeit", fuhr sie zaghaft fort, „träumte mir, ich gehe mit meinem kranken Kinde auf dem Kirchhof. Als wir an das Grab unserer Mutter kamen, saß sie auf ihrem Grabstein unter einem Busch voll blühender weißer Rosen. Sie hatte jenen kleinen Becher in der Hand, den ich einst als Kind von ihr geschenkt erhalten; als wir aber näher gekommen waren, setzte sie ihn an die Lippen; und indem sie dem Knaben lächelnd zunickte, hörte ich sie deutlich sagen: ‚Zur Gesundheit!' – Es war ihre sanfte Stimme, Daniel, wie im Leben; und diesen Traum habe ich drei Nächte nacheinander geträumt."

„Was soll das?" fragte Herr Bulemann.

„Gib mir den Becher zurück, Bruder! Das Christfest ist nahe; leg ihn dem kranken Kinde auf seinen leeren Weihnachtsteller!"

Der hagere Mann in seinem gelbgeblümten Schlafrock stand regungslos vor ihr und betrachtete sie mit seinen grellen runden Augen. „Hast du das Geld bei dir?" fragte er. „Mit Träumen löst man keine Pfänder ein."

„O Daniel!" rief sie, „glaub unserer Mutter! Er wird gesund, wenn er aus dem kleinen Becher trinkt. Sei barmherzig; er ist ja doch von deinem Blute!"

Sie hatte die Hände nach ihm ausgestreckt; aber er trat einen Schritt zurück. „Bleib mir vom Leibe", sagte er. Dann rief er nach seinen Katzen. „Graps, alte Bestie! Schnores, mein Söhnchen!" Und der große gelbe Kater sprang mit einem Satz auf den Arm seines Herrn und klauete mit seinen Krallen in der bunten Zipfelmütze, während das schwarze Tier mauzend an seinen Knien hinaufstrebte.

Der kranke Knabe war näher geschlichen. „Mutter", sagte er, indem er sie heftig an dem Kleide zupfte, „ist das der böse Ohm, der seine schwarzen Kinder verkauft hat?"

Aber in demselben Augenblick hatte auch Herr Bulemann die Katze herabgeworfen und den Arm des aufschreienden Knaben ergriffen. „Verfluchte Bettelbrut", rief er, „pfeifst du auch das tolle Lied!"

„Bruder, Bruder!" jammerte die Frau. – Doch schon lag der Knabe wimmernd drunten auf dem Treppenabsatz. Die Mutter sprang ihm nach und nahm ihn sanft auf ihren Arm; dann aber richtete sie sich hoch auf, und den blutenden Kopf des Kindes an ihrer Brust, erhob sie die geballte Faust gegen ihren Bruder, der zwischen seinen spinnenden Katzen droben am Treppengeländer stand. „Verruchter, böser Mann!" rief sie. „Mögest du verkommen bei deinen Bestien!"

„Fluche, soviel du Lust hast!" erwiderte der Bruder; „aber mach, daß du aus dem Hause kommst."

Dann, während das Weib mit dem weinenden Knaben die dunkeln Treppen hinabstieg, lockte er seine Katzen und klappte die Stubentür hinter sich zu. – Er bedachte nicht, daß die Flüche der Armen gefährlich sind, wenn die Hartherzigkeit der Reichen sie hervorgerufen hat.

Einige Tage später trat Frau Anken, wie gewöhnlich, mit dem Mittagsessen in die Stube ihres Herrn. Aber sie kniff heute noch mehr als sonst mit den dünnen Lippen, und ihre kleinen blöden Augen leuchteten vor Vergnügen. Denn sie hatte die harten Worte nicht vergessen, die sie wegen ihrer Nachlässigkeit an jenem Abend hatte hinnehmen müssen, und sie dachte sie ihm jetzt mit Zinsen wieder heimzuzahlen.

„Habt Ihr's denn auf St. Magdalenen läuten hören?" fragte sie.

„Nein", erwiderte Herr Bulemann kurz, der über seinen Zahlentafeln saß.

„Wißt Ihr denn wohl, wofür es geläutet hat?" fragte die Alte weiter.

„Dummes Geschwätz! Ich höre nicht nach dem Gebimmel."

„Es war aber doch für Euren Schwestersohn!"

Herr Bulemann legte die Feder hin. „Was schwatzest du, Alte?"

„Ich sage", erwiderte sie, „daß sie soeben den kleinen Christoph begraben haben."

Herr Bulemann schrieb schon wieder weiter. „Warum erzählst du mir das? Was geht mich der Junge an?"

„Nun, ich dachte nur; man erzählt ja wohl, was Neues

in der Stadt passiert." – –

Als sie gegangen war, legte aber doch Herr Bulemann die Feder wieder fort und schritt, die Hände auf dem Rücken, eine lange Zeit in seinem Zimmer auf und ab. Wenn unten auf der Gasse ein Geräusch entstand, trat er hastig ans Fenster, als erwarte er schon den Stadtdiener eintreten zu sehen, der ihn wegen der Mißhandlung des Knaben vor den Rat zitieren solle. Der schwarze Graps, der mauzend seinen Anteil an der aufgetragenen Speise verlangte, erhielt einen Fußtritt, daß er schreiend in die Ecke flog. Aber, war es nun der Hunger, oder hatte sich unversehens die sonst so unterwürfige Natur des Tieres verändert, er wandte sich gegen seinen Herrn und fuhr fauchend und prustend auf ihn los. Herr Bulemann gab ihm einen zweiten Fußtritt. „Freßt", sagte er. „Ihr braucht nicht auf mich zu warten."

Mit einem Satz waren die beiden Katzen an der vollen Schüssel, die er ihnen auf den Fußboden gesetzt hatte.

Dann aber geschah etwas Seltsames.

Als der gelbe Schnores, der zuerst seine Mahlzeit beendet hatte, nun in der Mitte des Zimmers stand, sich reckte und buckelte, blieb Herr Bulemann plötzlich vor ihm stehen; dann ging er um das Tier herum und betrachtete es von allen Seiten. „Schnores, alter Halunke, was ist denn das?" sagte er, den Kopf des Katers krauend. „Du bist ja noch gewachsen in deinen alten Tagen!" – In diesem Augenblick war auch die andere Katze hinzugesprungen. Sie sträubte ihren glänzenden Pelz und stand dann hoch auf ihren schwarzen Beinen. Herr Bulemann schob sich die bunte Zipfelmütze aus der Stirn. „Auch der!" murmelte er. „Seltsam, es muß in der Sorte liegen."

Es war indes dämmerig geworden, und da niemand kam und ihn beunruhigte, so setzte er sich zu den Schüsseln, die auf dem Tische standen. Endlich begann er sogar seine großen Katzen, die neben ihm auf dem Kanapee saßen, mit einem gewissen Behagen zu beschauen. „Ein Paar stattliche Burschen seid ihr!" sagte er, ihnen zunickend. „Nun soll euch das alte Weib unten auch die Ratten nicht mehr vergiften!" – Als er aber abends nebenan in seine Schlafkammer ging, ließ er sie nicht, wie sonst, zu sich herein; und als er sie nachts mit den Pfoten gegen die Kammertür fallen und mauzend daran herunterrutschen hörte, zog er sich das Deckbett über beide Ohren und dachte: ‚Mauzt nur zu, ich habe eure Krallen gesehen.' –

Dann kam der andere Tag, und als es Mittag geworden, geschah dasselbe, was tags zuvor geschehen war. Von der geleerten Schüssel sprangen die Katzen mit einem schweren Satz mitten ins Zimmer hinein, reckten und streckten sich; und als Herr Bulemann, der schon wieder über seinen Zahlentafeln saß, einen Blick zu ihnen hinüberwarf, stieß er entsetzt seinen Drehstuhl zurück und blieb mit ausgerecktem Halse stehen. Dort, mit leisem Winseln, als wenn ihnen ein Widriges angetan wurde, standen Graps und Schnores zitternd mit geringelten Schwänzen, das Haar gesträubt; er sah es deutlich, sie dehnten sich, sie wurden groß und größer.

Noch einen Augenblick stand er, die Hände an den Tisch geklammert; dann plötzlich schritt er an den Tieren vorbei und riß die Stubentür auf. „Frau Anken, Frau Anken!" rief er; und da sie nicht gleich zu hören schien, tat er einen Pfiff auf seinen Fingern, und bald schlurrte auch die Alte unten aus dem Hinterhause hervor und keuchte eine Treppe nach der andern herauf.

„Sehe Sie sich einmal die Katzen an!" rief er, als sie ins Zimmer getreten war.

„Die hab ich schon oft gesehen, Herr Bulemann."

„Sieht Sie daran denn nichts?"

„Daß ich nicht wüßte, Herr Bulemann!" erwiderte sie, mit ihren blöden Augen um sich blinzelnd.

„Was sind denn das für Tiere? Das sind ja gar keine Katzen mehr!" – Er packte die Alte an den Armen und rannte sie gegen die Wand. „Rotäugige Hexe!" schrie er, „bekenne, was hast du meinen Katzen eingebraut!"

Das Weib klammerte ihre knöchernen Hände ineinander und begann unverständliche Gebete herzuplappern. Aber die furchtbaren Katzen sprangen von rechts und links auf die Schultern ihres Herrn und leckten ihn mit ihren scharfen Zungen ins Gesicht. Da mußte er die Alte loslassen.

Fortwährend plappernd und hüstelnd, schlich sie aus dem Zimmer und kroch die Treppen hinab. Sie war wie verwirrt; sie fürchtete sich, ob mehr vor ihrem Herrn oder vor den großen Katzen, das wußte sie selber nicht. So kam sie hinten in ihre Kammer. Mit zitternden Händen holte sie einen mit Geld gefüllten wollenen Strumpf aus ihrem Bett hervor; dann nahm sie aus einer Lade eine Anzahl alter Röcke und Lumpen und wickelte sie um ihren Schatz herum, so daß es endlich ein großes Bündel gab. Denn sie wollte fort, um jeden Preis fort; sie dachte an die arme Halbschwester ihres Herrn draußen in der Vorstadt; die war immer freundlich gegen sie gewesen, zu der wollte sie. Freilich, es war ein weiter Weg, durch viele Gassen, über viele schmale und lange Brükken, welche über dunkle Gräben und Fleten hinwegführten, und draußen dämmerte schon der Winterabend. Es trieb sie dennoch fort. Ohne an ihre Tausende von Weizenbrötchen zu denken, die sie in kindischer Fürsorge in den großen Nußbaumschränken aufgehäuft hatte, trat sie mit ihrem schweren Bündel auf dem Nakken aus dem Hause. Sorgfältig mit dem großen krausen Schlüssel verschloß sie die schwere eichene Tür, steckte ihn in ihre Ledertasche und ging dann keuchend in die finstere Stadt hinaus. – –

Frau Anken ist niemals wiedergekommen, und die Tür von Bulemanns Haus ist niemals wieder aufgeschlossen worden.

Noch an demselben Tage aber, da sie fortgegangen, hat ein junger Taugenichts, der, den Knecht Ruprecht spielend, in den Häusern umherlief, mit Lachen seinen Kameraden erzählt, da er in seinem rauhen Pelz über die Kreszentiusbrücke gegangen sei, habe er ein altes Weib dermaßen erschreckt, daß sie mit ihrem Bündel wie toll in das schwarze Wasser hinabgesprungen sei. – Auch ist in der Frühe des andern Tages in der äußersten Vorstadt die Leiche eines alten Weibes, welche an einem großen Bündel festgebunden war, von den Wächtern aufgefischt und bald darauf, da niemand sie gekannt hat, auf dem Armenviertel des dortigen Kirchhofs in einem platten Sarge eingegraben worden.

Dieser andere Morgen war der Morgen des Weihnachtsabends. – Herr Bulemann hatte eine schlechte Nacht gehabt; das Kratzen und Arbeiten der Tiere gegen seine Kammertür hatte ihm diesmal keine Ruhe gelassen; erst gegen die Morgendämmerung war er in einen langen, bleiernen Schlaf gefallen. Als er endlich seinen Kopf mit der Zipfelmütze in das Wohnzimmer hineinsteckte, sah er die beiden Katzen laut schnurrend mit unruhigen Schritten umeinander hergehen. Es war schon nach Mittag; die Wanduhr zeigte auf eins. „Sie werden Hunger haben, die Bestien", murmelte er. Dann öffnete er die Tür nach dem Flur und pfiff nach der Alten. Zugleich aber drängten die Katzen sich hinaus und rannten die Treppe hinab, und bald hörte er von unten aus der Küche herauf Springen und Tellergeklapper. Sie mußten auf den Schrank gesprungen sein, auf den Frau Anken die Speisen für den andern Tag zurückzusetzen pflegte.

Herr Bulemann stand oben an der Treppe und rief laut und scheltend nach der Alten; aber nur das Schweigen antwortete ihm oder von unten herauf aus den Winkeln des alten Hauses ein schwacher Widerhall. Schon schlug er die Schöße seines geblümten Schlafrocks übereinander und wollte selbst hinabsteigen, da polterte es drunten auf den Stiegen, und die beiden Katzen kamen wieder heraufgerannt. Aber das waren keine Katzen mehr; das waren zwei furchtbare, namenlose Raubtiere. Die stellten sich gegen ihn, sahen ihn mit ihren glimmenden Augen an und stießen ein heiseres Geheul aus. Er wollte an ihnen vorbei, aber ein Schlag mit der Tatze, der ihm einen Fetzen aus dem Schlafrock riß, trieb ihn zurück. Er lief ins Zimmer; er wollte ein Fenster aufreißen, um die Menschen auf der Gasse anzurufen; aber die Katzen sprangen hinterdrein und kamen ihm zuvor. Grimmig schnurrend, mit erhobenem Schweif, wanderten sie vor den Fenstern auf und ab. Herr Bulemann rannte auf den Flur hinaus und warf die Zimmertür hinter sich zu; aber die Katzen schlugen mit der Tatze auf die Klinke und standen schon vor ihm an der Treppe. – Wieder floh er ins Zimmer zurück, und wieder waren die Katzen da.

Schon verschwand der Tag, und die Dunkelheit kroch in alle Ecken. Tief unten von der Gasse herauf hörte er Gesang; Knaben und Mädchen zogen von Haus zu Haus und sangen Weihnachtslieder. Sie gingen in alle Türen; er stand und horchte. Kam denn niemand in seine Tür? – – Aber er wußte es ja, er hatte sie selber alle fortgetrieben; es klopfte niemand, es rüttelte niemand an der verschlossenen Haustür. Sie zogen vorüber; und allmählich ward es still, totenstill auf der Gasse. Und wieder suchte er zu entrinnen; er wollte Gewalt anwenden; er rang mit den Tieren, er ließ sich Gesicht und Hände blutig reißen. Dann wieder wandte er sich zur List; er rief sie mit den alten Schmeichelnamen, er strich ihnen die Funken aus dem Pelz und wagte es sogar, ihren flachen Kopf mit den großen weißen Zähnen zu krauen. Sie warfen sich auch vor ihm hin und wälzten sich schnurrend zu seinen Füßen; aber wenn er den rechten Augenblick gekommen glaubte und aus der Tür schlüpfte, so sprangen sie auf und standen, ihr heiseres Geheul ausstoßend, vor ihm. – So verging die Nacht, so kam der Tag, und noch immer rannte er zwischen der Treppe und den Fenstern seines Zimmers hin und wider, die Hände ringend, keuchend, das graue Haar zerzaust.

Und noch zweimal wechselten Tag und Nacht; da endlich warf er sich, gänzlich erschöpft, an allen Gliedern zuckend, auf das Kanapee. Die Katzen setzten sich ihm gegenüber und blinzelten ihn schläfrig aus halbgeschlossenen Augen an. Allmählich wurde das Arbeiten seines Leibes weniger, und endlich hörte es ganz auf. Eine fahle Blässe überzog unter den Stoppeln des grauen Bartes sein Gesicht; noch einmal aufseufzend, streckte er die Arme und spreizte die langen Finger über die Knie; dann regte er sich nicht mehr.

Unten in den öden Räumen war es indessen nicht ruhig gewesen. Draußen an der Tür des Hinterhauses, die auf den engen Hof hinausführt, geschah ein emsiges Nagen und Fressen. Endlich entstand über der Schwelle eine Öffnung, die größer und größer wurde; ein grauer Mauskopf drängte sich hindurch, dann noch einer, und bald huschte eine ganze Schar von Mäusen über den Flur und die Treppe hinauf in den ersten Stock. Hier begann das Arbeiten aufs neue an der Zimmertür, und als diese durchnagt war, kamen die großen Schränke daran, in denen Frau Ankens hinterlassene Schätze aufgespeichert lagen. Da war ein Leben wie im Schlaraffenland; wer durchwollte, mußte sich durchfressen. Und das Geziefer füllte sich den Wanst; und wenn es mit dem Fressen nicht mehr fortwollte, rollte es die Schwänze auf und hielt sein Schläfchen in den hohlgefressenen Weizenbrötchen. Nachts kamen sie hervor, huschten über die Dielen oder saßen, ihre Pfötchen leckend, vor dem Fenster und schauten, wenn der Mond schien, mit ihren kleinen blanken Augen in die Gasse hinab.

Aber diese behagliche Wirtschaft sollte bald ihr Ende erreichen. In der dritten Nacht, als eben droben Herr Bulemann seine Augen zugetan hatte, polterte es draußen auf den Stiegen. Die großen Katzen kamen herabgesprungen, öffneten mit einem Schlag ihrer Tatze die Tür des Zimmers und begannen ihre Jagd. Da hatte alle Herrlichkeit ein Ende. Quieksend und pfeifend rannten die fetten Mäuse umher und strebten ratlos an den Wänden hinauf. Es war vergebens; sie verstummten eine nach der andern zwischen den zermalmenden Zähnen der beiden Raubtiere.

Dann wurde es still, und bald war in dem ganzen Hause nichts vernehmbar als das leise Spinnen der großen Katzen, die mit ausgestreckten Tatzen droben vor dem Zimmer ihres Herrn lagen und sich das Blut aus den Bärten leckten

Unten in der Haustür verrostete das Schloß, den Messingklopfer überzog der Grünspan, und zwischen den Treppensteinen begann das Gras zu wachsen.

Draußen aber ging die Welt unbekümmert ihren Gang. – Als der Sommer gekommen war, stand auf dem St.-Magdalenen-Kirchhof auf dem Grabe des kleinen Christoph ein blühender weißer Rosenbusch; und bald lag auch ein kleiner Denkstein unter demselben. Den Rosenbusch hatte seine Mutter ihm gepflanzt; den Stein freilich hatte sie nicht beschaffen können. Aber Christoph hatte einen Freund gehabt; es war ein junger Musikus, der Sohn eines Trödlers, der in dem Hause ihnen gegenüber wohnte. Zuerst hatte er sich unter sein Fenster geschlichen, wenn der Musiker drinnen am Klavier saß; später hatte dieser ihn zuweilen in die Magdalenenkirche genommen, wo er sich nachmittags im Orgelspiel zu üben pflegte. – Da saß denn der blasse Knabe auf einem Schemelchen zu seinen Füßen, lehnte lauschend den Kopf an die Orgelbank und sah, wie die Sonnenlichter durch die Kirchenfenster spielten. Wenn der junge Musikus dann, von der Verarbeitung seines Themas fortgerissen, die tiefen mächtigen Register durch die Gewölbe brausen ließ oder wenn er mitunter den Tremulanten zog und die Töne wie zitternd vor der Majestät Gottes dahinfluteten, so konnte es wohl geschehen, daß der Knabe in stilles Schluchzen ausbrach und sein Freund ihn nur schwer zu beruhigen vermochte. Einmal auch sagte er bittend: „Es tut mir weh, Leberecht; spiele nicht so laut!"

Der Orgelspieler schob auch sogleich die großen Register wieder ein und nahm die Flöten- und andere sanfte Stimmen; und süß und ergreifend schwoll das Lieblingslied des Knaben durch die stille Kirche: „Befiehl du deine Wege." – Leise mit seiner kränklichen Stimme hub er an mitzusingen. „Ich will auch spielen lernen", sagte er, als die Orgel schwieg; „willst du mich es lehren, Leberecht?"

Der junge Musikus ließ seine Hand auf den Kopf des Knaben fallen, und ihm das gelbe Haar streichelnd, erwiderte er: „Werde nur erst recht gesund, Christoph; dann will ich dich es gern lehren."

Aber Christoph war nicht gesund geworden. – Seinem kleinen Sarge folgte neben der Mutter auch der junge Orgelspieler. Sie sprachen hier zum ersten Mal zusammen; und die Mutter erzählte ihm jenen dreimal geträumten Traum von dem kleinen silbernen Erbbecher.

„Den Becher", sagte Leberecht, „hätte ich Euch geben können; mein Vater, der ihn vor Jahren mit vielen andern Dingen von Euerm Bruder erhandelte, hat mir das zierliche Stück einmal als Weihnachtsgeschenk gegeben."

Die Frau brach in die bittersten Klagen aus. „Ach",

rief sie immer wieder, „er wäre ja gewiß gesund geworden!"

Der junge Mann ging eine Weile schweigend neben ihr her. „Den Becher soll unser Christoph dennoch haben", sagte er endlich.

Und so geschah es. Nach einigen Tagen hatte er den Becher an einen Sammler solcher Pretiosen um einen guten Preis verhandelt; von dem Gelde aber ließ er den Denkstein für das Grab des kleinen Christoph machen. Er ließ eine Marmortafel darin einlegen, auf welcher das Bild des Bechers ausgemeißelt wurde. Darunter standen die Worte eingegraben: „Zur Gesundheit!" –

Noch viele Jahre hindurch, mochte der Schnee auf dem Grabe liegen oder mochte in der Junisonne der Busch mit Rosen überschüttet sein, kam oft eine blasse Frau und las andächtig und sinnend die beiden Worte auf dem Grabstein. – Dann eines Sommers ist sie nicht mehr gekommen; aber die Welt ging unbekümmert ihren Gang.

Nur noch einmal, nach vielen Jahren, hat ein sehr alter Mann das Grab besucht, er hat sich den kleinen Denkstein angesehen und eine weiße Rose von dem alten Rosenbusch gebrochen. Das ist der emeritierte Organist von St. Magdalenen gewesen.

Aber wir müssen das friedliche Kindergrab verlassen und, wenn der Bericht zu Ende geführt werden soll, drüben in der Stadt noch einen Blick in das alte Erkerhaus der Düsternstraße werfen. – Noch immer stand es schweigend und verschlossen. Während draußen das Leben unablässig daran vorüberflutete, wucherte drinnen in den eingeschlossenen Räumen der Schwamm aus den Dielenritzen, löste sich der Gips an den Decken und stürzte herab, in einsamen Nächten ein unheimliches Echo über Flur und Stiege jagend. Die Kinder, welche an jenem Christabend auf der Straße gesungen hatten, wohnten jetzt als alte Leute in den Häusern, oder sie hatten ihr Leben schon abgetan und waren gestorben; die Menschen, die jetzt auf der Gasse gingen, trugen andere Gewänder, und draußen auf dem Vorstadtskirchhof war der schwarze Nummerpfahl auf Frau Ankens namenlosem Grabe schon längst verfault. Da schien eines Nachts wieder einmal, wie schon so oft, über das Nachbarhaus hinweg der Vollmond in das Erkerfenster des dritten Stockwerks und malte mit seinem bläulichen Lichte die kleinen runden Scheiben auf den Fußboden. Das Zimmer war leer; nur auf dem Kanapee zusammengekauert saß eine kleine Gestalt von der Größe eines jährigen Kindes, aber das Gesicht war alt und bärtig und die magere Nase unverhältnismäßig groß; auch trug sie eine weit über die Ohren fallende Zipfelmütze und einen langen, augenscheinlich für einen ausgewachsenen Mann bestimmten Schlafrock, auf dessen Schoß sie die Füße heraufgezogen hatte.

Diese Gestalt war Herr Bulemann. – Der Hunger hatte ihn nicht getötet, aber durch den Mangel an Nahrung war sein Leib verdorrt und eingeschwunden, und so war er im Lauf der Jahre kleiner und kleiner geworden. Mitunter in Vollmondnächten, wie diese, war er erwacht und hatte, wenn auch mit immer schwächerer Kraft, seinen Wächtern zu entrinnen gesucht. War er, von den vergeblichen Anstrengungen erschöpft aufs Kanapee gesunken oder zuletzt hinaufgekrochen und hatte dann der bleierne Schlaf ihn wieder befallen, so streckten Graps und Schnores sich draußen vor der Treppe hin, peitschten mit ihrem Schweif den Boden und horchten, ob Frau Ankens Schätze neue Wanderzüge von Mäusen in das Haus gelockt hätten.

Heute war es anders; die Katzen waren weder im Zimmer noch draußen auf dem Flur. Als das durch das Fenster fallende Mondlicht über den Fußboden weg und allmählich an der kleinen Gestalt hinaufrückte, begann sie sich zu regen; die großen runden Augen öffneten sich, und Herr Bulemann starrte in das leere Zimmer hinaus. Nach einer Weile rutschte er, die langen Ärmel mühsam zurückschlagend, von dem Kanapee herab und schritt langsam der Tür zu, während die breite Schleppe des Schlafrocks hinter ihm herfegte. Auf den Fußspitzen nach der Klinke greifend, gelang es ihm, die Stubentür zu öffnen und draußen bis an das Geländer der Treppe vorzuschreiten. Eine Weile blieb er keuchend stehen; dann streckte er den Kopf vor und mühte sich zu rufen:

„Frau Anken, Frau Anken!" Aber seine Stimme war nur wie das Wispern eines kranken Kindes. „Frau Anken, mich hungert; so höre Sie doch!"

Alles blieb still; nur die Mäuse quieksten jetzt heftig in den unteren Zimmern.

Da wurde er zornig: „Hexe, verfluchte, was pfeift Sie denn?" Und ein Schwall unverständlich geflüsterter Schimpfworte sprudelte aus seinem Munde, bis ein Stickhusten ihn befiel und seine Zunge lähmte.

Draußen, unten an der Haustür, wurde der schwere Messingklopfer angeschlagen, daß der Hall bis in die Spitze des Hauses hinaufdrang. Es mochte jener nächtliche Geselle sein, von dem im Anfang dieser Geschichte die Rede gewesen ist.

Herr Bulemann hatte sich wieder erholt. „So öffne Sie doch!" wisperte er; „es ist der Knabe, der Christoph; er will den Becher holen."

Plötzlich wurden von unten herauf zwischen dem Pfeifen der Mäuse die Sprünge und das Knurren der beiden großen Katzen vernehmbar. Er schien sich zu besinnen; zum ersten Mal bei seinem Erwachen hatten sie das oberste Stockwerk verlassen und ließen ihn gewähren. – Hastig, den langen Schlafrock nach sich schleppend, stapfte er in das Zimmer zurück.

Draußen aus der Tiefe der Gasse hörte er den Wächter rufen. „Ein Mensch, ein Mensch!" murmelte er; „die Nacht ist so lang, sovielmal bin ich aufgewacht, und noch immer scheint der Mond."

Er kletterte auf den Polsterstuhl, der in dem Erkerfenster stand. Emsig arbeitete er mit den kleinen dürren Händen an dem Fensterhaken; denn drunten auf der mondhellen Gasse hatte er den Wächter stehen sehen. Aber die Haspen waren festgerostet; er mühte sich vergebens, sie zu öffnen. Da sah er den Mann, der eine Weile hinaufgestarrt hatte, in den Schatten der Häuser zurücktreten.

Ein schwacher Schrei brach aus seinem Munde; zitternd, mit geballten Fäusten schlug er gegen die Fensterscheiben; aber seine Kraft reichte nicht aus, sie zu zertrümmern. Nun begann er Bitten und Versprechungen durcheinanderzuwispern; allmählich, während die Gestalt des unten gehenden Mannes sich immer mehr entfernte, wurde sein Flüstern zu einem erstickten heisern Gekrächze; er wollte seine Schätze mit ihm teilen; wenn er nur hören wollte, er sollte alles haben, er selber wollte nichts, gar nichts für sich behalten; nur den Becher, der sei das Eigentum des kleinen Christoph.

Aber der Mann ging unten unbekümmert seinen Gang, und bald war er in einer Nebengasse verschwunden. – Von allen Worten, die Herr Bulemann in jener Nacht gesprochen, ist keines von einer Menschenseele gehört worden.

Endlich nach aller vergeblichen Anstrengung kauerte sich die kleine Gestalt auf dem Polsterstuhl zusammen, rückte die Zipfelmütze zurecht und schaute, unverständliche Worte murmelnd, in den leeren Nachthimmel hinauf.

So sitzt er noch jetzt und erwartet die Barmherzigkeit Gottes.

Leopold Ritter von Sacher-Masoch

Die Toten sind unersättlich

Du hast mich beschworen aus dem Grab
Durch deinen Zauberwillen,
Belebtest mich mit Wollustglut,
Jetzt kannst du die Glut nicht stillen.

Preß deinen Mund an meinen Mund,
Der Menschen Odem ist göttlich!
Ich trinke deine Seele aus,
Die Toten sind unersättlich.

Heine.

Bei uns lernt man sich so leicht kennen, bei den Bauern haben die Türen keine Schlösser und die Hütten noch häufiger keine Türen, und die Tore der Gutsbesitzer stehen auch noch einem jeden offen. Wenn ein Gast zu Abend kommt, gibt es keine betrübten oder ängstlichen Gesichter wie in dem gemütlichen Deutschland, und es fällt den Familienmitgliedern nicht ein, einzeln in die Küche zu schleichen und dort heimlich ihr Nachtmahl zu verzehren, und zu den Feiertagen, wenn Verwandte und Freunde sich von weit her zusammenfinden, da werden Rinder, Kälber und Schweine, Gänse und Enten geschlachtet, und der Wein fließt in Strömen wie in homerischen Zeiten.

Ich kam also zu der Familie Bardoßoski, wie eben ein Edelmann in das Haus des andern kommt, ohne viel Umstände, und kam bald jeden Abend hin. Ihr Herrenhaus lag auf einem kleinen Hügel, und unmittelbar hinter demselben stiegen die grünen Vorberge der Karpaten empor. Die Familie hatte sehr viel Angenehmes an sich, das Beste war aber, daß die beiden Töchter des Hauses bereits ihre Verehrer besaßen, ja die jüngere sogar in aller Form verlobt war, man sich also ungezwungen unterhalten und sogar, was Polinnen gegenüber unerläßlich ist, ein wenig den Hof machen konnte, ohne gleich für einen Bewerber angesehen zu werden.

Herr Bardoßoski war ein echter Landedelmann,

schlicht, fromm und gastlich, stets heiter, aber nicht ohne jene stille Würde, die kein äußeres Mittel braucht, um sich zur Geltung zu bringen. Seine Frau, eine kleine, üppige, noch immer hübsche Brünette, beherrschte ihn ebenso vollkommen, wie die Königin Maria Kasimira den großen Sobieski beherrscht hat, aber es gab Dinge, in denen der alte Herr nicht zu scherzen beliebte, dann genügte ein Drehen seines langen Schnurrbarts oder ein hastig hervorgestoßenes blaues Wölkchen aus seiner Pfeife, das rasch zu einer respektablen Wolke anwuchs und ihn gleich dem Göttervater Zeus einhüllte, und niemand wagte mehr zu widersprechen. Ich habe ihn nie ohne diese lange türkische Pfeife mit dem Kopfe aus rotem Ton und dem Bernsteinspitzchen gesehen, die dem Fremden bei uns zu sagen scheint: Du bist nicht mehr in Europa, mein Freund, hier ist jenes Morgenland, aus dem deine ganze Weisheit kommt, aus dessen unversiegbaren Quellen alle deine Denker und Poeten geschöpft haben. Bardoßoski hatte 1837 unter Chlopicki gefochten und war im Jahre 1848 unter Bem bei Schäßburg verwundet worden. Im Jahre 1863 hatte er seinen einzigen Sohn zu den Insurgenten geschickt und durch den mörderischen Stoß einer Kosakenlanze verloren; von diesem Sohne war nie die Rede, aber sein Bild, von einem welken Kranz und einem verstaubten Trauerflor umgeben, hing über dem Bette des Alten zwischen zwei gekreuzten krummen Säbeln.

Von den beiden Fräuleins war die ältere, Kordula, das, was man interessant nennt, hoch und gut gewachsen, mit prachtvollem dunklem Haar, schönen Zähnen, grauen Augen, aus denen eine durchdringende Klugheit sprach, und einem Gesichte, in dem sowohl um die kleine Stumpfnase als die aufgeworfenen Lippen eine unbeugsame Festigkeit lag; die jüngere, Aniela, dagegen eine jener unendlich weißen, rosenwangigen blonden Schönheiten, welche immer sehr ermüdet scheinen, deren blaue Augen auch im Wachen träumen und deren tiefes Atemholen wie ein Seufzer klingt. Diese war es, welche bereits den Verlobungsring am Finger trug.

Ich lernte auch die beiden jungen Männer kennen, welche die Herzen dieser so verschiedenen Schwestern erobert hatten. Der Verehrer der älteren war ein Herr Husezki, der in dem nahen Städtchen das Amt eines Adjunkten am Gericht bekleidete. Er zeigte jenen Ernst und wissenschaftlichen Eifer, welcher die jüngere Generation bei uns auszeichnet, war französisch gekleidet, trug Brillen und zupfte stets an seinen schneeweißen Manschetten.

Der Bräutigam der schönen Aniela war ein Gutsherr aus der Nachbarschaft und nannte sich Manwed Weroski, ein hübscher junger Mann mit blitzenden Zähnen unter einem kleinen, schwarzen Schnurrbart, kurzem, gelocktem, dunklem Haar, schmachtenden Augen, jederzeit in weißen Pantalons, welche in hohen Stiefeln staken, und einem Schnürrock, alles von schwarzer Farbe. Er rauchte Zigarren, liebte es, das Gespräch auf Literatur zu bringen und war imstande, hundert Verse aus dem „Pan Tadeusz“ oder „Konrad Wallenrod“ des Mickiewicz auswendig herzusagen. Sein Lieblingsstück war die Geschichte von Domeyko und Doweyko, und er verstand es, den Zweikampf derselben über der Bärenhaut so drastisch vorzutragen, daß er sogar dem alten Herrn jedesmal ein Lächeln abnötigte, das sich rührend kindlich in seinen weißen Schnurrbart stahl.

Noch war ein dritter junger Herr da, der die Gewohnheit hatte, immer zu spät zu kommen, und diese üble Gewohnheit war sein Fatum, denn er war auch bei Pana Aniela zu spät gekommen und begnügte sich jetzt damit, sie unausgesetzt anzusehen und, sooft sie nur eine Bewegung machte, aufzuspringen und alle nur möglichen Gegenstände herbeizuschleppen, und so kam es, obwohl er sich einbildete, ihre Wünsche zu erraten, daß er einen Fußschemel brachte, wenn sie eine Schere verlangte, und den beim Fell emporgehobenen kleinen Wachtelhund eine Luftfahrt machen ließ, wenn ihr feuchter Blick ihrem Taschentuch galt. Er hieß Maurizi Konopka, hatte ein Nachbargut gepachtet, auf dem er mit Maschinen arbeitete und überhaupt in allem genau nach dem Buche vorging zum Erstaunen der Bauern, und erschien nie anders als im Frack, weißer Weste, Glacéhandschuhen, durchbrochenen Strümpfen und Ballschuhen. Da er stets erst ankam, wenn der ganze Kreis versammelt war, und sich noch überdies alle Mühe gab, gleich einem Gespenste unhörbar einherzuschreiten, so erblickte man ihn gewöhnlich erst, wenn er auf seinen leichten Sohlen mitten im Zimmer stand, und da er es für unanständig hielt, durch einen lauten Gruß oder ein Räuspern auf sich aufmerksam zu machen, geschah dies so plötzlich, daß in der Regel alle zusammenschraken, mit Ausnahme des alten Helden, der höchstens für einen Augenblick die Pfeife aus dem Munde nahm, was aber freilich bei ihm schon viel sagen wollte.

Maurizi war ein ausnehmend hübsches Milchgesicht jener Art, die von reifen, erfahrenen Schönheiten bevorzugt wird, aber sehr wenig geeignet, das Ideal eines Mädchentraumes vorzustellen, daher ihm auch das herbe Los zuteil wurde, Abend für Abend – und die galizischen Winterabende sind lang – mit Herrn Bardoßoski und dem ernsthaften Adjunkten Tarock zu spielen, während wir anderen mit den Mädchen plauderten.

Anielas Verlobter gewann von Anfang an meine Sympathien für sich, er erzählte vortrefflich, was ihm bei vielen den Ruf eines Aufschneiders eintrug, dafür bestritt er aber auch in der Regel die Kosten der Unterhaltung, ohne dabei je dem bescheidenen Wesen untreu zu werden, das den Polen in Damengesellschaft so liebenswürdig macht. Wir wurden schnell vertraut, besuchten uns gegenseitig und gingen viel zusammen auf die Jagd. Wenn wir dann recht müde und ausgehungert, gleich den Sieben Schwaben, mit einem Hasen als Beute bei ihm ankamen, wurde sofort der Samowar hereingebracht, und der brave Valenty kam, uns die kotigen Stiefel auszuziehen. Dann half kein Verwahren, ich mußte ein Paar von Manweds Saffianpantoffeln anziehen und einen seiner köstlichen Schlafröcke, er selbst stopfte mir die lange Pfeife, und mir blieb nichts anderes übrig, als die Nacht unter seinem gastlichen Dache zuzubringen.

Dann trieb er allerlei Possen, zog die Leintücher aus den Betten, hüllte sich in dieselben und wandelte als Gespenst im Hause umher, seufzend und wehklagend, um endlich den alten Valenty, der inbrünstig betete, bei den Füßen unter seinem großen Kotzen hervorzuziehen und den Mägden mit einem über dem Lichte geschwärzten

Kork Schnurrbärte zu malen.

In der Nähe von Manweds Edelhof lag einsam auf einem breiten und flachen Felsen das alte halbverfallene Schloß Tartakow, von dem im Munde des Volkes mancherlei unheimliche Sagen lebten.

Einmal, an einem schwermütigen Winterabend, während der Schnee mit weißen Geisterfingern leise an die Fenster pochte, der Wind dem roten Kaminfeuer wunderliche Melodien entlockte und in weiter Ferne ein Wolf heulte, brachte Aniela die Rede auf dasselbe.

„Haben Sie schon gehört", sagte sie, „daß die Ruine bewohnt sein soll?"

„Wer kann in dem öden, zerbröckelten Mauerwerk wohnen als etwa Eulen oder Raben", bemerkte Herr Huszki sehr verständig, wie es einem gebildeten, mit den Wissenschaften vertrauten jungen Mann ziemte.

„Nun, es gibt allerhand Bewohner dort", versetzte Frau Bardoßoska, „wenn man den Landleuten glauben darf."

„Das ist gewiß, daß ein alter, grauer Mann oben zu sehen ist, eine Art Kastellan", sagte Aniela, „er trägt Kleider, wie man sie vor vielen hundert Jahren getragen hat, und unsere Bauern behaupten, er sei an tausend Jahre alt, und in einem großen, wohlerhaltenen Saale steht ein zauberhaft schönes Marmorweib mit toten weißen Augen, das soll in gewissen Nächten lebendig werden und durch die düsteren Gänge wandeln, allerlei Spuk im Gefolge, und seltsame Stimmen werden dann laut, ein wildes Heulen, ein schmerzliches Klagen, ein süßes Locken – –"

„Bah", machte der Adjunkt, „eine Äolsharfe, ich selbst habe sie schon gehört."

„Wer weiß – der Boden hier ist von Dämonen bevölkert", sprach Manwed, „in den Hütten der Bauern rumort der Did* und hilft heimlich die Kühe melken, fegt die Stuben, wäscht das Geschirr, striegelt die Pferde und läßt sich nur dann blicken, ein Männchen von einem Fuß Höhe und langem grauem Bart, wenn der Herr des Hauses sterben soll; an dem Ufer der Teiche und Flüsse,

* Hausgeist der Kleinrussen. – *Die mit * versehenen Fußnoten sind Anmerkungen des Autors.*

im schwarzen Dickicht, wiegt sich die Russalka* auf schwankenden Zweigen und singt und bindet aus ihrem Haare goldene Fesseln, mit denen sie den Betörten, der ihr naht, gefangennimmt, und eine goldene Schlinge, in der sie ihn erwürgt; in den von grünem Gitterwerk verschleierten Höhlen des Gebirges wohnen die mutwilligen und verliebten Majki**, welche hoch oben auf grünen Wiesen ihre Zaubergärten mit goldenen Zäunen einschließen, Brücken aus Perlen über die rauschenden Wasser bauen und auf blumigen Waldblößen tanzen, sie entführen Jünglinge, die ihnen gefallen, und bezaubern sie mit ihren duftigen, bekränzten Locken, ihren zarten Gliedern; aber in ihrem schönen Antlitz, in ihren blitzenden Augen wohnt keine Seele. Wie Wölfe in Rudeln durchstreifen die wilden Weiber, die das Volk auch die Göttinnen*** nennt, Wälder und Berge, ein entsetzliches Geschlecht, das die Kinder der Menschen entführt und ihre häßlichen Wechselbälge in ihrer Wiege zurückläßt, das die alten Männer zu Tode kitzelt und die jungen nach der Brautnacht grausam erdrosselt. Unter dem Volke wohnen auch die Wissenden****, welche die geheimen Kräfte der Natur beherrschen, welche das Pestkraut kennen und die giftigen Schlangenbisse heilen, sie können den Sternen das Licht nehmen und den Menschen die Gesundheit; wenn ihr Leib schläft, fliegt ihre Seele als Vogel aus, und zu gewissen Zeiten reiten sie auf einem schwarzen Kater nach Kiew und halten, über der heiligen Stadt schwebend, hoch in den Lüften ihre Versammlungen. Ja, hier bei uns nehmen die Sterne, die zur Erde fallen, Menschengestalt an und werden zu Vampiren*****, und es gibt Menschen mit dem bösen Blick, und nachts irren die Seelen der Kinder umher und verlangen nach der Taufe. – Weshalb sollte es hier nicht auch allerlei Spuk geben und ein schönes Weib aus kaltem Marmor, dessen weiße Glieder zur Mitternachtsstunde das warme Blut des Lebens durchströmt?"

* Die Nixe der Kleinrussen.

** Majka heißt die Elfe der galizischen Karpaten.

*** bochinki.

**** Widma, die Wissende, die Hexe der Kleinrussen, aber ohne den zynischen Charakter der deutschen.

***** Letawiza, der fliegende Stern.

„Was für ein Phantast!“ rief Herr Husezki. „Nun möchte ich aber selbst wissen, was es mit dem alten Schlosse eigentlich auf sich hat.“

„Die Wahrheit kann ich euch sagen, ihr jungen Leute“, begann der alte Herr nach einer kleinen Pause, während der Pana Kordula den Samowar mit roter Kohlenglut gefüllt und Anielas kleine, rosig angehauchte Hände auf dem Piano ein paar Akkorde einer melancholischen Volksmelodie gegriffen hatten. Er begann damit, sich in blaue Wolken einzuhüllen.

„Das Wahre an der Sache ist“, fuhr er fort, „daß in der Tat in dem großen Saale des Schlosses ein herrliches Marmorbild zu sehen ist, das ein schönes Weib darstellt, ein Wunder von einem Weibe. Einige behaupten, ein Vorfahr der Familie Tartakowski sei mit dem roten Kreuze auf der Brust nach Palästina gezogen, um das Heilige Grab zu befreien, und habe aus Byzanz ein Venusbild, von der Hand eines griechischen Künstlers gefertigt, mitgebracht. Andere erzählen, daß eine durch ihre Schönheit und durch ihre Laster berühmte Dame aus der Familie Tartakowski sich von einem italienischen Bildhauer in dieser Weise habe meißeln lassen und zwar in einem Kostüme, das nicht der Mode unterliegt und das schon Eva im Paradiese getragen hat, notabene vor dem Sündenfall. Dies soll zur Zeit des Benvenuto Cellini geschehen sein, und die schöne Dame war die Starostin Marina Tartakowska.“

„So ist es“, sagte plötzlich eine tiefsanfte Stimme, die aus der Unterwelt zu kommen schien.

Alle fuhren zugleich von ihren Sitzen empor, Aniela stieß einen gellenden Schrei aus und schlug die Hände vor das Gesicht, Pana Kordula ließ eine Tasse fallen, welche wie eine Granate auf dem Boden explodierte, und der von einem Splitter getroffene kleine Wachtelhund begann wütend zu bellen.

„Ich bitte um Vergebung und falle den Herrschaften zu Füßen“, säuselte Maurizi Konopka, welcher wieder in seinen Tanzschuhen ungehört hereingeschwebt war und jetzt mitten in unserem Kreise stand. „Das lebensgroße Porträt“, fuhr er leise fort, „hängt in einem düstern getäfelten Zimmer des Schlosses, dessen Decke ein großes

Gemälde, ‚Diana im Bade, den sie überraschenden Aktäon in einen Hirsch verwandelnd', darstellt. Die Starostin ist in dunklen Samt gekleidet und hat eine polnische Mütze mit Reiherbusch auf. Ich habe das Bild gesehen, und die Starostin schien mich anzusehen, und mir war dabei zumute, als sollte meine Haut auf gut tartarisch über eine Trommel gespannt werden."

„Das mag sein", fiel der Adjunkt ein, „in Krakau befinden sich vielerlei merkwürdige alte Akten, darunter auch mancher Prozeß aus der Zeit der Starostin Marina, welcher von der Willkür dieser schönen Witwe zeugt, die auf Tartakow gleich einer unbeschränkten Monarchin residierte und gebot. Einmal war sie des Mordes an einem ihrer Diener angeklagt, und da dieser adeliger Abkunft war, begab sich eine Königliche Kommission zu ihr, aber schon der Anblick dieser berückenden Frau genügte, um die Richter zu entwaffnen, und die Justiz kehrte, von Amor mit einem Rosenzweige verjagt, unverrichteter Sache heim. Übrigens soll das Schloß jetzt so gut wie herrenlos sein."

„So", sagte Pan Bardoßoski, indem er seine Bernsteinspitze erstaunt aus dem Munde nahm, „was wäre denn aus der Witwe des letzten Besitzers, der schönen Zoë Tartakowska geworden?"

„Sie hat in der letzten Zeit in Paris gelebt", erwiderte der Adjunkt, „aber ich habe vor kurzem erst vernommen, daß sie gestorben sei."

„Schade", murmelte der alte Herr. „Sie war eine Frau wie die Starostin Marina, nur etwas nach der Mode zugeschnitten, aber ein schönes Weib."

„Nun, nun, schwärme mir nur nicht zu sehr", sprach Frau Bardoßoska.

Einige Zeit sprach niemand, dann sprang Manwed plötzlich auf und rief: „Ich muß hin!"

„Wohin?"

„In das gespensterhafte Schloß."

„Was fällt Ihnen ein", sagte Frau Bardoßoska, „es ist doch unheimlich, was man so hört."

„Nun, ich denke, was Herr Konopka zu wagen sich traute, dazu wird mir der Mut auch nicht fehlen", versetzte Manwed und drehte seinen Schnurrbart.

„Oh! Er scherzt nur!" hauchte Aniela.

„Ich scherze nicht, mein Fräulein."

„Manwed, Sie werden nicht zu dem Marmorweibe gehen!" rief jetzt Aniela mit aller Heftigkeit, die ihr zu Gebote stand.

„Ich werde, und zwar nachts, ich will sehen, ob die kalte Schöne lebendig wird."

„Manwed", sagte Aniela mit matter Stimme, aber in sehr bestimmtem Tone, „ich verbiete Ihnen zu gehen."

„Vergeben Sie", murmelte der Trotzkopf, „aber ich muß schon so ungalant sein und diesmal nicht gehorchen."

Aniela sah ihn lange an, mehr erstaunt als böse, dann wendete sie sich ab, ihr Busen hob sich, ihr Atem stockte, Tränen flossen auf ihre Wangen herab.

Manwed nahm seine Mütze, empfahl sich kurz und ging. Nicht lange, und wir hörten die Peitsche seines Kutschers knallen, die Glöckchen klingen. Aniela verließ schluchzend das Zimmer.

Am folgenden Morgen besuchte ich Manwed in der Absicht, Frieden zu stiften, aber er zeigte sich womöglich noch halsstarriger als am vorhergehenden Abend.

„Alle sind sie Tyranninnen, unsere Frauen", rief er erbost, „nur daß die einen uns mit Füßen treten und die anderen mit Tränen mißhandeln! Wenn ich dieses eine Mal nachgebe, bin ich verloren. Jetzt werde ich das geheimnisvolle Schloß um so gewisser besuchen und zwar auf der Stelle." Er zog sich rasch an, ließ sein Pferd satteln und nahm vor der Freitreppe seines Hauses Abschied von mir.

„Also du reitest wirklich?"

„Du siehst ja."

„Nun, ich bin neugierig, was da herauskommt."

„Ich auch."

Ein gegenseitiges Zunicken, und er gab dem Pferde die Sporen, der Schnee knirschte unter den Hufen desselben, und leuchtende Eisstücke flogen auf. Ich sah ihm nach, bis er in dem weißen Nebel verschwunden war.

Zwei Abende blieb Manwed aus, am dritten kam er und wurde ziemlich kühl empfangen. Aniela schien ihn nicht einmal zu sehen, sie spielte und scherzte ziemlich laut, was sonst nicht ihre Art war, mit dem kleinen Wachtelhund, der sich darüber sehr erfreut zeigte, abwechselnd knurrte, winselte und bellte, sich bald auf die Vorderpfoten niederließ, bald auf den rückwärtigen aufstellte und unablässig wedelte.

Manwed saß gegen seine Gewohnheit schweigend da, sein Gesicht war ernst, nachdenklich und sehr bleich, seine dunkeln Augen loderten nur in demselben, eine finstere Falte lag über ihnen wie ein Schatten oder die Narbe eines Säbelhiebes.

Endlich nahm der alte Herr das Wort. „Nun? Was? Waren Sie etwa oben, Herr Weroski?“ Das „Herr“ wurde stark betont.

Manwed begnügte sich, leise zu nicken.

„Nun, so erzählen Sie!“ rief der Adjunkt und riß seine weißen Manschetten hastig aus den Ärmeln seines schwarzen Rockes hervor.

„Ich bin nicht neugierig“, warf Aniela hin.

„Es ist immerhin interessant“, sagte die Hausfrau mit Würde, „nehmen Sie eine Tasse warmen Tees, und dann erzählen Sie.“

Und Manwed nahm eine Tasse warmen Tees, lockerte den großen Knoten seines seidenen Halstuches, rieb sich die Augendeckel und begann zu erzählen.

„Wenn ich nicht hier unter Ihnen sitzen, den Samowar singen, das Feuer prasseln und die große Pfeife des würdigen Herrn Bardoßoski vernehmlich seufzen hören würde, ich würde glauben, daß ich zwei Tage und zwei Nächte und wieder einen Tag geschlafen habe und daß mich die sonderbarsten und unheimlichsten Träume während dieser Zeit gequält haben, ja, ich würde glauben, daß ich jetzt noch träume, denn ein feiner, durchsichtiger Nebel, wie der Schleier einer Majka aus blassem Mondlicht gewoben, trennt mich von Ihnen, und in weiter Ferne steht die Gestalt und deutet und winkt.

Es war ein heiterer Wintermorgen, voll Glanz und goldenem Lichterspiel der Sonne auf dem weißen Schnee, der die Erde weich einhüllt, auf den hohen

Fichten und Tannen, die ihre Äste wie schwarze Arme aus weißen Mänteln hervorstrecken, auf den Eisfransen, mit denen die Strohdächer der Bauernhütten an der Mitternachtsseite verziert sind, dem festgefrorenen Teiche, der sich in eine silberne Wiese verwandelt hat, und dem schwarzen, metallischen Gefieder der Krähen, welche auf dem Wege steif einherschreiten, mit einer Art Wichtigkeit vor sich hin nicken und schwer, gleichsam unwillig auffliegen, um sich wieder auf die Straße oder einen mit blitzenden Nadeln besäeten Baum zu setzen. Langsam drehten sich aus allen Klüften und Spalten des Gebirges aschgraue Dünste empor wie der Rauch ausgeblasener Kerzen, die Sonne verschleiernd, und kamen mir rasch entgegen. In dieser feuchten, strömenden Nebelflut schien mein Pferd nicht zu gehen, sondern vorwärts zu schwimmen, und von Zeit zu Zeit kauerte sich eine sagenhafte Erscheinung, in undurchdringlichen Schleier gehüllt oder mit wallendem weißem Bart, in den Büschen am Feldrain nieder.

Doch es währte nicht zu lange, so wurde der Himmel zu durchsichtigem Alabaster, der sich mehr und mehr färbte und endlich einen glühenden Kreis zeigte, aus dem die Sonne triumphierend hervortrat. Die grauen Wogen ballten sich zu Wolken zusammen und wälzten sich über den Wald hinüber. Ein rosenfarbener Hauch schwebte um sie, Bäume und Sträuche waren mit einem Male mit Lichtperlen behängt, und der Schnee hatte den weißen Glanz des Atlas. Die Berge zeigten zwischen dunklem Holz Stellen so grell und so weiß wie Kreide, und jedes überragende Felsenhaupt war von einer leuchtenden Gloriole umstrahlt. Der Himmel trug eine blaßgrüne Farbe, die sich nach und nach in das Blaue verlor, bis der reinste Azur mich überspannte und nur kleine weiße Wolken, wie wandernde Schwäne, durch denselben zogen.

Und da lag auch der graue zerbröckelte Felsen mit dem düsteren Schlosse vor mir. Ich ritt um denselben herum und fand einen sanften Abhang, über den sich ein verwilderter Park erstreckte, doch war auch hier keine Straße, nicht einmal ein Fußpfad zu entdecken. Mein Tier mußte sich schnaubend selbst den Weg bahnen. So kam ich endlich zu einem großen Tore mit verrostetem Beschlage und sah mich vergebens nach einem Glockenzuge oder einem Türklopfer um. Zu beiden Seiten ragte die hohe, graue Mauer, auf deren breiter Zinne im Laufe der Jahrhunderte eine Art kleiner Garten entstanden war. Einzelne Wurzeln liefen die ganze Höhe der Mauer herab und verschlangen sich unten zu wunderlichen Bildungen. Über dem Tore war ein graues, vom Regen verwischtes Wappen.

Ich stand in den Steigbügeln auf und ließ ein lautes ‚Hurra' ertönen, doch ehe noch das Echo der nahen Felsen es zurückgegeben hatte, öffnete sich mit einem schauerlichen Seufzen in dem einen Flügel des großen Tores ein schmales Pförtchen, und ein alter Mann erschien in demselben, der mich mit tiefer Reverenz, die Mütze in der Hand, begrüßte. Ich habe seinesgleichen nie gesehen, wenn nicht etwa auf uralten Bildnissen oder auf dem Theater, wenn ein Stück aus der polnischen Geschichte dargestellt wurde. Er machte den Eindruck, als wäre eine der grauen, verwitterten Steingestalten aufgestanden, die auf den Marmorsärgen unserer vor Jahrhunderten verstorbenen Edeln mit gefaltenen Händen liegen. Die ganze Gestalt des Alten war in einer Weise verfallen und schlotterig, wie wenn sie im nächsten Augenblick in Moder zerstäuben sollte; das verschrumpfte Gesicht mit den vergilbten Wangen glich einem ehrwürdigen Pergament, von zahllosen kleinen Runzeln wie von einer unleserlich gewordenen Schrift überzogen. Seine Tracht war die altpolnische, etwa aus der Zeit Johann Kasimirs, wo der tartarische Schnitt den slawischen bereits vollständig verdrängt hatte. Er trug hohe faltenreiche Stiefeln von Saffian, der einst grün gewesen sein mochte, über weiten Beinkleidern einen langen Kontusch, dessen geschlitzte Ärmel auf dem Rücken zusammengeknüpft waren, einen breiten Metallgürtel, an einer starken Schnur hing ihm ein krummer Säbel um die Schultern – dies alles war fahlgrau und düster von Farbe. Auf seinem kahlen Kopfe stand ein Büschel Haare aufwärts, das der Luftzug leise bewegte, es war, als habe er nach der Mode jener Zeiten sein Haupt glattrasiert und trage die tartarische Hordenlocke. Sein grauer Schnurrbart hing bis auf den Kontusch herab. Er verneigte sich nochmals sehr artig und zeremoniell.

‚Du bist wohl erstaunt, einen Gast zu bekommen, was, Alterchen?' sagte ich so leichthin, als es mir nur gelingen wollte.

Er schüttelte das Haupt. ‚Ich habe Sie erwartet', sagte er, und ein freundliches Lächeln zog über sein versteinertes Antlitz.

‚Setze doch deine Mütze auf', rief ich.

Er nickte, setzte die graue Czapeka schief auf das linke Ohr, öffnete das Tor, und nachdem ich hineingeritten war, schloß er es wieder und sperrte hinter mir zu. Der große Schlüssel sang weinerlich in dem rostigen Schlosse.

‚Nun, willst du mir alle deine Schätze zeigen, Alterchen?' begann ich, nachdem ich abgestiegen war und er den Zügel meines Pferdes ergriffen hatte.

‚Es wird eine seltene Ehre für mich sein', gab er mit einer Stimme zurück, die wie eine verrostete Tür knarrte, ‚und man nennt mich Jakub, wenn Sie nichts dawider haben, mein Herr Wohltäter.'

Während er mein Pferd in den Stall führte, hatte ich Zeit, mich im Schloßhofe umzusehen. Vor mir lag eine Art Palast mit bleifarbenem Dach, unter dem ein Drachenkopf bereit war, das Regenwasser in weiten Bogen auszuspeien, einem Balkon, den nackte Türken auf ihren steinernen Schultern trugen, und einer prächtigen Freitreppe. In einer tiefen Nische, welche die Mauer bildete, waren der häßliche Kopf und die mit Ketten beladenen Hände eines Mongolenfürsten, in Stein gehauen, zu sehen. Der mit Steinen gepflasterte und mit einem leichten Schneeteppich bedeckte Hof hatte in der Mitte eine gemauerte Zisterne, über die eine große Linde ihre breiten Äste streckte; zwei Krähen, die auf denselben saßen, stießen von Zeit zu Zeit ein gellendes Freudengeschrei aus, als gelte es, den Fremden würdig zu begrüßen. Allerorten lag Schutt, lagen zerbrochene Ziegel und wüste Steinhaufen.

Der Alte kam zurück, winkte mir und schickte sich an, das Gitter zu öffnen, das die Freitreppe verschloß. Sein Gang und seine Bewegungen hatten etwas Schattenhaftes, ich glaube, wenn die Sonne geschienen hätte, ich hätte durch ihn durchsehen können. Ich bemerkte erst jetzt, daß ein großer Rabe stille und ernsthaft seinen Schritten folgte.

Er führte mich langsam die Freitreppe empor, schloß oben eine kunstreich verzierte Türe auf, und ich überschritt die Schwelle des verrufenen, unheimlichen Gebäudes. Wir gingen über breite Marmorstiegen und heimliche Wendeltreppen auf und nieder, durch Gänge, welche jetzt breit und herrlich wie eine Allee und dann wieder dumpf und ängstlich wie der Schacht eines Bergwerkes waren. Große holzbraune Türen mit Metallbeschlag wurden aufgeschlossen und wieder gesperrt, manchmal genügte ein Druck des Fingers, und eine Wand sprang auf und ließ uns durch, und durch die Zimmerfluchten zogen mit uns die Schatten vergangener Jahrhunderte. Hier hingen schwarze Rüstungen mit weißen Engelfittichen, erbeutete Türkenfahnen, Heerpauken, tartarische Köcher mit vergifteten Pfeilen in Gemächern, deren Tapeten, Szenen aus dem Alten Testamente darstellend, verblichen und von Motten zerfressen waren, die sich bei der leisesten Berührung in Schwärmen erhoben und umherschwirrten; dort, einen Korridor weiter, thronte die ganze kapriziöse Grazie einer Rokokoschönen. Da gab es niedliche, mit verblaßtem, blauem Atlas oder gelb gewordenem, weißem Musselin tapezierte Boudoirs mit großen Kaminen, auf denen dickbäuchige Porzellanchinesen, mit Toilettentischen, auf denen Spiegel in Silberrahmen und all den Nippes jener Zeit zu sehen waren.

Aus majestätischen Sälen mit sinnigem Stukkaturschmuck und gigantischen Fresken kam man in Schlafgemächer mit prunkvollen Himmelbetten. Da stand eine Vase, wie sie nur der Schönheitssinn eines Hellenen oder Italieners schaffen konnte, auf marmornem Piedestal, und eine Tür weiter nahm ein großer, geschnitzter Schrank die Breite der Wand ein, gefüllt mit all dem wunderlichen Glaswerk und Tongeschirr, bunt bemalt, mit kernigen Sprüchen versehen, wie es der bizarre deutsche Geschmack im fünfzehnten und sechzehnten Jahrhundert erzeugte. In dem kostbaren, von der Zeit geschwärzten Getäfel der Wände pochte der Holzwurm, die Fenster waren meist erblindet, und an den alten Bildern, die allerorten die Wände schmückten, waren im Laufe der Jahrhunderte die Farben so stark gedunkelt, daß die kühnen Ritter, die prächtigen Starosten und die reichgekleideten Damen alle tief im Schatten zu stehen schienen und hie und da ein schönes Antlitz wie aus der Düsterheit der Nacht hervorleuchtete. Und alles war verwahrlost, verfallen, mit aschgrauem Staub bedeckt und mit Spinnweben behängt, die Luft roch nach Moder, und auch der alte graue Mann erschien mir plötzlich wie mit Schimmel überzogen.

Endlich kamen wir in ein mäßig großes Gemach, das im Viereck gebaut und mit dunklem Holze verkleidet war und in dem sich weder ein Einrichtungsstück noch ein Geräte befand. An der mittleren Wand hing ein Bild in rauchigem Goldrahmen, und auch dieses war mit einem grünen Vorhang bedeckt.

Der Alte winkte mir stehenzubleiben, er hatte während der ganzen Wanderung kein Wort gesprochen und sprach auch jetzt nur durch Zeichen und Blicke. Er näherte sich auf den Fußspitzen dem grünen Vorhange und zog an einer verborgenen Schnur.

Staub stieg empor, und aus der grauen Wolke, die sich schnell verzog, trat eine weibliche Figur von seltsamem Reize. Es war eine hochgewachsene Frau von schlangenartiger Schlankheit, in dunkeln Sammet gekleidet, welche mir ein kaum schön zu nennendes, aber in seiner sanften Wildheit und lächelnden Schwermut berückendes, von dunkeln Locken, auf denen eine polnische Mütze leicht und kokett saß, dämonisch eingerahmtes Antlitz zukehrte. Ihre großen, dunkeln, brennenden Augen schienen zu phosphorisieren und, als ich zurückwich, mir zu folgen.

Was in diesem Blick lag – ich weiß es nicht; etwas Unbegreifliches, das mir den Atem benahm, mir das Herz in der Brust hämmern und die Knie schlottern machte.

‚Sie ist gut getroffen', flüsterte der Alte.

Ich sah ihn entsetzt an, wie man eben einen Menschen ansieht, bei dem man plötzlich entdeckt, daß sein

Geist gestört ist. Er schien es zu bemerken, zuckte die Achseln und verhüllte das Bild. Ich empfand in diesem Augenblick einen brennenden Schmerz am Zeigefinger. Es war mein Verlobungsring, der mich zum ersten Male, seitdem ich ihn trug, in das Fleisch schnitt.

‚Nun, Herr Jakub', sagte ich, ‚werdet Ihr mir nun auch das Marmorweib zeigen?'

Er streckte seine dürre Hand, die nicht viel anders als ein welkes Blatt war, aus dem Ärmel des Kontusch hervor und schwenkte sie hin und her. ‚Ich weiß es', sagte er mit seiner knarrenden Stimme, ‚daß der Herr deshalb gekommen ist, aber jetzt ist es nicht an der Zeit. Kommen der Herr Wohltäter morgen nachts, da haben wir Vollmond, da werden die Toten lebendig.'

‚Bist du bei Sinnen!' stieß ich halb unbewußt hervor.

‚Sehr wohl, mein teurer Herr', erwiderte er mit einem Lächeln, das sich wie ein Sonnenstrahl in seinen grauen Schnurrbart stahl, ‚ich weiß auch, was ich rede. Das Bild ist gut getroffen, und auch der tote Stein hat Ähnlichkeit, ich kenne sie, doch wer soll sie denn kennen, wenn ich sie nicht kenne? Habe ich sie doch auf diesen meinen Knien geschaukelt, so wahr ich Gott liebe.'

Mir schauerte vor der tiefen Überzeugung, mit der der Alte das Unmögliche aussprach, ich gab ihm rasch ein Goldstück, das er ehrerbietig nahm, eilte in den Hof hinab, ließ mein Pferd aufführen und ritt den Abhang hinunter mit dem Vorsatz, dem geheimnisvollen Schlosse und seinem wahnsinnigen Bewohner nie wieder in die Nähe zu kommen.

Aber es war dies ein Vorsatz, wie eben Vorsätze sind. Schon am nächsten Morgen nannte ich mich einen Feigling, mittags hielt ich mir selbst eine schöne Rede gegen den Aberglauben, und mit Anbruch der Nacht saß ich im Sattel, um dem schnöden Marmorbilde einen Besuch zu machen.

Es war kalt, aber die Luft stille und ohne Regung. Die große reine Scheibe des Vollmondes stand bereits hoch am Himmel, so daß von dem goldenen Licht und dem Blitzen der Sterne nichts mehr zu sehen war als ein bleicher, dämmeriger Schimmer. Es schien Tag zu sein, ein trüber Tag mit bleigrauem Lichte zwar, aber doch Tag, so mächtig war die Silberhelle des Mondes, von welcher Nähe und Ferne überströmt waren und welche der Schnee, der alles umher gleichmäßig in sein grelles Weiß einhüllte, scharf zurückwarf. Man konnte weithin jeden noch so kleinen Gegenstand erkennen, nur in der Ferne schwebte es wie leichter Rauch, und hinter demselben standen die Berge in diamantenen Schleier gehüllt.

Schnee und Mond sind in solchen klaren, ruhigen Nächten erstaunliche Künstler, Baumeister und Bildner vor allem, sie wetteifern, Gestalten in unsern Weg zu stellen und fabelhafte Gebäude aufzurichten. Da, wo sonst eine verlorene, rußige Bauernhütte mit windschiefem Strohdach steht, haben sie einen herrlichen Eispalast mit blitzenden Fenstern aufgeführt wie jenen, der unter der Regierung der Zarin Anna auf dem Eise der Newa erbaut worden ist. Von einem breiten Hügel winken düstere Säulen mit funkelndem Knauf, frei in die Luft ragend gleich einer griechischen Tempelruine. An dem Ufer des Teiches schien eine vom Scheitel bis zur Sohle in weißen Schleier eingehüllte Tartarenfrau zu stehen und sich in seiner grünleuchtenden Eisfläche wie in einem Spiegel zu beschauen, während in der Ferne Götterbilder ragten, aus blendendem Marmor geformt, und auf dem schimmernden Plan der Wiese holde Elfen sich zu einem geisterhaften Reigen verschlangen.

Auf dem Friedhofe war jedes der armen Gräber mit einem hohen Sarkophag geschmückt, über dem ein weißes Kreuz erglänzte, und friedlose Tote in schleppenden Grabtüchern schwebten drohend dazwischen.

Das Rad der Mühle stand versteinert, große Eissäulen stützten die Rinne, der silberne Sturz des Baches war erstarrt, und in ihm glühten Stauden und Halme in allen möglichen Farben gleich den Blumen aus Edelsteinen der Tausendundeinen Nacht.

Und wenn weithin kein Dach, kein Baum, kein noch so kleiner Strauch zu sehen war, nur die stille Glanzflut des Mondes auf den weißen Wogen des Schnees, dann war es mir, als schwebe ich auf dem Zauberpferde hoch in den Lüften, über mir die Gestirne, unter mir die weißen, schimmernden Wolken.

Es währte nicht lange, so kündigte die Erde wieder ihre Nähe an, die Lichter eines Dorfes guckten in der silbernen Dämmerung auf, eine Schmiede versendete Funken, und eine rote Feuersäule stieg aus ihrem Rauchfang gegen den Himmel, schwere Hammerschläge pochten im melancholischen Takt durch die Nachtstille, und am Rain stand ein Brunnen, von einem Schneetuch überdeckt, dessen gefrorener Strahl seltsame Arabesken bildete. Hinter den Hütten stieg der Abhang des Gebirges, ein Tannenwald mit beschneiten Wipfeln, herab wie ein Kosakenheer auf schwarzen Pferden mit hohen, weißen Lammfellmützen und glänzenden Lanzen. Dort, wo die gelben Schafte des Mais' stehengeblieben waren, ein beschneiter Acker, schimmerte es wie mondbeglänztes Schilf im hellen Spiegel eines Teiches.

Eine Strecke weiter stand ein Kreuz am Wege, und der Heiland war mit diamantenen Nägeln an dasselbe geschlagen und trug statt düsterer Dornen eine leuchtende Strahlenkrone.

Und war bisher nichts Lebendiges zu spüren, so zeigte sich plötzlich auf der in Schnee gehüllten Wintersaat eine muntere Gesellschaft grauer Feldhasen, welche im hochzeitlichen Lichte des Mondes scherzte und liebelte; hier wühlten einige emsig den Schnee auf, um Nahrung zu finden, dort spielten andere und schrien gleich kleinen Kindern und schlugen sich mit den Vorderläufen, andere kamen mit leichten Sprüngen, setzten sich plötzlich auf, um mich anzusehen, legten die Löffel zurück und streckten sich ebensoschnell wieder lustig in die Höhe, wenn sie mich weiterreiten sahen. In der Ferne bellte heiser und verdrossen ein alter Fuchs.

So erreichte ich Schloß Tartakow. Vor dem Tore schauerte mein Pferd, und wie der seltsame Alte ungerufen und ungebeten die schweren Flügel auflehnte, fiel es auf die Hinterhufe zurück und wollte nicht in den vom magischen Licht erfüllten Hof. Endlich gehorchte es den Sporen, aber nur zitternd und mit einem traurigen Schnauben. Als mich der Alte die breite Steintreppe hinaufführte, erhob sich ein eisiger Luftzug, die alte Linde rauschte wehmütig, tief unten sang schauerlich ein wilder Bergstrom, dessen selbst der Winter mit seinen eisigen Ketten nicht Herr werden konnte, und über mein Haupt weg zogen fabelhafte, herzzerreißende, traurigsüße Töne.

‚Was ist das?' fragte ich.

‚Es ist die Äolsharfe', entgegnete der Alte, ‚die steht nun schon bei hundert Jahre auf dem Turm, soweit ich mich erinnere.'

Wir traten in ein freundliches Zimmer mit grünen Vorhängen, das behaglich erwärmt war, im Kamin brannte frisches Fichtenholz und verbreitete einen angenehmen, narkotischen Geruch. Vor einem geblümten Sofa stand ein gedeckter Tisch. Ich bemerkte kostbares Porzellan und uraltes Silber, mit dem Wappen der Familie Tartakow verziert. Der seltsame Alte lud mich ein, Platz zu nehmen, setzte den Samowar auf und bediente mich mit der vollen Würde eines ergrauten Haushofmeisters. Ich nahm nur wenig, ich war zu sehr erregt. Der Zeiger auf der altertümlichen Wanduhr schien mir stillezustehen.

Endlich nahte die zwölfte Stunde.

‚Es ist Zeit', sagte ich.

‚Ja, es ist Zeit', stimmte der Alte bei. Er nahm seinen Schlüsselbund vom Gürtel und begann aufzusperren, Türe um Türe, wir gingen wieder durch lange Gänge und endlose Zimmerreihen, nur daß diesmal alles ein gespenstisches Leben gewann. Aus den schwarzen Visieren blitzten mich feindselige Augen an, die unheimlichen Gestalten in den goldenen Rahmen drohten herauszutreten auf die verfallenen Teppiche, und sogar die alten Fahnen und die Vorhänge schienen sich zu regen und zu flüstern.

Nachdem der Alte die mit Silber verzierte schwarze Türe eines großen Saales geöffnet hatte, den ich beim ersten Male nicht betreten hatte, sprach er: ‚Hier muß ich Sie allein lassen, mein Herr Wohltäter, gehen Sie nur mutig vorwärts; Sie gelangen am Ende des Saales an zwei Treppen. Die linke führt zu dem Marmorweibe, treten Sie ein.'

Ich überschritt die Schwelle und stand in einem herrlichen Saal mit hohen Fenstern, durch die das volle Licht des Mondes hereinfiel und den ganzen Raum zauberhaft erhellte. Ich hörte die Türe hinter mir zufallen und die traurigsüßen Töne der Äolsharfe in den Lüften schweben. Es fiel wie ein kalter Stein auf meinen Weg, aber ich übermannte mich und ging vorwärts.

Meine Schritte hallten auf den Marmorplatten, und langsam, wie ich mich den beiden Treppen, die sich am Ende des Saales erhoben, näherte, stiegen oben in dem silbernen Lichte des Mondes zwei Gestalten aus dem Boden empor.

Zu meiner Rechten stand der Heiland in weißem, wallendem Gewande, das schöne Haupt mit der Dornenkrone bekränzt, das schwere Kreuz auf der Schulter, den Blick voll sanften Schmerzes auf mich gerichtet, und winkte mit der Hand.

Zur Linken aber zeigte sich ein Weib, dessen marmorne Glieder sich im Mondlicht zu dehnen und zu leuchten schienen, ein Weib von jener Schönheit, die etwas Teuflisches an sich hat, die uns mit holder Qual erfaßt, die uns im Leiden jauchzen und im Genusse weinen lehrt. Ihre weiße, kalte Hand schien ausgestreckt nach meinem warmen, zuckenden Herzen, ihre toten, weißen Augen hatten einen verschwommenen, sammetenen Glanz und einen Blick, der durch meine Seele ging wie Frühlingswehn.

‚Du sollst das Kreuz der Menschheit auf dich laden', schien der Heiland sanft zu mir zu sprechen, sie aber hob die toten, süßen, schwellenden Lippen zum Kusse.

Eine rätselhafte Gewalt zog mich zu ihr, die Stufen empor, in den sanften Dämmerschein, der um sie schwebte, und wie ich vor ihr auf den Knien lag, zog ich den Ring herab und ließ ihn auf ihre weißen Finger gleiten. Sie empfing ihn ruhig, kalt, wie ein Marmorbild, wie eine Göttin, eine Tote, und ich neigte meine Lippen zu ihren schönen Füßen nieder und küßte sie.

Dann stand ich auf und streckte meine Hand aus nach dem Ringe. Da geschah das Unglaubliche, was mir das Herz erstarren machte und meinen Geist verwirrte. Sie schloß die Hand und gab mir den Ring nicht mehr zurück.

Grauen erfaßte mich, ich wich zurück und wäre fast

die Treppe hinabgestürzt nach rückwärts, doch faßte ich mich noch einmal und sagte laut zu mir: ‚Ein Spiel der Phantasie, eine Gaukelei des Mondes, weiter nichts!‘

Die Wölbung gab mir meine Worte zurück, aber spöttisch, wie mir schien, und mit einem Tone, der nicht der meine war. Ich trat noch einmal zu dem schönen Weibe hin, und wirklich hielt sie mir ihre weiße Hand mit göttlicher Anmut offen hin wie vordem, und ich sah an ihren Fingern den goldenen Reif. Noch einmal versuchte ich, ihn ihr zu entreißen, aber sie schloß von neuem die Hand, und als ich Gewalt gebrauchen wollte, fühlte ich die marmornen Finger zur Faust geballt zwischen meinen Händen. Es durchschauerte mich.

Ich weiß nicht, wie ich aus dem Saale, wie ich aus dem Schlosse gekommen bin. Mir kehrte erst die Besinnung wieder, als der Morgenwind mir eisig in die Wangen schnitt, aber das gespenstische Weib schien mir zu folgen, ich sah es, vom Frührot zart angehaucht, in einer Wolke stehen, die über den Teich zog, und sah noch unweit meines Edelhofes ihren schönen, weißen Leib durch die schwarzen Tannen schimmern. Ich sehe sie seitdem im Traume und auch im Wachen, mit offenen Augen seh ich sie, wie sie sanft, gleich einem Mondstrahl in das Zimmer tritt und mich anlächelt mit ihren weißen Totenaugen.“

Während Manweds Erzählung war Herr Konopka eingetreten, vielleicht nicht ganz so wie ein Mondstrahl, aber jedenfalls leise genug, und starrte die reizende Aniela an. Plötzlich stieß diese einen gellenden Schrei aus, wir erblickten jetzt alle zu gleicher Zeit den guten jungen Mann, und es gab keinen, der nicht ein wenig zusammenfuhr.

„Aber was haben Sie denn“, fragte Frau Bardoßoska ärgerlich, „daß Sie uns jedes Mal so erschrecken müssen?“

„Ich weiß nicht“, erwiderte Herr Konopka, der wie Espenlaub zitterte, „aber soviel ist gewiß, daß ich mich selbst entsetzlich fürchte.“

„Sie fürchten sich?“ spottete Kordula. „Wovor denn?“

„Die Geschichte des Herrn Weroski hat mir jedes Haar emporgerichtet auf meinem Kopfe", stammelte Maurizi.

Der alte Herr blies eine Wolke blauen Dampfes zur Seite, stopfte mit den Fingern den Tabak fester und sagte dann: „Ein gut erzähltes Märchen."

Aniela hatte sich erhoben und Manweds Hand ergriffen.

„Wo haben Sie den Ring, den ich Ihnen gegeben habe?" fragte sie, die sonst so klare Stirne von tiefem Schatten überflogen.

„Ich habe ihn nicht."

„Ein passender Scherz!" rief Kordula.

„In der Tat", fügte ihr Verehrer bei.

„Kein Scherz", sagte Manwed, „den Ring hat die marmorne Tote."

Niemand sprach mehr ein Wort von der Sache, aber alle waren sichtlich verstimmt, und so beeilte sich Manwed aufzubrechen. Ich begleitete ihn zu seinem Schlitten.

„Glaubst du nicht, daß es an der Zeit wäre, dein Benehmen zu ändern?" fragte ich.

„Also auch du meinst, daß ich scherze", erwiderte er gereizt, „gut, ich aber sage dir, daß ich keinen Willen mehr habe, daß meine Seele einem Dämon in Venusgestalt verfallen ist und daß ich diese kalte, tote Schöne, ohne Herz, ohne Sprache, ohne Augen, liebe wie ein Wahnsinniger." Damit fuhr er fort.

Ich fand, in das Haus zurückgekehrt, alle Anwesenden in unbeschreiblicher Aufregung. Maurizi schwor, daß er nicht allein nach Hause fahren werde, der Adjunkt sprach belehrend von der Macht der Einbildung über den Menschen, die Gefühle des Herrn Bardoßoski verdolmetschte uns ausschließlich seine lange Pfeife, welche gleich einem kleinen Kinde greinte und wimmerte. Niemand hatte Lust, etwas zu sich zu nehmen, und die Tarockkarten lagen unberührt. Plötzlich zog die Hausfrau die Brauen zusammen und blickte auf das Fenster.

„Wer steht denn dort?" fragte sie kleinlaut.

Wir sahen jetzt alle zugleich eine weiße Gestalt, von

dem bleichen Lichte des Mondes mysteriös beschienen.

„Sie ist es“, murmelte Maurizi, „sie sucht ihn.“

„Wer?“ fragte Aniela, von Eifersucht erfaßt; ihre Stimme bebte.

„Das Marmorweib, wer sonst?“ erwiderte Maurizi. Er winkte mit der Hand, als wollte er sagen: Der, den du suchst, ist fort, weit von hier. Aber die weiße Gestalt rührte sich nicht von der Stelle.

„Meine Pistolen“, keuchte Herr Bardoßoski, „ich will eine geweihte Kugel laden, wir wollen doch sehen –“, er vollendete nicht, sondern nahm seine Kuchenreiter von der Wand und ließ den Hahn knacken.

„Reden Sie doch mit ihr“, flehte Aniela.

„Madame“, begann Maurizi mit einer wahrhaft erbärmlichen Stimme, „er ist nicht da, er ist nach Hause gefahren, wenn Sie sich ein wenig beeilen, können Sie ihn noch einholen. Für Sie ist das ein Scherz.“ Seine Zähne klapperten. „Sehen Sie doch“, fuhr er fort, mich in den Arm kneipend, „den feurigen Atem, den das schreckliche Weib von sich gibt. Ist das nicht merkwürdig?“

„Noch merkwürdiger ist es“, sagte der alte Herr mit einem behaglichen Gelächter, „daß das Gespenst eine Pfeife im Mund hat und aus derselben raucht.“

Er ging langsam zum Fenster, öffnete es, und nun sahen wir den ganzen Spuk mit heiterer Deutlichkeit im Mondlicht dastehen. Aus dem Hofe tönte ein mutwilliges Gelächter. Ein Schneemann mit einem großen Kopf und einem runden, urdummen Gesicht stand mit dikken Beinen in der Stellung eines Matrosen da. Der Kutscher und der Bediente hatten ihn mit aller Kunst, die ihnen zu Gebote stand, aufgerichtet, und der Kosak hatte ihm seine kurze, brennende Pfeife in das breite Maul gesteckt. Nun gab es ein lautes, ausgelassenes Lachen im Zimmer und im Hofe, wo sich die Spitzbuben hinter einem Leiterwagen versteckt hatten, der Samowar wurde aufgesetzt, die Tarockkarten kamen zu Ehren, und wir unterhielten uns auf das beste bis nach Mitternacht.

Manwed kam an dem folgenden Abend zu Bardoßoski mit dem festen Vorsatze, sich mit Aniela auszusöhnen. Sein traumhaftes, an geistige Verwirrung grenzendes Wesen schien vollkommen gewichen, alles an ihm verriet Ernst, Entschiedenheit und Reue. Er zögerte nicht lange mit seiner Erklärung. Als Aniela bleich, mit halbgeschlossenen Augen hereintrat, ging er auf sie zu und verneigte sich tief.

„Mein Fräulein", begann er in einem schlichten Tone, der zum Herzen sprach, „ich habe Sie durch ein ebenso rätselhaftes, als von Ihrer Seite in keiner Weise verdientes Betragen gekränkt, ich bin mir meiner Schuld vollkommen bewußt und bitte Sie, mir zu vergeben."

„Bravo!" rief der alte Herr und klatschte kräftig in die Hände, als gälte es, einem Liebhaber auf der Bühne bei einer gelungenen Szene Beifall zu spenden.

Aniela wollte etwas erwidern, brachte es aber nur zu einer lautlosen Bewegung der blassen Lippen.

„Gib ihm die Hand", sagte die Mutter.

Das arme Mädchen streckte gleich beide Hände aus, und Manwed ergriff sie mit aller Begeisterung eines Verliebten, ja, er machte eine Bewegung, als wollte er seine Braut küssen. In demselben Augenblick aber wurde er bleich und starr wie ein Toter, sein Blick blieb entsetzt an der leeren Luft haften, und endlich wankte er nach rückwärts und schrie auf: „Was willst du? Weshalb drohst du mir?"

„Was haben Sie?" fragte Aniela erschreckt.

„Dort steht sie", fuhr er fort, „zwischen mir und Ihnen, die tote steinerne Frau, sie hat meinen Ring am Finger und mahnt mich. Und jetzt schwebt sie zur Türe hinaus, dort, dort, und sie winkt mir."

Zu rechter Zeit stand wieder Maurizi in einem weißen Mantel wie der Gouverneur in „Don Juan" da. Ein Angstschrei durchzitterte das Zimmer, Aniela schlug die Hände vor das Gesicht, und Manwed sank auf einen Sessel.

„Ich bin sehr erschrocken", begann Maurizi, am ganzen Leibe bebend.

„Können Sie denn nicht eintreten wie ein anderer Mensch!" grollte der alte Herr.

„Sie sind krank", sagte der Adjunkt zu Manwed, „vielleicht ist ein Nervenfieber im Anzug. Suchen Sie zu schwitzen. Legen Sie sich in das Bett und nehmen Sie Holundertee."

„Ich fange an, mich vor ihm zu fürchten", murmelte Aniela.

Manwed blickte mit verglasten Augen um sich, erhob sich, strich mit der Hand über die Stirne und verließ das Zimmer.

Eine Woche verging, ohne daß man ihn zu Gesichte bekam. Herr Bardoßoski fuhr zu ihm, aber traf ihn nicht zu Hause. Mir erging es nicht besser, aber er erwiderte noch an demselben Abende meinen Besuch. Wie einer, der eben sein Grab verlassen hat, verzerrten Gesichtes, bleich, schlotternd, kam er herein, bot mir die Hand und saß mehr als eine Stunde bei mir, ohne zu sprechen, ja, ohne zu hören, was ich ihm sagte.

„Komm", rief er plötzlich, „ich muß an die Luft, begleite mich!"

Ich ließ zwei Pferde satteln, und wir ritten in leichtem Galopp auf der Landstraße durch beschneite Felder und zwischen weiß vermummten Bäumen seinem Gute zu. Mit einem Male hielt er seinen Braunen an und deutete vor sich hin.

„Siehst du", flüsterte er mit trockener Stimme wie ein Fieberkranker, „siehst du sie?"

„Ich sehe niemand."

„Dort, die weiße Frau, die auf schwarzem Pferde dahinsprengt!"

Es war jene Zeit der Dämmerung, welche düsterer ist als vollkommene Nacht; ich strengte meine Augen an, ohne etwas entdecken zu können. Er gab sich endlich zufrieden. Wir kamen in seinem Hofe an, stiegen ab und saßen dann in seinem kleinen, behaglichen Rauchzimmer bei dem großen Kamin, dessen starkes, rotes Feuer zugleich für Beleuchtung sorgte. Der alte Bediente füllte den Samowar mit glühenden Kohlen. Keiner von uns beiden hatte Lust zu sprechen. Unter dem Diwan stöhnte der gelbe Jagdhund auf, er schien zu träumen, die massive Uhr, deren geschnitztes Holzgehäuse sich wie ein Turm von der Diele fast bis zum Plafond erhob, hielt ihren eintönig ernsten Sermon. Eine Motte hatte sich aus der schadhaften Polsterung des Lehnstuhles, in dem ich saß, erhoben und umkreiste lautlos den Samowar.

„Was war das?" fragte plötzlich Manwed.

„Ich habe nichts gehört."

„Aber jetzt –"

In der Tat klopfte es leise an die Fensterscheiben, welche von Eisblumen, die großen Brüsseler Spitzen glichen, verdeckt waren.

„Nun, siehst du auch diesmal nichts?" fragte lächelnd Manwed. Er stand auf und näherte sich dem Fenster. Ich blickte lange hin und sah endlich in der Tat, vom Monde beleuchtet, eine weiße Frau vor demselben stehen, welche mit meinem Freunde Zeichen des Einverständnisses wechselte. Zuletzt nickte sie mit dem Kopfe und zog sich zurück.

„Was soll das bedeuten", fragte ich, „bin auch ich verrückt, oder leiden wir beide an Augentäuschungen?"

Manwed zuckte die Achseln. „Ich bin, wie du mich da siehst, bereits ganz in den Krallen des Satans", flüsterte er, „es ist das eine Geschichte, die gewiß nicht alle Tage vorkommt, und deshalb möchte ich sie dir gerne erzählen, aber du mußt nicht glauben, daß ich wahnsinnig bin, und noch weniger, daß ich dir ein Märchen erzähle. Mir ist eben nicht spaßhaft zumute. Arme Aniela!"

Wir nahmen Tee, er zündete mir meine Pfeife an, fing die Motte, die um den Samowar streifte, und warf sie in das rote Feuer des Kamins, das sie im Augenblick verzehrt hatte. Dann begann er.

„Es war eine schöne, geisterhafte Vollmondnacht, als ich zum dritten Male nach dem Schlosse Tartakow ritt. Ich wollte meinen Ring wiederhaben um jeden Preis. Der alte verwitterte Mann erwartete mich diesmal im Torweg, nickte freundlich, nahm mein Pferd und lud mich ein, etwas zu mir zu nehmen. Ich trank ein Glas alten Burgunders, der meine Adern wie Feuer durchströmte, das war alles. Mein Kopf war hell, mein Herz pochte nicht im mindesten. Ich war entschlossen und ohne Furcht. Als es Mitternacht schlug, öffnete mir der Alte die Tür des großen Saales und schloß sie wieder hinter mir. Ich achtete nicht darauf, sondern stieg rasch die Treppe empor und faßte die Hand der marmornen Schönen in der Absicht, ihr meinen Ring zu nehmen, aber sie zog den Finger an sich, und ich strengte mich vergeblich an, ihr denselben zu entreißen.

Es war ein unheimlicher Kampf mit der kalten, steinernen Toten im fahlen Mondlicht und der tiefen Stille, welche herrschte. Ich ließ endlich die Arme sinken und schöpfte Atem, da hob auch ihre herrliche Brust einen Seufzer, und ihre weißen Augen blickten mich mit einem überirdischen Schmerze an, der mich beschämte, der mir die Besinnung raubte. Ohne zu bedenken, was ich tat, schlang ich die Arme um ihren kalten schönen Leib und preßte meine heißen Lippen auf ihre eisigstarren.

Es war ein Kuß ohne Ende, nicht wie wenn zwei Seelen ineinanderfließen, sondern wie wenn eine dämonische Gewalt langsam mir das Blut aus dem Leben saugen würde. Mich faßte eine namenlose Angst, aber ich war nicht fähig, mich von den toten Lippen loszumachen, schon wurden sie warm von den meinen, schon hob ein sanfter Atem die elfenweiße Brust, und mit einem Male schlangen sich die Marmorarme um meinen Nacken wie eine schwere Kette, die süße Last drückte mich nieder auf die Knie, und zugleich brach ein reizendes Lächeln wie ein Mondstrahl aus den weißen Augen.* Die ganze

* Die uralte, bei verschiedenen Völkern in mannigfachen Variationen wiederkehrende Sage, welche hier als Grundakkord hervorklingt, tritt uns zum ersten Male plastisch in der hellenischen Welt entgegen. Pygmalion, König von Zypern, haßte anfangs alle Weiber, als er aber einst eine schöne Bildsäule von einem Mädchen aus Elfenbein gemacht hatte, verliebte er sich in dieselbe und flehte Venus an, sie zu beleben. Seine Bitte wurde erhört, und er nahm sie zu seiner Gattin. (Ovid. Met. X 243.) Philostrat (de vit. Apollon. II. c 5.) machte ihn zu einem Bildhauer. Die italienische Sage läßt einen vornehmen Jüngling aus Verona beim Ballspiel den Brautring, der ihn hindert, einem Venusbild an den Finger stecken. Als er ihn später zurücknehmen will, schließt das Marmorbild die Hand, und in der Brautnacht tritt es drohend zwischen ihn und seine junge Gattin. Nun sucht er einen Nekromanten [Geisterbanner] auf, und dieser sendet ihn mit einem Schreiben, das mit sieben Siegeln verschlossen ist, zur Mitternachtsstunde nach der Insel Sirmione im Gardasee. Frau Venus erscheint mit ihrem geisterhaften Gefolge, er überreicht ihr das Schreiben, sie bricht in Tränen aus, ist aber gezwun-

Gestalt begann sich sanft zu regen, wie Bäume sich im Frühlingswind strecken und aufatmen, nachdem der starre Schlaf gewichen, die Füße versuchten sich im Schritt, und langsam, wie zum Tod ermattet, trat sie vom Piedestal herab. Von ihrer Schönheit hingerissen, umschlang ich die Halberwachte und küßte sie von neuem mit aller Glut des Lebens und der Jugend, die durch meine Pulse flog. Sie gab mit müden Lippen den Kuß zurück wie im Schlafe, dehnte in olympischer Trägheit die blühenden Glieder und schwebte langsam wie eine Nachtwandelnde einer Türe zu, die ich bisher noch nicht bemerkt hatte, indem sie mir mit der Hand zu folgen winkte.

Die Türe schien von selbst aufzuspringen, und wir betraten ein Gemach mit getäfeltem Plafond, uralten Tapeten, seltsam geformten Möbeln mit vergoldeten Lehnen und Füßen, dessen Boden mit einem persischen Teppich bedeckt war. In der Nähe des Kamins stand ein Ruhebett aus blutrotem Seidenpolster, wie man es in türkischen Harems findet, vor demselben war ein Löwenfell ausgebreitet. In der schweren Luft war ein Geruch von Moder und von Spezereien wie in einer Gruft. Kein Licht brannte in den großen Armleuchtern, die vor dem Spiegel standen, aber draußen an dem dunklen Himmel hing der Mond wie eine silberne Ampel und erhellte den kleinen Raum vollständig. Das schöne Weib streckte sich auf dem Ruhebette aus und winkte mich zu sich.

Ich lag vor ihr auf meinen Knien und hauchte ihre Füße an und küßte sie und küßte ihre Hände, ihren Nakken, ihre Schultern, bis sie mich mit verschämter Anmut an sich zog und von neuem an meinen Lippen hing. Es ist unbeschreiblich, was ich empfand, als ich sie an meiner Brust erwarmen fühlte, der Strom des Lebens durchzuckte sie von Zeit zu Zeit elektrisch vom Wirbel bis zur Sohle, und wie wurde mir erst, als sie die Augenlider

gen, den Ring zurückzugeben und den Zauber zu lösen. In der slawischen Welt hat die Sage einen dämonischen Charakter angenommen. Das Venusbild wird zum Vampir, dem der Jüngling sich durch den Brautring vermählt hat, und erscheint Nacht für Nacht bei ihm. In demselben Maße, wie sich das Marmorweib belebt, schwindet das Leben des Unglücklichen, dessen Seele dem schnöden Gespenste verfallen ist.

ganz wenig öffnete und mich von der Seite anblinzelte, als ihre Lippen sich bewegten und sie zu sprechen begann mit einer Stimme, die so seltsam war, so weich, während ihr großer Blick mit einem Male gleich einer Schneeflocke auf mein Herz fiel. Und merkwürdigerweise sprach sie französisch.

‚Mich friert', begann sie, ‚mache doch Feuer im Kamin.'

Ich gehorchte, und bald loderte es hell aus dem trokkenen Holze empor und gab ein wunderbares Flammenspiel in dem Gemach, auf den verblaßten Figuren, den alten Tapeten, auf dem Gelb der Möbel und dem rührend schönen Leibe der weißen Frau, die in den roten Seidenpolstern hingegossen lag, vom üppigen Lockengeringel umspielt. Der Mond flocht weiße Rosen in die blutroten des Feuers und bekränzte das stumme Götterbild. Der Wind sang im Schornstein, der Schnee pochte mit weißen Fingern an die Fensterscheiben, der Holzwurm klopfte oben im Getäfel, und unter der Diele nagte ein Mäuschen. Und wir küßten uns.

Meine Glut, meine Raserei erwärmte und löste vollends ihre starren, weißen, göttlichen Glieder, welche wie Feuer brannten oder wie grimmiger Winterfrost, sie atmete schwer, ihre Lippen zuckten in dem sinnverwirrenden Stammeln holder Leidenschaft auf und versengten mich mit ihren eisigen Küssen. Ich empfand die Qualen des Scheiterhaufens und fühlte die Marter des Erfrierenden, bald war es, als leckten wilde Flammen zu mir empor, bald schien sich das eisige Leichentuch des Schnees über mich zu breiten.

‚Gib mir zu trinken!' sagte sie plötzlich.

‚Was befiehlst du?' fragte ich.

‚Wein', gab sie zur Antwort. Zugleich deutete sie auf einen Glockenzug in der Nähe der Türe.

Ich zog die Glocke. Ihr Ton durchzitterte schauerlich das weite, öde Gebäude, nicht lange, und eine Stimme, die aus dem Grabe zu kommen schien, fragte nach unseren Befehlen.

‚Wein, Alter!' sagte ich.

Wieder nach einer Weile pochte es an der Türe, und als ich hinaustrat, stand der Kastellan mit einer Flasche da, auf der noch der Staub des Kellers lag, und zugleich zitterte in seiner Hand ein silbernes Brett, auf dem zwei Glaspokale leise aneinanderklangen.

Ich schenkte einen derselben voll mit glutrotem Burgunderwein und reichte ihn ihr. Sie setzte ihn an und schlürfte das Blut der Reben ebenso gierig wie meine Küsse, und als ich das Glas auf ihren Wink zurückgestellt hatte, legte sie den Arm um meinen Nacken und saugte sich fest an meinen Lippen. Eine wundersame Mattigkeit kam über mich, sie schien mir Atem, Leben und Seele zu nehmen, ich meinte zu sterben, der Gedanke, in den blutgierigen Händen eines weiblichen Vampirs zu sein, flog wie ein Schatten über mich, aber es war zu spät, ich hatte mich in ihren Locken verwikkelt, meine Hände wühlten in ihrem dämonischen Haare, und ich verlor das Bewußtsein.

Als ich zu mir kam, sah ich mit namenlosem Erstaunen, daß ich weder in den Armen eines Vampirs noch in den Armen einer Statue oder eines toten Dämons lag. Ein lebendiges, schönes Weib mit großen, blühenden Formen, deren plastischer Marmor von warmem Blut durchglüht war, sah neugierig auf mich herab mit feuchten, dämonenhaften Augen. Das feingeschnittene Oval ihres bleichen Gesichtes leuchtete von keuscher Holdseligkeit, ihr fabelhaftes Haar, zugleich feuriges Gold und weiche Seide, erglänzte um sie wie eine Gloriole, wie die Flammenrute eines Kometen. Eine Atmosphäre voll Duft umgab sie. Sie hatte keinen Schmuck an sich, nicht einmal einen schlichten Reif, wie er die Arme der gemeißelten Göttinnen ziert, dafür glänzten ihre Zähne wie zwei Perlenreihen in dem Rubinenmund, und ihre Augen warfen gleich kostbaren Smaragden ein grünes Licht.

‚Bin ich schön?' fragte sie endlich mit ihrer matten, röchelnden Stimme.

Ich konnte nicht sprechen. Der verschwommene, sonderbare Glanz ihrer lauernden Augen benahm mir den Atem. Ihr verlangender Blick ergriff mein Herz mit Pantherkrallen, ich fühlte mein Blut rieseln wie ein zu Tode Verwundeter, vorübergehend flackerte in ihren Augen ein drohendes Feuer auf, dann senkte es sich über dasselbe wie der geheimnisvolle Schleier, den der Mond über die Landschaft breitet.

‚Bin ich schön?' fragte sie noch einmal.

‚Ich habe ein Weib, wie du es bist, noch nie gesehen', gab ich zur Antwort.

‚Gib mir einen Spiegel!' sagte sie hierauf.

Ich hob den schweren Spiegel von der Wand und stellte ihn vor sie hin, so daß sie ihre ganze liebreizende Gestalt betrachten konnte. Sie tat es mit lächelndem Entzücken und begann dann, ihr goldrotes Haar mit dem Elfenbeinkamm ihrer Finger zu kämmen und zu ordnen. Endlich schien sie von ihrer Schönheit gesättigt und hieß mich den Spiegel an seine Stelle setzen. Als ich nun wieder andächtig vor ihren Füßen lag und in ihr Antlitz schaute, murmelte sie: ‚Ich sehe mich in deinem Auge', und ihre Lippen berührten schmeichelnd meine Lider.

‚Komm', gebot sie dann, ‚laß uns das grausam süße Spiel der Liebe erneuern.'

‚Ich fürchte mich vor dir und deinem roten Munde', erwiderte ich zögernd. Sie lachte. Es war ein verlockendes Lachen voll holder Üppigkeit.

‚Oh, du entfliehst mir nicht!' rief sie, und schon hatte sie mich mit einer ungestümen Bewegung in ihrem Haar gefangen, dann drehte sie einen Teil desselben rasch zu einer Schlinge, legte sie um meinen Hals und zog sie langsam zusammen.

‚Wenn ich dich jetzt erwürgen würde', sagte sie, ‚und zugleich ersticken mit meinen Küssen, wie es die Russalka mit ihren Opfern macht?'

‚Es wäre ein süßer Tod.'

‚Glaubst du? Aber ich lasse dich leben zu meiner Freude und deiner Qual.'

Sie neigte sich zu mir, nah und näher, ihr Hauch durchrieselte mich wie Glut der Hölle. Ich folgte mit meinen Lippen den zarten blauen Adern, die allerorten durch den Alabaster ihrer Haut schimmerten, und barg dann mein heißes Antlitz an ihre Brust, die so weich ist wie schwellender Samt und zart wie flockiger Schnee. Ich ließ mich von ihrem sanften Atem wie von einer Welle heben, und sie spielte mit mir wie mit einer Puppe. Sie deckte mir die Augen mit der Hand zu, sie unterhielt sich mit meinen Ohren, um mir dann ihre Finger auf die Lippen zu legen und endlich in den Mund, als wollte sie mich sie kosten lassen, und wirklich, sie waren glühend und süß wie Sorbet. Im nächsten Augenblicke wand sie meine Locken um ihre Hand und wühlte endlich mit beiden in meinem Haare, so zärtlich und dabei doch mit einer Art Zorn, und riß mich mit der Wut einer Bacchantin an sich, an ihre Lippen, die zu dürsten schienen in trockener Fieberglut.

Die Welle, die mich weich umspielt hatte, wurde zur Woge, die mich bedrohte, mit der ich gleich einem Schiffbrüchigen rang, und als das zaubermächtige Weib mich plötzlich auf das Ohr küßte, da begann es mir in demselben zu singen, zu klingen, zu sausen wie einem Ertrinkenden, und umwunden von ihren feuersprühenden Flechten, meinte ich in einem Ozean von kochender Lava zu schwimmen, der mich endlich verschlang, in dem Taumel übermenschlicher Liebeswonne. In ihren teuflischen Küssen ward mir die ganze Mystik der Leidenschaft mit einem Male offenbar, Lust und Bangen, Genuß und Marter, Seufzer, Lachen und Weinen, bis ich im Taumel wieder mit dem Antlitz zur Erde sank.

‚Bist du tot?‘ fragte sie nach einer Weile, und als ich mich nicht regte, trat sie mir mit dem kleinen, nackten Fuß leise in das Gesicht, im nächsten Augenblick streckte sie sich, mutwillig lachend, auf meinen Rücken aus wie eine Tierbändigerin auf dem Löwen, den sie zahm und gehorsam gemacht hat.

Ich regte mich nicht, auch dann nicht, als sie sich erhob, um durch das Zimmer zu gehen. Als ich endlich die Augen öffnete, sah ich den Mond, der leise in das Zimmer getreten war, ihre Füße küssen, dann, sich langsam erhebend, sie mit seinen weißen Armen umfangen, während sie ihm kokett die Lippen darbot.

Zorn und Eifersucht erfaßten mich. ‚Was will der bleiche Wüstling?‘ rief ich. ‚Du bist mein!‘

‚Mein bist du‘, lachte sie und warf sich in die Polster, daß ihr Haar wie eine Flamme aufflog und ich, vom Wahnsinn der Liebe aufs neue erfaßt, meine Lippen auf ihre Knie, ihre wogende Brust preßte und endlich mein Haupt an ihre Schulter lehnte.

‚Was ist das?' fragte ich nach einer Weile. ‚Ich fühle kein Herz in deiner Brust schlagen.'

‚Ich habe kein Herz', sagte sie kalt und verdrossen. Es durchschauerte ihre edeln Glieder wie ein Windstoß. ‚Aber du', fuhr sie spöttisch fort, ‚dir pocht es wie toll hinter den Rippen – und – du liebst mich auch wie ein Narr!'

‚Wie ein Narr', wiederholte ich mechanisch.

Wir ruhten lange Zeit, Schulter an Schulter, und lauschten dem Wind, dem Flattern der weißen Flocken, dem Nagen des Mäuschens in der Diele und dem Pochen des Holzwurmes im alten Getäfel. Der volle Mond war längst nicht mehr zu sehen, nur die Sterne blinkten noch durch den weißen Schneeschleier, die erste fahle Dämmerung des Morgens breitete sich aus, als ich zum zweiten Male gleich einem Toten zur Erde niederfiel. Das schöne Weib richtete mich langsam auf, machte mich zu ihrem Schemel, und ihre müde, röchelnde Stimme klang wie leiser Harfenton durch das Gemach.

‚Du hast mir Leben gegeben von deinem Leben, Seele von deiner Seele und Blut von deinem Blute, hast süße Lust in meiner Brust geweckt, nun sättige meine Zärtlichkeit.'

‚Du tötest mich', seufzte ich auf.

Sie schüttelte den Kopf. ‚Der Tod ist kalt', gab sie zur Antwort, ‚das Leben so warm. Die Liebe tötet, aber sie erweckt zu neuem Leben.'

Sie flocht ihr Haar zusammen und schlug mich nekkend damit; ihr Fuß, den sie zuerst in meine Hand gestellt hatte, ruhte jetzt auf meinem Nacken, und als ich, das Antlitz zur Erde, liegen blieb, fuhr sie mir mit demselben sanft über den Rücken, daß es mich überrieselte, einem elektrischen Strome vergleichbar. Von neuem ergriff sie göttliche Wildheit, sie wendete mich rasch herüber, kniete auf meiner Brust und fesselte mir die Hände mit ihren goldenen Flechten.

‚Nun gehörst du mir, und niemand rettet dich von meiner Liebe', hauchte sie mit stockendem Atem, ein wildes Licht loderte in ihren Augen auf, ihre Lippen ergriffen die meinen wie glühende Zangen, Kuß um Kuß und Wonne um Wonne, bis der erste helle, goldige Strahl des Morgens vor unsere Füße fiel.

‚Nun will ich ruhen', sagte sie, ‚geh und laß dich nicht blicken vor dem Abend.'

Ich verließ das Gemach. Mein Pferd fand ich im Hofe, das Tor stand offen, der Alte war nicht zu sehen. Ich schwang mich in den Sattel und sprengte davon. Aber ich kam wieder, als die Nacht herabsank, und Nacht für Nacht.

Oh, dieses Weib ist wie ein Irrgarten, wer in denselben hineingeratet, ist verzaubert, verloren, vermaledeit!"

Einige Tage nach dieser seltsamen Erzählung war Manwed verschwunden. Niemand wußte mit Bestimmtheit zu sagen, was aus ihm geworden war.

Herr Bardoßoski war überzeugt, daß ihn der Teufel geholt habe, Aniela vertraute mir an, daß ihr die marmorne Dame im Traume erschienen sei, aber in einer Krinoline und mit einem großen Chignon[1], und ihr mit einem süffisanten Lächeln im reinsten Französisch gesagt habe: „Er ist tot, ich habe ihm die Seele aus dem Leibe gesogen und kann mich nun wieder einige Zeit auf dieser schönen Erde amüsieren."

Sein Kosak versicherte, sein Herr habe Blut gespuckt und sei auf den Rat des Kreisphysikus nach „Netalien" gefahren.

Aniela weinte sich die Augen rot und nahm einen andern. Eines Tages, als sie in starrer, niobischer Trauer in ihrem kleinen Schlafzimmer mit den blütenweißen Vorhängen saß, stand plötzlich Herr Maurizi Konopka vor ihr, und sie erschrak diesmal unerklärlicherweise nicht im mindesten. Er stammelte etwas, was ein Heiratsantrag sein sollte und von einem lyrischen Gedichte kaum zu unterscheiden war, und vier Wochen später standen sie vor dem Altar. Es gab eine sehr lustige Hochzeit, ich habe selbst auf derselben getanzt.

Nach Jahren, es war in Paris in der großen Oper, sah ich meinen Freund Manwed unerwartet wieder. Man gab

[1] (franz.) Nackenzopf, Haarwulst im Nacken.

„Robert, der Teufel“. Ich hatte das Haus verlassen, während noch Bertram und Alice um seine Seele kämpften. Von einem Diener in blauer Kosakentracht herbeigerufen, fuhr ein Coupé vor, mit zwei wilden Rappen bespannt, unter deren Hufen Funken hervorstieben. Ich blieb stehen und sah ein vornehmes Paar an mir vorüberkommen.

Es war Manwed, der eine Dame am Arme führte.

Er war schwarz gekleidet, fahl wie ein Toter, tiefe Schatten lagerten unter seinen düster glühenden Augen, sein Haar hing in die Stirn herab. Die Dame war von majestätischem Wuchse, ich sah nur ihr edles, schönes Profil und sah, daß sie sehr bleich war, um ihren Marmorhals spielten goldrote Locken. Sie war in einen kostbaren Schal gewickelt, schien aber trotzdem zu frieren.

Manweds Blick streifte mich wie etwa eine Säule oder eine tote Wand. Er erkannte mich nicht.

Zur rechten Zeit kam ein Pariser Freund, ein Maler, der alle schönen Frauen kennt.

„Wer ist sie?“ fragte ich leise.

„Eine polnische Fürstin Tartakowska“, lautete die Antwort.

Im Auslande sind unsere Damen alle Fürstinnen, besonders wenn sie reich und schön sind. Nun weiß ich aber in der Tat nicht, ob mein Freund Manwed damals wahnsinnig war, ob er uns alle zum besten gehabt hat oder doch etwas Wahres an der Geschichte ist!

Heinrich Seidel

Das arme alte Gespenst

Am Rande des Kiefernwaldes lag ein wüstes, sandiges Feld. Es war ganz sich selber überlassen; es wuchs darauf, was wollte, und das war recht wenig, denn es gehörte viel guter Wille dazu, auf diesem Felde zu gedeihen. Einige kegelförmige Wachholderbüsche hatten es mit zäher Energie vor sich gebracht und zeigten sich, von ferne gesehen, als einzelne dunkle Gestalten darüber zerstreut, scheinbar in trauriges Nachdenken versunken über ihren trübseligen Beruf. Eine tapfere und listige Sorte von Sandgras, das unter der Oberfläche in sicherer Tiefe strahlenförmig lange, schnurgerade Ranken treibt und aus diesen in abgemessenen Entfernungen seine spitzigen Blätter emporsendet, hatte einzelne Strecken übersponnen, an geschützteren Orten hatte sich rötliches Heidekraut zu kleinen Flächen zusammengedrängt, und auf einem niedrigen Sandhügel stand eine knorrige, verkrüppelte Kiefer, bald mit bloßgelegten Wurzeln, bald auch wieder fußtief im Sande vergraben, je nach des regierenden Windes allmächtiger Herrscherlaune. Dieser kleine Sandhügel, der an sonnenhellen Tagen als ein blendender Punkt in der ebenen Landschaft weithin sichtbar war, hatte sich noch nicht für seine endgültige Form entschieden, und sich unter Beihilfe gütiger Luftströmungen in immer neuen Gestalten der erstaunten Umgebung zu zeigen war sein unablässiges Bestreben.

Der Fleck war einsam und lag an der letzten Grenze der Stadtfelder; niemand suchte dort etwas, weil dort nichts zu finden war. Eine kurze Zeit lang war es anders gewesen, bald nach der Abholzung des kümmerlichen Waldes, der dort vor Jahren gestanden hatte. Es ward bekanntgemacht, daß die Bürger der Stadt an dieser Stelle gegen eine ganz geringe Gegenleistung Kartoffelland erhalten könnten, und es fanden sich zwei Nachbarn, deren Herzen dies Anerbieten mit vagen Hoffnungen und hochfliegenden Spekulationen erfüllte und die in wunderbarer Verblendung von diesem „Urboden" eine üppige Ernte erwarteten. Weise Männer zuckten die Achseln, gewichtige Ackerbürger gaben abmahnende Ratschläge aus dem reichen Schatze ihrer Erfahrung, allein der Dämon der Habgier hatte die Herzen der beiden Männer verhärtet, also daß ihr Sinn verblendet war.

Eines Tages ließ der eine von ihnen, ein Schuster, sämtliche landwirtschaftlichen Schätze, die seine fleißige Kuh den Winter über produziert hatte, aufladen und hinausfahren. Er schwang selber die dreizinkige Gabel und schaute mit Befriedigung auf den reichen Segen, der ihm verheißend entgegendampfte.

Am anderen Tage fand bei dem Nachbar Schneider ein ähnliches Ereignis statt. Aber ach, es war nur eine Karikatur dessen, was wir vorhin gesehen haben. Der arme Schneider hatte es nur zu einem Exemplare jenes Tieres bringen können, dessen männliche Mitglieder von alters her zum Schneiderstande in einer von gewissenlosen Spöttern vielfach ausgenutzten Beziehung stehen, und wer die geringen Leistungen dieses Vierfüßlers für den vorliegenden Zweck aus eigener Anschauung kennt, der wird es begreiflich finden, daß es der dünne Schneider und seine kümmerliche Ehehälfte vermochten, im Laufe des Tages auf zwei Handkarren die ganze wohlzusammengesparte Sammlung auf den Acker zu befördern. Seufzend betrachtete das Ehepaar dort den sich in üppigen Hügeln darstellenden Reichtum des Nachbars – ach, ungleich verteilt sind die Güter dieser Welt!

Nach einigen Tagen ging der Schneider wieder hinaus, um sein Land umzugraben. Wohlausgebreitet, einer Sammetdecke vergleichbar, lag jetzt das nachbarliche Gut auf dem Felde. Der Schneider seufzte wieder und begann seine Arbeit. Aber der kräftige Duft, der vom Nebenlande zu ihm herüberwehte, ließ ihm keine Ruhe und befruchtete seine Phantasie. Er sah im Geiste beide Felder nebeneinander liegen, das eine grün und üppig bewaldet, so daß man den Grund nicht sah, das andere mit niedrigen, gelbgrünen Büschen besetzt, so daß man sie vergleichen konnte mit den beiden Tieren, die so fleißig für ihr Gedeihen gearbeitet hatten. Der Gedanke ließ ihm keine Ruhe, und zu dem Dämon der Habsucht gesellte sich der des Neides. Und aus beider Vermählung ward die Untat geboren, die dem armen Schneider so verhängnisvoll werden sollte. Er war der ehrlichste Schneider von der Welt gewesen, und seine Hölle war leer geblieben bis auf diesen Tag. Selbst als er dem reichen durchreisenden Herrn den Rock gemacht hatte von dem feinsten Tuche der Welt, dergleichen er nie zuvor und nie nachdem gesehen hatte, behielt er nichts zurück als, mit Erlaubnis des Fremden, ein kleines Fleckchen, das ihm für diesen meteorglänzenden Höhepunkt seiner Laufbahn als Beweisstück diente. Es lag zu Hause, in sieben Papiere eingewickelt, wohlverwahrt in einer Schachtel. Aber der Mensch soll sich hüten, bösen Leidenschaften die Einkehr in sein Herz zu gestatten.

Er hatte aufgehört zu graben und sah sich vorsichtig um, dann stieg er auf einen Stein und reckte sich und schaute in die Ferne, so daß er mit seiner dünnen Gestalt wie ein einsames Ausrufungszeichen in der Landschaft stand. Aber es war ringsum niemand zu sehen, nur ein in Nahrungssorgen vertiefter Storch stelzte in einem fernen Wiesengrunde umher. Der Schneider brachte einen Busch zwischen sich und diesen Storch und schaute wieder auf den Nebenacker. Wie das köstlich und verheißungsvoll dalag! Dann sah er sich noch einmal vorsichtig um und schlich auf das schusterliche Feld. Nach kurzer Prüfung schob er sein Grabscheit behutsam unter eines jener flachen Gebilde, die, wie allgemein bekannt, nur der Kuh in dieser Vollendung gelingen, und schleuderte es auf seinen Acker. Eine geschickte Verteilung des umherliegenden Materials ließ die entstandene Lücke verschwinden, und bald war die letzte Spur der Tat unter dem Sande verborgen. Mit einem Male geschah ein Klappern auf der Wiese, der Storch hüpfte mit ausgestreckten Beinen eine Weile über das Gras, hob sich dann empor und flog auf die Stadt zu. Der Schneider schrak zusammen und zitterte, ihm war, als habe der kluge Vogel alles gesehen und eile,

lichkeit an die Heimat, die diesem Boden eigen ist, benutzte er die günstige Gelegenheit, andere Gegenden und fremde Länder zu sehen, bereitwillig. Der arme alte Schneider stieg auf den Sandberg und schaute stumm in das grausige Treiben. Heute war einer der Glanztage des kleinen Hügels; er konnte dann im Stolz auf seine Proteusnatur stets sagen: „Wer ist unter den Sterblichen, der mich kennt, wie ich jetzt bin, und wer unter ihnen dürfte es wagen zu behaupten, daß er mich kennen wird, wie ich morgen sein werde?“ Er hatte seine Abnahme- und seine Zunahmetage, heute war das letzte der Fall, und der Schneider saß bereits im wahren Sinne des Wortes auf den Trümmern seiner Hoffnung. Und der Wind heulte und wütete in dem fliegenden Felde, hier häufte er Sandwehen auf, dort entblößte er erbarmungslos die armen, welken Pflanzen bis auf die Wurzel, und über dem Ganzen schwebte, stets wallend und wechselnd, die dichte, hohe, gelbgraue Wolke. Am Abend, als es schon zu spät war, kam das Gewitter herauf, ein gewaltiger Platzregen entlud sich und jagte unter Donner und Blitz den armen durchnäßten Schneider wieder nach Hause.

Von diesem Schlage erholte er sich nicht mehr. Hatte er sich nun bei dieser Gelegenheit erkältet oder hatte Gemütsbewegung seine Gesundheit zerrüttet, er verfiel bald darauf in eine heftige Krankheit, und nach ein paar Tagen war er begraben. Aber selbst im Grabe hatte sein armer Geist keine Ruhe. Er umflatterte und umschwebte noch immer die Stätte seiner Sorge und seiner Schuld, und indem er die feinsten ätherischen Dünste aus der Luft an sich zog, verdichtete er sich allmählich zum Gespenst.

Es möchte an der Zeit sein, die vielfachen und bedauerlichen Irrtümer, die über die Natur der Gespenster verbreitet sind, einmal näher zu beleuchten. Eine der rohesten Anschauungen lautet: Ein Gespenst ist eine Gestalt in einem weißen Bettlaken, die nachts zwischen zwölf und ein Uhr Unfug treibt. Ich vermute, daß diese Fabel von einem Liebhaber erfunden ist, den sein Nebenbuhler des Nachts in dieser Vermummung durchgeprügelt hat. Schon der allgemeine Glaube, daß sich ein

Gespenst an gewisse engumschriebene Nachtstunden bindet, zeugt von einer betrübenden Unkenntnis der wirklichen Verhältnisse. Ich glaube des Dankes unserer verstorbenen Mitbürger, die das Schicksal genötigt hat, sich diesem wenig befriedigenden Beruf zu widmen, gewiß zu sein, wenn ich die Ergebnisse meines eingehenden Studiums über die Natur und die Eigenschaften der Gespenster zur allgemeinen Kenntnis bringe. Vielleicht geschieht dies am besten, wenn ich ganz einfach in meiner Geschichte fortfahre und die weiteren Schicksale, die den armen alten Schneider in seiner neuen Laufbahn trafen, ans Licht der Öffentlichkeit ziehe.

Sein Geist war also zu dem Anfang alles wirklichen Gespenstertums gelangt, er hatte wieder eine sichtbare Hülle angenommen. Diese Hülle war ein feiner, ätherischer Dunst, der die Umrisse seines verstorbenen Körpers trug, und zwar mit der Kleidung, die er im Hause zu tragen gewohnt war, die in Schlappschuhen, einem Paar Unterhosen, einer Flanelljacke und einer baumwollenen Zipfelmütze bestand. Man darf es glauben, es war ein recht armes, altes, kümmerliches Gespenst. Gar oft saß es an stillen, heißen Sommertagen bei dem kleinen Sandhügel auf den Wurzeln der alten, knorrigen Kiefer und spähte nach seinem Schatten, der nicht vorhanden war. Ja selbst seinen eigenen Dunstkörper konnte es zu solcher Zeit nicht erblicken, und es gehört zu den niederdrückendsten Gefühlen von der Welt, daß man die ganze Umgebung ringsumher zu sehen vermag, nur die eigene Hand nicht, auch wenn man sie sich dicht vor die Augen hält. Nur in der Nacht, bei Mondschein gegen einen dunklen Hintergrund gesehen, ward es sich und anderen sichtbar, auch leuchten die Gespenster mit einem matten, phosphorischen Schimmer, der sich nur zur Nachtzeit offenbart. Aus diesen bis jetzt nicht bekannten Eigenschaften ist wahrscheinlich zu erklären, daß sich so viele irrige Meinungen über die Erscheinungszeit der Gespenster gebildet haben.

Die größte Plage für den armen unglücklichen Schneider war die Langeweile, die entsetzliche, bodenlose, ewige Langeweile, die sich seiner bemächtigte. Ohne Schlaf, ohne Abwechslung, ewig Tag und Nacht ruhelos auf dem kleinen Sandfelde umhergetrieben, dehnten sich ihm die Stunden zu endloser Länge. Dazu ward er von gespenstischen Empfindungen seiner früheren menschlichen Neigungen geplagt. Er empfand zu den bestimmten Zeiten einen gespenstischen Hunger und Durst, eine gespenstische Müdigkeit, ohne das Vermögen zu haben, diese Triebe zu befriedigen.

Am Tage saß er, wie gesagt, gern auf dem kleinen Hügel und spähte dann in die Landschaft hinaus und zu der Stadt hinüber, die fern hinter dem Wiesengrunde zwischen Bäumen versteckt lag, oder er wanderte ruhelos an der längst verwehten Scheide, die die beiden verhängnisvollen Äcker einst trennte, auf und ab. Die kleinen blauen Schmetterlinge, die über dem Heidekraut ihr Wesen treiben, flogen ungehindert durch ihn hindurch, und eines Tages, als er gerade so stand, daß ein dürrer Zweig in seinen Leib hineinragte, kam ein kleiner Vogel geflogen, setzte sich auf diesen Zweig und sang. Das Tier saß genau in seinem Magen, ohne auch nur das geringste davon zu bemerken.

Eine andere Pein für den armen Schneider war, daß niemals des Nachts ein Mensch in diese Gegend kam, dem gegenüber er in seinem Beruf hätte arbeiten können. Wenn er auch nur ein armes altes und sehr kümmerliches Gespenst war, so hatte er doch den Ehrgeiz seines neuen Standes, und es hätte ihm wohlgetan, nach seinem Tode noch gelingen zu sehen, was er im Leben nie erreicht hatte: nämlich einen Menschen fürchten zu machen. Aber die Gegend war wüst und einsam, es hatte am Tage niemand dort zu tun und noch weniger des Nachts. So kam zu allem noch der nagende Kummer eines verfehlten Berufes und das niederschlagende Bewußtsein, für den besten Willen in der Welt ohne Anerkennung zu bleiben.

Aber die Zeit mag noch so langsamen Schneckenganges gehen – sie geht doch wenigstens; aus Wochen wurden Monate, aus Monaten Jahre, und immer noch schwebte das arme alte Gespenst einsam, verlassen, ohne Anerkennung an dem alten Ort.

Doch endlich in einer wundervollen mondhellen Sommernacht sollte der lang gehegte Wunsch in Erfüllung gehen. Der gespenstige Schneider saß gerade wieder auf seinem Hügel, da hörte sein feines Ohr im Walde ein Geräusch, und kurze Zeit darauf sah er eine menschliche Gestalt, vom Monde hell beleuchtet, auf das Sandfeld heraustreten. Die Gestalt schaute sich um und schritt dann auf den Hügel zu. Es schien ein Student zu sein, wie sich beim Näherkommen zeigte; er trug eine bunte Mütze und eine leichte Wandertasche. Das Gespenst zitterte an allen Gliedern vor Aufregung, es machte sich so lang, als es konnte, versuchte sich ein wenig aufzublasen und bemühte sich, schrecklich zu sein. Darum sah es über alle Begriffe komisch aus. Das fand auch der lustige Student, denn er lachte, als er es erblickte, und rief: „Guten Abend, altes Gespenst, könnt Ihr mir nicht sagen, wo der Weg zur Stadt geht, ich habe mich verirrt!"

Das Schreckliche, was der arme Schneider im geheimen gefürchtet hatte, das Jämmerlichste, das seinem Stande begegnen konnte, war eingetroffen; der erste Mensch, der ihn sah, fürchtete sich nicht einmal vor ihm. Doch so leicht wollte er es nicht aufgeben, und noch einmal blies er sich auf, verzerrte seine Züge und begann feierlich auf den Studenten loszuschreiten. Doch dieser lachte wieder und sprach: „Ach, laßt das nur, alter Herr, es kleidet Euch nicht, Ihr habt Euern Beruf verfehlt. Warum habt Ihr kein anderes Metier ergriffen – als Gespenst werdet Ihr es nie zu etwas bringen!"

Das war zuviel für den armen Schneider, er stieß einen wehmütigen Klagelaut aus, sank auf eine Baumwurzel nieder und verbarg das Gesicht in beiden Händen.

Der Student war eine mitleidige Seele. „Was habt Ihr denn, altes Phantom?" fragte er liebreich und setzte sich zu ihm. „Wenn ich Euch helfen kann, so tue ich es gern, ich habe zu Berlin die Schwarzkunst studiert und fürchte mich vor nichts." Der Student redete ihm so freundlich zu, daß der arme alte Schneider das Gespenst der Rührung empfand und alles herunterbeichtete, was er auf der Seele hatte. Es war das erste Mal, daß er seine Schuld offenbarte. Und wie er sprach und sich selbst anklagte, ward seine Dunstgestalt immer blasser und blasser, und die letzten Worte erschallten nur noch wie aus leerer Luft. Das bloße Geständnis hatte ihn befreit. Dann hörte es der Student in einiger Entfernung aus den Lüften tönen: „Dank, Dank, du hast mich erlöst." Hierauf kam von Zeit zu Zeit aus der Richtung, wo die Stadt lag, immer ferner und leiser ein Ruf: „Dank – Dank – – Dank – – –!" Zuletzt nur noch wie ein Hauch, dann war alles still.

Der Student saß lange nachdenklich auf dem Hügel und schaute der Richtung nach, wo er die Stimme zuletzt gehört hatte. Im Osten rötete sich der Himmel, und als die Sonne emporstieg und rings alles wieder im glänzenden Lichte dalag, brach er einen Zweig von der alten Kiefer, steckte ihn an seine Mütze und wanderte auf die Stadt zu, die im Schimmer der Morgensonne vor ihm lag.

Ludwig Anzengruber

Der Verschollene

Da ist vorzeiten einmal ein Mann durchs Tirolerland gegangen und nimmer zum Vorschein gekommen. Nur Gott wußte, was aus ihm geworden. Er war von „da draußen", wie man schon längst in Österreich sagte, wenn man Deutschland meinte, und nun erst seit kurzem in aller Wahrheit so sagen mag.

Der Verschollene war ziemlich bei Jahren und bei Vermögen. Nach der Herzensmeinung der lieben Angehörigen hätte der alte Herr wohl bleiben können, wo es ihm taugte oder nicht taugte, wenn er nur überhaupt irgendwo geblieben wäre; aber sich dergestalt ins Hochgebirge zu versteigen, daß man auch nicht mit dem kleinsten Stückchen mehr vorfindlich bleibt, das war doch recht leichtsinnig und rücksichtslos gegen die Verwandtschaft. Die kleidete sich freilich sofort in Schwarz und wand Flöre um die Hüte, aber das Gericht meinte, das wäre kein Beweis, daß der Vermißte nimmer am Leben sei; mehr als ein Dutzend saldierter Rechnungen für bezogene Trauerwaren zähle in *der* Angelegenheit der einzige Totenschein; war der nicht zu beschaffen, so mußte die schöne Erbschaft liegenbleiben – ich glaube, die Gerichtsherren sagten: dreißig Jahr. Ei, du lieber Gott, was war da dem Gram und Herzeleid für ein gar weites Ziel gesteckt! Mittlerweile konnte manch einer, wenn auch nicht übers Hochgebirg, den gleichen Weg nehmen wie der liebe alte Herr Onkel, oder was er der Sippschaft war.

Vorerst hatte man die Geschichte in allen Zeitungen verlauten lassen, und dabei war der Verschollene angegangen worden, falls er noch am Leben sei, seiner *tiefbekümmerten* Familie tröstlichen Bescheid zukommen zu lassen. Nun, es war doch tröstlicher, daß er beharrlich schwieg. „Der gute Mann ist tot", sagte die Verwandtschaft. „Die *Wahrscheinlichkeit* spricht dafür", sagte das Gericht, „aber wir brauchen die *Gewißheit*!"

Obwohl unter einem jedermann höflichst ersucht wurde, mitzuteilen, was etwa über den Verbleib des alten Herrn Aufklärung schaffen konnte, so hatte sich doch niemand gemeldet. Da tat die Familie ein übriges und schrieb einen Preis aus, den der gewinnen sollte, der für bestimmt sagen konnte, welches traurige Schicksal den verehrten Verschollenen betroffen. Man sieht, es war ein ehrlicher Handel. Die Familie verlangte für ihr Geld ein „trauriges Schicksal", das mochte sich jeder gesagt sein lassen, und einen etwa noch lebenden Onkel ein Haus weiter zu Kauf bieten.

So ein Preis lockt Leute, die sich darauf verstehen. „Pah", sagte ein Polizeiagent, und das war einer der geriebensten, „und wenn er schnurgerade Gott zugelaufen wäre, so muß er dabei den Weg doch mitten durch die Leute genommen haben. Ich will mir die Sache ansehen."

Damit schnürte er sein Bündel und ging, sich die Sache anzusehen. Er reiste den nämlichen Weg, den der Verschollene gegangen. Da war kein Wirtshaus, keine Keusche, keine Almhütte, wo er nicht eingesprochen hätte, kein Senner, kein Wurzelgraber, kein Geißjung, den er nicht befragt hätte; von der Stelle, wo der alte Herr das Hochgebirge betreten, folgte er Schritt für Schritt dessen Spuren.

Da traf er endlich auf eine elende Keusche; in der hatte der Verschollene zur Nacht geherbergt, und am Morgen darauf hat man ihn in eine wilde Schlucht hineingehen sehen. Der Keuschler und sein Weib hatten ihn gesehen, ein Senner wollte ihn noch begrüßt haben, und einem Schafjungen war fast so, als möcht er sich entsinnen, da wär einer, ganz der Beschreibung nach, hineingegangen. Aber auf dem gleichen Wege hatte ihn niemand zurückkehren und am andern Ende keiner herauskommen sehen. In der Schlucht dürfte er also verblieben sein.

Da stand der Agent auf dem schmalen, steinigen Wege, inmitten ungeheurer Felsenwände. Zwischen ein paar Steinblöcken strebten mächtig hohe Tannen empor und deuteten höhnisch gegen Himmel: „Der weiß es!" Ein kleines Wässerchen schoß eilig dahin, gurgelte manchmal an den Steinen, die ihm den Weg verlegten, aber es sagte nichts aus.

Damals soll auch ein schöner Morgen gewesen sein, gerad wie heute. Der Agent ging die Schlucht auf und nieder, er beäugelte jeden Stein, die ließen ihn machen. Er ging stundenlang, denn er machte den Weg von einem zum andern Ende mehreremal, aber er blieb mutterseelenallein, und da konnte er wohl merken, daß man schnurgerade Gott zulaufen kann, ohne dabei den Weg durch die Leute zu nehmen. Eben war es just nicht zu gehen, aber um sich zu Tode zu fallen, dazu war's nicht angetan, und gesetzt, es wär dem alten Mann aus Schwäche ein Unfall zugestoßen, man hätte ihn doch aufgefunden. Es sah ganz danach aus, als wär er einem bösen Boten begegnet, der ihm den kürzesten Weg nach dem Himmel gewiesen und ihn buchstäblich aus der Welt geschafft hat. Und wenn jetzt so ein riesenstarker Älpler daherkäme, möchte es für einen jungen, kräftigen Menschen nicht gar geheuer sein, geschweige denn für einen alten, gebrechlichen. Der Agent fuhr mit der Hand nach der Tasche und fühlte mit einiger Beruhigung, wie der Lauf der Pistole kalt durchschlug, welche er mitführte, um nötigenfalls ein paar Löcher in eine fremde Haut zu schießen, ehe es ihm an die eigene ginge.

Nun hatte er sich die Sache angesehen, und er gestand sich, die sah recht verdrießlich aus. In der Schlucht war kein Unfall, sondern ein Verbrechen geschehen und der Leichnam verschleppt worden. Das stand bei ihm fest, aber damit zugleich die Erkenntnis, daß nahezu alle Aussicht, den Preis zu verdienen, verschwunden sei.

Er war während der Suche wohl darauf gefaßt gewesen, den Vermißten als Opfer eines verbrecherischen Angriffs aufzufinden, und er hatte schon zu mehr als einem Ermordeten den Mörder „stellig" gemacht, aber es war dabei immer alles – wie er sagte – unter Leuten vorgegangen, wenngleich der lose Faden zehnmal riß, eine nichtig scheinende Aussage, oft aus dem Munde eines Kindes, knüpfte ihn wieder an, zuletzt wurden die Kreise immer enger, mittendurch liefen alle Fäden nach einem Punkte, und da saß dann groß und breit, wie eine Spinne im Netz, frei und offen vor aller Augen der Schuldige, daß man ihm auf den Kopf hin sagen konnte: „Du bist es!“ Hier aber war nirgends anzuknüpfen, und stünde er selbst vor der Leiche des Ermordeten, diese konnte von niemand agnosziert werden als von dem Mörder, von dem geständigen Mörder, denn hier fand der Verdacht keinen Boden und die Anklage keinen Beweis.

Ärgerlich stieg er von den Bergen nieder, nahm den kürzesten Weg nach der breiten Landstraße und gedachte, dahin zu gehen, woher er gekommen; das war aber doch von etwas zu weit her, um es in einem Strich unter die Füße zu nehmen, und so mußte er sich wohl dazu verstehen, zeitweise Rast zu halten. Gegen Ende des ersten Tages seiner Wanderschaft erreichte er ein größeres Einkehrwirtshaus und entschloß sich, daselbst zu übernachten. Am frühen Morgen darauf trat er reisefertig in die Gaststube.

„Schon wieder fort?“ fragte der Wirt.

„Ja. Bin nicht herumstromenshalber ins Tirolerland gekommen. Was bin ich schuldig?“

„Nit der Red wert.“ Der Wirt nannte einen geringen Betrag und schickte sich an, auf eine Papiernote herauszugeben; er zog die Geldlade aus dem Wandschranke, vor dem er stand.

Sehen ist eine Kunst. Mancher holt gleichsam mit den Augen aus dem Winkel Stück für Stück die Gegenstände hervor und übersieht dabei noch eins und das andere, während einer, der's versteht, alles auf einen Blick weg hat.

„Alle Wetter, Herr Wirt, was habt Ihr da für eine abscheuliche Zwiebel?“ fragte der Agent und meinte damit eine Taschenuhr, die in der Lade zwischen verzettelten Papieren hervorstach, in einem tombakenen Gehäuse, plump und groß wie ein Hühnerei.

Der Wirt griff sie heraus. „Ei, der (er gebrauchte einen Kraftausdruck) ärgert mich, sooft ich ihn anseh. Es ist übers Jahr her, da sind an der Straße die Rekruten vorübergezogen, haben bei mir zugesprochen und eine fette Zeche gemacht, und wie's zum Zahlen kommt, muß ich das Ding da mit in Kauf nehmen; um fünf Gulden hab ich sie müssen dreingehen lassen, keine drei krieg ich dafür."

„Mein es selbst", der Agent lachte, „dem Gewicht nach wird sie keiner kaufen; das wär noch ein Handel, bei dem für Euch was heraussäh! Aber vielleicht kennt Ihr den, der sie Euch aufgehängt hat, und mögt sie ihm nach der Zeit einmal ums gleiche zurückstellen."

„Kennt ihn unser Herrgott nicht besser wie ich, so bleibt der beim Jüngsten Gericht unaufgerufen."

Wär schad, dachte der Agent, da ihn wohl auch kaum eines auf Erden wird aufgreifen können. Er fragte den Wirt noch eins und das andere. Ob der sich entsinne, an welchem Tage die Rekruten vorüberzogen? Wieviel ihrer wohl gewesen sein mögen? Woher sie gekommen? Wohin sie gegangen? Und schließlich erklärte er, Besonderheit halber die Uhr ankaufen zu wollen, wenn sie um das Geld feil wäre, wofür sie dem Gastgeber aufgehalst wurde, er wende jedoch keinen Groschen mehr daran.

Der Wirt rückte die Rechte mit der Uhr dem Reisenden hin und hielt die hohle Linke ihm entgegen.

Der Handel war geschlossen, der Agent ging seiner Wege, und nachdem er noch ein paar Tagreisen und ebenso viele Nachtlager hinter sich hatte, traf er heim.

Da saß er an seinem Schreibtische, vor sich hatte er die Uhr liegen, der Mantel derselben war geöffnet, innen zeigten sich die Buchstaben J. G. H. eingegraben, und außen war in rohen Linien eine Figur angebracht, welche man bei genauerem Zusehen für einen Jäger halten konnte, der in die Luft schoß; dazu würde denn auch der Schlüssel gepaßt haben, der an einem schmalen Lederriemchen vom Bügel herabbaumelte und am oberen Ende einen ausgreifenden Jagdhund darstellte. Dieser Schlüssel aber fehlte, dagegen zeigte der Ring am Bügel eine glattgeriebene Stelle, wo der Lederstreifen ehemals befestigt gewesen war. Kein Zweifel, das war die Uhr des Vermißten!

An die Verwandten desselben richtete nun der Agent ein langes und breites Schreiben über das Ergebnis seiner Nachforschungen. Er meinte, dasselbe „ganz unmaßgeblich" als ein sehr trauriges bezeichnen zu müssen, um so trauriger, da er die Überzeugung hegen konnte, nichts versäumt zu haben, und daher ein anderer auch mit nichts Besserem zu dienen imstande sein dürfte. Sicher war der Verschollene namens Johann Georg Heinecke in dem bewußten Engpasse getötet und sein Leichnam verschleppt worden, und mutmaßlich war der Täter ein eben zum Militär Ausgehobener, der zu seinem Truppenkörper einrückte; der Versuch aber, denselben ausfindig machen zu wollen, wäre ein ganz aussichtsloses Unternehmen.

Allerdings handelte es sich hier um einen jungen, kräftigen Menschen, den man wohl derzeit noch bei Leben vermuten konnte, und kaum einen Tagmarsch vom Tatorte war eine Spur von ihm aufgetaucht, jedoch nur, um sofort wieder im Sande zu verlaufen. Der Gastwirt kannte keinen der an jenem Tage bei ihm Eingekehrten; das läßt vermuten, daß sie sich viele Tagreisen weit von fernen Dörfern oder auch einzelnen Weilern zusammengefunden, und der eine, um den es sich handelt, konnte einen weiten Weg zurückgelegt haben, ehe er auf sein Opfer traf. Die Rekruten waren wohl unterschiedlichen Waffengattungen zugewiesen und nach verschiedenen Quartieren einberufen worden, da war keinem nachzugehen, den man nicht genau kannte, da liefen alle Spuren dem Kreuz und der Quere nach übereinander. Die Tat geschah ohne Zeugen, selbst der stumme Ankläger, der in solchen Fällen die menschliche Gemeine laut nach Sühne aufschreien macht, die Leiche des Gemordeten, war beiseite geschafft worden, der Täter ging aus der Heimat in die Fremde; er verließ den Ort, wo er gegen Nahestehende wie Gleichgültige eine gewisse Vertraulichkeit gewohnt war und wo ihn alles zur Mitteilsamkeit reizte, und geriet nach einer Stadt und unter Menschen, welche beide er nicht kannte und wo er mißtrauisch und verschlossen abwartete, was man wohl ihm zu sagen hätte. Als aber lange danach der alte Herr vermißt und ihm nachgefragt wurde, da war Gras über die Geschichte gewachsen, über ein Jahr hatte der Wirt die Uhr im Schrank liegen, wußte es nicht, daß sie mit der Beschreibung übereinstimmte, oder hatte nie davon gelesen noch erfahren.

Auf den Fund der Uhr tat sich der Agent am Schlusse seines Schreibens etwas zugute, denn er hielt sich für berechtigt, dieselbe gewiß als „ein teures Angedenken an den edeln Verblichenen“ anzusehen, und fragte an, welchem der hochachtbaren Erben er sie einzusenden habe, dafür wurde nur eine geringe Vergütung, etwa das fünf- oder sechsfache des Erstehpreises, gefordert und mit der ergebensten Anhoffnung geschlossen, man werde in Anerkennung gehabter Mühe und Auslagen wohl großmütigst eine entsprechende Entschädigung beifügen.

Die Antwort auf das Schreiben des Agenten lief bald ein. Man anerkannte in ihm einen der gewiegtesten Polizisten, bedauerte lebhaft und wohl auch aufrichtig, daß seine Bemühungen vergeblich gewesen. Nun kam aber etwas, das war nicht ehrlich! Man glaubte aus seinem Schreiben herausgelesen zu haben, daß ihm die bewußte Uhr, vielleicht als ein Zeichen der Erinnerung, wert geworden, und obwohl man sich von dem teuern Angedenken an den edeln Verblichenen nur schwer trenne, so wisse man doch keine Art, den Dank für gehabte Mühe und Auslagen beredter auszudrücken, als indem man erwähnte, auch durch ihr Alter sehr merkwürdige Taschenuhr ihm geschenkweise überlasse mit dem tiefgefühlten Wunsche, selbe möge nur glückliche Stunden zeigen.

Der Agent warf den „verwünschten Knödel“, wie er sich ausdrückte, in eine Schreibtischlade, beauftragte den Teufel und seine Großmutter mit der nötigen Reparatur, da sich gewiß kein zeitgenössischer Uhrmacher damit befassen möchte, und nannte die hochachtbaren Erben ein schmutziges Gesindel.

Jahre waren darüber vergangen. Der Agent Anton Wüllfert – mag einmal auch sein Name genannt werden – hatte inzwischen manche Gelegenheit wahrgenommen, sich neuerlich als gewiegter Polizist zu erweisen, und da sich kein Anlaß fand, ihn zu erinnern, so hatte er den Verdruß fast völlig vergessen, den ihm der selige Johann Georg Heinecke, wie anzunehmen war, freilich ganz ohne Willen und Wissen, bereitete.

Eines Tages ging der alte Spürer und Schnüffler in einem der Vororte der Stadt durch eine abgelegene Gasse. Kinder trieben sich auf dem Fahr- und Gehwege herum, spielten an den Rinnsteinen und saßen auf den Stufen vor den Gewölbtüren. Wüllfert blieb stehen und sah dem Treiben zu. Mit einmal kehrt er sich ab, tritt in einen nahen Obstladen, kauft Kirschen, beteilt damit im Vorüberschreiten manchen kleinen Schreihals und hält vor einem kleinen Mädchen stille, das an der Erde saß und in dem kleinen Händchen einen Gegenstand spielend hin und her schlenkerte. Zwischen den winzigen Fingerchen schwang ein schmales Lederstreifchen, und daran hing ein Uhrschlüssel, der oben über dem Ringe einen Jagdhund in vollem Lauf nachbildete.

Er bot der Kleinen die Kirschen, diese griff freudig danach, und von dem nahen Haustore kam eine Frau mit freundlichem Lächeln herzu.

„Wie heißt du denn?“ fragte der Agent das Kind.

„Sophie.“

„Und wie noch?“

„Kehneder.“

„Kerneder“, verbesserte das Weib, „das R mag ihr halt noch nit von der Zunge.“

„Wie alt is das Mäderl?“

„Zweieinhalb Jahr wird's mit nächstem.“

„Ein nettes Pauxerl. Ja, seit die schönen Kinder, die tausend Wochen zählen, mir kein Gehör mehr schenken, plauder ich halt mit den ganz kleinen.“

Die Frau lachte und schüttelte den Kopf; so arg werd es wohl nicht sein, der Herr sei noch ganz riegelsam.

„Aber“, sagte Wüllfert, „wird der Vater nicht greinen, wenn du ihm den Schlüssel von seiner Uhr verschleppst?“

„Ach, das dürft freilich nicht sein, aber der Schlüssel weiß von keiner Uhr, den hat die Sopherl aus'm Kehricht aufgelesen.“

„Scheint ein uralt Ding zu sein. Woher das stammt?“

„Ei, meines Mannes Bruder, der paar Tage bei uns war, hat ihn weggeworfen.“

„So. Also vom Onkel hast du das? Wer ist denn dein Onkel?“

„Feldwebel“, sagte das Kind.

„Ja, Feldwebel war er“, erklärte die Mutter, „aber jetzt ist er wieder beim Zivile und z' Tod froh, daß er einmal seine Zeit beim Militär ausgedient hat. Nein, was so ein Soldat alles durchmacht und zu erzählen weiß, drüber muß man sich nur erstaunen! Wir haben ihn paar Tage bei uns gehabt, bis er seinen Platz hat einstehen können, er ist gelernter Fleischer und ein gescheiter Kopf; der wär imstande, einen von Sachen abzureden, die man von Kind auf für wahrhaftig gehalten hat, und so scharf und eindringlich macht er's, daß man ihm kein Wort darauf zu sagen weiß, aber man bleibt halt doch lieber bei der Meinung, die man einmal gewohnt ist. Ja, das muß man ihm lassen, reden versteht er, der Schwager Alois, und ist auch so dem Ansehen nach ein netter Mensch, es wird ihm nit fehlen. Die Kundschaften, die 's Fleisch bei seinem Herrn nehmen, wollen eh schon bemerkt haben, daß das Töchterl an der Kassa nit unfreundlich nach dem neuen Aufhackknecht schaut.“

„Ja, ja, es gibt mehr als ein Beispiel, daß mancher auf die Weis sein Glück gemacht hat. Wie heißt denn sein Herr?“

„Feilhauer! Wissen S' den Anton Feilhauer? Er hat sein Geschäft . . .“

„Ei, mein Gott, ich werd doch 'n alten Feilhauer kennen! Der hat wirklich nur das einzige Kind, nun da kann sich ja schicken, daß man einmal den ‚Anton Feilhauer‘ ober der Ladentür herunternimmt und den ‚Alois Kerneder‘ hinaufnagelt.“ Er kneipte die Kleine, die eben den letzten Kirschkern ausspuckte, in die Backen. „Hat's geschmeckt?“

„Sag ja und gib dein Handerl.“

„So. Bah. Behüt Gott.“

Den Uhrschlüssel mußte das Kind verstreut haben.

„Aus'm Zimmerkehricht kommt er und ins Straßenkehricht geht er. Komm, Sopherl, ich geb dir was anderes zum Spielen, was Schöneres, weißt du!“

Dieselbe Nacht schritt Anton Wüllfert in seinem Zimmer erregt auf und nieder, von seinem Schreibtische her tönte das tickende Geräusch einer Uhr, derselben, die jahrelang nicht einen Zeiger gerührt hatte, entweder zugleich mit dem Herzen des Ermordeten stillgestanden oder an dem des Mörders abgelaufen war.

Ein Deckel schloß über dem Zifferblatte, der Agent rührte im Vorübergehen am Bügel, da klang es in leisen Schlägen zwölfmal. Mitternacht! Wüllfert zog seine Uhr und verglich.

„Noch nicht halb", sagte er. „Willst du die Zeit einbringen? Gemach, es eilt nicht. Messe ihm billig seine Frist zu, viel hat er nicht mehr, jede Stunde bricht ihm ab."

Dann gedachte er, wie etliche Straßen weit ein Mensch wohl im besten Schlafe liegen mochte, in dessen Träume nichts hineinklang von dem rastlosen Ticken, das hier im Raume webte, von dem heiseren Schlag, keine Mahnung an das hastende Rucken der Zeiger, deren größerer den kleinen mit fortriß von Stunde zu Stunde.

Der Agent fühlte unwillkürlich ein leises Frösteln und begab sich rasch zu Bette.

Gemach, es eilt nicht.

Wüllfert hatte tags darauf eine Unterredung mit seinem Vorgesetzten, erhielt einen längeren Urlaub bewilligt und verschwand aus seiner Wohnung, welche er der Obhut der Hausbesorgerin anvertraute, niemand wußte, wohin.

In dem kleinen Gasthause, das allabendlich von etlichen Fleischerknechten besucht wurde, unter welchen sich auch Alois Kerneder befand, stellte sich um diese Zeit ein neuer Gast ein, von dem die alten Angestammten nichts zu sagen wußten, der aber allen, sonderlich dem Wirte, sehr willkommen war. Der neue Tischgenosse nannte sich Tobias Breiting, hatte, seinen Reden nach, längere Zeit als Soldat gedient, dann im Zivile als Amtsdiener Verwendung gefunden und sich seit kurzem mit einer kleinen Pension und etwas Erspartem zur Ruhe gesetzt. Er war ein überaus gutgelaunter alter Mann, konnte keine griesgrämigen Gesichter und keine trockenen Kehlen leiden, lobte sich lustige Gesellschaft und guten Trunk und wußte zur Heiterkeit und zu fleißigem Trinken mit einem ganz eigenen Talent anzuregen.

Es verdroß ihn nicht, stets eine Gitarre mitzuschleppen, womit er die Lieder anderer begleitete und zu welcher er noch öfter selbst sang, er kannte alle neuen Gassenhauer, alle Lieder, welche die Volkssänger in den Wirtshäusern „losließen", alle Couplets, mit welchen die Komiker in den Theatern eben Furore machten, er wußte Tierstimmen täuschend nachzuahmen, ja, er verstand sogar etwas Bauchrednerei und führte, hinter einem Ofenschirm versteckt, ganze Szenen zwischen zwei bis vier Personen auf, und all das bis zum Kranklachen drollig, kurz, wenn es je einen gegeben, so war das ein ausgemachter Tausendsassa.

Bald, das verstand sich von selbst, durfte er keinen Abend wegbleiben. Er zeigte sich in manchem gefällig, was man von ihm verlangte, nur in einem Punkte machte er Schwierigkeiten, wenn er gebeten wurde, etwas zu wiederholen. Doch auch da fand man bald Abhilfe, man merkte, daß der alte Breiting nachgab, wenn ihm Alois Kerneder zuredete; denn der wäre ein Tiroler, meinte der Lustigmacher, und die möge er gut leiden, die seien aufrichtig und geradeaus. Nachdem man einmal das wußte, steckte man sich immer hinter den Tiroler, und der war nicht wenig stolz darauf, daß, nächst dem Alten, ihm die Wirtshausgäste manchen guten und schlechten Spaß zu verdanken hatten; er suchte daher, trotz der Verschiedenheit des Alters, sich näher mit dem pensionierten Amtsdiener zu befreunden, und fand ihn, obwohl der sonst wenig Einreden und gar kein Anordnen vertrug, sehr nachgiebig, das mußte benutzt werden! An einem besonders lustigen Abend trank Kerneder mit dem Alten Brüderschaft und hatte von der Zeit ab das beneidete Vorrecht, das Programm der allabendlichen Unterhaltung frei bestimmen zu können.

Er war sich auch der vollen Wichtigkeit dieser Stellung wohl bewußt, denn es kostete ihm nur ein Wort, so gab sich sein unterhaltender Duzbruder gar nimmer mit der Gesellschaft ab; er hatte sich schon gewöhnt, denselben wie etwas ihm Zugehörendes zu betrachten, vielleicht als eine Art Wundertier, das er gezähmt habe und das sich nur auf sein Kommando mit seinen Künsten sehen läßt. Dafür vergalt er aber dem Alten mit voller Vertraulichkeit und weihte denselben in die ganze Geschichte seines Lebens ein, denn ein so vortrefflicher Freund hatte billig Anspruch, ihn ganz genau, wie von Kind auf, zu kennen.

Mittlerweile hatten die Gäste im kleinen Wirtshause dreißig frohe Abende verbracht; von diesen vermag aber bekanntlich keiner für sich allein zu stehen und muß sich an den dazu gehörenden Tag anlehnen, womit also nur gesagt ist, daß ein Monat vergangen war, was man freilich billiger mit einer Zeile richten könnte, aber man will es doch auch schön machen, und das muß man uns Erzählern zugute halten, sonst werden wir ungehalten und legen die Feder weg.

Da kam nun ein Abend, an dem wollte es nicht heiter werden. Man war wohl gewohnt, immer einem das große Wort zu lassen, und das war der alte Breiting; aber diesmal war es ein anderer, den man auch allein reden und machen ließ, obwohl man nichts Besonderes erwartete und ihn lieber draußen gesehen hätte, was man jedoch aus billiger Scheu ihm beileibe nicht merken ließ. Der Eindringling war ein bekannter Polizeidiener, und da man nur nach solchen Leuten ruft, wenn es nicht recht geheuer ist, so machen sie oft die ehrlichsten Leute bange, denen es auch neben den ungerufenen nicht recht geheuer werden will.

Wußte er's, oder wußte er's nicht, jedenfalls war er gegen die Gesellschaft ebenso rücksichtsvoll wie diese gegen ihn und ließ sich nichts merken und tat vielleicht darum nur um so gesprächiger. Anfangs sprach er vom Wetter, von der Mode, wie lästerlich sich jetzt die Frauenzimmer trügen, denn die Frauenzimmer haben sich, wenn man die Männer reden hört, allerorten und allerzeiten lästerlich getragen, einmal, weil die Kleider zuwenig verhüllten, das andere Mal, weil sie die schöne Gestalt, so Gott dem Weibe verliehen, ganz den Blicken entzögen, kurz, sie mögen's machen, wie sie wollen, sie tun nie recht. Dann rückte er mit etwas Stadtklatsch heraus; als aber nichts recht verfangen wollte und er vermutlich nichts anderes mehr wußte, gab er sich, als was er war, und begann von Verbrechen und Verbrechern zu erzählen, was er besser gleich anfangs hätte tun sollen, denn das fanden die Leute doch Aufhorchens wert.

„Meine Herren“, sagte er, „heute hat sich ein seltener Fall ereignet, ein Mörder hat sich selbst gestellt.“

„Selbst gestellt?“ wie aus einem Munde.

„Selbst gestellt! Ich war bei der Protokollsaufnahme, habe auch als Zeuge unterfertigt, es ist der Mühe wert, die Geschichte anzuhören, denn da sieht man wieder einmal deutlich, daß der alte Gott noch lebt und den Leuten das Gewissen weckt.“

Er rückte seinen Stuhl näher an den Tisch. Kurz vorher hätten ganz bestimmt die beiden Nachbarn rechts und links ihre Sessel ein wenig zur Seite gezogen, aber jetzt schoben alle dieselben herzu.

„Selbst gestellt, wie ich sage, meine Herren. Es war heute gegen Mittag, kommt ein langer, hagerer Mensch mit bleichem Gesicht, eingefallenen Wangen und scheuem Wesen auf das Amt, fragt nach dem Herrn Kommissär; wir weisen ihn zu dem; es vergeht keine Viertelstunde, wird an der Klingel im Zimmer gerissen, wir laufen hinzu, müssen einen von den anderen Herren als Schriftführer hineinberufen, und nun ist's losgegangen. Frag um Frage, Antwort auf Antwort, alles haarklein. Der Kerl hatte, erbschaftshalber, seine leibliche Tante vergiftet und hat das mit Geschick und Glück vollbracht, so daß es seinerzeit nicht aufgekommen ist; drei Jahre ist's her mit dem heutigen Tag. Wie das nun zugegangen ist, daß es dem Mörder das Geständnis herausgezwungen hat, da spielt sichtbar eine höhere Fügung hinein. Ich will das jetzt erzählen, wie er es selbst zu Protokoll gegeben hat, und welch außerordentliche Dinge dabei auch zur Sprache kommen, ich habe nichts dazugetan und nichts weggelassen, das versichere ich den Herren.

Der Mensch hatte seiner Tante das Gift nach und nach beigebracht. Sie kränkelte erst eine Weile, er holte den verrufensten Arzt ins Haus, und als sie starb, bestätigte dieser ohne weiteres, daß er sie zu Tode gedoktert habe, das geschah ihm mit den meisten seiner Patienten, und er hatte somit guten Grund, es auch hier zu glauben. Die achtundvierzig Stunden über, als die Leiche im Hause lag, war dem sauberen Neffen gar nicht wohl, er fieberte etwas, aber als sie zu Grabe gebracht war, da atmete er auf und dachte, nun wär alles gut. Er trat das Erbe an, war ein nettes Stück Geld und ein kleines Häuschen, darin blieb er wohnen, nur daß ihn nichts an die Verstorbene erinnere, stellte er alle Zimmergeräte um und ließ nichts an dem Flecke, wo es gestanden; doch um sich recht einzugewöhnen, fand er's für nötig, sich ein wenig Mut zu machen, und dazu nahm er von Zeit ab manch guten Schluck, was sich denn auch bewährte, und so saß er unangefochten auf dem ungerechten Gut, bis der Jahrestag des Mordes herankam. Er verließ an selbem Tage die Wohnung mit frühem Morgen, blieb gut vierundzwanzig Stunden weg und kehrte erst mit nächstem Frührot heim, und wie er in sein Zimmer tritt, dasselbe, wo die Verstorbene aufgebahrt wurde, da wird's ihm finster vor den Augen, die Wände sind schwarz ausgeschlagen, die Fenster verhangen und inmitten der Stube steht der Sarg, und darin liegt leibhaftig die selige Tante; man kann sich wohl denken, daß er da hinter sich faßte und nach der Türklinke griff, aber langsam hebt sich die Tante im Sarge empor, setzt sich auf, reckt den Arm und droht ihm mit dem Finger; da ist er an der Tür zusammengebrochen und gelegen, er weiß selbst nicht, wie lange. Wie er wieder zu sich selbst kommt, scheint die Sonne ins Zimmer und ist alles gewesen, so wie er's sonst immer gefunden. Nun denkt er, was weiter? Du hast dich eine ganze Nacht über herumgetrieben und viel getrunken, warst nicht recht bei dir."

„Das denk ich auch", sagte Alois Kerneder über den Tisch.

„War falsch gedacht", entgegnete der Polizeidiener. „Nächsten Tag hielt er sich nüchtern, tat nur ein paar Gänge zu etlichen Bekannten und kehrte mit einbrechender Nacht heim. Der Mond scheint hell ins Zimmer, unser Patron nimmt nichts Sonderliches wahr; wie er aber auf das Bett zuschreitet, das im Mondlicht milchweiß daliegt, und streift die Decke von den Polstern herab, da liegt das fahle Totengesicht der Tante vor ihm, er aber macht schleunig ‚Kehrt euch' und wischt durch die Türe, verbringt wieder eine Nacht außer dem Hause, denkt, es hat mir eben von gestern noch im Sinn gelegen und das Mondlicht hat mich genarrt."

„Er war nicht dumm", warf Kerneder ein.

„War's auch nicht, aber unserm Herrgott war er doch nicht gescheit genug. Das war so ein Deuterchen: ‚Du, geh in dich, was es dich auch kostet, mach lieber freiwillig Ordnung, eh es gröber kommt!' Und 's ist gröber gekommen. Das Jahr darauf hat er die verstorbene Tante öfter zu Gesicht gekriegt als ihm lieb war. Er hat das so erzählt, plötzlich in lustigster Gesellschaft hätt ihn eine Unruh befallen, eine Furcht, nach Hause zu gehen, und regelmäßig, sooft ihm das widerfahren, sei auch das Gespenst zur Stelle gewesen; entweder saß es an einem Nähtischchen beim Fenster und richtete sich langsam bei seinem Eintreten empor, oder es lag im Bette und gehabte sich wie die Sterbende beim Verscheiden; zum öfteren sah er es wieder aufgebahrt, und je näher der zweite Jahrestag des Mordes kam, je häufiger wurden die Erscheinungen. Da dachte er's mit einem Mal loszuwerden, schnürte sein Bündel und machte sich auf und davon. Das Häuschen mit allem darum und darin ließ er durch einen Mäkler verkaufen, reiste etliche Monate landein, landaus durch die Welt und zog zuletzt hierher nach der Stadt. Nun hielt er es schon für gewonnen. In der völlig neuen Umgebung erinnerte ihn nichts an die Ermordete, das Gespenst hatte sich nimmer blicken lassen, seit er von dem Tatorte weg war, und so sah er ohne Beängstigung dem dritten Jahrestag entgegen, ja, er versuchte es, je näher der herankam, desto übermütiger zu werden, trat oft vor seinen Geldschrank hin und sagte in der Stille: ‚Das hab ich nun einmal, und das kannst du mir nicht nehmen' – dazu schlug er ein Schnippchen –, ‚mach dir also keine Ungelegenheiten.'

So trieb er's, bis nur mehr eine Woche auf den dritten Jahrestag fehlte, das war vom heutigen gerechnet, gerade vor acht Tagen. In letzter Zeit hatte er schmutzige Geldgeschäfte unternommen, welche man gemeiniglich durch Vermittler betreiben läßt, so daß die armen

Schuldner zwischen Geldgeber und Agenten eingeklemmt und um so gründlicher ausgepreßt werden. Selbe Nacht vor einer Woche nun kommt er nach Hause, besinnt sich, er habe einem Vermittler auf den morgenden Tag Geld zugesagt, geht zu dem Schrank, schlägt dort wieder sein Schnippchen und lacht eines vor sich hin, nimmt eine Tausendguldennote heraus, geht zu seinem Schreibtisch und denkt sie in ein Kuvert einzusiegeln; da ist es ihm, als knarrte die Türe in ihren Angeln, obwohl er sie gut verschlossen wußte, leise kam es an ihn heran, eine magere, eisig kalte Hand greift nach der seinen, in der er sofort alle Kraft verliert, und diese gespenstische Hand rückt die seine mit dem Geldbrief in das Licht, hält sie dort fest, bis das Papier verflackert und die Asche auf den Sekretär langsam herniederfällt. Erst als ihm das Licht die Finger sengt, fährt er mit einem Schrei zurück und sieht sich allein, aber daß er nicht geträumt hat, das beweist ihm das Häufchen Asche auf dem Tisch. Das Grauen, das ihn befällt, kann er nicht verwinden, er kriecht unter seine Bettdecke, zieht sie über den Kopf und liegt schlaflos bis zum Morgen. Wie die Sonne in das Zimmer scheint, wagt er sich aus den Federn. Behutsam, als fürchte er, jemand aufzustören, öffnet er den Geldschrank, nimmt eine gleiche Note wie gestern, legt sie auf den Schreibtisch, brennt eine Kerze an und beginnt zu siegeln, da knarrt wieder die Türe, leise mit trippelnden Schritten hört er's an sich herankommen, der kalte Schweiß bricht ihm aus, rasch will er den Brief aus der Hand fallen lassen, da tönt ein kurzes, heiseres Lachen hinter seinem Rücken, seine Finger werden steif, kneifen wie eine Zange in das Papier und werden damit ins Licht gerückt; bis auf das letzte Stümpfchen, dessen Brand ihm die Nägel vergilbt, hält er es aus, dann öffnet er die Hand und sinkt in den Stuhl zurück, und unter der Türe, die sich zu schließen scheint, sieht er die verstorbene Tante, sie macht ihm einen Knicks, so tief, wie man wohl aus Spott tut, dabei verzieht sie aber keine Miene, ihr Gesicht sieht nach ihm her, leichenfahl, mit gebrochenen Augen und geöffnetem Munde.

Von Stund ab war es aus. Er versuchte es, unter die

Leute zu gehen, aber es war ihm immer, als ginge das Gespenst hinter ihm her. Wenn er, um ein Gespräch anzuknüpfen, auf jemand zutrat, so sah er die Erscheinung diesem zur Seite stehen oder über dessen Rücken gukken; er merkte, daß seine Verstörtheit auffiel, und schloß sich in seine Stube ein.

Eine fieberhafte Angst trieb ihn an, die Probe zu machen, ob er das Gespenst denn jedesmal herbeirufe, sooft er den Geldschrank öffne, und es erschien jedesmal, und dann war er genötigt, Geld zu verbrennen, um es wieder loszuwerden, denn darauf verschwand es, anfangs schnell, dann immer langsamer und langsamer, so daß er in Verzweiflung Note um Note aufgriff, sie in das Licht hielt und Schritt für Schritt die fürchterliche Erscheinung mit gutem Papiergeld ausräucherte, bis sie weg war und er sich über den Schaden, den er angerichtet, wie rasend in die Haare fuhr. Aber er konnte es nicht lassen, nachzusehen, wie sein Reichtum von Tag zu Tag, von Stunde zu Stunde zusammenschmolz. Schranktüre und Zimmertüre klappten zugleich auf, der Spuk war wieder da, und ohne Besinnen griff er wieder zu, äscherte ganze Hände voll guten Geldes ein und sah mit himmelschreiendem Entsetzen den Augenblick herankommen, wo er nichts mehr im Schrank haben werde, um die gräßliche Gestalt wegzubannen, und diese bei ihm verbleiben würde. Und das geschah am Morgen vor dem dritten Jahrestag, also gestern: stumm verblieb das fürchterliche Ding, das nicht lebend und nicht tot war, tagsüber auf seiner Stube, und als die Nacht herankam und es sich in den starren Zügen des Totengesichtes zu regen begann, als wollte es aufblicken und zu reden anheben, da stürmte er hinaus und rannte im Düster und Dunkel fort, aber immer rückte das Gespenst hinter ihm her, mit gleichen Füßen über den Boden gleitend, als zöge er es nach. Zwei Meilen von der Stadt brach er zusammen, und ein paar Schritte vor ihm stand der Spuk still, ruhig auf einem Flecke ausharrend bis zum Frührot, da raffte sich der Mensch auf, schleppte sich nach der Stadt zurück und stellte sich selbst auf dem Amte. Nun, meine Herren, was sagen Sie zu der Geschichte?“

Man sagte verschiedenes. Einige behaupteten, sie sei gar erschrecklich und sie würden wohl heute nacht davon träumen, andere meinten, sie sei ein rechter Fingerzeig und eine Warntafel für gottlose Gemüter; dahin aber einigten sich alle, daß es unterdem sehr spät geworden und Zeit zum Nachhausegehen wäre.

Unter der Türe fragte Alois Kerneder den Polizeidiener, ob auch ein Arzt dabeigewesen.

Der Polizeidiener fragte seinerseits, was ein solcher dabei hätte tun sollen.

„Den Menschen untersuchen", antwortete Kerneder, „denn es steht zehn gegen eins zu wetten, daß er krank ist, vielleicht nie im Leben einen Hund, geschweig eine Tante vergeben hat, das ganze sich nur einbildet und die Herren vom Amte nach kurzer Freude den Verdruß erleben, statt einem Mörder einen Narren gefangen zu haben."

„Das wird sich ja zeigen."

Man trennte sich.

„Tobi", sagte der Fleischerknecht zu Breiting, „wir gehen zusammen; ich denk, heut brauchst mich ohnehin." Damit nahm er den Alten unter dem Arm. Der Spaßmacher schien wirklich nicht ganz fest auf den Beinen.

Wie die Schritte der anderen verhallt waren, sagte Kerneder: „Heut abend waren die Gänshäut wohlfeil. Was sagst du dazu, Tobi? Mit solchem Zeugs macht man Hasenköpfe fürchten, nicht Kerle, wie wir sind."

„Uns nicht, wie wir sind", sagte schwerfällig der Alte.

„Ich will dir noch eins sagen, Tobi. Wenn der Narr die ganze Mordgeschichte nicht bloß im Fieber geträumt hat, wenn er wirklich seiner Tante den Garaus machte und hinterher zum Kreuze kroch, dann ist er der erbärmlichste Feigling, und es geschieht ihm ganz recht; was einer nicht zu tragen vermag, das soll er sich nicht aufladen."

Breiting blieb stehen, zog seinen Arm aus dem seines Führers und tippte ihm mit dem Zeigefinger auf dem mittleren Rockknopf: „Loisl, das kann keiner tragen!"

Kerneder lachte auf, es war nur ein kurz abgestoßener Laut.

„Warum nit?“

„Das wär ein übermenschlicher Kerl, der das zu tragen vermöcht! Allen Respekt! Aber so, wie heut erzählt worden ist, schnappt wohl jeder über. Das ist eine Fügung.“

„Tobi, sei kein alter Esel! Du lebst doch schon lang genug auf der Welt, daß du wissen könntest, es spielt keine Fügung ins Leben hinein. Tu und treib, was du magst, es spielt keine Fügung hinein, sag ich dir, von keiner Seite, und wär ich an des Narren Stelle gewesen, nicht zur Polizei, in die Apotheke wär ich gegangen, Blutegel hätt ich mir setzen lassen und Latwergen eingenommen, das führt die Gespenster säuberlich ab und zieht sie aus dem Blut, wo sie allein sitzen. Das wüßt ich, hätt ich's auch nie in einem Buche gelesen. Ich hätt mich nicht einschüchtern lassen.“

„Woher sollst du auch solche Anfechtungen haben? Was weißt du davon zu reden? Solange du Soldat warst, Loisl, sind Friedenszeiten gewesen, sonst hätt sich wohl im Feld eine Gelegenheit schicken können, einen oder ihrer mehr auf das Korn zu nehmen. Es ist das gruslig genug, doch da heißt's, was du nicht willst, das dir geschieht, das füge den andern zu, und das ist Pflicht, aber wo es Verbrechen wird, wo ich herfall über einen, der mir wehrlos und unbereit übern Weg läuft, das ist doch ganz etwas anderes.“

„Pah, es treibt sich wohl mancher in der Welt herum, der seinen Mann auf dem Gewissen hat und den es nicht mehr beschwert, als hätt er eine Fliege erschlagen.“

„Das ist ein dummes Reden von dir, Loisl. Wir können uns nicht hineindenken, wie so einem zumut ist.“

Wieder klang jenes kurze Lachen. Kerneder legte seine Hand schwer auf die Schulter Breitings. „Alter, du hast keine Ahnung, wie gut ich mich da hineindenken kann.“

„Papperlapapp, zwischen Hineindenken und Hineindenken ist ein gewaltiger Unterschied. Vorher macht man sich Gedanken, und hintennach kommen ganz andere von selbst, und dann merkt man, daß das vorherige nicht das rechte Denken gewesen ist. Ah, red, so ein', wie du sagst, den gibt es nit, kann's nit geben.“

„Hansnarr, wer sagt dir das?"

„Den müßt man mir erst aufweisen, eh ich's glaub."

„Aufweisen müßt man dir'n?"

„Das müßt ein schmiedeiserner Mensch sein."

„Nun, dann bin ich so ein schmiedeiserner Mensch!" sagte der Fleischerknecht, sich aufreckend, so lang er war.

„Oh, hoho, aus Rechthaberei wirst mir noch aufbinden wollen, du hättest einen umgebracht!"

„So sicher, wie du mich da vor dir stehen siehst, hab ich's auch getan, und frag nichts danach."

„Hab ich's nit gesagt?" Der Alte schüttelte sich vor Lachen, und als er nach und nach wieder zu Atem kam, sagte er: „Du hast wohl gemeint, ich würd gleich vor Schreck zur Seit springen, daß d' mich brav auslachen könntst? Nein, mein Lieber. Den will ich auf'm Kraut fressen, den du umgebracht hast."

„Wenn ich ihn zur Stell hätt, *die* Red sollt dich reuen."

„Wie hat er denn geheißen, der nämliche?"

„Seinen Namen hab ich ihm nicht abgefragt."

„Wo hat man ihn denn seinerzeit aufgefunden?"

„Den findet kein Mensch auf."

„Das denk ich selbst!" Der alte Spaßmacher brüllte vor Lachen.

Kerneder packte ihn mit einem harten Griff am Oberarm. „Du Hund, du, wofür hältst du mich? Meinst du, ich flunkere?" Er gab ihn wieder frei und fuhr halblaut fort: „Ich sag, was wahr ist. Wie ich als Rekrut hab einrücken müssen, da bin ich bergüber herab der Straße zu gewandert. Fuchsteufelswild war ich, daß ich von Haus und Eltern fortgemußt hab, obendrein war ich damals just kein Sparmeister, und meine Leut sind so arm gewesen, daß sie mir nur ein paar Groschen haben mitgeben können; die waren am ersten Tage vertan, und noch einen hatte ich zu gehen, bis ich auf die Straße traf, und dann konnte ich, solang der Weg lief, neben übervollen Burschen hertrotten und mich hänseln und necken lassen. Das lag mir im Sinn, als ich am nächsten Morgen in eine Schlucht einbog. Schon von weitem sah ich ein kleines Männlein auf mich herkommen, dachte mir, den gehst du an, der schenkt dir wohl ein paar Gulden. So wär mir's lieb gewesen, und darum bildete ich mir ein, so würde es auch geschehen. Als der aber herankam und ich ihn anredete, da näselte er was, das ich nicht verstand – er war ein Ausländer –, und wollte an mir vorbei. Ich vertrat ihm den Weg, und da griff er ein paar Kreuzer hervor; mir schoß das Blut ins Gesicht, ich hatte wohl bemerkt, wie er dabei ängstlich nach allen Seiten umsah und dann nach mir her, das entschied alles, was werden sollte. Eine heillose Wut überkam mich. Sollte ich wie ein Bettler abziehen, weil der mir gegenüber ein Knauser war? Zu Mord und Totschlag war ich ja ausgehoben worden, und da steht ein Kerl, der für Leib und Leben fürchtet und das selbst nicht höher anschlägt als ein paar Kreuzer. Tu ich ihm danach, bleibt mir allemal ein Überschuß! So griff ich ihn und erwürgte ihn mit seinem eigenen Halstuch, leerte seine Taschen und zog den Leichnam über einen kleinen Bach, der dort floß. Im Frühjahr ist der wildes Wasser und wäscht am Fuß der Felswände förmliche Gruben aus, in eine solche zwängte ich den Körper; in der Nähe lehnte an einem Felsblocke, darauf Tannen standen, eine mächtige Steintafel, vielleicht unlängst heruntergebrochen, die stand so, daß ich mich nur anzustemmen brauchte, um sie fallen zu machen, sie schwang über, schlug Steingebröckel an den Kanten herunter, schloß die Höhle dicht zu, und als sie lag, rieselte das Wasser darüber weg; wie sie jetzt eingekeilt liegt, bringen sie keine fünf Mann in die Höhe. Dann ging ich meiner Wege. Das ist die Geschichte, wahrscheinlicher als die närrische von vorhin. Du magst sie nun glauben oder es bleiben lassen."

„Glaub sie schon", sagte langsam der Alte.

„Nun, dann glaub auch, daß ich nichts danach frage, vielleicht weil ich Fleischer und an Blut gewöhnt bin, ob vom Rind oder Mensch, das gilt gleich. Ich erinnere mich, daß ich ein paarmal davon geträumt habe, wie denn alles, was man erlebt, einem im Traum vorkommen kann, worauf aber wach kein vernünftiger Mensch etwas gibt. Freilich muß man sich sicher wissen. Wärst du ein so schlechter Bruder, wie du ein guter bist, und wolltest jetzt schnurstracks aufs Polizeiamt rennen, ich hielt dich nicht mit dem kleinen Finger; da ließe sich nichts erweisen, nicht wie der geheißen hat, noch wo er liegt . . ."

Breiting richtete sich auf, er schien einen halben Kopf höher als sonst. „Seinen Namen kann ich dir sagen, und an der Stell war ich, eh ich noch an dich hab denken können, jetzt weiß ich mir auch den Mann aufzufinden." Er zog eine Uhr hervor, deren Schlüssel an einem Lederriemchen baumelte, er ließ sie schlagen, es war drei Uhr morgens. „Kerneder, kennst du die? Die hast du damals dem Wirt an der Landstraße an Zahlungs Statt überlassen, und den Schlüssel hast du vor nicht ganz sechs Wochen hier bei deiner Schwägerin verstreut."

Der Fleischerknecht war völlig nüchtern geworden. Er stand starr, dann schrie er auf: „Höllenhund, elender, wer bist denn du?"

„Der Polizeiagent Anton Wüllfert, von dem du vielleicht schon gehört hast und der dich jetzt, mit oder ohne Fügung, das gilt gleich, in Haft nimmt. Alois Kerneder, du bist mein Gefangener!"

Bei diesen Worten traten aus dem Schatten der nächsten Häuser einige Männer hervor und auf die beiden zu. Der Fleischerknecht machte einen raschen Seitensprung, lief ein paar Schritte; einen Augenblick sah man in seiner Hand ein Messer blinken, dann taumelte er und fiel denen, die ihn haschten, schwer in die Arme. Mit einem sicheren, kräftigen Stoß hatte er sich ins Herz getroffen.

Anton Wüllfert tat es sehr leid, daß der „schöne Fall" nunmehr nicht zur Verhandlung kommen könne, aber er tröstete sich damit, daß er jetzt in der Lage sei, mit den hochachtbaren Erben des seligen Johann Georg Heinecke eine erfolgreichere Korrespondenz anzuknüpfen.

Darin wird er wohl recht behalten haben, und in anderm behält er's auch, ob die Sühne für eine geschehene Tat mit oder ohne Fügung sich einstellt, das gilt gleich, am wohlsten wird immer dem zumute sein, der weder eine Fügung noch einen Zufall zu fürchten braucht, der sich weder mit Blut noch mit fremdem Eigen, weder mit Gewalttat noch mit Gemeinheit besudelt und dem man dereinst auf dem Sterbebette über der stillen Brust die reinerhaltenen Hände faltet.

Paul Heyse

Die schöne Abigail

Wir hatten nach dem Abendessen in einem befreundeten Hause bei Bowle und Zigarre bis in die späte Nacht hinein geplaudert, zuletzt über die Entlarvung eines spiritistischen Gauklers, die gerade vor wenigen Tagen gelungen war und bei Gläubigen und Spöttern großen Lärm gemacht hatte. An den Bericht über den Vorgang – einer aus unserem Kreise war zugegen gewesen – hatte sich ein endloses Gespräch über das Für und Wider jener rätselhaften Erscheinungen geknüpft, die auf der helldunklen Grenze zwischen Seelen- und Nervenleben stehen und selbst von der hochmütigsten Wissenschaft nicht länger mit Schweigen und Achselzucken abzufertigen sind. In das lebhafte Gewirre der widerstreitenden Meinungen hinein erklang plötzlich der tiefe Ton der alten Standuhr, die Mitternachtsstunde ankündigend. Als der letzte der zwölf harten, langsamen Schläge verhallt war und eine kleine Stille entstand, hörten wir aus dem Sofawinkel heraus die helle Stimme der jungen Schwester der Hausfrau, die in ihrer drollig trokkenen Tonart ausrief: „So! Die Geisterstunde wäre nun glücklich angebrochen. Ich erlaube mir den Vorschlag zu machen, daß jetzt die Debatte über Suggestion, Telepathie, Autohypnose, und wie der konfuse Spuk sonst noch heißen mag, geschlossen wird und wir uns endlich mit etwas Soliderem beschäftigen, ich meine, mit echten und rechten Gespenstergeschichten, wie sie zur Geisterstunde passen. Ich glaube zwar an die tanzenden Nonnen in ‚Robert, der Teufel' so wenig wie an den Fliegenden Holländer, trotzdem aber kann ich mich eines angenehmen Gruselns nicht erwehren, wenn sie gut gespielt und gesungen werden, und nichts hab ich lieber, als wenn mir – in guter Gesellschaft – die Haut ein bißchen schaudert und das Haar zu Berge steht. Gerade daß man weiß, es ist alles Unsinn, und doch hat es diesen wunderlichen Effekt, ist das Hübsche daran, wie man es ja auch bei allem Poetischen erfährt, das uns mit fortreißt, obwohl wir wissen, es ist ein Spuk der Phantasie. Verzeihen Sie, Herr Doktor", wandte sie sich lächelnd zu mir, „ich schwatze da sehr unbescheiden über Dinge, die Sie besser verstehen. Aber warum sind Sie alle, nachdem die Uhr zwölf geschlagen, so wie auf Verabredung verstummt? Der erste, der den Mund öffnet, wenn ein Engel durchs Zimmer geflogen ist, sagt bekanntlich immer etwas Dummes."

„Alle sieben Weisen könnten nichts Klügeres über die Wirkung der Poesie sagen, als was Sie eben geäußert haben, liebes Fräulein", erwiderte ich, mich gegen sie verneigend. „Ich freue mich, eine so tapfere Idealistin in Ihnen zu begrüßen, welcher Schiller, wenn er sie hätte reden hören, seine Hochachtung bezeugen würde als einer werten Gesinnungsgenossin. Denn in der Tat meinte er ja auch: Was sich nie und nirgends hat begeben, das allein veraltet nie. Aber lassen wir diese ästhetischen Prinzipienfragen und kommen zu unserer mitternächtigen Tagesordnung. Sie wollen Spukgeschichten hören? Wenn nun aber niemand von uns eine recht ausbündige, die nicht gar zu kindisch und köhlergläubig wäre, in Bereitschaft hat?"

„Nein", sagte das kluge Mädchen lachend, „das versteht sich, es darf nicht etwa auf einen bloßen Bademantel hinauslaufen, der, zum Trocknen aufgehängt, vom Winde hin und her geweht wird und sich für ein Gespenst ausgibt, wie ich selbst als kleines Mädchen einmal erlebt habe. Es muß etwas sein, das einem vernünftigen Menschen, und der kein Hasenfuß ist, was aufzuraten gibt und wofür auch nicht gleich eine prosaische Aufklärung bei der Hand ist. Wie wär's, wenn wir Umfrage hielten, und wer nichts derart aus eigener Erfahrung oder nach glaubwürdiger Mitteilung zu erzählen wüßte, müßte ein Pfand geben?"

„Dann rücke du selbst nur gleich mit deinem Pfand heraus", sagte ihre Schwester lächelnd, „denn schwerlich sind dir außer jenem Bademantel überirdische Gesichte zuteil geworden."

„Wer weiß?“ versetzte die Mutwillige und bemühte sich, eine geheimnisvolle Miene zu machen. „Aber ich komme zuletzt. Der Doktor hat jetzt das Wort. Wir bitten um ein recht hübsches Gespenst, Herr Doktor, Wahrheit oder Dichtung, in Prosa oder in Versen ist uns gleich, nur daß es uns recht eiskalt dabei über den Rükken läuft und zu gleicher Zeit eine sanfte ätherische Hand uns das Gesicht streichelt.“

„Damit kann ich nun freilich nicht dienen“, versetzte ich, „wenn ich nicht etwas zusammenfabeln will, was ich doch aus dem Stegreif nicht wagen würde. Das Höchste in dieser Art hat schon ein Höherer geleistet, der Dichter der ‚Braut von Korinth‘. Mir selbst ist nur ein unscheinbares Erlebnis in der Erinnerung, das für eine geheimnisvolle Wirkung in die Ferne, die längst durch tausend Tatsachen bestätigt ist, ein neues Zeugnis ablegt. Ich war als ein junger Mensch von dreiundzwanzig Jahren in Rom und hatte in Berlin die beiden Menschen zurückgelassen, denen von all meinen Nächsten ich am meisten fehlte: meine Mutter und meine Braut. Im frühen Frühling des Jahres 1853 nun, an einem dunklen, stürmischen Abend, sitzt meine Liebste ruhig mit einer Handarbeit bei ihren Geschwistern, als sie heftig unten an der Haustür klingeln hört und mit dem Rufe: ‚Das ist Paul!‘ hinaus- und die Treppe hinuntereilt, um selbst das schon verschlossene Haustor zu öffnen. Niemand stand draußen an der Schwelle, und sie mußte sich, da sie zurückkam, von den Brüdern mit ihrer ‚bräutlichen Phantasie‘ necken lassen. Am anderen Morgen besucht sie meine Mutter, die kommt ihr mit den Worten entgegen: ‚Denke nur, was mir gestern abend begegnet ist!‘ – und erzählt genau denselben Hergang, wie sie plötzlich die Hausglocke gehört habe mit dem lebhaften Ton, den ich anzuschlagen pflegte, zu meinem Vater hineingeeilt sei und ebenfalls ausgerufen habe, das müsse ich sein, der unten stehe, worauf sich auch hier das Ganze als eine Sinnestäuschung erwiesen habe. Oder doch als etwas anderes? Denn acht Tage später kam ein Brief aus Rom mit der Nachricht, daß ich an einem Malariafieber bedenklich krank gelegen und gerade an jenem Abend die Gefahr auf ihre Höhe gestiegen sei.“

Wieder ward eine kleine Stille in der Runde. Dann sagte das Fräulein ruhig: „Eine nachdenkliche Geschichte, von der ich jedes Wort glaube. Denn von den Wirkungen der Seelen aufeinander ohne die Vermittlung sinnlicher Zwischenträger haben wir ja heute abend schon genug unwidersprechliche Beweise gehört. Und so sollen Sie ohne Pfand sich gelöst haben, obwohl es keine eigentliche Gespenstergeschichte ist, keine solche, die unglaublich ist und uns doch gruseln macht. Jetzt ist die Reihe an dem Herrn Obersten. Ich fürchte nur, der wird uns auch im Stich lassen. Denn soviel ich weiß, haben die Gespenster einen heiligen Respekt vor Leuten, die Waffen tragen und schon aus Beruf Courage haben müssen."

Sie wandte sich mit diesen Worten an meinen Nachbar, der sich während der letzten Stunde, solange das Gespräch sich um die Geheimnisse des Zwischenreichs gedreht, auffallend schweigsam verhalten hatte. Ein stattlicher Mann zu Anfang der Fünfziger, Haar und Bart vorzeitig ergraut; die wetterbraune Farbe des Gesichts stach mit einem gewissen koloristischen Reiz dagegen ab, und nur ein leises Zucken, das dann und wann den festen Mund umzog, verriet ein geheimes Leiden. In der Tat hatte der treffliche Mann, der mit Leib und Seele Soldat war und im Kriege von 70 und 71 mit Auszeichnung gedient hatte, wegen tief eingenisteter rheumatischer Beschwerden infolge seiner Feldstrapazen vor zwei Jahren den Abschied nehmen müssen mit Oberstenrang und allen sonstigen Ehren, die ihn jedoch über seine gezwungene Untätigkeit so wenig zu trösten vermochten wie die kriegsgeschichtlichen Studien, mit denen er seine Muße ausfüllte.

Wir alle schätzten ihn sehr und freuten uns, daß er in unserm Kreise seiner schwermütigen Stimmung Herr zu werden imstande war und bei den witzigen Torheiten, auf welche die Schwester der Hausfrau zuweilen verfiel, das dankbarste Publikum abgab.

Desto bestürzter sahen wir nun, wie er auf die letzten Worte des Fräuleins erblaßte, den Blick zu Boden kehrte und eine Weile unschlüssig schien, was er erwidern sollte.

Es war offenbar, daß irgendeine wunde Stelle in seinem Innern berührt worden war und daß er nach seiner angeborenen Tapferkeit sich bemühte, den Schmerz zu verwinden und nichts davon zutage kommen zu lassen.

Eben wollte das betroffene Mädchen, das bei all seinem Übermut einen feinen Herzenstakt besaß, die unliebsame Übereilung wiedergutmachen und unter einem scherzhaften Vorwande den Oberst von der Pfänderpflicht freisprechen, als dieser die Augen mit ruhigem Entschluß wieder aufhob und sagte:

„Ich hätte allerdings etwas zu erzählen, was den Anforderungen, die Sie an eine richtige Spukgeschichte stellen, hinlänglich entsprechen möchte. Ich müßte aber, um verständlich zu machen, warum dies Erlebnis mir so naheging, ziemlich weit in meine Vergangenheit zurückgreifen und allerlei Herzensabenteuer berühren, die Ihnen nicht sehr interessant sein können. Zudem ist die Polizeistunde längst überschritten –“

Das Fräulein ließ ihn nicht ausreden. „Ich bin nicht die Hausfrau“, sagte sie mit einem lieblichen Erröten, „und habe wohl überhaupt schon zu dreist das Wort geführt. Aber wie ich meine Schwester kenne – von dem lieben Schwager gar nicht zu reden –, so ist es ihr nie zu spät, eine merkwürdige Geschichte erzählen zu hören, zumal wenn es sich um Herzensabenteuer eines so verehrten Hausfreundes handelt. Überdies ist die Bowle noch nicht zur Hälfte ausgetrunken, was mich, die ich sie gebraut habe, kränken muß. Lassen Sie mich also Ihr Glas wieder füllen, dann will ich mäuschenstill sein und recht mit Wonne mich graulen.“

Sie merkte, daß sie doch nicht den rechten Ton gefunden hatte, denn auf seinem Gesicht erschien kein Lächeln wie sonst bei ihrem schalkhaften Geplauder. Auch wir anderen gerieten in eine etwas beklommene Stimmung, da wir den Freund jetzt aufstehen und ein paarmal das Zimmer durchschreiten sahen. Er stand endlich an dem längst erloschenen Ofen still, lehnte sich mit dem Rücken daran und begann seine Geschichte.

„Was ich Ihnen erzählen will, liegt schon eine ziemliche Strecke Zeit hinter mir, über zehn Jahre. Doch bei der leisesten Erinnerung daran steht alles wieder so lebhaft vor mir, als hätte sich's gestern zugetragen, und ich habe ganz dieselben Schauer von Glut und Frost in meinem Blute zu überstehen wie in jener wundersamen Nacht.

Ich schicke dies voraus, damit Sie mich nicht im Verdacht haben, Ihnen einen leeren Traum vorzutragen. Träume pflegen zu verschäumen. Was ich damals erlebte – doch ich will ohne weitere Vorrede zur Sache kommen.

Es war also im Jahre 1880, im Hochsommer. Ich hatte mir vier Wochen Urlaub ausgewirkt, da mein rheumatisches Leiden eben damals anfing, mich unerträglich zu peinigen. Das Wildbad aber, auf das ich meine Hoffnungen gesetzt hatte, tat Wunder. Nach drei Wochen fühlte ich mich wie neugeschaffen, und da die Hitze in jenen Talgründen mir im übrigen nicht wohltat, sprach der Badearzt mich nach den üblichen einundzwanzig Bädern frei und riet mir, den Rest meiner Ferien in einer kühleren Gegend zuzubringen, mit aller Vorsicht freilich, um nicht wieder einen Rückfall heraufzubeschwören.

Nun hatte ich in B. einen Jugendfreund, mit dem ich seit dem Frieden nicht wieder zusammengekommen war. Nach dem Kriege, den er als Regimentsarzt gerade in meiner Kompanie mitgemacht, hatte er in dieser seiner Vaterstadt die Leitung des Krankenhauses übernommen, sich verheiratet und nur durch die Zusendung der Geburtsanzeigen seiner fünf oder sechs Kinder die Fäden unserer alten Freundschaft fortgesponnen.

Um so wohltuender war mir's, da ich ihn jetzt unvorbereitet überfiel, den guten Kameraden ganz so herzlich gesinnt wiederzufinden wie damals, als ich von ihm Abschied nahm, um nach meinem Wundbette in Mainz evakuiert zu werden. Ich mußte zu Tische bei ihm bleiben – die einzige Zeit des Tages, neckte ihn seine liebenswürdige Frau, wo er nicht dem ersten besten mehr gehörte als seinem eigenen Fleisch und Blut – und da ihn in den nächsten Stunden seine Stadtpraxis wieder in Anspruch nahm, verabredeten wir, daß ich ihn abends nach dem Theater in einem Weinhause, das er mir bezeichnete, erwarten sollte.

Mein einsamer Nachmittag verging rasch genug. Ich kannte zwar außer meinem Kriegskameraden keine lebende Seele in der schönen alten Stadt, die ich als Fähnrich vor langen Jahren einmal flüchtig durchwandert hatte. Aber es gab an allen Ecken und Enden so viel Merkwürdiges zu schauen, so manches reizte mich, ein paar Striche in meinem Skizzenbuch zu machen, und das Wetter war so lieblich durch ein Morgengewitter gekühlt worden, daß ich das Theater – eine sehr fragwürdige Sommerbühne – fahrenließ und die Zeit bis zu unserem Stelldichein lieber mit einem Spaziergang in der stillen Abendluft die baumreichen Flußufer entlang ausfüllte.

Ich hatte mich dabei so in meine Gedanken eingesponnen, daß ich erst an den Rückweg dachte, als es völlig Nacht geworden war. Eine Nacht freilich, in der sich's so anmutig lustwandelte wie am Tage, denn der Mond ging fast schon mit seinem vollen Schein über den Erlenwipfeln auf und erhellte die Gegend dergestalt, daß man an den flachen Uferstellen die Kiesel durch die Wellen wie kleine Silberkugeln schimmern sehen konnte.

So auch erschien die Stadt von einem silbernen Duft umwoben, wie aus einem Märchen vor mich hingepflanzt, als ich mich ihr wieder näherte. Es schlug schon neun von der alten Domkirche, ich war müde und durstig von meinem langen Streifzuge und hatte mir die Rast in dem Weinhause, zu dem ein gefälliger Bürgersmann mich hinwies, wohl verdient. Da ich meinen Freund noch nicht vorfand, ließ ich mir etwas zu essen geben und einen Schoppen leichten Weins, mit dem ich den ersten Heißdurst löschte. Noch immer ließ der Doktor auf sich warten. Er mußte nun aber jeden Augenblick kommen, und so bestellte ich im voraus einen feurigen Rauentaler, von dem er mir bei Tische gesprochen hatte, um ihm gleich in diesem edlen Tropfen Willkommen zuzutrinken, sobald er einträte. Es war wirklich ein ‚Trank voll süßer Labe', würdig, die Blume alter Freundschaft damit zu begießen. Doch verfehlte er seinen Zweck. Statt meines guten Kameraden erschien so gegen zehn ein Bote mit einer Karte, auf der der Freund sein

Ausbleiben zu entschuldigen bat; er sei über Land gerufen worden zu einem schwerkranken Patienten und könne nicht absehen, ob er in dieser Nacht überhaupt zurückkehren würde.

So war ich auf mich selbst angewiesen und auf den Wein, der mich leider nicht heiter zu stimmen pflegte, wenn ich ihn nicht in freundlicher Gesellschaft trank. Seit ich meine Frau verloren habe, damals ging es ins dritte Jahr, überfiel mich bei der einsamen Flasche regelmäßig eine tiefe Melancholie, die geflissentlich zu nähren ich nicht mehr jung und sentimental genug war. Um ihr auch diesmal nicht zu verfallen, griff ich nach den Zeitungen, die mir fast alle zu Gebote standen, da die wenigen Stammgäste an ihren abgesonderten Tischen sich eifrig ihrer Skat- oder Schachpartie hingaben.

Was mir zunächst – auf der letzten Seite des Lokalblattes – ins Auge fiel, war die Liste der städtischen Sehenswürdigkeiten. Da ich den ganzen morgigen Tag noch zu bleiben gedachte, war mir dieser Wegweiser ganz erwünscht, und ich notierte mir einiges, was meine Neugierde reizte, in mein Taschenbuch. Da fiel mein Blick auf eine Anzeige, die meine Gedanken plötzlich in eine weit entlegene Zeit zurücklenkte: ‚Jeden Montag und Donnerstag ist die Windhamsche Gemäldesammlung im Erdgeschoß des Rathauses unentgeltlich geöffnet.'

Windham! Nein, ich irrte mich nicht; das war der Name gewesen. Ein Windham hatte im letzten Kapitel meines Jugendromans die Hauptrolle gespielt. Nun dämmerte es auch in mir auf, daß ich später einmal gehört hatte, dieser Windham habe sich mit seiner jungen Frau hier in B. niedergelassen. Seitdem war er mir verschollen geblieben. Und nun hier so unverhofft an ihn erinnert zu werden!

Aber Sie können ja nicht verstehen, was mich an der unscheinbaren Zeitungsnotiz so seltsam aufregte. Ich muß nun doch noch weiter ausholen.

Sie wissen, daß ich als Sprößling einer unterfränkischen Soldatenfamilie im Kadettenhause zu München erzogen worden bin und es in dem Jahre vor Ausbruch des französischen Krieges zum Oberleutnant gebracht hatte. Ich war neunundzwanzig Jahre alt und hatte außer meinem Beruf, dem ich mit Leib und Seele anhing, nicht viel erlebt. Eine sehr ideale Fähnrichsliebe, die ein albernes Ende nahm, hatte mich vor den mancherlei Verirrungen meiner Altersgenossen bewahrt, mir aber das weibliche Geschlecht nicht im besten Lichte gezeigt. Doch posierte ich nicht als Weiberfeind, und da ich ein leidenschaftlicher Tänzer war, selbst noch auf der Kriegsakademie, machte ich auch den Karneval des Jahres 70 als einer der Flottesten mit, ohne mir die Flügel zu verbrennen.

Bis auch meine Stunde geschlagen hatte.

Auf einem der öffentlichen Bälle erschien so um die Mitte des Februar eine auffallende junge Schönheit, die alle bisherigen Ballköniginnen verdunkelte.

Sie war erst vor kurzem mit ihrer Mutter, da der Vater vor Jahr und Tag gestorben war, aus Österreich herübergekommen, um, nachdem sie die Trauer abgelegt hatte, noch etwas Winterfreuden zu genießen. Ihre Gestalt, ihr Benehmen, ihre Art, sich auszudrücken, all das hatte einen fremdartigen Reiz, der schon aus der seltsamen Mischung ihres Bluts zu erklären war. Denn ihre Mutter, eine hochgewachsene, rötlichblonde Schottin von strenger puritanischer Haltung und langsam ungelenken Gebärden, hatte einen steirischen Edelmann geheiratet, der sich auf einer Reise durch ihr heimatliches Hochland in das junge Mädchen verliebt hatte. Sie war ihm nach seinem Gut gefolgt, hatte sich aber dort nicht zu akklimatisieren verstanden. Trotzdem schien sie in einer glücklichen Ehe mit dem leichtblütigen katholischen Gatten gelebt zu haben und seinen Tod noch immer nicht verwinden zu können, als sie mit ihrer Tochter auf Reisen ging.

Diese, damals schon in den ersten Zwanzig, hatte von der Welt bisher nichts gesehen, als was auf zehn Meilen in der Nachbarschaft ihres Landsitzes sich ihr dargeboten hatte. Der Vater, der im Punkt der ehelichen Treue vielleicht nicht der Gewissenhafteste gewesen war und alljährlich viele Monate in Wien zubrachte, hatte seine Frau den Versuchungen der großen Stadt sorgfältig fernzuhalten gewußt und die Tochter vollends vor allem

Verkehr mit jungen Männern behütet. Beide hätten es wahrlich nicht bedurft, da ihr kühles Temperament sie hinlänglich schützte. Denn hierin war Abigail – so war das Fräulein nach einem uralten Brauch der mütterlichen Familie getauft worden – das echte Kind ihrer Mutter, der sie äußerlich durchaus nicht ähnlich sah, nicht einmal durch die Farbe des Haares, die bei der Tochter durchaus keinen rötlichen Schimmer hatte.

Ich will aber nicht den törichten Versuch machen, Ihnen diese reizende junge Person zu beschreiben. Nur zweierlei fiel mir gleich bei dem ersten Begegnen auf und verfolgte mich bis in meine Träume: der seltsam glanzlose Blick ihrer großen grauen Augen, die immer ernst blieben, auch wenn der Mund lächelte, und daß sie die schönsten Arme hatte, die ich je gesehen. Sie trug sie gegen die damalige Sitte ganz entblößt, an den Achseln nur durch einen schmalen Florstreifen von den herrlichen Schultern abgetrennt, was die Damen, zumal die Mütter, skandalös fanden, obwohl die Wiener Mode diese Tracht sanktionierte und das Fräulein im übrigen sich in Worten und Gebärden aufs züchtigste betrug. Aber die Arme waren zu schön, um nicht Aufsehen zu machen und soviel Neid wie Bewunderung zu erregen. Eine Farbe wie etwas vergilbter weißer Atlas, mit einem matten Glanz, und in der Biegung des Ellenbogens eine zarte blaue Ader. Selbst die kleinen hellen Narben am linken Oberarm, die von der Nadel des Impfarztes herruhrten, hatten einen eigenen Reiz, als wären sie mit absichtlicher Koketterie der glatten Haut eingeätzt worden, um deren edle Feinheit desto mehr bemerklich zu machen.

Und so die Hände, als sie beim Souper die Handschuhe abstreifte, der schonste Fuß im weißseidenen Schuh, ein Ebenmaß und eine Schmiegsamkeit der Glieder, die sie dem österreichischen blauen Blut, nicht der schottischen Hochlandsrasse verdankte.

Ich war, sowie ich den ersten Blick auf das herrliche Geschöpf geworfen hatte, unter dem Zauber dieser fremden, kühlen Augen. So unbefangen ich sonst selbst den reizendsten Frauen gegenübertrat, das Herz schlug mir heftig, und meine Rede verwirrte sich, als ich ihr vorgestellt wurde und sie um einen Tanz bat.

Auch fand ich meine Besinnung nicht sobald wieder, während ich mit ihr durch den weiten Saal mich umschwang, und war wütend auf mich selbst, daß ich eine so unbeholfene Figur machte. Beständig mußte ich denken: ‚Sie ist kein Weib wie alle anderen. Eine Göttin! Kein Wunder, daß ihre Blicke so kühl auf das armselige Menschengewühl herabsinken. Ist es zu denken, daß man einen solchen Mund küssen dürfte? Und der Sterbliche, um dessen Hals sich diese Arme schlängen, müßten dem nicht die Sinne vergehen und er in diesem übermenschlichen Glück zu einem Aschenhäufchen verlodern?‘

Sie sehen, es war eine richtige Bezauberung. Was man vom Blitz und Schlag einer plötzlichen Verliebung redet, hatte ich an mir erleben sollen.

Ich gewann aber bald soviel Herrschaft über mich, daß ich mich mit guter Manier in mein Schicksal ergeben und an diesem ersten Abend die Rolle eines ritterlichen Verehrers spielen konnte, ohne mich zu so überschwenglichen Huldigungen fortreißen zu lassen wie die meisten meiner Kameraden. Das kam mir mehr zustatten, als wenn ich an Schönheit und Liebenswürdigkeit alle überglänzt hätte. Denn das seltsame Mädchen, obwohl dies ihr erster Ballwinter war, nahm doch alle Auszeichnungen, die ihr zuteil wurden, zumal die süßen Reden ihrer Tänzer, mit so kühler Miene entgegen, als ob es ihr beim Tanz einzig und allein auf die Bewegung ankäme und die eitlen jungen Herren, so schön geputzt und frisiert sie waren, ihr nur als Mittel zu diesem Zweck willkommen wären.

Das gestand sie mir denn auch ganz harmlos, als wir beim Souper miteinander plauderten, und daß es ihr eher lästig und langweilig sei, wegen ihrer Schönheit beständig begafft und umschmeichelt zu werden. Keine Spur von Koketterie konnte ich an ihr bemerken, doch einen Hang zur Ironie und Menschenverachtung, der in einem minder reizenden Wesen sehr abstoßend gewirkt hätte, an Fräulein Abigail aber nur wie ein seltsames Schmuckstück, etwa ein blanker Stachelgürtel um den schmiegsamen Leib, sich ausnahm.

Da ich ihr nicht ein einziges schmeichelndes Wort sagte, wurden wir gleich an diesem ersten Abend sehr gute Freunde, und ich erhielt sogar von der Mutter die Erlaubnis, sie in ihrem Hause aufzusuchen.

Ich machte, wie Sie denken können, gleich am anderen Tage davon Gebrauch. Ich mußte doch fragen, wie der Ball ihnen bekommen sei, und fand die Damen in einer möblierten Wohnung so behaglich eingerichtet, daß mir klar wurde, sie lebten in den bequemsten Verhältnissen. Gleichwohl machte die Mutter kein Hehl daraus, daß sie nur gekommen sei, um für die Tochter einen Mann zu finden, wozu auf dem abgelegenen Landsitz keine Aussicht sei. Das Mädchen hörte jede Äußerung, die in diesem Sinne fiel, mit dem äußersten Gleichmut, wie wenn es sich durchaus nicht um sie selbst dabei handle, sondern um eine Laune der Mama, die hoffentlich auch wieder vergehen werde.

Das Zutrauen, das sie so rasch zu mir gefaßt hatte, entzog sie mir auch nicht wieder, sondern gab mir immer neue Beweise, daß ihr meine Gesellschaft angenehm sei, meine Art, Welt und Menschen zu betrachten, ihr die richtige scheine. Sie erzählte mir ihr ganzes Leben, das freilich keinem Roman ähnlich sah. Verliebt war sie nie gewesen und konnte sich von dem Zustand eines leidenschaftlichen Herzens überhaupt keine Vorstellung machen. Geliebt hatte sie nur einen Menschen, ihren Vater. Mit der Mutter verstand sie sich in keiner Sache und beobachtete alle kindlichen Pflichten fast mechanisch, ohne das geringste dabei zu empfinden. ‚Ja', sagte sie mir einmal, ‚es ist vielleicht so, wie Sie sagen, ich habe kein richtiges Mädchenherz, und doch –' Dabei drückte sie die Augen ein, lehnte den schönen blonden Kopf zurück, und ihre halbgeöffneten Lippen hatten einen halb schmerzlichen, halb wilden Ausdruck von Dürsten und Verlangen.

Gleich darauf lächelte sie und fing eine spöttische Rede an über gewisse junge Damen, die sie kennengelernt und die ihren Freundinnen beständig Bulletins über die Zustände ihrer zärtlichen Herzen zu hören gaben.

All diese Vertraulichkeiten waren weit entfernt, mich

eitel zu machen und kühne Hoffnungen in mir zu wekken.

Ich verbrachte aber fast einen Abend wie den andern in der Gesellschaft der beiden Damen, teils, solange der Karneval dauerte, bei öffentlichen Festen, wo ich nun bereits für den unzertrennlichen Kavalier und begünstigten Bewerber galt, teils an ihrem behaglichen Teetisch als einziger Hausfreund männlichen Geschlechts. Nur dann und wann fand sich eine ältere Dame, eine österreichische Bekannte der Mutter, dazu, und es wurde ein kleiner Tarock gespielt, bei dem Abigail die Zuschauerin machte. Sie verhehlte ihre Langeweile nicht, wie sie überhaupt mit keiner ihrer Empfindungen je zurückhielt. Und doch blieb ein rätselhafter dunkler Grund in ihrem Wesen, der zuweilen in unbewachten Stunden durchblickte und mich jedesmal mit einem leisen, unheimlichen Frösteln überschauerte.

Ich war im Verlauf der Wochen und Monate so offenherzig gegen sie geworden, daß ich selbst dieses nicht gerade schmeichelhafte Gefühl dem verwöhnten Mädchen nicht verhehlte.

Sie sah ruhig und mit unbeweglichen Augen über mich hinweg.

‚Ich weiß, was Sie meinen', sagte sie. ‚Es ist etwas in mir, wovor ich mich selbst fürchte, und kann es doch nicht näher bezeichnen. Vielleicht die Ahnung, daß ich nie erfahren werde, was Glück ist, freilich auch anderen kein Glück zu bringen bestimmt bin, ohne eigene Schuld, und daß mein innerstes Wesen sich dann empört und auf irgend etwas sinnt, um sich für diese Zurücksetzung zu rächen. Wissen Sie, wie ich mir vorkomme? Wie ein Eiszapfen, der eine Flamme lustig flackern sieht und sich schämt, so starr und kalt zu bleiben, und nun näher heranrückt und dabei nichts weiter erreicht, als daß er langsam abschmilzt; wenn aber die letzte eisige Starrheit geschwunden ist, wird er selbst nicht mehr vorhanden sein. Das Gleichnis hinkt auf beiden Füßen, ich weiß es wohl, aber es ist doch etwas daran, und Sie wissen vielleicht auch, was mit der Flamme gemeint ist.'

Es war das erste Mal, daß sie auf meine längst nicht mehr verborgene Neigung anspielte, freilich unbarmherzig genug, da sie mir jede Hoffnung abschnitt. Wer weiß aber, wohin das Gespräch mich geführt hätte, wenn die Mutter nicht dazugekommen wäre.

Und freilich hinkte das Gleichnis. Denn auch die Flamme brannte nicht so lustig, wie ein rechtschaffenes Liebesfeuer soll, sondern hatte wunderliche Anfälle von Kühle und Versuchungen völligen Erlöschens.

So recht ins Lodern geriet sie nur, wenn ich mit dem wundersamen Mädchen unter vier Augen war oder im lichterhellen Saal ihre ganze Schönheit an mir vorüberschwebte. War sie meinen Augen entrückt, so kam sie mir durchaus nicht aus dem Sinn, ja ich mußte nun erst recht an sie denken, dann aber stets mit einer rätselhaften Abneigung, obwohl ich ihr nichts Bestimmtes vorwerfen konnte. War's eine Sünde, mich nicht zu lieben oder von der Liebe überhaupt noch keinen Hauch gespürt zu haben? Und jener dunkle Grund, der ihr selbst unheimlich war, konnte er sich nicht eines Tages als ein ganz unschuldiger Hintergrund erweisen, auf welchem allerlei lichte Freuden sich desto farbiger und reizender ausnahmen? Und dennoch, die Tatsache stand fest: Ich wünschte, ich hätte das schöne Mädchen nie kennengelernt, das mich doch immer von neuem zu sich hinzwang und, wenn ich in ihrer Nähe war, meine Sinne in einen magischen Aufruhr brachte. Nur einmal meinen Mund auf diese durstigen Lippen zu drücken, nur einmal von diesen weichen, schlanken Armen umfangen zu werden – ich bildete mir ein, damit würde der Zauber gebrochen und ich mir selbst zurückgegeben werden.

Die Mutter sah mich kommen und gehen, ohne sich über mein Verhältnis zu ihrem Kinde besondere Gedanken zu machen. Daß ich verliebt war, fand sie nur in der Ordnung, aber ganz ungefährlich bei der Sinnesart des Mädchens, die sie nur zu gut kannte und nicht zu bekämpfen suchte, da sie ihrem bei aller äußerlichen Frömmigkeit weltlich spekulierenden Geist sehr erwünscht war. Sie wollte höher hinaus mit ihrer gefeierten Tochter, als ein schlichter Oberleutnant es ihr bieten konnte, und hoffte von mir vor allem, daß ich durch meine Bekanntschaften ihr den Eintritt in die aristokratischen Kreise erleichtern würde. Dann würde es, kalkulierte sie, auf die Länge an einem gräflichen oder gar morganatischen Schwiegersohn nicht fehlen.

Der Sommer machte zunächst einen Strich durch diese Rechnungen, da die ‚Gesellschaft' sich zerstreute und aufs Land hinauszog. Auch meine beiden Damen mieteten eine Villa in Tegernsee, zu meinem Leidwesen, da ich jetzt nur einmal alle sieben Tage sie besuchen konnte. Die Entbehrung schürte nun allerdings die Flamme dergestalt, daß ich von Samstag zu Samstag in einer fieberhaften Ungeduld hinlebte, zugleich in steter Angst, während meiner langen Entfernung möchte sich irgend jemand an die einsamen Frauen herandrängen, der den Ansprüchen der Mama genügte und der Tochter nicht unwillkommener als irgendein anderer wäre.

Diese Sorge war überflüssig. Dagegen verfinsterte sich plötzlich die Luft über der ganzen deutschen Welt so drohend, daß alle Einzelschicksale davon überschattet wurden.

Der Französische Krieg brach aus. Ich begrüßte ihn freudig, auch weil er meiner eigenen unerträglichen Situation ein Ende machte. Nur mit genauer Not, indem ich einen nächtlichen Ritt daransetzte, konnte ich die Zeit zu einem Abschiedsbesuch in Tegernsee erschwingen. Ich fand am frühen Morgen das schmerzlich geliebte Mädchen im Garten, da sie mein Kommen nicht erwartet hatte. Sie hatte ein Bad im See genommen, und die Morgenluft schauerte über ihre blasse Haut und das blonde Haar, das ihr wie ein weicher Mantel über den Rücken hinabhing. Als sie hörte, was mich zu so ungewohnter Zeit hinausgeführt, wechselte sie die Farbe keinen Augenblick, nur ihre Augenlider senkten sich, als ob sie einen Vorhang über das niederlassen wollte, was in ihr vorging.

‚Nun', sagte sie, ‚da wird ja Ihr sehnlichster Wunsch erfüllt. Non più andrai farfallon amoroso[1] – Sie werden Wunder der Tapferkeit verrichten und als ein berühmter Sieger zurückkehren. Ich wünsche Ihnen das beste Glück und werde Ihrer täglich gedenken.'

‚Werden Sie das wirklich?' sagte ich. ‚Und etwas herz-

[1] (ital.) Du wirst nicht länger als verliebter Schmetterling umherflattern. [Aus dem Libretto zu Mozarts „Die Hochzeit des Figaro".]

licher als jedes anderen Muttersohns, der seine Brust pro patria den Kugeln der französischen Mitrailleusen[1] aussetzt?‘

‚Wie können Sie daran zweifeln!‘ sagte sie und brach eine Blume ab, deren Duft sie wieder mit jenem sehnsüchtigen Ausdruck einsog. ‚Sie wissen, daß ich Ihnen sehr gut bin. Habe ich Ihnen nicht auch mehr Vertrauen bewiesen als noch je irgendeinem jungen Mann? Sind Sie damit nicht zufrieden?‘

‚Nein, Abigail‘, sagte ich, ‚und Sie wissen ja auch sehr gut, warum.‘ Und nun schüttete ich mein ganzes Herz zum ersten Male – da ich dachte, es sei vielleicht das letzte Mal – in leidenschaftlicher Erregung vor ihr aus. ‚Ich weiß‘, schloß ich, ‚Sie empfinden gar nichts Ähnliches. Der Blitz, der in mein Herz eingeschlagen, hat Ihnen nicht ein einziges Haar Ihrer Stirnlöckchen versengt. Ich bin auch nicht so verblendet zu glauben, Sie würden aus bloßem Mitleid, um mich nicht ganz hoffnungslos ins Feld ziehen zu lassen, ein wärmeres Gefühl heucheln. Es mußte mir aber einmal von den Lippen zu meiner eigenen Erleichterung – und nun empfehlen Sie mich Ihrer Frau Mutter, deren Morgentoilette ich nicht stören will, und bewahren Sie mir ein geneigtes Andenken.‘

Da schlug sie die Augen auf und sah mir gerade ins Gesicht, sehr ernsthaft, während ihre sonst immer gleichmäßig gefärbten Wangen eine leichte Röte überflog, die sie sehr verschönte.

‚Nein‘, sagte sie, ‚so dürfen Sie denn doch nicht von mir gehen, und Gott weiß, ob man sich je wiedersieht. Ich will Ihnen das Geständnis mit auf den Weg geben, daß ich fest überzeugt bin, wären Sie noch ein paar Wochen oder Monate wie bisher freundlich und gut gegen mich gewesen, so hätte sich der bewußte Eiszapfen in ein frisch grünendes Reis verwandelt und Blüten getrieben – wieder ein hinkendes Bild, aber Sie verstehen mich. Vielleicht denken Sie an dieses Frühlingsmärchen, wenn Sie im kalten Biwak nachts nicht einschlafen können, und erwärmen daran Ihr fröstelndes Herz.‘

Ich kann nicht schildern, wie mir bei diesen Worten zumute war. Was ich in dem ersten Schwindel und Tau-

[1] Kugelspitze

mel aller Gefühle gestammelt habe, mögen die Götter wissen. Nur soviel ist mir erinnerlich, daß ich unter anderm die Zumutung an sie stellte, nun sofort zur Mutter zu gehen, sie um ihren Segen zu bitten und dadurch unser Einverständnis zu einer regelrechten Verlobung zu stempeln.

‚Wenn Sie mit meiner eigenen Erklärung nicht zufrieden sind', sagte sie kaltblütig, ‚so tut mir's leid; zu mehr aber fühl ich mich für jetzt nicht aufgelegt' – wahrhaftig, aufgelegt sagte sie und sah dabei zum Verrücktwerden reizend und marmorkühl aus. ‚Wenn wir uns in aller Form verlobten, würde ich keine ruhige Stunde haben, sondern mir immer wie Bürgers Lenore vorkommen. Nicht bloß die ewige Unruhe: Bist untreu, Wilhelm, oder tot?, fürchte ich, sondern noch etwas viel Schlimmeres. Ich bin nämlich entsetzlich abergläubisch, oder vielmehr, ich glaube steif und fest, daß jene Ballade nicht eine bloße schaurige Fabel ist, sondern so oder anders, aber in der Hauptsache sich wirklich zugetragen hat. Wenn Ihnen etwas Menschliches begegnete, lieber Freund, und Sie hätten ein festes Anrecht auf mich als auf ihre feierlich Ihnen angelobte Braut – ich schliefe keine Nacht mehr und weiß bestimmt, daß irgendein Spuk meinem armen Dasein ein Ende machen würde. Also lassen Sie uns das Weitere der Fügung des Himmels anheimstellen, und ziehen Sie ins Feld, von meinen herzlichsten Gedanken überall begleitet.'

Das war nun danach angetan, meine hochgespannte Stimmung unsanft herabzudrücken. Umsonst versuchte ich, mit Ernst und Scherz sie zu rühren, daß sie mir etwas mehr einräumte. Doch nicht einmal das Versprechen, mir zu schreiben, konnte ich ihr abgewinnen und mußte mich endlich mit sehr geteilten Gefühlen von ihr losreißen. Nichts von wahrer, warmer Hingebung hatte ich gespürt in der Umarmung, die sie mehr duldete als erwiderte, und die so lang ersehnten Lippen, die ich flüchtig berühren durfte, waren von einer Kühle, als hätten sie nicht soeben ein freundliches, verheißungsvolles Wort gesprochen. Gleichviel – als hoffnungsloser Liebhaber war ich gekommen, und als glücklicher, wenn auch noch nicht erklärter Bräutigam ritt ich wieder davon.

Das Glück war nun freilich nicht überschwenglich groß. Es bestand nur darin, daß ich in allen dienstfreien Augenblicken daran denken konnte, welch ein Siegespreis nach Beendigung des damals unabsehlichen Krieges meiner wartete, vorausgesetzt, daß man sich ‚dazu aufgelegt' fühlen würde, meine Liebe und Treue zu belohnen, und daß ich von Zeit zu Zeit die Versicherung eben dieser Lieb und Treue nebst Berichten vom Kriegsschauplatz nach Tegernsee, später nach München schikken durfte.

Eine Antwort kam nie.

Anfangs hatte ich kein Arg dabei. War's nicht ganz korrekt, daß ein junges Mädchen einem jungen Manne, mit dem sie nicht in aller Form verlobt war, keine zärtlichen Briefe schrieb? Und andere als zärtliche hätten mich doch nicht glücklich gemacht. Wer weiß auch, ob nicht die puritanische Mama, die ohnehin das Verhältnis nicht billigen mochte, ein entschiedenes Verbot erlassen hatte.

Aber alle Mütter der Welt, alle korrekten Grundsätze hätten ein wahrhaft liebendes Herz nicht abhalten können, dem von Entbehrungen und Gefahren umringten Liebsten ein wenig Trost in die Ferne zukommen zu lassen. Wie beneidete ich meine Kameraden um gewisse Briefchen, mit denen sie sich in irgendeinen stillen Winkel schlichen, um im Genuß einer solchen ‚Liebesgabe' nicht gestört zu werden. Ich ging immer leer aus, obwohl ich doch meinerseits der Post mehr als mancher Beglücktere zu tun gab. Und eines Tages schämte ich mich der allzu selbstlosen Rolle, die ich spielte. Ich beschloß, keine Zeile mehr zu schreiben, ehe eine Nachfrage nach mir geschehe. Mochte sie mich nun für ‚untreu oder tot' halten – es war an ihr zu zeigen, ob mein Leben oder Sterben den geringsten Wert für sie habe.

Wochen und Monate vergingen seit diesem Entschluß – und keine Zeile kam. Doch wenn Sie dächten, ich hätte unter diesem völligen Zusammenbruch meiner Hoffnungen schwer gelitten, so würden Sie sich irren. Ich empfand vielmehr eine Erleichterung und erkannte, daß ich all die Zeit in einer trügerischen Illusion von Glück und Liebe befangen gewesen war, da im Grunde nur meine Sinne mit im Spiel gewesen und vielleicht mehr noch ein geheimer Trotz, diesem unnahbaren Wesen doch endlich näherzukommen und das Eis zu schmelzen.

Was mir nun geschehen war, gab mir noch zeitig genug eine heilsame Lehre. Das war keine Frau, wie ich sie brauchte. Ein Glück, daß ich noch mit gutem Gewissen zurücktreten und stehenbleiben konnte, wo ich stand, ohne zu erleben, daß sie mir einen Schritt entgegentrat.

So ging das Jahr zu Ende, wir hatten weder einen Weihnachts- noch einen Neujahrsgruß ausgetauscht. Im Februar wurde ich verwundet und nach Mainz transportiert. Wie ich in dem Hause, in welchem ich wochenlang die liebevollste Pflege fand, *die* kennenlernte, die im nächsten Jahr meine Frau wurde, gehört nicht hierher. Das Wort, das unser Schicksal entschied, war noch nicht zwischen uns gesprochen worden, wir wußten nur, daß wir einander fürs Leben gefunden hatten, da kam eines Tages ein Brief Abigails, sie habe in der Zeitung von meiner Verwundung gelesen und frage bei mir an, ob sie und die Mutter kommen sollten, mich zu pflegen. Von bräutlichen Gefühlen keine Spur, ein Brief, dessen Inhalt aus dem unpersönlichsten Gebot allgemeiner Nächstenliebe hervorgegangen sein konnte. Vielleicht hatte die Mama ihn diktiert. Aber mußte die Tochter so sklavisch nachschreiben?

Ich bat Helene, der ich damals zuerst von meinem nun gelösten Verhältnis erzählte, in meinem Namen für das freundliche Anerbieten zu danken. Es fehle mir nichts, und ich sei in der besten Pflege.

Das war das letzte Lebenszeichen, das ich von meinem angebeteten ‚Bild ohne Gnade' erhielt. Ein allerletztes, das im Herbst 71 von mir ausging, die Verlobungsanzeige, kam als unbestellbar aus München zurück. Als ich kurz darauf selbst wieder nach Hause kam, erfuhr ich, die Damen seien schon vor dem Einmarsch der siegreichen Truppen fortgezogen, niemand wisse wohin, vielleicht nach Österreich zurück auf ihren Landsitz.

Doch schon im nächsten Jahr drang das Gerücht zu uns, die schöne Abigail habe sich ebenfalls vermählt, mit einem hochbejahrten reichen Norddeutschen, der sie in einem Badeorte kennengelernt. Übrigens ein feiner und überall hochgeachteter Mann, großer Kunstfreund und Besitzer einer ausgewählten Gemäldesammlung neuerer Meister, der das schöne Fräulein wohl mehr als eine Zierde seiner Galerie, ein atmendes, plastisches Kunstwerk sich angeeignet habe, da er fünfunddreißig Jahre älter sei und von schweren gichtischen Gebrechen geplagt. Daß der kalte Fisch, wie man Abigail nannte, sich nicht lange besonnen habe, eine solche Heirat einzugehen, schien niemand zu verwundern.

Seitdem hatte ich nie wieder ein Wort von ihr gehört; der Ort, wo sie lebte, war mir nicht im Gedächtnis geblieben, nur den Namen Windham hatte ich behalten. Und nun las ich ihn in dem Lokalblatt, das ich ahnungslos überflogen hatte, und konnte nicht zweifeln, es war *ihr* Gatte, von dessen Bildergalerie hier die Rede war.

Ich rief den Kellner und fragte, ob er mir Näheres von dem Besitzer dieser Galerie und seiner Familie sagen könne. Er wußte nicht mehr, als daß Herr Windham vor einigen Jahren gestorben sei und seine Sammlung der Stadt vermacht habe. Ob er eine Frau gehabt, könne er nicht sagen. Vielleicht wisse es der Wirt. Der sitze aber in seinem Privatzimmer mit ein paar Freunden beim Skat und liebe es nicht, dabei gestört zu werden.

Ich verbat das auch und suchte mir vorzureden, daß ich durchaus kein Interesse daran hatte, ob eine Frau Abigail Windham als Witwe in dieser Stadt lebe oder etwa mit ihrer Mutter wieder auf dem steirischen Landgut. Was war mir diese alte Flamme? Ein Bild und ein Name. Und vielleicht war auch das Urbild in diesen elf Jahren stark verblichen oder nachgedunkelt, und ein Wiedersehen konnte keinem von uns erwünscht sein.

Lassen Sie mich gestehen, daß auch ein nie ganz unterdrücktes Gefühl eigener Verschuldung sich wieder in mir regte. Im Grunde, was hatte ich ihr vorzuwerfen? Sie hatte nur nicht gehalten, was sie nie versprochen hatte, was ihrer Natur nun einmal versagt war. Wer weiß, wenn ich mich auf ihr einfaches Wort verlassen und alles der Zukunft anheimgestellt hätte, wäre der zarte Keim einer Neigung zu mir am Ende wirklich kräftig zur Blüte gediehen, und ein so langsam erschlossenes Herz hätte doch wohl keinen geringeren Wert gehabt als eines, das über Nacht entscheidet. Nein, es war ein schnöder Wankelmut gewesen, mich plötzlich von ihr abzuwenden. Freilich, ob ich mit ihr so glücklich geworden wäre wie mit meiner armen Helene –? Aber darauf kam es nicht an. Ich hatte ihr meine Treue gelobt, und war's eine Übereilung gewesen, als Ehrenmann war ich verpflichtet, sie nicht im Stich zu lassen.

Ähnliche Betrachtungen hatte ich im Lauf der letzten Jahre mehr als einmal angestellt und sie immer mit Sophismen zurückzudrängen gesucht. An jenem Abend gewannen sie eine solche Macht über mich, daß ich in sehr trübseliger Stimmung dasaß, einen bitteren Geschmack auf der Zunge, den selbst der edle Wein nicht wegspülen konnte.

Darüber war es spät geworden. Die Spieler hatten das Lokal verlassen, nur eine einzige Schachpartie zog sich hartnäckig in die Länge. Ich brach endlich auf und merkte nun erst, daß schwerer Wein und schwere Gedanken nicht gut zusammen taugen. Denn der Kopf brannte mir, und am Herzen fühlte ich einen lästigen Druck. Das besserte sich aber, als ich in die linde Nachtluft hinaustrat und meinen wohlbekannten Weg nach dem Gasthof einschlug. Keiner Menschenseele begegnete ich als einem Nachtwächter, der in dieser altertümlichen Stadt noch mit Spieß und Laterne die Runde machte – damals wenigstens. Die Laterne war überflüssig, denn ein zauberhafter Mondschein lag auf Dächern und Gassen und ließ die krausen Ornamente der alten Erker und selbst die Inschriften über den Haustüren taghell hervortreten. Die Nacht war so wundervoll, daß ich noch einen weiten Umweg machte, eh ich mich entschloß, mein Zimmer aufzusuchen, das über Tag ziemlich schwül gewesen war. Hoffentlich hatte das Zimmermädchen die Fenster offengelassen.

So erreichte ich das Hotel, fand die Tür noch angelehnt, den Portier aber in seiner Zelle in tiefen Schlaf gesunken. Ich gönnte ihm seine Ruhe, zumal ich den Zimmerschlüssel hatte steckenlassen. Den Weg zur Treppe hinauf konnte ich auch bei dem schläfrigen Gaslicht ohne Führer finden. Ich hoffte, einen langen Schlaf zu tun, denn ich fühlte eine bleierne Müdigkeit in allen Gliedern. Als ich aber meine Tür öffnete, sah ich etwas, das plötzlich alle träumerische Dumpfheit von mir nahm und mich mit einem jähen Ausruf der Überraschung an die Schwelle festbannte.

Die beiden Fenster des Zimmers gingen nach einem freien Platz hinaus und ließen das grelle Mondlicht breit hereindringen. Desto dunkler war es in der hinteren Ecke, wo das Bett stand, und gegenüber an der anderen Wand bei dem Sofa. Und doch sah ich deutlich, daß jemand auf dem Sofa saß, eine schwarzgekleidete Frauengestalt, nichts Helles an ihr als das Gesicht. Das sah unbeweglich aus einem schwarzen Schleier hervor, der von der einen Hand unter dem Kinn zusammengehalten wurde, während die andere einen Blumenstrauß gegen das Gesicht hielt. Sie mußte ihn aus dem Glase genommen haben, das auf dem Tisch vor dem Sofa stand, ein paar Rosen und Jasminblüten, die mir die Frau meines Freundes nach Tische in ihrem Garten gepflückt hatte.

Auch bei meinem Eintritt regte sich die verhüllte Gestalt nicht im mindesten. Erst als ich mich ermannte und dicht an den Tisch trat – die Worte versagten mir, ich traute noch immer meinen Augen nicht –, hob die Fremde den Kopf, den sie auf die Lehne des Sofas hatte zurücksinken lassen, und ich sah nun trotz der Dunkelheit ganz deutlich zwei große graue Augen auf mich gerichtet.

‚Abigail!'

Die Gestalt blieb ruhig sitzen. Sie schien durchaus nicht verlegen, an diesem Ort, zu dieser mitternächtigen Stunde sich mir gegenüber zu befinden. Nur die Hand mit den Blumen ließ sie in den Schoß sinken. Dann, nach einer Weile, hörte ich sie sagen – die Stimme klang mir unheimlich fremd:

‚Kennen Sie mich wirklich noch? War alle Mühe, die Sie sich gegeben haben, mich zu vergessen, umsonst? Nun, das macht Ihnen alle Ehre. Ich sehe, daß ich Sie doch richtig taxiert habe.'

‚Abigail!' rief ich wieder. ‚Ist es denn möglich? Sie hier? Wie kommen Sie in dieses Zimmer zu so ungewohnter Zeit?'

Ich hatte mich jetzt an das Halbdunkel gewöhnt und sah deutlich, daß ein kalter, lauernder Zug ihren Mund entstellte. Übrigens erschien sie mir schöner, als ich sie im Gedächtnis hatte, nur blasser, und die Brauen zogen sich zuweilen schmerzlich zusammen.

‚Wie ich hierher gekommen bin?' erwiderte sie langsam mit einer etwas heiseren Stimme, wie jemand, der einsam lebt und das Sprechen oft tagelang nicht mehr übt. ‚Das ist sehr einfach. Ich hörte, Sie seien hier auf kurze Zeit. Daß Sie mich nicht aufsuchen würden, wußte ich. Da mußte ich mich wohl entschließen, zu Ihnen zu kommen. Den Weg hier herauf zeigte mir freilich niemand. Der Portier schlief. Aber ich las Ihren Namen auf der schwarzen Tafel unten und dabei die Nummer Ihres Zimmers. Da war ich so frei, mich hier häuslich niederzulassen, um Sie zu erwarten. Ich möchte doch gern, da ich jetzt so einsam bin – mein Mann ist vor drei Jahren gestorben – einen alten Freund einmal wieder begrüßen. Sie wissen, on revient toujours[1] –! Freilich, so ein armer revenant[2] macht eine traurige Figur, aber wenn ich häßlich geworden bin, *Sie* dürfen mir's nicht vorwerfen, Sie sind ja schuld daran – doch davon wollen wir jetzt nicht reden. Man muß sich das bißchen hübsche Gegenwart nicht durch unliebsame Rückblicke verderben.'

Noch immer fand ich kein Wort. Was ich aus dem ganzen Abenteuer machen sollte, war mir rätselhaft. Abigail, die ich so stolz und zurückhaltend gekannt hatte, jetzt hier um Mitternacht auf meinem stillen Gastzimmer, nur um mich wieder zu begrüßen!

‚Es ist so dunkel hier', stammelte ich endlich, ‚erlauben Sie, daß ich Licht mache.'

‚Nein, lassen Sie', fiel sie mir ins Wort. ‚Es ist hell genug, daß wir unsere Augen sehen können, und weiter bedarf es nichts. Ich bin eitel, müssen Sie wissen. Sie sollen nicht auf meinem Gesicht die Spuren der vielen

[1] (franz.) man kommt immer zurück.
[2] (franz.) Wiedergänger, Gespenst.

Jahre sehen, die seit unserm letzten Begegnen verflossen sind. Ich habe die Zeit nicht gerade sehr lustig zugebracht. Wenn Sie mich nicht hätten sitzenlassen, wäre ich vielleicht vergnügt gewesen, und wer sich glücklich fühlt, altert nicht!'

‚Gnädige Frau –!' rief ich und wollte ihr sagen, daß ich mich zwar nicht frei von Schuld wisse, sie aber, was geschehen, mitverschuldet habe. Sie ließ mich aber nicht zu Worte kommen.

‚Nennen Sie mich mit meinem Madchennamen, nicht gnädige Frau!' sagte sie. ‚Solange mein Mann lebte, mußte ich mir diese Anrede gefallenlassen, die mir doch nicht zukam. Ich war nur die barmherzige Schwester meines guten Mannes, nicht sein Weib. Und noch etwas freilich: sein Modell, das er vergötterte, anbetete, dessen Schönheit zu preisen er nicht müde wurde. Anfangs machte mir das Vergnügen, bald aber langweilte mich's. Und daß er mich in hundert Stellungen und Lagen zeichnete, erschien mir vollends als eine unausstehliche Fron. Aber was sollt ich machen? Es war seine einzige Freude, und die durfte ich ihm nicht stören, er war ein so edler, lieber Mensch, weit besser als Sie. Und doch fühlt ich mich wie erlöst, als er endlich seinen Leiden erlegen war.'

‚Abigail', sagte ich, ‚es ist mir lieb, daß ich es einmal vom Herzen wälzen kann, was mich so lange bedrückt hat.' Und nun sagt ich ihr alles, meinen Kummer über ihre Kälte, die getäuschte Hoffnung, während des langen Feldzugs werde das Band von ihrem Herzen springen, und daß ich endlich verzweifelt sei, jemals das Eis um ihre Brust zu schmelzen.

‚Oh', sagte sie mit einem leisen Zittern in der Stimme, ‚Sie stellen das sehr zu Ihrem Vorteil dar, mein schöner Herr. Wenn Sie mich wirklich geliebt hätten, wäre Ihnen die Geduld nicht ausgegangen, darauf zu warten, daß ich, da ich die Liebe erst mühsam buchstabieren mußte, endlich bis zum Z gelangte, nachdem ich doch einmal A gesagt hatte. Aber sobald Sie im Felde waren, hörte ich auf, für Sie zu existieren.'

‚Wie können Sie das sagen! Alle Briefe, die ich Ihnen schrieb – '

,Ich habe nicht einen einzigen bekommen.'

Wir starrten einander an. Jedem von uns drängte sich derselbe Gedanke auf, daß die Mutter meine Briefe unterschlagen habe. Aber keins brachte das über die Lippen.

,Je nun', sagte sie endlich, ,was hilft es, sich über verlorene Dinge den Kopf oder gar das Herz zu zerbrechen! Sie haben einen hinlänglichen Ersatz gefunden, und auch ich hätte es viel schlimmer haben können. Am Ende wären wir zwei nicht einmal glücklich miteinander geworden. Ich gestehe Ihnen ehrlich, ich weiß immer noch nicht, ob ich im Grunde gut oder schlecht bin. Vielleicht bin ich keins von beiden. Vielleicht denkt die Natur, wenn sie einen Menschen besonders schön geschaffen hat, sie habe nun genug für ihn getan und brauche ihm weiter nichts ins Leben mitzugeben. Mein Mann, der ein Kunstenthusiast war, verlangte auch nicht mehr. Sie aber – ich glaube, es hätte Sie bald gelangweilt, meine schönen Schultern und Arme anzugaffen.'

Damit schlug sie den schwarzen Schleier zurück und lag hingegossen in der reizendsten Haltung, mit einem ernsten Blick an sich selbst hinunterschauend. Aber ohne Eitelkeit, nur wie man ein Bild betrachtet. Sie war in der Tat noch schöner geworden mit der größeren Reife, die blassen Arme ein wenig voller und auch jetzt nur oben an der Achsel mit einem schmalen Band umschlungen, das alle Augenblicke herabzurutschen drohte, worauf sie es ruhig wieder in die Höhe schob. Ich sah wieder die drei kleinen Narben am linken Oberarm, und wieder kam mir das Gelüst, meine Lippen darauf zu drücken und von den glatten weichen Schlangen ihrer Arme meinen Hals umstrickt zu fühlen.

Endlich, als würde sie durch meine zudringlich prüfenden Blicke belästigt, nahm sie die Falten des Schleiers über ihrer Brust wieder zusammen und stand auf.

,Dieses Sträußchen nehm ich zum Andenken mit', sagte sie. ,Ihr habt viel schönere Blumen als wir, auch duften sie, was unsere nicht tun.'

Sie zog eine Handvoll Immortellen hervor, die sie im

tiefen Ausschnitt ihres schwarzen Samtkleides getragen hatte. ‚Wollen Sie sie haben? Auch zum Andenken? Wozu soll ich mich auch sonst putzen als für einen guten Freund? So gut wird mir's nicht alle Tage.'

‚Abigail!' rief ich, jetzt vollends hingerissen, da sie in ihrer ganzen Schönheit am mondbeschienenen Fenster vor mir stand, das blonde Haar unter dem Schleier vorleuchtend, ‚soll dies unser letztes Begegnen gewesen sein? Sie sind wieder frei und ich so einsam wie Sie, und daß wir nicht früher zusammenkommen konnten – wir haben jetzt eingesehen, daß es nicht unsere Schuld war. Liebe Abigail – können Sie sich – kannst du dich jetzt noch entschließen, mein Weib zu werden?'

Ich stürzte auf sie zu und wollte sie in meine Arme ziehen. Sie trat aber einen großen Schritt zurück und streckte beide Hände abwehrend gegen mich aus.

‚Nein, mein schöner Herr!' sagte sie, und ein kühler, spöttischer Ausdruck des weißen Gesichts schlug meine Wallung nieder. ‚Machen wir keine Dummheit. Sie haben mich darum gebracht zu erfahren, wie das Leben an der Seite eines geliebten Menschen sein könnte. Das holt man nie wieder nach. Sie würden beständig Vergleiche anstellen zwischen mir und der guten kleinen Frau, die Sie so glücklich gemacht hat und so ganz anders war als ich – oder können Sie leugnen, daß Sie glauben, eine bessere Frau habe nie ein Mensch besessen? – Nun und ich, wenn ich auch gewünscht hätte, mein Mann möchte dreißig Jahre junger gewesen sein – wie *er* mich angebetet, wird mich niemand mehr anbeten. Also einen Strich darunter und ohne Winseln und Wehklagen! Aber ich seh es Ihnen an, Sie sind jetzt sehr verliebt in mich, nun, und warum sollte ich Sie verschmachten lassen? Ich bin ja jetzt ganz unabhängig und kann über meine Person nach Belieben verfügen. Wenn man's einmal verscherzt hat, sich am Glück satt zu trinken, warum soll man verschmähen, einmal davon zu nippen, um sich wenigstens eine kurze Illusion von Glück zu verschaffen, zumal in einer so schwülen Nacht, wo ein armes Menschenkind eine Erfrischung wohl brauchen kann?'

Ich kann nicht beschreiben, wie wunderlich diese Worte auf mich wirkten. Dies Gemisch von Schwermut und Leichtfertigkeit, von Resignation und Genußsucht war mir so fremd an dem einst so spröden und kühlen Wesen, daß ich mich erst eine Weile fassen mußte, eh ich etwas gewiß sehr Einfältiges erwidern konnte. Ich hörte sie auch leise lachen.

‚Sie wundern sich, daß ich trotz meiner puritanischen Erziehung so wenig prüde bin. Nun, das vergeht einem mit den Jahren; der dunkle Grund dringt immer mehr herauf, vor Wut und Gram über ein verlorenes Leben könnte selbst ein Engel von einem keuschen Weibe zu einer Teufelin werden. Aber Sie brauchen keine Angst zu haben, ich dränge mich Ihnen nicht auf. Ich sagt es ja schon, ein armer revenant darf nicht große Ansprüche machen. Also leben Sie wohl und gute Nacht!‘

Sie hatte das mit so eigentümlich gedämpfter Stimme, wie ergeben in ein trauriges Schicksal, gesprochen, daß mein ganzes Herz ihr wieder entgegenschlug. Ich streckte den Arm aus, sie an meine Brust zu ziehen, aber wieder trat sie zurück.

‚Nicht hier!‘ flüsterte sie. ‚Was würden die Leute im Hause von mir denken, wenn ich morgen früh die Treppe hinunterginge! Begleiten Sie mich in meine Wohnung, da sind wir ungestört, und kein Hahn kräht danach, wenn ich mir Gesellschaft einlade. Wollen Sie? Nun so kommen Sie und lassen Sie uns keine Zeit mehr verlieren. Die Stunden eilen, und das Glück enteilt mit ihnen.‘

Sie wandte sich nach der Türe, und ich sah wieder mit Entzücken ihren leichten, schwebenden Gang, der unhörbar über den Teppich glitt. All meine Sinne fieberten, als ich ihr folgte, die Treppe hinab, wo das Gas jetzt ausgelöscht war, zu dem unverschlossenen Hause hinaus. Draußen wollt ich mich ihres Armes bemächtigen, sie schüttelte aber stumm den Kopf und ging ruhig ihres Weges, doch so dicht neben mir, daß, wenn sie sich zu mir wandte, der kühle Hauch ihres Mundes mich berührte. Das geschah nicht oft. Meist sah ich nur ihr Profil, und wieder fiel mir der durstige, lechzende Ausdruck ihres Mundes auf, halbgeöffnet, daß die Zähne vorschimmerten, die Oberlippe ein wenig vorgestreckt. Sie hatte den Kopf in den Nacken geworfen, das Haar war aufgegangen und floß unter dem Schleier über ihren Rücken, die nackten Arme lagen übereinandergeschlagen unter der entblößten Brust, die sie dem Nachtwind preisgab.

‚Friert dich nicht?‘ sagte ich.

Sie schüttelte nur wieder den Kopf. Dann warf sie mir plötzlich einen argwöhnisch lauernden Seitenblick zu.

‚Du genierst dich, so mit mir über die Straße zu gehen‘, sagte sie. ‚Aber sei unbesorgt, ich kompromittiere dich nicht. Auch wenn uns jemand begegnete, er würde nicht denken, ich führte dich jetzt zu einer Schäferstunde. Ich habe einen sehr guten Ruf. Niemand würde wagen, ihn anzutasten. Man weiß, daß ich ganz ehrbar und abgeschieden wohne und keinen Mann über meine Schwelle lasse außer dem alten Gärtner, der mir meine Blumen in Ordnung hält. Auch komm ich gar nicht an die Luft, was hätte ich auch draußen zu suchen? Heute habe ich eine Ausnahme gemacht, um deinetwillen, on revient toujours à ses premières amours[1]; aber das hab ich dir ja schon einmal gesagt. Ja siehst du, man wird eintönig, wenn man liebt, was liegt daran? Du wirst mich darum nicht verachten.‘

In diesem Augenblick kam uns ein verspäteter Nachtschwärmer entgegen. Er ging aber an uns vorbei, als sähe er nur mich, nicht das schöne, seltsam gekleidete Weib an meiner Seite, dessen prachtvolle Schultern unter dem schwarzen Schleier sichtbar genug hervorschimmerten. Ich hörte sie leise lachen.

‚Hab ich dir's nicht gesagt? Der werte Herr war nur so diskret, um mich nicht verlegen zu machen. Meinetwegen könnte er dieses Zartgefühl sparen. Was kümmert mich mein Ruf? Wen geht es was an, wenn ich einem alten Freunde, obwohl er's nicht um mich verdient hat, etwas zuliebe tun will?‘

Während sie sprach, eilte sie so rasch vorwärts – immer so lautlos, als ginge sie auf nackten Füßen –, daß ich kaum Schritt mit ihr halten konnte. So kamen wir vors Tor. Diese Gegend war mir unbekannt. Einige ärmliche Häuser, in denen Arbeiter wohnen mochten, standen rechts und links von der staubigen, mit Pappeln be-

[1] (franz.) man kommt immer auf seine ersten Amouren zurück.

pflanzten Chaussee, und endlich hörte jede Spur einer Ansiedlung auf. Der Mond war hinter eine helle Wolkenschicht gegangen, ein stärkerer Wind hatte sich aufgemacht und sauste durch die Wipfel über uns.

‚Sind wir bald am Ziel?‘ fragte ich, da ein unheimliches Gefühl mehr und mehr meine Brust beengte.

‚Bald!‘ flüsterte sie. ‚Du siehst schon die Mauer meines Gartens dort zur Linken. Meine Wohnung liegt mitten darin. Bist du aber müde? Willst du umkehren?‘

Statt aller Antwort suchte ich sie an mich zu ziehen. Ich fühlte ein brennendes Verlangen, sie auf den weißen Hals zu küssen. Aber wieder entwand sie sich mir und sagte: ‚Warte nur! Was du wünschest, wird dir früh genug. Und da sind wir schon. Du wirst dich wundern, wie hübsch ich wohne.‘

Wir standen vor einem breiten eisernen Gitter, das den Eingang in einen weiten Garten verschloß. Von den Anlagen sah man nichts als eine Allee, die geradeaus sich weit in den Hintergrund erstreckte, aus zypressenartigen Taxussträuchern und Tujabäumchen gebildet, zwischen denen hie und da ein Marmorbild vorleuchtete. Am äußersten Ende ragte ein einstöckiger Bau in die Höhe mit einem halbrunden Dach; das mußte die Villa sein. Es lag aber ein so bleicher Nebelduft über allem, daß man in solcher Entfernung nichts genau unterscheiden konnte.

‚Willst du nicht aufschließen?‘ fragte ich. ‚Die Nacht vergeht.‘

‚Oh, sie ist noch lang genug‘, antwortete sie leise mit einem höhnischen Ton. ‚Und ich habe den Schlüssel vergessen. Was fangen wir nun an?‘

‚Da ist eine Klingel neben der Pforte‘, sagte ich. ‚Sie wird den Gärtner wecken, wenn der schon schlafen sollte.‘

‚Untersteh dich nicht, die Glocke zu ziehen. Niemand darf wissen, daß ich dich bei mir einlasse, der alte Mann am wenigsten. Er würde mich verachten und meine Blumen nicht mehr begießen. Aber wir brauchen auch niemand. Wenn wir uns nur ein wenig schmiegen, geht es auch so.‘

Indem sie das sagte, sah ich, wie sie durch den Zwischenraum zweier Eisenstäbe hindurchglitt, so leicht, als wäre statt der üppigen Frauengestalt eine Wolke hineingeschwebt.

Nun stand sie drüben, jetzt wieder im hellen Mondschein, und nickte mir zu. ‚Wer mich lieb hat, folge mir nach!' rief sie, wieder mit ihrem schadenfrohen Lachen. Zugleich aber leuchtete mir nun ihre Schönheit voll entgegen, daß ich vor Sehnsucht und Ungeduld aus der Haut zu fahren dachte.

‚Spiele nicht so grausam mit mir!' rief ich. ‚Du siehst wohl, auf diesem Wege kann ich nicht zu dir kommen. Hast du mich so weit gelockt, so vollende nun dein gutes Werk, hole den Schlüssel und laß mich ein!'

‚Das könnte dem Herrn wohl gefallen!' höhnte sie durch das Gitter, und ihre Augen blitzten mich an. ‚Und morgen früh, wenn die Hähne krähen, ginge er auf und davon und ließe mich einsame Witwe ohne alle Gewissensbisse zurück. Denn ich bin nur schön bei Nacht. Wenn die Sonne scheint, darf ich mich nicht sehen lassen. Nein, schöner Herr, es war mir nur um ein sicheres Geleit zu tun, da eine tugendsame Frau um Mitternacht nicht gern allein auf der Straße betroffen wird. Und nun bedank ich mich für den Ritterdienst und wünsche dem Herrn Major, oder was er sonst sein mag, eine glückliche Reise.'

Sie machte einen tiefen Knix, wobei sich die reizende Gestalt verführerischer als je darstellte, und wandte sich dann langsam ab, um die Allee hinaufzuschreiten.

‚Abigail', rief ich außer mir, ‚ist es möglich! So unmenschlich kannst du mich behandeln, mir erst alle Himmel offen zeigen und mich dann erbarmungslos in die schadenfrohe Hölle stürzen? Wenn ich es verscherzt habe, dich je die Meine zu nennen, stoß mich wenigstens nicht ohne jeden Trost von dir, gib mir einen Tropfen Liebe zu kosten, daß ich meine durstige Seele damit beschwichtige! Nur einen Kuß, Abigail – aber nicht wie damals, als dein Herz nicht auf deinen Lippen war, sondern wie man einen Freund küßt, dem man ein schweres Vergehen verziehen hat!'

Sie war stehengeblieben und drehte sich ruhig wieder nach mir um. ‚Wenn dem Herrn mit so wenig gedient ist

– Abigail ist nicht grausam, obwohl das Leben ihr selbst grausam mitgespielt hat. Und überdies hätte ich auch wohl einmal Lust zu küssen, wozu ich mein Lebtag nicht recht gekommen bin.'

Sie kehrte um und trat wieder dicht an das Gitter heran. Mit den beiden glatten weißen Armen griff sie durch die Stäbe hindurch und zog meinen Kopf rasch an ihr Gesicht heran. Ganz nahe sah ich ihre großen grauen Augen, die auch jetzt ohne Liebe und ohne Haß in kaltem Glanze strahlten. Dann fühlte ich, wie ihr Mund sich auf den meinen preßte, und ein seltsamer Schauer, halb Angst, halb Seligkeit, rann mir durch das Blut. Ihre Lippen waren kalt, aber ihr Atem glühte mich an, und mir war, als saugte sie mir die Seele aus dem Leibe. Vor meinen Augen wurde es schwarz, der Atem verging mir, ich suchte angstvoll mich loszumachen, aber ihr kühler weicher Mund blieb fest auf meinen gedrückt – ich strebte danach, mich der Umstrickung ihrer Arme zu entwinden – die weichen Schlangen umschnürten meinen Nacken wie stählerne Reifen, und wo war die Kraft meiner Arme geblieben? Wie wenn das Mark in ihnen durch jenen Kuß aufgezehrt würde, sanken sie kraftlos herab, der Todesschweiß trat mir auf die Stirne, wie ein halb ohnmächtiger armer Sünder, der die Folter erleidet, hing ich an dem Gitter, ich wollte schreien, und kein Ton durchbrach den so fest verschlossenen Mund, die Gedanken rasten mir durchs Hirn wie bei einem ins tiefe Meer Versinkenden, noch zwei Augenblicke in dieser Qual, und es war um mich geschehen – da brach ein Schall wie das Klatschen einer Peitsche in die grauenhafte Stille hinein, sogleich löste sich der Mund drüben von dem meinigen, ein helles Gelächter erscholl zwischen den Stäben, ich verlor die Besinnung und brach zusammen.

Als ich wieder zu mir kam, sah ich meinen Freund, den Doktor, neben mir knien, beschäftigt, mir mit irgendeiner Essenz, die er aus seiner Handapotheke geholt, Stirn und Schläfe zu reiben. Sein Wagen stand dicht dabei in der Allee, ich begriff, daß ich seinem Kutscher die Erlösung von dem Gespenst zu verdanken hatte, da das Knallen der Peitsche es verscheuchte.

‚Was Teufel, alter Freund, hast du hier draußen am Friedhof in der Geisterstunde zu suchen?' rief der Arzt, als ich mich ein wenig ermuntert hatte und, von ihm unterstützt, dem Wagen zuwanken konnte. ‚Du zitterst an allen Gliedern, deine Lippe blutet – wenn du geglaubt hast, daß es eine passende Nachkur nach Wildbad sein möchte, hier im Nachttau auf der kalten Erde zu schlafen, so bist du in einem großen Irrtum.'

Nicht um die Welt hätte ich's übers Herz gebracht, ihm den wahren Zusammenhang mitzuteilen. Der feurige Wein habe mich noch so spät umgetrieben, sagte ich, und so sei ich zuletzt dort am Gitter, wo ich einen Augenblick hätte rasten wollen, von einem Schwindel überrascht und zu Boden geworfen worden.

Das klang nicht unwahrscheinlich. Auch verfiel ich, nachdem mein hilfreicher Freund mich in meinem Gasthofsbette zur Ruhe gebracht, sofort in einen tiefen, gesunden Schlaf, den niemand ängstlich zu bewachen brauchte. Als ich am späten Morgen aufstand, durch den Besuch des Doktors ermuntert, schien jede Spur des unheimlichen Nachtbesuches verschwunden.

Dennoch war ich durchaus nicht so tapfer, wie es einem Soldaten geziemte und wie Sie, mein gnädiges Fräulein, es mir gütigst zugetraut haben. Als der Abend kam – den Tag hatte ich in beklommenem Brüten auf meinem Zimmer zugebracht –, schrieb ich ein Billett an den Freund, ich müsse noch mit dem Nachtzuge abreisen. Auch jetzt gestand ich den wahren Grund nicht ein. Ein Arzt – ein Skeptiker von Beruf –, wie hätte ich denken können, daß er meinem Bericht Glauben geschenkt hätte? Muß ich nicht fürchten, daß ich selbst Ihnen, verehrte Freunde, entweder als ein sonderbarer Schwärmer oder als ein fabulierender Phantast erscheine, der diese Geschichte sich aus den Fingern gesogen, um sein Pfand nicht hergeben zu müssen?"

Wir waren alle verstummt. Auch das Fräulein schwieg eine Weile und sah nach der Zimmerdecke, an der der runde Lichtschein der Lampe spielte. Endlich sagte sie:

„Wenn ich ehrlich sein soll – aber ich darf Sie nicht dadurch verstimmen, lieber Herr Oberst –, Ihre ganze

Spukgeschichte halte ich nur für einen starken, ungewöhnlich hellen und zusammenhängenden Traum, den Sie geträumt haben. Der Portier des Hotels kann Ihnen nicht als Zeuge dienen, da er geschlafen haben soll, als zuerst die Frau und dann Sie selbst die Treppe betraten. Übrigens, wenn wirklich der Wein dies ganze Abenteuer in Ihrem Kopfe gedichtet haben sollte, auch diesmal wäre im Weine Wahrheit gewesen – Ihr Gefühl für die verlassene Geliebte und die Nemesis, die sich Ihnen durch die entsetzliche Umarmung des Alps offenbart hätte."

„Ich war auf diese Erklärung gefaßt", sagte der Oberst und sah still vor sich hin. „Aber was sagen Sie zu Träumen, die in Wirklichkeit sichtbare Spuren zurücklassen? Als ich am Morgen an meinen Tisch trat, war der Strauß von Rosen und Jasmin aus dem Glase verschwunden. Auf dem Sofa aber lag ein dürres Sträußchen verblichener Immortellen."

Oskar A. H. Schmitz

Herr Pepinster und sein Popanz

Lynx, ein armseliges Gespenst, schlich am Rande der Landstraße einher in der Hoffnung, vielleicht einen Vorübergehenden zu erschrecken und dabei auf seine Rechnung zu kommen. Ach, lieber Leser, Gespenster sind äußerst beklagenswerte, fast hätte ich gesagt – Wesen; sie sind so wenig Wesen, wie die abgelegte Schlangenhaut ein Körper ist. Aber so wie diese immerhin noch etwas Körperliches hat, so hat auch ein Gespenst noch etwas Wesenhaftes, ist es doch nichts anderes als eine halb abgestorbene Seele, ein Seelenrest. Wie nun alles in der Natur nach Steigerung seines Lebens strebt, oft auf die krauseste und unsinnigste Art, so auch das Gespenst. Überall, wo Lebenskraft verpufft wird oder ausrinnt, da schleicht es hin, um sie einzusaugen und sein kümmerliches Dasein zu kräftigen. Wer selbst seine Nerven ein bißchen in der Gewalt hat, der braucht keine Angst vor Gespenstern zu haben. Wie oft sind sie hinter mir zum Beispiel schon her gewesen, in abgelegenen Stuben beim Einschlafen oder nachts draußen vor den Städten und Dörfern. Manchmal gewannen sie sogar so viel Kraft, die Gestalt eines schwarzen Hundes anzunehmen, aber ich versichere dich, lieber Leser, ein bißchen Entschlossenheit, und du wirst sie los. Drehe dich um und schnarre sie an mit der Stimme eines preußischen Unteroffiziers, und fort sind sie, denn sie haben mehr Angst vor uns als wir vor ihnen. Das muß man nur wissen. Ganz anders, wenn blutarme Frauenzimmerchen oder auch Mannsleute, die ihre Gedanken und Gefühle nicht im Zaum halten, von flackernder Erregung fortgesetzt in lahme Erschlaffung umschlagen. Da sind die Gespenster schnell bei der Hand, so wie die Schmarotzer in einem Haushalt, wo alles drunter und drüber geht. Da saugen sie an den undichten Nervensystemen und werden für ihre Verhältnisse so fett, daß man sie leibhaftig sehen kann. Wenn man also hier einen kleinen Ratschlag einfügen darf, so wäre es der: Halte die Gespenster, die dich beständig umlauern, knapp auf Hungerrationen, dann werden sie nie bis zur Sichtbarkeit anschwellen, kaum daß du einmal ihren kühlen Atem an deinem Rückgrat herumwehen fühlst.

Um aber auf Lynx zurückzukommen: Es schlich, wie gesagt, längs der nächtlichen Landstraße dahin, während zerrissene Wolkenfetzen am Monde vorbeijagten, aber es hatte kein Glück. Da kam zum Beispiel ein Fuhrmann auf seinem Wagen herangefahren, unter dem eine trübe Laterne wackelte. Es war ein schwerer Mann, der vor sich hinlallte: „Vier Schoppen – sechzig Pfennig, ein Schoppen – fünfzehn Pfennig, vierzehn Pfennig, dreizehn Pfennig, vier Schoppen – fünfzig Pfennig." So ging es immer weiter, aber er konnte in seinem Rausch zu keinem Endresultat kommen. Lynx schlich sich heran, aber sofort fühlte es, daß es aus dieser fest in sich geschlossenen Persönlichkeit nichts für sich herausholen könne. Der Wagen holperte lärmend weiter und verschwand schließlich hinter dem Waldrand.

Dann kamen zwei junge Burschen von vierzehn und fünfzehn Jahren des Weges daher. Die hatten wohl etwas Angst in der dunklen, windigen Nacht, und Lynx schlich sich lüstern herbei; aber die zwei wußten ein Mittel gegen ihre Angst. Sie marschierten in festem Takt und schlugen mit den Füßen so laut auf, als ob sie unter jedem Tritt eine Kröte zerstampften, und sangen dazu aus Leibeskräften: „O Straßburg, o Straßburg, du wunderschöne Stadt."

Dann kam ein altes Weibchen des Weges hergehumpelt, und Lynx' Begierde faßte wieder Hoffnung, aber die Alte war so in ihre ganz klaren, einfachen Gedanken vertieft, daß auch nicht ein Fünkchen ihres Lebensflämmchens beiseite flog. Sie dachte an nichts anderes als an den Kuchen, den sie morgen früh backen würde, um ihn am Nachmittag ihrem Patenkindchen zum Geburtstag zu bringen.

Und so ging es heute mit allen, die die Straße wanderten. Jeder war so in sein eigenes, sicheres Leben verwurzelt, daß für das arme Gespenst auch nicht ein Bröckchen von der Speise des Lebens abfiel. Bald kam ein junger Student, der dachte an seinen Schatz, bald ein fetter, städtisch gekleideter Mann, der rechnete sich aus, was das Getreide kostete und wie er es losschlagen könnte, und schließlich fuhren in einem feinen Wagen vier Personen vorbei, zwei Herren und zwei Damen, in Pelze gewickelt, die Damen trugen welke Blumen im Haar und lehnten sich in die Kissen zurück; eine summte einen Walzer, die Herren sprachen zärtlich zu ihnen, und in ihren Köpfen schwirrten noch die Melodien und die Düfte von dem Ballfeste auf dem nahen Schloß, das sie eben verlassen hatten. Lynx wollte sich der nähern, die so ahnungslos dem Walzer nachträumte, aber da schauerte sie fröstelnd zusammen, hüllte sich energisch in ihren Pelz und sagte: „Es ist doch noch recht kühl nachts." „Nun, wir sind gleich zu Haus", erwiderte der Herr gegenüber. „Wie freue ich mich auf mein Bett", erwiderte das Mädchen und kauerte sich behaglich wie ein Kätzchen in die Ecke des Wagens. Lynx war schon vor ihrer ersten energischen Bewegung ängstlich zurückgeschreckt. Das war ein schlechter Tag für Gespenster.

Schon hatte es alle Hoffnung für heute nacht aufgegeben, als es plötzlich in einem Feld einen Herrn stehen sah, der so sonderbar gen Himmel schaute, daß man annehmen konnte, bei ihm sei irgend etwas nicht richtig. Sofort stürzte sich Lynx hin, und während es die Gestalt des Herrn umwehte, stieß es auf nicht den geringsten Widerstand; plötzlich war es in seine Kleider gefahren und hatte von dem ganzen Wesen Besitz ergriffen, ohne daß dieses sich auch nur gewehrt hätte.

Nun trug Herr Lynx einen Zylinder, einen Überzieher mit Seidenfutter und Samtkragen, ein feines Hemd, eine Damastweste und helle Hosen, wie sie in dieser Saison gerade Mode waren, und er fühlte, wie aus allen diesen etwas abgetragenen Kleidungsstücken aufgespeicherte Lebenskräfte lebendig wurden und ihm neue, deutlich fühlbare Wünsche und Daseinsimpulse gaben. Herr Lynx hob die Beine, bewegte die Arme, lüftete den Hut und war bis in alle Kleinigkeiten wie ein Mensch. Er stieg wieder nach der Landstraße hinab, und statt eines

Gespenstes ging dort nun ein modisch gekleideter Herr, dessen Anzug freilich etwas zerknittert war. Er eilte nun geradeswegs nach der Stadt zu, und das ist damit zu erklären, daß an den Kleidern, die er trug, die Atmosphäre der Stadt hing. Die Lackstiefel sprachen vom Parkett, die Beinkleider von bequemen Lederfauteuils, der rechte Ärmel des Rockes von einem zarten Frauenarm, der hier oft geruht hatte, und die seidene Binde von feinen Weinen, die oft hinter sie gegossen worden waren. Herr Lynx hatte Lebensinstinkte gewonnen, die sich gewissermaßen in der Substanz seiner neuen Kleidung verdichtet fanden und nun unter der Berührung seiner, wenn auch schwachen Wesenheit wieder aufglommen. Einen eigenen Willen jedoch hatte er noch nicht, und so mußte er den Trieben folgen, die in ihm wach wurden. Wie wir schon sagten, will alles Lebendige sich steigern und immer intensiver leben; so auch jene Lebensstoffe, die an allen Dingen haften. Der Rock des Trinkers will auf die Wirtshausbank zurück, die Manschette des Kaufmanns will wieder auf dem Fließpapier des Schreibpultes hin und her streichen, und die Sohle des Bummlers strebt immer wieder nach dem Zement der eleganten Straßen. Herr Lynx also folgte willenlos der Richtung, wohin ihn seine Kleider trieben. Ein unbekanntes oder wenigstens lange nicht mehr gekanntes Wohlgefühl durchströmte ihn bei der Berührung mit der Materie, nach der er sich so brünstig gesehnt, und an Materie hatte sein neuer Leib keinen Mangel, besonders der ganze Bauch war voll von Stroh und Häcksel. Lynx war geradezu stolz auf diesen Bauch, auf den er bisweilen freundlich herabsah, während er der Stadt zueilte.

Am folgenden Morgen hatte sich Herr von Pepinster wie jeden Tag gegen neun Uhr erhoben, sein Bad genommen, sich glatt rasiert und etwas Gymnastik getrieben, gerade so viel, um das Frühstück schmackhafter zu machen. Dann hatte er auf der Veranda seines Landhauses Tee getrunken, ein bißchen in einem kleinen Elzevirbändchen geblättert, gerade so lange, als eine Zigarette reichte, war dann zu seinen Tulpen gegangen und wollte eben in sein Coupé steigen, um nach der Stadt zu fahren, als ihm einfiel, den Kutscher um das Grundstück herumfahren zu lassen und ihm aufzutragen, ihn an einem hinteren Pförtchen zu erwarten. Es war ein so trokkener, kühler Aprilmorgen, daß Herr von Pepinster lieber durch seine Gärten und die angrenzenden Felder zu Fuß gehen wollte. Dabei wurde ihm vielleicht sein kindischer Untergedanke gar nicht bewußt, einmal nach der Vogelscheuche zu sehen, die er gestern nachmittag dort hatte aufstellen lassen. Von seinem Verwalter war ihm die Notwendigkeit einer solchen Einrichtung erklärt worden, und Herr von Pepinster, der Wert auf gute Kleidung legte, hatte sich den Spaß gemacht, aus seiner eigenen Garderobe ein paar zurückgesetzte Stücke herauszugeben und mit diesen die Vogelscheuche verhältnismäßig elegant zu bekleiden. Es war nur eine seiner verschiedenen Sonderbarkeiten, daß es ihm Spaß machte, eine Karikatur von sich selber in den Feldern aufzustellen. Da steht nun, so dachte er, dieser Popanz und trägt Kleider von mir, an denen so manche Erinnerung haftet, die sich nun mit den elementaren Lebensausströmungen des Ackers zu einer neuen Mischung verbinden werden. Wie interessant wird das werden, wenn dort ein windschiefer Landstreicher zu stehen scheint in Kleidern voll von Kluberinnerungen und anderen städtischen Sachen! Herr von Pepinster hatte bereits den Gemüsegarten verlassen, sein Blick schweifte suchend über die Felder, aber der Popanz, den er gestern dort hatte aufstellen lassen, war verschwunden. Kein Wunder, sagte er sich, daß die Kleider Liebhaber gefunden haben, und dachte nicht mehr viel über sein mißglücktes Experiment nach, während er in sein Coupé stieg, um in die Stadt zu fahren.

Herr von Pepinster hatte die Aufregungen des Lebens hinter sich, aber er war davon nicht mürbe, sondern nur weise geworden. Ungefähr zwanzig Jahre lang hatte er in verschiedenen Gegenden des Orients als Diplomat gelebt, aber ohne jeden Ehrgeiz, nur um gewissermaßen einen Vorwand zu haben, in exotischen Ländern zu sein. Er hatte eine sehr schöne Frau gehabt, die ihm aber nach einem wahrhaften Glück durch ihre ausschließlich weltliche und phantasielose Art sehr lästig geworden war, da sie ihm ganz und gar nicht folgen konnte, als sein Geist immer unabhängiger vom Hergebrachten und einsamer in seiner Gedankenwelt wurde. Er überließ sie leichten Herzens einem anderen, als er sich auf dieses Landhaus in der Nähe der Stadt zurückzog. Nun war er keineswegs untätig, im Gegenteil, seine straffe Gestalt verriet den Menschen von noch starken Willensimpulsen. Hie und da ergriff er noch das Wort in der Politik, und eine seiner Hauptbeschäftigungen war die Erfindung von Pseudonymen für seine Arbeiten. Er beteiligte sich auch noch manchmal an einer wissenschaftlichen Expedition in den Orient, war Sammler und ein gern und oft befragter Berater kluger Museumsleiter, aber er hatte sich sein Leben ganz und gar nach seinem Geschmack eingerichtet, tat nichts, was ihn nicht freute, und ihn freute nur, da zu sein, wo das Leben farbig und intensiv war.

Er ging wie Harun al Raschid durch die Zeit, genoß den Reiz der Stadt und dann wieder seines Gartens, der Salons und Boudoirs und dann wieder seiner Bibliothek; und am liebsten war er da, wo sich das Leben in sonderbaren Reflexen in schillerndem Farbenglanze brach, auch wenn dies auf einer Pfütze geschah. Er hatte unter seinen Freunden eine ehemalige Diva, die jetzt wie eine von Erinnerungen ehrwürdige Mumie zwischen ihren Lorbeerkränzen lebte, und eine entthronte Königin, von der kein Mensch mehr annahm, daß sie überhaupt noch lebte, so sehr gehörten ihre Taten der Geschichte an. Dann besuchte er mit Vorliebe Gerichtsverhandlungen, aber nicht die Sensationsprozesse, sondern er ging in die Stuben, wo die unbeträchtlichen, kleinen Dinge des täglichen Lebens verhandelt werden, und genoß den Wirklichkeitsreiz, der darin liegt. Er ging auf Jahrmärkte, aber mit Vorliebe hinter die Buden, wo die Seiltänzer und Clowns kochen und sich streiten oder die sonst straffen, angespannten Gesichter in trägem Schlaf die Muskeln hängen lassen. Er besuchte abgelegene Konditoreien und kultivierte dort die Bekanntschaft eines verbummelten Studenten im vierzigsten Semester oder ließ sich die Lebenshoffnungen einer alternden Dirne erzählen. Manchmal verschwand er auch in einer kleinen Stadt und sog sich in ihre Atmosphäre ein, las die Käseblätter, nahm inneren Anteil an den lokalpolitischen Fehden und besuchte mit Vorliebe die kleinen, schlechten Theater, um die in solchen Städten eine Art Lebensdunst braut, wie er überall da unmöglich ist, wo, wie man sagt, etwas „los" ist, wo der „Betrieb" das Leben zerfasert. Gelegentlich besuchte er auch abgelegene Stadtviertel und ging in die Häuser, wo Zimmer vermietet wurden, und verlangte sie zu sehen. Da machte er die Bekanntschaft von biederen Briefträgerswitwen oder fetten, alternden Damen in rosa Peignoirs[1], mit einem gesprenkelten Kakadu als einzigem Lebensgefährten.

Aber von allen diesen Liebhabereien wußte niemand. Man kannte Herrn von Pepinster als einen feingebildeten Mann, einen ausgezeichneten, wenn auch zu wählerischen Gesellschafter, der selten, aber dann auf vortreffliche Art, in wissenschaftlichen Blättern das Wort ergriff und hie und da hinter einem aufsehenerregenden politischen Artikel zu suchen war. Daß er so eigentlich ein doppeltes Leben führte, war Herrn von Pepinster selbst noch kaum bewußt. Wenn er über sich nachdachte, so kam es ihm wohl vor, daß dies Liebhabereien seien, wie sie nicht jeder habe, daß es aber überflüssig ist, mit anderen darüber zu sprechen. Wäre zufällig einmal durch einen Gleichgearteten das Gespräch darauf gekommen, so hätte er gewiß keinen Widerwillen gehabt, davon zu plaudern. Er verheimlichte diese Dinge also nicht absichtlich, sondern nur, weil zufällig nie die Rede davon war. Das Erlebnis, dem er an diesem Tage entgegenging, ließ Herrn von Pepinster freilich von nun an auf die Vermutung kommen, daß auf dieser Erde zwei ganz verschiedene Welten ineinandergeschachtelt sind, die geistige, lichte und die elementare, dumpfe, daß wohl jeder, wenn auch in einem anderen Verhältnis als der Nächste, in beiden lebt, daß aber er, Herr von Pepinster, zu den ganz seltenen Ausnahmswesen gehörte, die bewußt von einer Welt in die andere gleiten und immer wieder voll Erstaunen zurückkehren. Um dies zu begreifen, mußte er freilich einmal tief in den Abgrund der „anderen" Welt geraten.

[1] (franz.) Morgenrock.

An diesem Morgen fuhr Herr von Pepinster zunächst zu seinem Bankier. Schon sah er im Geiste vor sich den kleinen Raum mit den roten Ledermöbeln, hinter den Schaltern die höflichen jungen Leute, die ein so einförmiges und doch in gewissem Sinne merkwürdiges Dasein auf den Schultern tragen. Ihr Leben mit den paar hundert Mark im Monat war von außen gewiß recht kümmerlich anzusehen, aber wenn sie „wir" sagten, dann war es nicht Hinz oder Kunz, sondern die große Bank, zu der sie gehörten, und sie schwelgten selbst bei dem Anblick der schweren Teppiche und Möbel und der eleganten Leute, mit denen sie in einem fort in Berührung waren und deren Formen sie langsam annahmen. Da schwirrten Nachrichten herbei aus Neu-York und Amsterdam; und was tief im Schoß der Erde geschah oder im Herzen einer asiatischen Stadt, das brachte hier Wirkungen hervor, die sich in sauber geschriebenen Zahlen ausdrückten unter der Feder des auf seine neuerdings manikürten Hände stolzen jungen Kommis. Hie und da flüsterten diese jungen Großstadtmenschen mit flackernden Augen von ihren Abenden in den hellen Kaffeehäusern, den Theatern und den Orten, wo getanzt wird und wo sie wahrscheinlich Löwen waren in bewundernden Mädchenblicken. Alles dieses mochte, vom Standpunkte des Herrn von Pepinster aus gesehen, unglaublich wenig Geld kosten, es war „second rate"[1], aber sicher sehr genußreich, und er beschloß, einmal auf einen dieser Bälle zu gehen, wo diese jungen Lebemänner das Dasein schmeckten.

Da hielt der Wagen vor dem Bankhaus, und auf der breiten Treppe stieß Herr von Pepinster auf ein Wesen, das ihn gewissermaßen erschreckte und ihm zugleich doch vertraut vorkam. Er prallte einen Augenblick zurück, erkannte seine eigenen Kleider, und der Leser hat gewiß erraten, daß der Fremde kein anderer als Herr Lynx war. Aber Herr von Pepinster lebte, obgleich mitten in der Welt, so sehr im Wunderbaren, daß ihn dies doch nicht allzusehr aus der Fassung brachte; nicht als ob er gleich mit der nüchternen Erklärung bei der Hand gewesen wäre, der Fremde habe einfach die Kleider von

[1] (engl.) zweitrangig.

der Vogelscheuche weggenommen. Das war vermutlich auch geschehen, aber daß hier mehr vorging, war gewiß. Er legte indessen im Augenblick keinen zu großen Wert darauf, erledigte in der Bank seine Geschäfte, wenn auch etwas zerstreuter, als der sonst so beherrschte Mann zu sein pflegte. Das, was ihn immer an der Atmosphäre dieses Bankinstitutes gereizt hatte, wovon wir vorhin gesprochen haben, machte sich heute doch merklicher geltend als sonst. Früher kam er einfach als ein Mann, der hier seine Geschäfte hat und sie schnell und sicher erledigt, was nicht ausschloß, daß er während der paar Minuten, die er auf die Ausstellung einer Unterschrift zu warten hatte, den Lebensreiz der Umgebung etwas auf sich wirken ließ. Heute dagegen fühlte er sich ein wenig wie ein Fremder, und alle die Menschen, die hier hinter den Glasscheiben vernünftig beschäftigt waren, schienen ihm wie eine Gemeinschaft mit ganz eigenen, sonderbaren Lebensgesetzen, die eine Wirklichkeit für sich bildete, während er gewissermaßen nur wie ein Schatten daran streifte. Diese Wirklichkeit aber war keineswegs das, was man die „Bankwelt“ nennt, sondern etwas viel Weiteres, Unbedingteres, wie ein Baum, auf dem sich diese Bankwelt, als einem geeigneten Ort, nur so eingenistet hat.

Dann fuhr Herr von Pepinster nach der staatlichen Bibliothek, um in dem Handschriftensaal etwas nachzusehen. Auf der Treppe ging es ihm ähnlich wie auf der Bank. Herr Lynx kam hinter ihm drein und schaute scheu an ihm vorbei. Herr von Pepinster betrat etwas befangen den großen Lesesaal, dessen Wände hoch mit Bücherregalen bezogen waren. Er liebte diese ehrwürdig dumpfe Atmosphäre, die aus den lebendigen Strömen gebildet wird, welche die Geister von Jahrtausenden in diese Bände gebannt haben; dann interessierten Herrn von Pepinster die Menschen, die hier über die Bücher gebückt saßen. Da waren die jungen Studenten, die hier die häusliche Heizung sparten und denen über der Arbeit schon der Magen knurrte und die nun bald in diese kleinen, dämmerigen Speisehäuser gingen, wo sie das Leben, von etwas abgegriffenen Mädchen bedient, gewiß sehr tief schmeckten. Da waren alte Männer, über dicke Folianten gebückt, als wollten sie vor ihrem Tode schnell noch so viel in sich hineinlesen, als in sie ging. Einer las durch eine Lupe. Man empfand sie als Bürger der „Gelehrtenrepublik“, und dieser Begriff wurde bei ihrem Anblick zu einer leibhaften Wirklichkeit. Da war auch ein uraltes Fräulein, deren spitze Nase immer in die Bücher hing und die laut aufgeschrien hatte vor Empörung, als Herr von Pepinster einmal im Erfrischungsraum aus Versehen zum Tee ihr Milchkännchen benutzt hatte. Es hatte ihn nachher brennend interessiert, was dieses alte, beleidigte und gewiß böse Geschöpf eigentlich so eifrig las, denn jedesmal, wenn er hierher kam, saß sie da. Es gelang ihm, verstohlen die Titel ihrer Bücher aufzufangen, es waren Schriften über Magie, Zauberkunst, Hexenwesen und Teufelsbeschwörung.

Als Herr von Pepinster heute den Saal betrat, flimmerte es ihm etwas vor den Augen. Er setzte sich in einen Fauteuil, um einen Moment zu ruhen und dann in den Handschriftensaal zu gehen, wo er zu tun hatte. Aber er saß und saß, und es wurde immer dumpfer um ihn, die schwere Luft des Saales drückte ihm auf die Schläfen, und dabei fühlte er eine heimliche Wonne über diesen Zustand. Alle die ledernen Bücherrücken schienen nahe auf ihn her zu marschieren wie aufgestellte Heere, und dazwischen gingen geschäftige Menschen vorüber, mit Büchern unter den Armen und etwas blassen Gesichtern, und seine Augen glitten über ihre Bestellscheine, auf denen er einmal „Cicero de senectute“[1], ein andermal „Die Seidenzucht in Flandern“ und wieder einmal „Germanische Rechtsaltertümer“ las. Alles dies war sehr reizvoll. Rechtsaltertümer, dachte er, Weistümer, Runen. Und dann wieder Flandern, Brabant, düstere Dome und krause, gotische Straßen, und dann Cicero, Rom, das Forum, die Rostra, und alles dies zusammen war der Extrakt, die Essenz des an keine Zeit und keinen Ort gebundenen, vielmehr aus allen Zeiten und von allen Orten hier zusammenströmenden Lebens selber. Schließlich überraschte er sich dabei, daß er verstohlen wie ein neugieriges Kind eine Stunde lang gar nichts anderes getan hatte, als zu versuchen, die Auf-

[1] (lat.) „Cicero über das Greisenalter“.

schriften von Bestellzetteln abzulesen, die ihn nichts angingen, und darüber zu träumen. Aus diesem Zustande wurde er erst wieder aufgerüttelt, als jemand mit etwas schleppendem Gang an ihm vorbeischlürfte. Es war Herr Lynx, der sicher wie ein hier Aus- und Eingehender gerade den Gothaischen Hofkalender neben dem ungewohnt trägen Herrn von Pepinster in ein Gefach stellte.

Herr von Pepinster fühlte trotz seiner Dumpfheit starken Appetit, ja einen derben, sinnlichen Hunger; er ging die Treppe hinunter, und erst auf der Straße fiel ihm ein, daß er ja ganz vergessen hatte, in den Handschriftensaal zu gehen, zu welchem Zwecke er hierhergekommen war; aber so wichtig ihm dieser Zweck heute morgen erschienen war, er war ihm jetzt unwichtig. Eben wollte er sein Coupé besteigen, schon fragte der Kutscher, ob er nach dem Klub fahren sollte, als einer von den Studenten mit zu kurzen Hosen und zu kurzen Ärmeln, ein paar Bücher unter dem Arm, eine Brille in dem blassen Gesicht, die Treppe herunterkam. „Gehen Sie essen?“ fragte ihn ein anderer, etwas bäuerlich aussehender, frischer junger Mensch. „Ja“, erwiderte der erste, „in die ‚Stadt Eisenach‘“, und die beiden gingen zusammen.

Da dachte Herr von Pepinster: Warum soll ich in den langweiligen Klub gehen? Ich werde diesen beiden jungen Leuten folgen und auch in der „Stadt Eisenach“ essen. Ich hätte heute gerade Lust auf derbe Kost.

Und kaum war ihm dieser Gedanke gekommen, als er bereits Herrn Lynx denselben Weg nehmen sah. Das störte ihn zwar wie ein böses Gewissen, denn Herr Lynx blickte gar nicht mehr scheu, sondern eher keck. Herr von Pepinster ließ den Kutscher nach Hause fahren. Er wollte ohne dessen Kontrolle sein.

Die „Stadt Eisenach“ lag in den grauen Gassen der alten Stadt. Die beiden Studenten setzten sich an einen hell gebohnten Holztisch in der Ecke zu ein paar Kommilitonen. Herr von Pepinster nahm abseits Platz, aber so, daß er sie beobachten konnte. Ihm gegenüber setzte sich dieser unangenehme Herr von Lynx, der strammen Ganges hereingekommen war und überhaupt einen merkwürdig aufgefrischten Eindruck machte; selbst seine Kleider saßen ihm wie neu oder wenigstens wie soeben vom Schneider aufgebügelt. Das war eine Störung für Herrn von Pepinster, der sich so gern gedankenlos in diese behagliche Atmosphäre eines unbekannten Ortes versenkt hätte. Die Anwesenheit des, wie es schien, ihn beobachtenden Herrn Lynx machte dies nicht in vollem Maße möglich. Die Studenten waren alle junge Leute, denen man ansah, daß sie vom Land kamen und hier in der Stadt bescheiden, vielleicht von Nachhilfestunden leben mußten, um ihre Studien zu ermöglichen. Sie redeten zuerst ein bißchen trocken von ihren Arbeiten und Kollegien, dann, als die Kellnerin, eine breitbusige, freundliche, nicht mehr junge Person, an sie herantrat, kam eine gewisse derbe Lustigkeit in die Unterhaltung, und schließlich, gegen den Schluß des Essens, flüsterten sie sich gelegentlich Dinge ins Ohr, worauf dann ein grölendes Lachen erfolgte. Sie aßen mit einem ungeheuren Appetit, und als die Kellnerin zu Herrn von Pepinster kam und nach seinen Wünschen fragte, konnte er sich auf der mit blauer Tinte geschriebenen Speisekarte ganz und gar nicht zurechtfinden. Er machte daher mit dem Blick ein Zeichen auf den Teller des ihm zunächst sitzenden Studenten und sagte der Kellnerin, er möge haben, was eben dieser Herr esse. Sie brachte ihm auf einem Holzteller ein saftiges Stück Kronfleisch, das Herrn von Pepinster so vortrefflich schmeckte wie lange nichts. Dazu trank er das braune, süße Bier, das ihn um diese ungewohnte Zeit in einen Zustand angenehmer Schwere versetzte, worin er die scharfen Blicke dieses Herrn Lynx fast ganz vergaß, der sich jetzt sogar zu erdreisten begann, einen hochfahrenden Ausdruck anzunehmen. Es lag ein bleiches Licht in der von grauem Tabakrauch sich füllenden Luft, und Herr von Pepinster empfand den Alltag aller der Leute, die hier mittags als Stammgäste ihre Mahlzeit nahmen, traumhaft und seltsam, und er fragte sich, ob diese Menschen selber die Atmosphäre, in der sie lebten, so genossen oder ob nur sein ungewohnter Blick hierin zu schwelgen vermochte. „Wie süß ist doch das Dasein", meinte Herr von Pepinster. „Genügt es nicht zu sehen, daß hier junge Menschen einen ungeheuren Appetit haben, daß in der Küche Hände und Arme zwischen Geschirr herumfahren und daß dort dies freundliche Frauenzimmer, das gewiß schon manches erlebt hat, in dem dumpfen Tabaksgeruch hin und her geht und dort einem dicken Mann seine Suppe hinstellt und hier diesem unsagbar lächerlichen Herrn Lynx seinen Kaffee! Fühlt man nicht einfach, daß man da ist, und ist das nicht selbst ein Genuß? Wozu überhaupt denken und wollen, wozu Wissenschaft und Taten? Warum nicht einfach so hinleben, den Reizen der Atmosphäre folgen und sich ganz ohne Zwecke nur in die Substanz des Lebens vertiefen, das um uns brodelt? Alles dies wäre so gut möglich, wenn nur dieser Herr Lynx endlich weggehen wollte."

Und Herr von Pepinster bestellte sein drittes Glas Bier. Die Studenten brachen langsam auf. Sie wurden etwas unwillig, weil die Kellnerin nicht kam, während dieser Herr Lynx in einer galanten Anwandlung, wie ein im Leben noch fremder, ungeschickter Mensch, sie fortgesetzt zurückzuhalten suchte. Schließlich aber machte sie sich von dem aufdringlichen Manne los und ging zu den Studenten, die sie, wie eine Henne ihre jungen Kücken, betreute; einige zahlten, und manche baten sie auch, bis morgen oder bis zum Ende der Woche schuldig bleiben zu dürfen, was sie mit gutem Humor erlaubte. Dann lärmten die jungen Leute hinaus, einer hatte noch ein paar Bücher vergessen und kam noch einmal zurück, und dann gingen sie wohl wieder in die großen, heißen Hörsäle und lauschten den Worten irgendeines alten Professors, der selber einmal ein Student gewesen war wie sie. Und dann würde die Dämmerung kommen, und sie gingen in die kleinen, scharf riechenden Charcutiergeschäfte[1] und kauften sich etwas Aufschnitt und geräucherten Fisch und aßen das auf der engen Bude von irgendeinem und tranken wieder Bier dazu, vielleicht brachte auch der eine und der andere ein Mädchen mit, mit der er die glühenden Feste jener ärmlichen Welt feierte.

So dachte Herr von Pepinster, als er von neuem aus

[1] Fleischwarengeschäft.

seinen Träumen gerissen wurde durch die schnarrende Stimme dieses arroganten Herrn Lynx, der so tat, als ob er das ganze Leben heute morgen für sich gepachtet hätte, und in diesem Augenblick die Kellnerin mit schneidigem Ton heranrief, um zu zahlen. Nun, das war ein Glück. Es dauerte aber noch lange, bis er sich in seiner Weitläufigkeit entschloß, die galanten Gespräche mit der Kellnerin zu beendigen, worüber das freundliche Wesen manchmal laut auflachte in einer Mischung von Bewunderung und Verständnislosigkeit. Dann half sie dem Herrn Lynx in den eleganten Überzieher, der ihr augenscheinlich sehr imponierte, strich ihm noch den Rücken glatt und begleitete den feinen Herrn Lynx bis an die Tür. Dieser verbeugte sich mit einer gewissen Gewandtheit, die ihm nun nicht mehr ganz abzusprechen war, und ging hinaus.

Herr von Pepinster bestellte das fünfte Glas, und als er es halb getrunken hatte, war er der einzige Gast in dem dämmerigen Raum. Nun begann die Kellnerin, sich ganz ihm zu widmen. Sie fing eine Unterhaltung an über die Entwicklung der Stadt und meinte, daß die „Stadt Eisenach" noch nicht ganz auf der Höhe der eleganten Restaurants stehe, daß das aber bei diesem Publikum auch gar nicht möglich sei, denn diese jungen Studenten könnten eben nicht mehr als fünfundsechzig Pfennige fürs Mittagessen zahlen, und da sollte ein Wirt noch etwas für die Ausstattung eines Lokales anwenden. Herr von Pepinster wollte sie darauf bringen, daß sie von ihren mütterlich jovialen Beziehungen zu den jungen Studenten sprach und von der Art, wie sie hier lebte und wie sie hier wohnte und ob sie einen Schatz hätte und vielleicht gar auch ein Kind und dergleichen. Aber sie suchte immer auf „feinere" Themen zu kommen, sprach vom Theater und anderen Dingen, welche, wie sie annahm, „bessere Herrschaften" interessierten. Als aber Herr von Pepinster gar nicht darauf eingehen wollte, nahm sie offenbar an, daß ihn das Bier bereits etwas verwirrte, und schlug einen ganz anderen Ton an. Sie berührte seine Schulter, dann gelegentlich auch einmal seinen Arm, und einmal schlug sie ihm auch mit der Hand auf sein Bein. Und Herr von Pepinster fand diese Vertraulichkeit gar nicht unangenehm, als es plötzlich schien, daß von der Straße durch ein Fenster die schnöde Fratze des Herrn Lynx hereinblickte. Das riß ihn aus der Stimmung, er sah plötzlich, daß die Kellnerin dicke, ungepflegte Hände hatte und daß ihr Haar wirr und unangenehm aussah. Er zahlte daher schnell und ging. Auch ihm glättete das freundliche Frauenzimmer den Überzieher, zog seine Rockschöße herunter, damit der Rockkragen nicht über den Kragen des Überziehers herausschaute, denn sie wußte aus besseren Tagen, wie man feinen Leuten entgegenzukommen hat. Darauf verabschiedete sich Herr von Pepinster, aber lange nicht so galant und gewandt, wie es der vornehmere Herr Lynx eine halbe Stunde vorher auf derselben Stelle getan hatte.

Draußen war ein stumpfer, grauer Nachmittag, in den Häusern wollte es schon dunkel werden, die Menschen schlichen schläfrig auf den Straßen umher; Herr von Pepinster liebte diese Stimmung und gab sich ihr ganz hin, als er plötzlich laut von einer nahen Uhr fünf Glockenschläge hörte. Das riß ihn aus seiner Dumpfheit heraus, es fiel ihm ein, daß das der Augenblick war, wo ihn seine Geliebte, die schöne Delfine, erwarte, die zur Zeit in einem der großen Varietés exotische Tänze aufführte. Sie hatte sie unter seiner sachverständigen Aufsicht geprobt. Heute sollte er zum Kaffee in ihre hübsche Wohnung kommen, die er ihr vor einigen Monaten eingerichtet hatte. Er sah sich nach seinem Coupé um und erstaunte, daß es nicht da war; er konnte sich nicht erinnern, wo er es gelassen hatte. Er stieg daher in den ersten besten Wagen und fuhr zu Delfine. Sie lebte in dem neuen Viertel im Westen der Stadt, wo lauter elegante Häuser waren, „mit allem Komfort der Neuzeit".

Als er in die zweite Etage kam, wo Delfine wohnte, öffnete ihm die Bonne mit dem weißen Häubchen im Haar und machte ein sehr erstauntes Gesicht. Fräulein Delfine habe Besuch. „Besuch", fragte er, „von wem denn?" – „Herr von Pepinster ist vor einer halben Stunde gekommen und wird wohl noch mehrere Stunden bleiben." Dann schloß sie die Tür und ließ den erstaunten Herrn von Pepinster allein.

Er konnte sich erst gar nicht zurechtfinden, da hörte er auf einmal, wie von innen der Schieber von dem kleinen Guckloch in der Tür geschoben wurde; er sah das stechende Auge des Herrn Lynx auf sich gerichtet und glaubte ein höhnisches Kichern zu vernehmen, während die süße Stimme Delfines jenem aus dem Zimmer zurief, er möge doch kommen und sich nicht um fremde Leute kümmern. Die Dumpfheit, welche schon den ganzen Tag auf Herrn von Pepinster gelastet, hatte inzwischen einen solchen Grad erreicht, daß er zu keiner Willensreaktion auf diese Vorfälle mehr fähig war. Er ging, als ob dies selbstverständlich sei, die Treppe hinunter und fühlte sich auch gar nicht einmal unglücklich, im Gegenteil, der träge, graue Nachmittag hüllte ihn wie in weiche Fluten, die ihn wie nach einer unbekannten Lokkung durch die Straßen trieben.

Herr von Pepinster hatte immer sehr reizende Geliebte gehabt und war dadurch Frauen gegenüber nur selten in dem Zustand der Bedürftigkeit. Er ging in der Regel mit befriedigten Sinnen durch die Straßen, beobachtete die Frauen mit lächelnder Überlegenheit, fand diese Typen reizvoll, jene weniger, sah hie und da auch einmal einen interessanten Blick unter einem billigen Hut oder eine beachtenswerte Gestalt in einem schlechten Kleide und oft auch einen sonderbaren Ausdruck in einem Gesicht, das weder jung noch schön war. Aber alles dies war für ihn, der niemals ausgehungert an die Dinge heranging, sondern immer mit dem Besten gesättigt, wenn auch nicht übersättigt, nur Gegenstand der Beobachtung, nie der Begierde gewesen. Heute hingegen fühlte er alle die Reize der Straße, die er in manchen Ländern gekostet hatte, mit einer Intensität, die ihm vollkommen unbekannt war, und er merkte, daß er, der Fünfzigjährige, zu erschauern begann, wenn hie und da ein weiblicher Arm schüchtern an seinem Mantel streifte. Bald trieb ihn etwas, die belebten Hauptstraßen durch einen alten, gewölbten Bogen zu verlassen, er ging oder, wie er mit Schaudern fühlte, verkroch sich in die abschüssigen Gassen, die nach dem Viertel des Flusses hinunterführten, das in schlechtem Rufe stand.

Vor einem Kaffeeauskochgeschäft blieb er stehen und wunderte sich über dieses sonderbare Wort. In dem dunkeln Innern saßen ein paar alte Weiber, die einer Jüngeren mit heftigen Stimmen etwas auseinandersetzten, dem diese widersprach. Als sie Herrn von Pepinster sah, sprang sie plötzlich auf, kam auf die Straße heraus und sprach ihn an. Ob er ihr einen Kaffee zahlen wolle? „Aber gewiß", sagte Herr von Pepinster, und eine Minute später saß er drinnen in dem dunkeln, niedrigen Raum, und die Person saß neben ihm, während die drei älteren Weiber plötzlich eine außerordentlich respektable Miene annahmen. Das bedauerte Herr von Pepinster. Er hätte es gern gesehen, wenn dieser Streit fortgeführt worden wäre, und machte ein Gesicht, als ob er gar nichts beobachte. Aber die Frauen schwiegen nun. Seine Nachbarin suchte eine Unterhaltung anzuknüpfen und fragte, was er denn hier in dieser Gegend gesucht habe, ob er vielleicht nach einem Mädchen Ausschau gehalten hätte und dergleichen. Dann nickte Herr von Pepinster ein, während die Hand des Mädchens in seinem Arm lag, und er hörte, wie die Geräusche im Raum immer geisterhafter und irrealer wurden und wie plötzlich sich eine lebhafte Unterhaltung erhob, deren Rhythmus und Klang er geradezu genoß, obwohl er nichts von ihrem Inhalt verstand. Als er wieder erwachte, war es ganz düster geworden, und er saß allein. Das jüngere Mädchen war zu den drei älteren Frauen an den Tisch zurückgekehrt; kaum aber hatte er die Augen geöffnet, als sie in einem Nu wieder bei ihm war, ihren Arm um seine Schulter legte und freundlich sagte: „Nun, Alter, ein bißchen eingenickt?" Und Herr von Pepinster, der sonst sehr auf seine Jugendlichkeit und Straffheit stolz war, die er sich bei seinen fünfzig Jahren bewahrt hatte, hörte es gar nicht ungern, so gemütlich „Alter" genannt zu werden.

Er lächelte dem Mädchen freundlich zu, aber er sah sie kaum an, wenigstens war sein sonst prüfender Blick wie erloschen, er fühlte nur eine gewisse Weiche und Wärme von ihr ausgehen, und hie und da kitzelte ihr Haar seine Wange. Außerdem kam es ihm vor, als ob sie sehr bescheiden und manierlich sei. Sie fragte beinahe schüchtern, ob sie etwas zu essen bestellen dürfte, sie habe Hunger, und er erwiderte, alles, was sie nur wolle. Nun ließ sie Brot und Käse kommen und eine Flasche weißen Wein, und Herr von Pepinster trank und ließ sich einlullen von der Stimme des Mädchens, und dann kam noch eine zweite, die sich eine Zeitlang an den Tisch setzte und einige Freundlichkeiten sagte, dann wieder wegging und ihn mit der ersten allein ließ. „Die giftet sich, daß ich so einen feinen Herrn habe", erklärte diese. Und manchmal kam ein dunkelbärtiger Mann herein und schaute zu, was vorging, und stapfte dann wieder mit befriedigtem Gesicht hinaus; nur einmal warf er ein Zehnpfennigstück in eine kleine Spalte, und mit einem ungeheuren Getöse erbrauste die „Wacht am Rhein". Das aber rüttelte Herrn von Pepinster sehr auf, und er kam wieder zu sich. Sofort fand er den Aufenthalt unerträglich, beschloß zu zahlen und zu gehen. Eine unangenehme, etwas freche Person sagte ihm, was er schuldig sei, er warf Geld hin und ging hinaus, von der Jungen gefolgt, die ihn zuerst hier hereingeführt hatte.

Von hier ab wurden die Eindrücke des Herrn von Pepinster immer weniger deutlich. Er kam durch Gassen über eine kleine, enge Treppe in einen ganz niedrigen, von einer dunkelrot beschirmten Lampe spärlich erleuchteten Raum, wo viele unechte Blumen und ein Heiligenbild waren, ein kleines Ölflämmchen brannte an der Wand. Er trank noch irgend etwas Scharfes, dann hörte er viel Lärm draußen auf der Stiege, eine Männerstimme schrie, eine Frauenstimme verteidigte sich mit ungeheurer Zungenfertigkeit, dann war er einen Augenblick ganz allein; später kam das Mädchen im Hemd zurück und setzte sich wieder zu ihm, und schließlich war er wieder auf der Straße. Später saß er irgendwo allein, trank eine oder zwei Tassen Kaffee und wurde sich dann wieder klarer. Er befand sich in einem kleinen Wirtshaus, rings um ihn saßen ein paar Fuhrknechte, die laut schrien und soffen, und Herrn von Pepinster begannen die derben Geschichten, die sie sich erzählten, zu interessieren. Einer war in Frankreich gewesen und gab den ungläubigen anderen seine Weibergeschichten zum besten. Er erzählte, man erkenne dort gewisse Häuser daran, daß die Hausnummern riesengroß über der Tür geschrieben sind.

„Les gros numéros“[1], rief plötzlich Herr von Pepinster laut. Der Erzähler wandte sich betroffen um und rief begeistert: „Was, du kennst das auch?“ „Freilich“, erwiderte Herr von Pepinster. – „Dann sag denen, daß ich nicht gelogen hab!“ „Nix hat er gelogen“, sagte Herr von Pepinster, „alles ist wahr.“ Damit hatte er sich einen Freund gemacht. Der Mann rückte zu ihm und sagte: „Der Herr ist gewiß fremd hier, aber hier gibt's das auch.“ – „Was denn?“ – „Die gro nimero oder wie's halt heißt.“ – „So?“ – „So wahr ich hier sitze, komm, gehn wir hin!“ Der Mann war entzückt, einen anderen Weltmann gefunden zu haben, der mit ihm allein wußte, was die gros numéros sind. Herr von Pepinster fühlte aufrichtig, wie genußreich das sein könnte, mit diesem derben Gesellen eine nächtliche Wanderung durch dessen Welt zu machen, aber da fühlte er zu seiner Enttäuschung, daß er doch ganz ungewöhnlich müde sei, und beschloß, nach Hause zu gehen.

Er trat hinaus und befand sich auf der Landstraße, welche von der Stadt aus an seinem Landhause vorbeiführte. Wieder stand der Mond am Himmel, und hie und da jagten Wolkenfetzen an ihm vorbei. Herr von Pepinster hatte nur eine dunkle Erinnerung an die Geschehnisse dieses Tages. Zufällig blickte er einmal an sich herunter, und da sah er, daß seine Stiefel und Beinkleider mit einer starren Kruste von Straßenschmutz bedeckt waren. Auch sein Mantel war zerknittert und an einigen Stellen zerrissen und bespritzt; einen Kragen trug er überhaupt nicht mehr, und auch seine schöne Krawatte war verschwunden. Der Hut, den er in die Hand nahm, mußte wohl einmal eingetrieben und ihm dann aufs Geratewohl auf den Kopf gesetzt worden sein, aber er war zu müde, um über diese Dinge nachzudenken. So schleppte er sich in fast einer Stunde bis an sein Haus. Er fand das Tor nur angelehnt, ging durch die Gärten und sah Licht im Eßzimmer.

Er konnte durch das Fenster von außen hineinsehen,

[1] (franz.) die großen Hausnummern.

und dort sah er Herrn Lynx in seinem Hausrock von türkischer Seide allein bei einem einfachen, aber offenbar sehr schmackhaften Abendessen sitzen und dabei in den Zeitungen lesen. Herr von Pepinster beobachtete gerade, wie der Diener hereinkam und Herr Lynx, der nun durch die vollendete „aisance“[1] seiner Bewegungen vornehm wirkte, aufstand, um in die anstoßende Bibliothek zu gehen. Herr Lynx war ein gut erhaltener Mann von etwa fünfzig Jahren mit einem feingeistigen Ausdruck im Gesicht und straffer Gestalt. Herr von Pepinster ging an das nächste Fenster und konnte von außen direkt in die Bibliothek sehen, wo sich Herr Lynx einen Sessel bequem rückte und in Büchern und Broschüren zu lesen begann, die Herr von Pepinster am Abend vorher dort niedergelegt hatte. Hie und da schrieb er mit einem goldenen Bleistift ein paar Notizen auf einen Block, den Herr von Pepinster für seine Randbemerkungen zu benutzen pflegte.

Wie lange der Unglückliche hier gestanden hat, davon hat er sich wohl selbst keine Rechenschaft geben können. Er sah noch, wie nach einiger Zeit der Kammerdiener hereinkam und Herrn Lynx in das anstoßende Schlafkabinett führte. Herr von Pepinster trat an das nächste Fenster und sah durch einen Spalt im Vorhang, wie Herr Lynx entkleidet und zu Bett gebracht wurde und wie er mit einem zufriedenen Ausdruck in dem schönen, vergeistigten Gesichte die elektrische Birne ausdrehte und Dunkelheit eintrat.

Inzwischen war die Willenskraft des Herrn von Pepinster so vollkommen erstarrt, daß er sich über das Geschehene weder empörte noch auch nur erstaunte. Er hatte nur das Bedürfnis in sich gefühlt, mit Ruhe dem Ablauf dieser Geschehnisse bis zum Eintritt der Dunkelheit in dem Schlafzimmer beizuwohnen. Nun fühlte er, daß es auch für ihn die höchste Zeit sei, sich zur Ruhe zu begeben. Ohne irgendwie zu überlegen, ging er mit der Sicherheit eines Nachtwandlers, wenn auch etwas gebückt und verfallen, durch die Gärten hinaus auf die Felder und begab sich auf den Acker, wo noch vor vierundzwanzig Stunden der Popanz gestanden hatte. Dort

[1] Leichtigkeit, Ungezwungenheit.

stellte er sich an dieselbe Stelle, wo Herr Lynx vor vierundzwanzig Stunden den Schritt von der Gespensterhaftigkeit zum Dasein gemacht hatte, hob die Hände gen Himmel, und der letzte Hauch von Lebenskraft, der noch in ihm bebte, entwich.

Als am anderen Morgen der Herr des Landhauses aufgestanden war, nach seiner Gewohnheit gebadet, sich rasiert und ein wenig Gymnastik getrieben hatte, nur so viel, um das Frühstück schmackhafter zu machen, dann auf der Veranda Tee getrunken und in einem Elzevirbändchen gelesen hatte, nur so lange, als eine Zigarette dauert, begab er sich wie immer nach seinen Tulpen, und als er hinaus auf die Felder trat, da sah er den Popanz, der dort gestern aufgestellt worden war, und lächelte über den windschiefen Gesellen, der in seinen eigenen, eleganten Kleidern die Arme gen Himmel hob.

So wichtig diese Begebenheiten auch scheinen mögen, in der Welt der äußeren Dinge war gar nichts passiert. Drinnen saß nach wie vor ein gut erhaltener Herr von fünfzig Jahren; bald war er in seine Studien vertieft, bald fuhr er in seinem Coupé in die Stadt und kehrte befriedigt abends in seine Einsamkeit zurück. Draußen aber auf dem Acker hob der windschiefe Popanz seine Arme gen Himmel. Und niemand weiß von der ganzen Geschichte als die Gespenster, die unten auf der Landstraße hin und her irren, um heimkehrende Fuhrleute und einsame Wanderer zu erschrecken und dann aus den Wunden ihrer Seelen Lebensblut zu trinken.

Hermann Löns

Der Vampir

In die weitgeöffneten Fenster meiner altertümlichen Stube drängt sich die warme, feuchte, von Flieder- und Jasminduft versüßte Mainachtluft und ringt in dem breiten Fensterrahmen mit blauen Tabakswolken. Aus dem Weidengebüsche des Goldfischteiches ertönt das lebhafte, wechselreiche Lied des Sumpfrohrsängers und verschlingt sich mit den Jubelgesängen fern schlagender Nachtigallen zu wundersamen Tonarabesken. Ab und zu saust ein großer, mattgefärbter Abendfalter in das Zimmer, peitscht die Lampenglocke mit den starken Schwingen und huscht wieder hinaus. Die Riesenplatanen im Garten rauschen schläfrig.

Ich lese ein medizinisches Werk, trocken, schmucklos, in kurzen Sätzen geschrieben; ich bin so nüchtern gestimmt und verfolge die trockenen Sätze so genau und ruhig, als ob es Rechnungen wären. Die Phantasie habe ich zu Bette geschickt.

Draußen auf der alten Steintreppe neben dem blühenden Fliederstrauche steht jemand; ein bleiches Gesicht schaut zum Fenster herein und sieht mich an. Ich blicke nicht hin, aber ich weiß, daß es da ist. Nerventäuschung! Ich habe zu anstrengend gearbeitet in der letzten Zeit.

Das weiße Gesicht tritt mir näher. Jetzt schaut es über meine rechte Schulter in das Buch. Ich drehe den Kopf – natürlich! Nur eine Sinnestäuschung: eine ferne Gaslampe beleuchtet das Spiegelbild einer Fliedertraube in dem zurückgeklappten Fenster. An meiner Schlafzimmertüre, bleich, strenge, bittend, ohne Mienenbewegung steht wieder das schattenhafte Gesicht. Es kommt langsam näher. Jetzt schwebt es zwischen mir und der Lampe. Ich blicke auf – selbstverständlich, nur der Stundenplan, der dort aufgehängt ist.

Meine Sehnerven sind durch allzu anhaltendes Mikroskopieren überreizt ...

Ein halbverwischtes, kreideweißes, starres Gesicht schaut über meine linke Schulter in das Buch. Es ist freilich nur der helle Schimmer des gebleichten Skeletts. Aber mir wird nach und nach der Kopf warm. Wenn ich nicht morgen in das Examen müßte, dann ginge ich sofort zu Bett. Also weiter im Text.

Das weiße Gesicht mit den geisterhaft undeutlichen Zügen taucht aus dem Eichenfußboden auf und schwimmt ohne eine Bewegung näher an mich heran. Es ist bereits dicht neben meinem Kopfe. Ein kurzer Blick belehrt mich, daß es nur ein zu Boden geflattertes Papier ist. Jetzt heißt es, die Gedanken zusammenzupferchen, denn ich werde immer zerstreuter. Wort für Wort durchmustere ich das Buch. Zwei klare, helle, ruhig schimmernde Augen erscheinen unter meinem Präpariertische, bohren sich wie mit Enterhaken in mein Gesicht und reißen meine Blicke von dem Buche fort. Wie albern! Zwei Glasschalen werfen den Mondschein zurück. Ich blättere langsam weiter.

Ich schrecke zusammen. Auf dem Rücken empfand ich ein Gefühl, als ob eine kühle, weiche Fingerspitze mir schnell vom Rücken bis zum Kreuz geglitten wäre. Ich fasse nach dem Kreuz – lächerlich! Das Durchsteckknöpfchen hat sich vom Kragen gelöst. Ein weicher, vorsichtiger, kühler Druck eines vollen Armes umschlingt meinen Hals. Nervös sehe ich mich um: nichts! Ich fasse nach meinem Nacken: das Schlipsband ist in die Höhe gerutscht und hat mich gekitzelt.

Jetzt bin ich am Schlußkapitel. Aufatmend klappe ich das Buch zu. Doch nun will ich etwas Antipyrin einnehmen, sonst erscheint mir am Ende meine eigene Nase noch als Gespenst. Es ist auch Zeit zum Schlafengehen, die Lampe gibt mir das deutlich durch ihr immer unwilligeres Brennen zu verstehen. Gähnend erhebe ich mich vom Sessel und öffne die Schlafzimmertüre, welche warnend quietscht.

Am Kopfende meines Bettes steht bleich, nebelig, ätherisch der Schatten eines Schattens. Ein weißes, schönes, unerkennbares Gesicht mit verschwimmend zarten Zügen, Lippen blaßrosa wie Anemonenblüte. Zarte, perlblaue Augen, wie aus Schlehenduft geformt, mit schwachem, ruhigem, leise flimmerndem Blick, wie ein weit entferntes Licht in der Nebelnacht.

Verschwinde, Nervenspuk, ich danke für deine Gesellschaft!

Ärgerlich gehe ich in mein Arbeitszimmer zurück und zünde mir eine neue Zigarre an. Ich will die Nerven erst etwas einschläfern, ehe ich mich hinlege. Die Lampe zappelt in den letzten Zügen; ich gebe ihr den Gnadenstoß. Der Docht glüht noch einige Minuten nach, rotfunkelnd wie ein Uhu-Auge. Taghelter Mondschein stürzt hastig in das Zimmer. Leise winkend, bittend, lockend steht in dem Rahmen der Schlafzimmertür die neblige, dunstige, unklare Erscheinung. Ich bin dieses Nervengaukelspiel herzlich leid; doch was ist da zu machen? Schlafen kann ich doch noch nicht.

Langsam schwebt die zarte Luftgestalt zu mir hin. Das bleiche Schattengesicht weht leise auf mich zu. Blaßrote Lippen flattern den meinigen entgegen. Schwachleuchtende Blicke schmelzen in meine Augen. Nebelhafte Arme schwimmen leise nach meinem Halse. Ein durchscheinender Leib wogt mir verlangend entgegen. Die Busenschatten schwellen und schwinden wie Rauchwölkchen.

Bin ich denn ganz verrückt? Setz dich ins Sofa, Nervengespenst, und laß uns vernünftig reden. „Dürfte ich mich ergebenst nach dem Zwecke Ihres Hierseins erkundigen?"

Sie schweigt; stummer, schmerzlicher Vorwurf zittert auf ihren Lippen.

„Was willst du von mir?"

„Hab mich lieb!"

„So schmeichelhaft mir Ihr zartes Entgegenkommen auch ist, meine Gnädigste, so bin ich heute nicht mehr dazu aufgelegt. Guten Morgen!"

Sie rührt sich nicht. Sie zeigt keine Bewegung und scheint für Ironie völlig unempfänglich zu sein.

„Und was übrigens Ihre Existenzberechtigung anbetrifft, verehrtes Wesen aus einer mir als Mediziner furchtbar gleichgültigen Welt, so spreche ich Ihnen dieselbe gänzlich ab. – Sie bestehen tatsächlich nur aus amorphen Wölkchen von Tabaksqualm mit einer geringen Dosis von Mondschein; um dieses dürftige Machwerk haben meine krankhaft überreizten Nerven einen subjektiven Rahmen gezimmert, und die Phantasie ist der wackelige Nagel, an dem der ganze Zauber in der Luft hängt."

Sie rührt sich nicht; selbst dieser schneidende Sarkasmus läßt sie kalt.

„Also, Fräulein, da Sie nur aus Qualm, Mondschein, Nerventäuschung und Gehirnüberreizung zusammengesetzt sind, so sind Sie

1. überhaupt nicht vorhanden, haben also

2. nicht das Recht, den geringsten Einfluß auf mich auszuüben, und

3. nicht einmal die Macht dazu und würden

4. gut tun, Ihr erheucheltes Scheinsein aufzugeben. Sie tun das natürlich nicht, weil Sie keine Spur von Logik haben. Gespenster sind stets dumm."

Selbst Grobheit prallt von der bleichen, ruhigen Gestalt ab.

„Wenn Sie nicht bald verduften, dann gehe ich ins Wirtshaus."

„Ich kann ja nicht."

„Wer hindert Sie denn daran?"

„Du."

„Das ist sehr gut. Nachdem ich Bände voll von Ironie, Hohn, Sarkasmus, Logik und Grobheit vergeudet habe, um Sie hinauszugraulen, sprechen Sie ein solches Wort. Wodurch halte ich Sie denn?"

„Du denkst an mich!"

„Dies ist noch schöner. Ich weiß nicht, wer Sie sind, und soll an Sie denken! Wer sind Sie denn?"

Sie tritt ganz nahe an mich heran. Ich erkenne sie. Ich stütze die Stirn in die Hand und denke an die Tote. Sie war schön, aber unscheinbar; einen Liebsten hatte sie nie gehabt; ihre Eltern waren sehr fromme, sehr strenge, sehr reiche Kaufleute; so wurde sie dreiundzwanzig Jahre alt. Ich lernte sie auf einem Balle kennen. Da ich fürchtete, mich in sie zu verlieben und dieses abgeschworen hatte, vermied ich es, ihr zu begegnen. Eines Abends ging sie vor mir her nach Hause zu. Sie erblickte mich, und ich grüßte. Fast hätte ich sie angesprochen, so reizend sah sie aus. Sie errötete – ich sah ihre Wangenblumen nicht. Ihre Augen leuchteten – mich erwärmten die Strahlen nicht. Sie lächelte demütig-süß – der trotzige Wille, allein zu sein, goß roh die aufglimmende Glut in meinem Herzen aus, und kalt ging ich vorbei. Leise und müde hörte ich ihre Schritte hinter mir verhallen. Vier Tage später erzählte mir ein Bekannter, daß sie sich ertränkt habe. Ich ging sofort nach Hause, zog die langen Stiefel an, nahm die kurze Pfeife und den dicken Eichenknüppel und strolchte planlos durch die Heide – mein altes Mittel gegen Gemütsbewegungen. Aber ob im Kiefernwalde oder auf dem gelben Sande, auf brauner Heide oder schwarzem Moor – ich sah immer das bleiche Gesichtchen, den nie geküßten Mund und die traurigen Augen vor mir, hinter mir, neben mir. Ich sah ihre Tränen in schlaflosen Nächten und das bittere Zukken des kleinen Mundes, als sie in den schlammigen Stadtgraben sprang. Ich sah sie vor mir an jenem Abend, ich sprach sie an, ihre Augen strahlten; ich nahm ihre Hand, zitternd schmiegte sie sich an mich; ich küßte sie, ihre Wangen färbte das Morgenrot ungehofften Glückes. Sie blieb mir treu; ich sah ihr Bild im Laube der Bäume, im Wasser der Teiche, in den Fenstern der Häuser, auf den Blättern der Bücher, in der Linse des Mikroskops. Hundert kleine Züge ihres Wesens tauchten vor mir auf, die mir alle zugeschrien hatten: „Ich liebe dich! Liebe mich auch! Liebkose mich mit deinen Augen! Berausche mich mit deiner Stimme. Streichle leise mein Haar! Lege deinen Arm um mich! Sag mir, du liebst mich! Küsse meine Augen, meinen Mund, meine Stirn! Nimm mich hin!"

War ich denn blind?

Endlich nach langen Kämpfen verbannte ich durch angestrengtes Arbeiten das bleiche Bild aus meinen Gedanken. Einen Monat hindurch hatte ich Ruhe vor ihr. Und jetzt ist sie wieder da.

„Du dauerst mich, ruhelose Tote! Sprich, liebes Kind, was willst du? Ich helfe dir gern, wenn ich es vermag!"

Die blassen, traurigen Mienen hellen sich auf, ein Zug unsäglich weicher Hingebung durchflimmert das arme, tote Gesichtchen.

„Hab mich lieb!“

„Aber Kind, wie kann ich das; ich lebe, und du bist tot.“

„Du mußt!“

„So? Warum muß ich?“

„Du träumst von mir!“

Sie bittet und fleht nicht; ihrer Sache anscheinend ganz sicher, steht sie ruhig, still und unbewegt vor mir.

„Mädchen, warum hast du es mir, dem Argwöhnischen und Vielmißhandelten, nicht deutlicher zu verstehen gegeben, daß du mich so sehr lieb gehabt hast?“

„Ich bin ein Weib.“

Langsam, zögernd, unschlüssig, unter müden, ängstlichen Pausen entkleide ich mich; matt strecke ich mich in die Kissen, eine warme Hand drückt mir die Augen zu; verworrene Gedanken reichen sich mit bunten Träumen die Hände – bald werde ich schlafen.

Da! Ein eiskalter, bleischwerer Faustschlag auf mein Herz. Der Atem stockt mir, laut und scharf hämmern die schmerzlichen Herztöne. In Todesangst, mit weit aufgerissenen Augen und naßkalter Stirne fahre ich in die Höhe. Ich sehe nichts. Zitternd zünde ich das Licht an. Am ganzen Körper fliegend, daß die Flaschen in meinen Händen klirren, zähle ich zwanzig Tropfen Digitalistinktur in das Wasserglas, jeden Augenblick Erstickung oder einen Schlaganfall erwartend. Ich trinke die abscheulich schmeckende Mischung hinunter und werde allmählich ruhiger. Bleischwere Müdigkeit stößt meinen Kopf in die Kissen zurück. Schläfrige Gedanken kokettieren mit halberwachten Träumen. Bald schlafe ich.

Da wieder die eiskalte Bleifaust auf meiner Brust, würgendes Herzklopfen, wilder Funkenwirbel vor den Augen, beklemmende Atemnot in den Lungenflügeln. Noch einmal Todesangst, noch einmal Digitalis, noch einmal Müdigkeit und so weiter.

Es ist eine rabenschwarze und tobende Oktobernacht. Brüllend und heulend gießt der rasende Nordwind das Wasser eimerweise an die ächzenden Fensterscheiben und haut zwischen die Dachpfannen, daß sie klirrend und klingelnd und klappernd in den Kot klatschen.

Jetzt ist sie schon fünf Monate tot. Oh, ich bin müde, todmüde und krank. Mein Rücken ist wie gebrochen, die Augen brennen, die Füße sind eiskalt, die Schläfen hämmern, und ein dumpfes Druckgefühl lastet um Kehle und Hinterkopf. Ja, sie ist mir treu, treu, treu bis zu meinem Tode. Im grünen Mai kam sie zum ersten Male zu mir. Unter Herzklopfen war ich eingeschlafen. Da schwebte sie herein zu mir, schob ihren Arm unter meinen Hals und küßte mich erst ganz leise, keusch, schüchtern und zaghaft, dann bittender, dringlicher, heißer. Es war ein schaurig süßer, unheimlich wonniger Liebestraum.

Ich erwachte mit bleiernen Gliedern und aschgrauem Gesichte. Und sie kam immer wieder, Nacht für Nacht. Da half kein Abwehren, kein Sprödetun. Sie bleibt mir treu, treu bis zu meinem Tode.

Sie steht an der Kammertür und lächelt.

„Hab mich lieb!“

„Mädchen, du tötest mich!“

„Dann sind wir immer beieinander.“

Und sie lächelt so süß und winkt so zärtlich. Heute kam sie, morgen ist sie hier, und übermorgen wird sie kommen; sie ist mir treu, treu bis zu meinem Tode.

Sie steht an der Kammertür und lächelt.

Und kommst du morgen und übermorgen und immer wieder, dann kann ich dir nicht mehr widerstehen.

Ich gehe dann für immer mit dir.

Inhalt

Leo Perutz
Der Marques de Bolibar

bb-Taschenbuch 590
216 Seiten · Broschur
Best.-Nr. 613 908 3
ISBN 3-351-00439-7

In Leo Perutz' 1919 entstandenem Roman wird der Befreiungskampf der spanischen Guerillas gegen die Große Armee Napoleons geschildert.
Im Mittelpunkt steht der Untergang des hessischen Regiments „Nassau", das in den Reihen von Napoleons Armee in Spanien kämpft. In der asturischen Stadt La Bisbal gerät die Truppe in den Hinterhalt der Guerillas. Die Situation scheint für die Eingeschlossenen aussichtslos, da weder Munition noch Proviant zur Verteidigung der bedeutungslosen Stadt ausreichen. Es gelingt den Belagerten, das Haupt der Rebellen, den Marques de Bolibar, gefangenzunehmen und hinzurichten. Der dem Tode überlieferte Marques hinterläßt den Feinden sein „Vermächtnis": ihre Vernichtung werden sie selbst herbeiführen. Die Kampfkraft der führungslosen Rebellen unterschätzend, ignorieren die Offiziere jede Gefahr. Übermütig, sorglos und arrogant buhlen die jungen Leutnants um die Geliebte ihres Obersten, die Katastrophe nicht ahnend, der sie entgegentreiben …

Aufbau-Verlag Berlin und Weimar

Marcel Proust
Combray

Aus dem Französischen übersetzt
von Eva Rechel-Mertens
Mit einem Essay von Manfred Naumann
Taschenbibliothek der Weltliteratur
271 Seiten · Broschur
ISBN 3-351-00248-3
Best.-Nr. 613 380 2
Bestellwort: Proust, Combray TdW

Mit „Combray" eröffnet sich der erste Band der „Suche nach der verlorenen Zeit", und erzählt wird die Geschichte der Kindheit ihres Helden, Marcel.
„Combray" stellt nicht nur einen der schönsten Teile des berühmten Zyklus dar, sondern enthält auch bereits das gesamte ästhetische und geistige Programm, von dem die revolutionierende Wirkung Prousts auf den modernen Roman ausging.
„Diese überaus erstaunliche Woge von Erinnerungen, die natürlich eine enorme Rolle im Schaffen jedes Schriftstellers spielt, ist bei Proust mächtig und tragisch, er liebt nicht nur seine ‚temps perdus', er weiß, daß sie für ihn gerade nicht ‚perdus' sind, daß er sie aufs neue vor sich auslegen kann wie riesige Teppiche, wie Schals, daß er diese Qualen und Genüsse, Höhenflüge und Stürze abermals durchmachen kann.
Wie der Geizige Ritter sitzt er zwischen den Truhen seiner Erinnerungen, und ihn erfaßt eine Wonne, die der von Puschkin beschriebenen so nahe ist. Der Reichtum seiner Erinnerungen – das ist denn auch sein Werk. Seine Macht ist hier wirklich gewaltig. Es ist das eine Welt, die er aufhalten, kombinieren, bis auf den Grund in Details erschließen, ungeheuer übertreiben kann ..."

Anatoli Lunatscharski

Aufbau-Verlag Berlin und Weimar

Antonis Samarakis

Der Reisepaß

Erzählungen
Ausgewählt
und aus dem Neugriechischen übersetzt
von Thomas Nicolaou
bb-Taschenbuch 583
264 Seiten · Broschur
Best.-Nr. 613 900 8
ISBN 3-351-00255-6

Antonis Samarakis kennt die Sorgen und Nöte der einfachen Leute; er weiß von ihren Lebensumständen, von ihren erfüllten (und unerfüllbaren) Sehnsüchten zu erzählen, von ihrem Denken und Handeln. Im Alltäglichen entdeckt er das Außergewöhnliche, und immer wieder erscheint – in Geschichten und Interviews, indirekt oder direkt – ein bestimmtes Wort: Hoffnung.
Es ist Hoffnung nach Frieden, nach einem erfüllten Leben, das vielen seiner Helden vorenthalten wird, nach einer, wie er einmal sagte, „weniger inhumanen Menschheit". Bei Samarakis sind gesellschaftliche Aktivität, Literatur und Kunst eine unzertrennliche Einheit. In seinen Geschichten setzt er Satire ein, Ironie; und er spart nicht mit Sympathie, wenn er bestimmte Gestalten besonders mag. Samarakis will verändern, in den Köpfen der Leser und im täglichen Leben. Er tut dies zurückhaltend, doch unverkennbar. Er läßt die Geschichten sprechen, die Menschen in ihnen und die Geschehnisse, in die sie verwickelt werden. Und immer wieder heißt der Schauplatz Athen.

Aufbau-Verlag Berlin und Weimar

TdW
Taschenbibliothek der Weltliteratur

Veröffentlichungen von Werken
deutscher und internationaler Schriftsteller
aus Vergangenheit und Gegenwart

Preiswerte Ausgaben
in moderner Paperbackausstattung

Neuerscheinungen 1990

Anna Seghers: Der Aufstand der Fischer von St. Barbara · Die Gefährten
Stefan Zweig: Die Welt von gestern. Erinnerungen eines Europäers
William Morris: Kunde von Nirgendwo
D. H. Lawrence: Söhne und Liebhaber
André Brink: Weiße Zeit der Dürre
Guy de Maupassant: Idyll. Novellen

Nachauflagen

Hans Christian Andersen: Die Galoschen des Glücks
Johann Wolfgang Goethe: Die Leiden des jungen Werther
Hermann Hesse: Der Steppenwolf
Egon Erwin Kisch: Marktplatz der Sensationen
Arthur Schnitzler: Spiel im Morgengrauen

Aufbau-Verlag Berlin und Weimar

Aus unserem bb-Taschenbuchprogramm 1990

Neuerscheinungen

Heinrich Böll: Der Geschmack des Brotes. Erzählungen
Erika Runge: Berliner Liebesgeschichten (Arbeitstitel)
Franz Werfel: Verdi. Roman der Oper
Moritz Hartmann: Der Gefangene von Chillon
I. Grekowa: Das zerbrochene Heiligtum. Arztroman
Arnold Bennett: Lebendig begraben
Howard Fast: Max. Roman aus den Gründerjahren des Films
Rita Mae Brown: Rubinroter Dschungel
Jef Geeraerts: Die Coltmorde. Polizeithriller
Marquis d'Argens: Die Verkettungen von Liebe und Glück
Françoise Sagan: Das Lächeln der Vergangenheit. Erinnerungen
Marie Cardinal: Selbstgespräch mit Klytämnestra

Nachauflagen

Herodot: Die zweideutige Weissagung
Heinrich Mann: Im Schlaraffenland
Anna Seghers: Transit
Die Toten sind unersättlich. Gespenstergeschichten
Maxie Wander: Tagebücher und Briefe
Erich Weinert: Das pasteurisierte Freudenhaus. Satirische Zeitgedichte

Aufbau-Verlag Berlin und Weimar